Lars Geier

Wie ich beinahe Anarchist geworden wäre

Ein Justizroman

Verlag:
Lars Geier
c/o AutorenServices.de
Birkenallee 24
36037 Fulda

Druck: epubli – ein Sevice der neopubli GmbH, Berlin

Inhalt

In einer möglichen nahen Zukunft

Heute
I. Das Geheimnis auf dem Dachboden

Die abendliche Augustsonne sandte ihre letzten Boten durch das angekippte Dachfenster des altehrwürdigen Gerichtsgebäudes und zauberte ein rotgoldenes Farbenspiel an die grauen Wände der verstaubten Kammer. In wenigen Minuten würden Schatten die spärliche Helligkeit im Raum endgültig verdrängt und die Herrschaft über ihre Zeit des Tages angetreten haben.

Ich erübrigte für das wundersame Schauspiel dieses Ringens zwischen Licht und Dunkelheit kaum einen Blick, sondern thronte im Schneidersitz auf einem Hügel eilig zusammengeschobener Plastikmüllsäcke und arbeitete verbissen an der Vollendung meines Werks.

Der ungewöhnlich heiße Spätsommer hatte die gesamte letzte Woche ganze Arbeit geleistet und das Dachgeschoss nebst dem darunter liegenden Stockwerk in einen Backofen verwandelt. Lediglich in der unteren Etage ließ es sich in den Büros gerade noch aushalten, besonders wenn man das Privileg genoss, eines der zum Schatten spendenden Hof gelegenen Räume ergattert zu haben. Weiter oben verteilte man auf der Sonnenseite einige wenige mobile Klimaanlagen, die sich tagsüber mit gut hörbarem Brummen unter das Klappern hektischer Beschäftigung mischten und redlich mühten, den Arbeitenden Erleichterung zu verschaffen. Keines dieser Geräusche ließ sich um diese Uhrzeit hier oben vernehmen. Die Eifrigen, die mäßig Engagierten, sogar die immer lange nach Dienstschluss im Gebäude Verweilenden mit überschießender Tätigkeitswut, sie alle waren längst aus

den Schmelztiegeln ihrer überhitzten Büros in den verdienten Feierabend geflohen. Selbst das stets präsente Vogelgezwitscher außerhalb der Mauern schien angesichts der hochsommerlichen Temperaturen verstummt zu sein.
Das schmale Fenster spendete für das, was ich im Sinn führte, nicht annähernd genug Helligkeit. Zwar verfügte die Dachkammer über eine Deckenbeleuchtung, doch obwohl kaum anzunehmen war, dass man diese von draußen wahrnehmen konnte, wollte ich jedes Risiko einer Entdeckung vermeiden. So hatte ich mir eine winzige, konzentriertes Licht spendende Taschenlampe zwischen die Lippen geklemmt, die diesen Zweck erfüllte. Von Zeit zu Zeit entlastete ich die Kaumuskeln, nahm sie heraus und ließ den Strahl zu den sorgfältig auf dem Boden ausgebreiteten Plänen wandern, wobei ich jedes Mal gewissenhaft den korrekten Fortschritt meines Projekts inspizierte.
Obwohl mir bewusst war, dass sich schon lange niemand mehr in diesen abgelegenen Teil des Gerichts verirrt hatte, musterte ich bisweilen meine Umgebung, um mich dessen endgültig zu vergewissern. Blecherne Kolosse umsäumten meine Arbeitsstätte, alte ausgemusterte Stahlschränke, die zweireihig links und rechts in langer Kette aufgereiht mein Tun aus den schmalen Augen ihrer geschlossenen Einschübe beobachteten. Sie waren vor einer Ewigkeit hier herauf gelangt und dem Schicksal ihres schleichenden Verfalls überlassen worden. 1990, kurz nach der Wende, als das Gericht einzog und das Amt für Nationale Sicherheit, in das jemand, der eine gehörige Portion Schamlosigkeit besaß, das ehemalige Ministerium für Staatssicherheit umgetauft hatte, den

Bau verließ, fand man - so berichtete mir Robert - im wesentlichen zweierlei vor: Heißgelaufene "Reißwölfe" auf den Fluren, die die geschredderten Spuren letzter Beweise für das unrühmliche Schaffen der in Auflösung befindlichen DDR-Diktatur enthielten und unzählige leergefegte Stahlschränke, in allen denkbaren Formen und Größen. Manche waren in Ausmaß und Gewicht derart gewaltig, dass man sie nicht aus dem Raum bekam, ohne sie zuvor zu zerlegen. Andere nutzte man einfach weiter. Zum Teil fanden sich bis heute ein paar dieser Relikte im Hause verstreut mit einem Deckchen oder Pflanzentopf verziert als Ablagebehältnis. Die, die man nicht benötigte, machten den mitgebrachten Regalen Platz. Robert, seinerzeit Praktikant beim damaligen Kreisgericht, dem späteren Amtsgericht, erhielt den missliebigen Auftrag, mit einem weiteren dazu Verdammten die unnütz gewordenen metallenen Gesellen auf den Dachboden als ihre letzte Ruhestätte zu verfrachten. Tagelang hatten die Beiden aus allen Ecken des Gebäudes die unhandlichen Teile fluchend durch die Flure geschleppt und sie so, wie sie jetzt noch standen, in dem Raum, in dem ich saß und einem daneben liegenden abgeladen. Vermutlich würden sie auf dem trockenen und damit vor Korrosion weitgehend geschützten Dachboden die nächsten hundert Jahre als stumme Zeitzeugen überdauern.
Anders als für die meisten anderen Bereiche existierten zu diesem Trakt keine Zugangssicherungen. Es gab nichts stehlens- oder sonst irgendwie schützenswertes hier. Elektronische Barrieren kosteten einen Haufen Geld und verursachten zudem hohe Wartungskosten, etwas, was man an dieser Stelle einsparen zu können glaubte. Selbst die Türen ließ

man unverschlossen, eine Nachlässigkeit, die meinem Vorhaben entgegen kam.
Bereits vor Tagen hatte ich begonnen, die Einzelteile meines Projekts in verschiedenen Schubkästen der Stahlschränke zu verbergen. Die Alternative, alles zuhause zusammenzusetzen, erschien mir wenig verlockend. In diesem Fall wäre ich gezwungen gewesen, mit einem ungewöhnlich großen Behältnis die Eingangskontrolle zu passieren. Zwar erhielt ich als Justizangehöriger über einen gesonderten Durchlass ohne Schleuse Zutritt ins Innere; mitgeführte Taschen wurden ebenfalls nicht durchleuchtet. Gleichwohl bevorzugte ich, jede Aufmerksamkeit meine Person betreffend zu vermeiden.
Mittlerweile arbeitete ich bereits eine gute Dreiviertelstunde ohne Unterbrechung. Obwohl die Sonne der Nacht gewichen war, begann mir die anhaltende Hitze im Raum zuzusetzen. Ab und zu, wenn ich angestrengt nach unten blickte, löste sich ein Schweißtropfen von meiner Stirn und rann mir seitlich über die Wange, was meine Konzentration störte. Trotzdem verschwendete ich keine Zeit mit seiner Beseitigung, sondern ließ ihn seinen von der Schwerkraft geleiteten Weg nehmen.
Draußen kam eine leichte Brise auf. Durch das Fenster drang jedoch kein erfrischender Luftzug, sondern ein warmer Schwall, der sich mit dem im Raum vorhandenen vermischte. Die vor mir ausgebreiteten Zeichnungen begannen vor meinen Augen zu verschwimmen. Ich schüttelte energisch den Kopf, um die Abbildungen wieder Kontur gewinnen zu lassen. Obgleich ich recht geschickt im Basteln war und den Bauplan praktisch auswendig kannte, zitterten mir

die Hände vor Anspannung, während ich sorgsam die notwendigen Kabel an die vorgesehenen Stellen anschloss.
Ich war den Tag heute als auch den morgigen mit seinen vielfältigen Eventualitäten wieder und wieder im Kopf durchgegangen, hatte sämtliche denkbaren Varianten gegeneinander abgewogen und unzählige Male von Neuem durchdacht. Dabei war es mir nicht gelungen, ein Problem zu lösen. Als Nachweis, dass ich das Gericht verlassen hatte, war ich gezwungen gewesen, auszuchecken, blieb jedoch danach im Gebäude. Das Auschecken ließ sich - obendrein zur Nachtzeit - nicht wiederholen, ohne zuvor erneut eingecheckt zu haben, eine Auffälligkeit, die ich mir nicht leisten durfte. Ich seufzte und spürte bereits jeden Knochen durch mein nächtliches Bettlager, das aus eben jenen Plastikmüllsäcken bestehen würde, die mir gerade als Arbeitsstuhl dienten.
Nach der Totenstille, die mich die ganze Zeit umgeben hatte, zuckte ich zusammen, als mich aus Richtung Innenstadt Polizeisirenen und abgerissene Fetzen von Ansagen aus einem Megaphon erreichten, ohne dass ich die Worte zu entschlüsseln vermochte.
Vor ein paar Monaten hatten die Demonstrationen der *Freigeister* wieder eingesetzt, die vor zwei Jahren recht abrupt endeten, nachdem die Regierung ein paar Zugeständnisse gemacht hatte, die die Protestbewegung beruhigten. Nun waren sie wieder aufgeflammt, und die Zahl der Teilnehmer stieg sprunghaft, nachdem die Freigeister sich mit der *Heimwärts-Bewegung* auf ein gemeinsames Vorgehen verständigt hatten. Mittlerweile demonstrierten sie fast jeden zweiten Tag. Nachdem die Versammlungen sich auflösten oder auf-

gelöst wurden, kam es regelmäßig zu Katz-und-Maus-Spielen mit der Polizei oder Gegendemonstranten, die oft gewalttätig verliefen. Trotz der wohl ein oder zwei Kilometer Entfernung zum Geschehen, meinte ich das grimmige Grollen der Protestler bis hier oben zu verspüren. Der Staub im Raum schien die brodelnde Stimmung aufzusaugen und begann, in Unruhe zu geraten.

Schlagartig verdünnte sich die Luft um mich herum. Mein Atem beschleunigte sich lebhaft, um dies auszugleichen. Ich fand mich am Küchentisch sitzend in meiner Wohnung wieder, meine Eltern am anderen Ende der Familientafel, neben mir Natascha, mit ihren dunkelbraunen, hinten zum knappen Zopf gebundenen Haaren, die Arme vor der Brust verschränkt. Mitten im Raum hatte die Direktorin Posten bezogen, fuchtelte wild mit den Armen und redete unaufhörlich in einer mir unverständlichen Sprache auf meine Eltern ein. Meine Mutter schlug ab und zu die Arme über dem Kopf zusammen, um dann von Weinkrämpfen geschüttelt den Ausführungen der Direktorin irgend etwas entgegenzuschleudern. Daneben hockte mein Vater, zog in mühsam gespielter Beherrschung mit den Fingern die Holzmaserung der Tischplatte nach und durchbohrte diese mit leerem Blick. Trotz der bulligen Hitze im Raum fröstelte es mich, so dass ich begann, mit den Zähnen zu klappern. Die Lampe entglitt mir, klatschte auf die Müllsäcke unter mir und schoss einen scharfen ziellosen Strahl Richtung Wand. Ich wusste, was hier passierte. Nicht das erste Mal in den vergangenen Wochen funkte mein Gehirn unzweideutige physische Signale und teilte mir auf diese Weise mit, dass ich mental an einem Abgrund tanzte, jederzeit in der Gefahr,

hinein zu kippen. Der Zweifel fraß sich wie Säure durch meine Organe und schnürte mir die Kehle zusammen. Atmen, hatte Jeanette einmal in einer Kaffeerunde für solche Situationen geraten, viermal ruhig ein und wieder aus. Das Zählen der Atemzüge sollte die Gedanken ablenken. Viermal ein, viermal aus. Natascha starrte mich unentwegt entsetzt an, schüttelte immer wieder den Kopf und zeichnete mit den Lippen ein stummes Nein. Viermal ein, viermal aus. Die Direktorin redete und redete, immer lauter und eindringlicher, ohne dass sich ein Ende ihrer vorwurfsvollen Litanei andeutete. Viermal ein, viermal aus. Viermal ein, viermal aus. Immer wieder, bis ich merkte, dass die Bilder sich zögernd aufzulösen begannen, zusammen mit dem dröhnenden Gezeter der Direktorin. Alles ordnete sich nun nach und nach ein in das Grundrauschen des Rationalen, das jedem, der leidlich normal tickte, die möglichen Konsequenzen seines Handelns spiegelte und so ein unverzichtbares Korrektiv zum Impulsiven darstellte.
Ich schärfte ein letztes Mal meinen Geist, denn nun folgte mit der Einbindung der Zeitschaltung der letzte entscheidende Akt. Meine Hände waren plötzlich ruhig, mein Atem gleichmäßig, die Anspannung wich aus meinem Körper und ich verschmolz mit meiner Umgebung und dem von mir vollendeten Meisterstück.
Endlich fertig!
Während ich mich in einen der Plastiksäcke einhüllte, lauschte ich ein letztes Mal prüfend in die Stille des die Nachtruhe antretenden Gerichtsgebäudes.
Mein Name ist Anton Kranagel. Ich bin 25 Jahre alt, Justizsekretär beim Amtsgericht, Abteilung für Strafsachen. Ich

bin Anarchist. Ich bin der Zorn.
Mit diesem Gedanken fiel ich erschöpft neben meiner Bombe in einen fiebrigen unruhigen Schlaf.

Ein Jahr zuvor

II. Mein erster Tag

Nervosität im Wechsel mit freudiger Erwartungshaltung hatten die Nacht turbulent verlaufen lassen. Ich war nach längeren Wachphasen immer wieder hinweg gedämmert, bis mich ein scheußliches Fiepen dem Gedankenkarussell entriss. Meine Hand schlug blind nach dem Geräusch und brachte es im zweiten Anlauf erfolgreich zum Verstummen. Vorsorglich hatte ich den Wecker gestellt, denn ich hasste es, zu spät zu kommen. „Fünf Minuten vor der Zeit ist des Soldaten Pünktlichkeit" lautete ein beliebter Spruch meines Vaters, aber diese Tugend stammte wohl aus seiner eigenen Zeit bei den Grenztruppen der DDR. In der Bundeswehr tickten die Uhren - jedenfalls für mich - vergleichsweise moderat, zumindest was das Aufstehen anbelangte. Natürlich nicht in der Grundausbildung, da herrschte noch der militärisch traditionelle frühmorgendliche Pfiff. Wem dies nicht genügte, der wurde vom schnarrenden Befehlston des diensthabenden Unteroffiziers aus dem Bett geschüttelt. Nachdem ich beim Stab gelandet war, schlief ich allerdings meist bis 7 Uhr, ohne dass jemand es für nötig befand, mich zu hetzen.
Mein Blick wanderte zum Wecker, der mir die funkgesteuerte gnadenlose Wahrheit verkündete: 05:32 Uhr. Im Schlafanzug schleppte ich mich in die Küche und bereitete mir den Morgenkaffee - die wichtigste Mahlzeit des Tages. Der heiße Trank traf auf meine Kehle. Wie ein Vampir, der in seinem Sarkophag geruht hatte und dessen Lippen die ersten Tropfen menschlichen Blutes seit einhundert Jahren kosteten, saugte mein Körper das Gebräu auf, das die Lebensgeister

erwachen ließ. Erst danach fühlte ich mich bereit fürs Bad und genoss das warme Wasser unter der Dusche, bevor ich mich mit einem eiskalten Strahl meinem üblichen morgendlichen Abhärtungsritual unterzog.
Über die Garderobenfrage hatte ich bereits tags zuvor gebrütet. Während meine Mutter für einen Anzug mit Hemd und Krawatte plädierte, riet mein Vater zu einem entspannten Auftritt. „Weniger ist oft mehr“, meinte er, eine weitere Weisheit, die ich zu beherzigen gedachte. Um meine Mutter nicht vollends vor den Kopf zu stoßen, entschied ich mich für eine schwarze Jeans und ein langärmliges braunes Hemd - schlicht, aber nicht zu leger. Am Vorabend bügelte ich das Hemd auf - unter Protest meiner Mutter, in deren Zuständigkeit ich damit eingriff. Den Auftritt komplettierte ich mit einem Paar hellbrauner Sneaker. Meine Mutter brummelte unzufrieden vor sich hin, mein Vater resümierte „Geht.“. Damit war die Sache geklärt.
Nach dem Anziehen begab ich mich in die Küche, um eine Kleinigkeit zu essen. Ich bereitete mir einen Joghurt mit Heidelbeeren, Bananen und Äpfeln. Ein kleines Vitaminfrühstück vor dem Dienst konnte nicht schaden. Auf den zweiten Kaffee verzichtete ich. Meine Eltern waren noch nicht aufgestanden. Sie hatten Urlaub und ich bestand darauf, dass sie an ihrem freien Tag ausschlafen. Ohnehin war ich gestresst von der Situation, nach der Bundeswehr wieder in die elterliche Wohnung einzuziehen. Aber meine Mutter hatte darauf gedrungen und ich für die Suche nach einer eigenen Bleibe bislang nicht die Zeit gefunden.

Im Fernsehen verfolgte ich ein wenig die aktuellen Nachrichten, bevor mich die auf dem Bildschirm eingeblendete Uhr daran erinnerte aufzubrechen.
„Heldenwetter“, war mein erster Gedanke, als ich vor die Haustür trat, denn der Augustmorgen empfing mich mit einem strahlend sonnigen Willkommensgruß. Die Temperaturanzeige auf meiner Smartwatch zeigte bereits 18 Grad an und prognostizierte bis zu 26 Grad im Tagesverlauf. Das ideale Wetter für langärmlige Hemden, schoss mir durch den Kopf. Ich überlegte für einen Moment, die Ärmel aufzukrempeln, verwarf den Gedanken jedoch, denn die Bügelkante hatte mich einige Versuche gekostet, bevor sie sich zur makellosen Linie formen ließ.
Mein Ford Fiesta parkte ein paar Ecken weiter vor einem Hochhaus, das die Morgenhitze leidlich von ihm ferngehalten hatte. Allerdings bot der Wagen bei Licht betrachtet einen erbarmungswürdigen Anblick. Ich hatte auf einen reinigenden Landregen gehofft, der die letzten Wochen jedoch ausgeblieben war. Die Schmutzpatina konservierte den ehemals weißen Lack in einem schäbig milchigen Grauton. Zudem hatte sich ein offenbar recht großer Vogel mit einem nicht minder ausgewachsenen Verdauungsproblem über dem Seitenspiegel entlastet. Der Wagen feierte im vergangenen Jahr seine Volljährigkeit und trotz des heruntergekommenen äußeren Eindrucks lief er tadellos. Er war mir über die Zeit meiner Ausbildung zum Justizfachangestellten als auch während des zweijährigen Dienstes bei der Bundeswehr ein ausgesprochen zuverlässiger Begleiter gewesen. Ich hatte das Fahrzeug ein paar Tage nicht benötigt und so empfing mich im Inneren ein unangenehm abgestandener

Dunst, den ich nach dem Losfahren durch die geöffneten Seitenfenster vertrieb. Auch als die Luft ausgetauscht war, ließ ich mir lieber weiter den Fahrtwind um die Nase wehen als auf die Klimaanlage zu setzen. Das Radio war auf „9020-Alternative“ voreingestellt, seit einigen Monaten mein Lieblingssender. Bei der Bundeswehr hatte ich einen Kameraden, der mich mit Grunge und Alternative Rock vertraut machte. Nachdem ich viele Jahre dem Rap meine Aufmerksamkeit gezollt hatte, war ich nun zum „Metalhead“ mutiert. Während ich im Takt zu „Grease Box“ von *TAD* energisch mit dem Kopf nickte und die Drums durch Klopfen auf das Lenkrad imitierte, flog ich über den Zubringer aus dem Wohngebiet in flottem Tempo Richtung Zentrum. Am Innenstadtring war Schluss mit der launigen Fahrt. Hier ging es nur im Schritttempo voran. Spritpreise von um die 2,90 € je Liter, überall im Innenstadtbereich Tempo 30 und jede Menge künstlicher Hindernisse auf den Fahrbahnen waren nicht in der Lage gewesen, die eigentliche Verkehrsbelastung wesentlich zu senken. Sie bremsten den vorhandenen Verkehr lediglich aus. Ich war zeitig aufgebrochen und stellte mich im Stau an. Dies kostete üblicherweise Geduld und Nerven, aber heute ließ ich mir die gute Laune nicht verderben. Sehr weit musste ich zum Glück nicht über den Ring, schon die zweite Abfahrt links führte mich in eine Nebenstraße, auf der es merklich ruhiger zuging. Zum Gericht blieben von hier aus nur noch wenige hundert Meter. Die trügerische Ruhe sollte jedoch einen guten Grund haben, was mir umso klarer wurde, je näher ich meinem Ziel kam. Links und rechts nur Anwohnerparkzonen, nicht ein einziger Parkplatz für Ortsfremde. Das hatte ich nicht bedacht.

Ich bog auf den Platz vor dem Gerichtsgebäude ein. Hier erwartete mich zwar keine Bevorrechtigung von Anwohnern, aber jede vorhandene Parkfläche war gebührenpflichtig und ausnahmslos alle davon waren belegt. In der Hoffnung, dass gerade jemand aufbrechen wollte, drehte ich eine erfolglose Ehrenrunde und zur Sicherheit eine zweite. Meine gute Laune schwand zusehends, bis mir die rettende Idee kam. Ich fuhr in die nächste Nebenstraße und bog schließlich in eine zum Justizgebäude gehörende Hofeinfahrt ab, die allerdings vor einer Schrankenanlage endete. Auf der Schranke prangte ein großes Schild mit der Aufschrift „Zufahrt nur für Berechtigte mit gültiger Chipkarte!". Ich hatte auf Mitarbeiterparkplätze im Innenhof gehofft, aber ein „Berechtigter mit gültiger Chipkarte" war ich zweifelsfrei nicht. Auf eine Diskussion über die an der Schrankenanlage neben dem Kartenscanner angebrachte Wechselsprechanlage verzichtete ich vorsorglich. Beim sportlichen Zurücksetzen übersah ich fast eine braungebrannte sonnenbebrillte Blondine mit wehendem Haar und vorwitzig flatterndem Kleidchen. Diese umschiffte auf einem Holland-E-Bike mit elegantem Schlenker mein Heck und rauschte zielsicher durch einen schmalen Spalt zwischen Schrankenanlage und Torbogen, bevor sie, ohne von mir Notiz zu nehmen, um eine Ecke entschwand. Nachdem ich den Mund geschlossen und den Schreck verdaut hatte, warf ich einen Blick auf die Uhr. Ich hatte zwar Zeit, jedoch immer noch keinen Parkplatz. Das nächstgelegene Parkhaus lag von hier bestimmt einen Kilometer entfernt, bot also keine Alternative. Ich bog wieder auf den Ring ein, fuhr ein paar Meter und nahm eine Abfahrt in ein gegenüber liegendes Wohngebiet. Dieses zählte wohl

nicht mehr zum erweiterten Innenstadtbereich. Zwar erwarteten mich auch hier überwiegend Anwohnerparkplätze, dazwischen waren jedoch großzügig auch Ortsfremden ein paar Plätze vorbehalten worden. Ich musste nicht sehr weit fahren, um mein Fahrzeug endlich abstellen zu können. Bei dieser Gelegenheit schwor ich mir, diese Zumutung nur in Ausnahmefällen in Kauf zu nehmen. Ab morgen würde ich definitiv zum Rad greifen. Fahrradparkplätze gab es auf dem Innenhof, das hatte ich bei dem kurzen Blick hinein bereits erspähen können. Zügigen Schrittes begab ich mich nun fußläufig auf das letzte Stück des Weges zurück in Richtung Gericht und erklomm - ein wenig außer Atem - ganze zwei Minuten vor 8 Uhr die Stufen der riesigen Freitreppe zum Gebäude hinauf.
Die massive Tür ächzte behäbig, als der elektrische Öffner sie nach vorne schob und den Weg in die Eingangshalle freigab. Erstaunlicherweise herrschte im Innern eine verhaltene Leere. Die Geräusche einiger weniger im entfernten Flur wahrnehmbarer geschäftiger Gestalten erschienen trotz der vermutlich eindrucksvollen Akustik - hätte man ein Orchester, das zweifelsfrei Platz gefunden hätte, dort platziert - leicht gedämpft. Allzu viel Muße blieb nicht, sich der faszinierenden Architektur und der speziellen Stimmung, die die ausschließlich von künstlichem Licht erhellte Halle ausstrahlte, zu widmen. Eine anstehende Entscheidung verlangte nach meiner Aufmerksamkeit, denn zwei mit gesonderten Absperrbanden versehene Wege taten sich vor mir auf. Der linke - geradeaus führende – war mit einem Hinweisschild versehen, das den „Zugang nur für Berechtigte mit Justiz-App“ gewährte. Am Ende war ein Drehkreuz mit

einem davor positionierten Lesegerät erkennbar. Ich vermutete, dass ich irgendwann ebenfalls zu den glücklichen Nutzern dieser App zählen würde. Bis dahin blieb mir nur die rechts ausgewiesene Schneise für Nichtberechtigte. Meine Befürchtung, nunmehr umfangreichen Prüfungs- und Durchsuchungsmaßnahmen ausgesetzt zu werden, erwies sich als unzutreffend. Ein kurzes Laufband mit einem Gerät zur Durchleuchtung von Gepäckstücken war mit keiner Kontrollperson besetzt und das Kabel für die Schleuse mit Metalldetektor lag herausgezogen vor der Steckdose. Hinter der Sichtscheibe der Eingangskontrolle residierte eine resolut erscheinende, etwas beleibte weibliche Person mit rotem Gesicht und einer altmodischen grau schimmernden Topffrisur. Diese tippte aufgeregt auf einer riesig anmutenden Telefonanlage herum, nicht ohne mir nach einem geschulten Seitenblick mittels eines Winkzeichens zu bedeuten, dass ich mich angesichts einer in der Priorität offenbar vorgehenden Vermittlung eines dienstlichen Telefonats noch zu gedulden habe. Ich nutzte die Zeit und beobachtete die erste Person, mit der ich bei meiner neuen Dienststelle Kontakt aufnehmen würde, eingehender, wobei ich mich um ein möglichst unbeteiligtes Gesicht bemühte, um nicht unhöflich zu wirken. Auf der anscheinend recht knapp sitzenden dunkelblauen Dienstjacke, der üblichen Bekleidung der Justizwachtmeister, befand sich vorn auf der rechten Seite ein Schild mit dem aufgestickten Namen ‚Charlotte Körner'. Die Dienstgradabzeichen auf den Schultern zeigten jeweils drei blaue Querstreifen, eine Neuerung, denn während meiner Ausbildung trugen Justizwachtmeister keine Streifen auf den aufgenähten Schulterklappen. Das Telefonat schien

recht angeregt zu verlaufen, denn Charlottes Gesicht verfärbte sich zunehmend ins Dunkelrote. Auch die Lautstärke der Kommunikation schwoll - jedenfalls von Seiten Charlottes - stark an. Schließlich knallte sie im Zustand höchster Erregung den Hörer auf den Apparat und schimpfte eine Weile, den Blick nach hinten in den Raum gerichtet, wo eine etwa im gleichen Alter wie sie selbst befindliche männliche Person, ebenfalls in die blaue Wachtmeisteruniform gewandet, sich unbeholfen an einem Scangerät zu schaffen machte und dem Gezeter seiner Kollegin keine bis wenig Aufmerksamkeit schenkte. Plötzlich fuhr Charlotte herum, offenbar hatte sie sich meiner erinnert, und drückte den zu einer Wechselsprechanlage gehörenden Knopf: „Huch, entschuldigen Sie, ach herrje, Sie hatte ich ja schon wieder ganz vergessen!". Und setzte nunmehr dienstbeflissen nach: „Wie kann ich Ihnen weiterhelfen? Wo möchten Sie denn hin?".
„Kranagel.", stellte ich mich vor und setzte mein freundlich-verbindliches Gesicht auf. „Justizsekretär Kranagel. Ich fange heute hier an. Mein erster Tag sozusagen.".
„Ach ja, herrje, ich erinnere mich, Sie wurden angekündigt. Wie schön, endlich mal wieder ein junger Mann, willkommen beim Amtsgericht.", plapperte sie nunmehr mit deutlich erleichterter Miene drauf los. „Besten Dank.", erwiderte ich. „Wo muss ich mich denn melden, und wie gelange ich dahin, Frau Körner?".
„Frau Körner, herrje, wie förmlich, nein so was, ein höflicher junger Kollege, sagen Sie doch ruhig Lotti, so nennen mich hier alle.", flötete sie und strich sich ordnend über ihren grauen Schopf. „Vielen Dank, Frau Kör..., äh Lotti, ich heiße Anton.", gab ich zurück. „Ich muss mich entschuldigen, ich

bin etwas knapp dran, wo darf ich mich denn nun hinwenden?“, drängelte ich, da es inzwischen schon 2 Minuten nach 8 Uhr war. „Na, pünktlich sind Sie ohnehin nicht mehr.“, bemerkte nun Lotti ein wenig verschnupft, da ich den sich anbahnenden Plausch so rüde in eine dienstliche Richtung zurück führte. „Halb acht ist hier üblicherweise Dienstbeginn.“, belehrte sie mich und setzte hinzu, „Außer für die Richter, selbstverständlich.“. Ich erblasste. „Oh Mist.“, entfuhr es mir. Gleich am ersten Tag zu spät, wie peinlich. „Na, der Kopf wird schon dranbleiben, junger Mann.“, entgegnete sie deutlich versöhnlicher. „Aber alleine durchs Haus darf ich Sie - ich meine dich - nicht laufen lassen, Anton, richtig, ja?“. Ich nickte zustimmend. „Ich rufe Isabell an, die holt dich ab.“, verkündete sie und griff erneut zum Telefon, wo sie nach ein paar Erklärungen wieder auflegte und sich mir erneut zuwandte. „Sie ist gleich da, eine Minute, dann bringt sie dich in die Verwaltung.“.

Da die Telefonanlage durch aufgeregtes Blinken mehrerer gelber Lämpchen Lotti erneut in Alarmbereitschaft versetzte, nutzte ich die Gelegenheit, mich in der monumental anmutenden Vorhalle näher umzusehen. Nach wie vor herrschte kaum merkliche Geschäftigkeit. Kein Wunder, wenn der Dienstbeginn bereits eine gute halbe Stunde zurücklag und die ersten Verhandlungstermine erst gegen 9 Uhr anstehen dürften. Mein erster Eindruck, dass der Raum nur von Kunstlicht erhellt würde, erwies sich als nicht ganz zutreffend, denn über den überdimensionierten zwei Türen, von denen eine zum Eingang, die andere als Ausgang diente, schimmerte die Sonne durch darüber befindliche schmucke Oberlichter, die der Halle einen sonderbar geheimnisvoll anmutenden Schimmer verliehen. Ich genoss für den Moment den Anblick und wollte mich gerade der Faszination des farbigen Marmorfußbodens ergeben, als ich ein dezentes Antippen auf meiner Schulter verspürte und erschreckt herumfuhr. Auch das noch! Vor mir stand eben jene Blondine, die vor einer Viertelstunde fast Opfer meiner rasanten Rückwärtsfahrt geworden war, und grinste mich aus an leuchtend blau schimmerndes Wasser an einem warmen Strand in der Karibik erinnernden Augen an. Nicht, dass ich schon einmal in der Karibik verweilt hätte, aber in etwa so wie in diesen Augen stellte ich mir das Wasser dort vor. „Na, ausgeschlafen?“, fragte sie immer noch grinsend und schüttelte gekonnt eine blonde Strähne auf die Seite. Bevor ich Gelegenheit erhielt, mich in diesen unglaublichen Augen zu verlieren, stotterte ich „Äh, nein, ich denke, nur ziemlich beeindruckt.“. „Das ist normal.“, erwiderte sie und nahm mir damit meine Verlegenheit ab. „Ist alles schon sehr repräsentativ hier. Den meisten, die das erste Mal hereinkommen, ergeht das so. Ach, ich bin übrigens Isabell.“, und streckte mir über das Drehkreuz hinweg ihre Hand entgegen. Kein Wort von unserer Begegnung an der Einfahrt. Gott sei Dank, dachte ich, vielleicht hat sie mich gar nicht wiedererkannt. „Kranagel.“, stellte ich mich ein wenig entspannter vor. „Ich meine Anton, Anton Kranagel.“. „Weiß ich doch.“, grinste sie. „Ich lass dich erst mal rein, Lotti ist schwer beschäftigt.“. Sie winkte Richtung Eingangspforte, aber Lotti drückte wieder auf ein paar der blinkenden Signale auf dem Telefonpult neben ihr, die sich im Sekundentakt zu vermehren schienen und würdigte uns keines Blickes. Isabell fuhr mit ihrer Smartwatch über das neben dem Drehkreuz positionierte

Scangerät und ein Surren nebst einem grünen Lämpchen kündeten die Freigabe der Sperre an. „Justiz-App.", erklärte sie im Losgehen, nachdem ich auf der anderen Seite gelandet war. „Brauchst du für alles hier.".

Wir nahmen die wenigen Stufen am Ende der Vorhalle, dann lotste mich Isabell direkt nach rechts in einen breiten Flur. „Hier gehts zum Amtsgericht, gegenüber am Ende des linken Trakts liegen unsere Sitzungssäle.", begann sie mit ihrer Führung. „Die Treppe vom Eingangsbereich gerade hoch führt zum Landgericht und deren Sitzungssälen.". Kaum, dass sie ausgesprochen hatte, standen wir vor der nächsten Barriere. Ein weiteres Drehkreuz mit Scanner daneben blockierte den ungehinderten Zugang zu den weiteren Räumlichkeiten. „Ziemlich sicher hier alles.", bemerkte ich, als Isabell erneut ihre Smartwatch mit pinkfarbenem Armband zum Einsatz brachte, mich vorließ und sich dann hinter mir elegant durch die Sperre schob. „Sag ich doch, die Dinger stehen hier überall. Jeder Flur, auf dem Büros liegen, ist gesichert. Fast jede Treppe, jeder Trakt, selbst einige Büroräume. Zu den Sitzungssälen kommst du so. Wegen des freien Zugangs zur Justiz.", bemerkte sie spöttisch und schwebte voran. „Das hier ist die Zivil- und Zwangsvollstreckungsabteilung. Hast du erst mal nichts zu tun damit.". Selbst der Flur war architektonisch beeindruckend, wenn auch nicht annähernd so wie die Eingangshalle. Ich versuchte, mich auf Isabells Ausführungen zu konzentrieren, was mir angesichts ihrer herrlich sonnengebräunten Beine, zart verhüllt in den Hauch eines Sommerkleidchens, nicht eben leicht fiel. Nach zwei Jahren Bundeswehr, geprägt durch den Anblick schlecht sitzender Uniformen, erwiesen

sich die lockeren Bekleidungsregeln des Zivillebens als beachtenswerte Herausforderung. Am Ende des Flures stoppten wir. ‚Verwaltung' verkündete ein schmuckloses Schild neben einer – wer hätte es gedacht – nur mittels Justiz-App zu öffnenden schweren Metalltür.
Als diese mit leisem Surren nach innen schwang, kicherte Isabell. „Willkommen im Führungsbunker!", um sich im selben Moment entsetzt die Hände vor den Mund zu schlagen. „Ups, das war jetzt wohl unangemessen...". Es breitete sich für den Moment ein peinliches Schweigen aus. Jetzt war es an mir zu feixen. „Wenn ich mich recht entsinne, wird die Bedeutung von Führung überschätzt. Im Gegensatz zum Führer, den hat man eher unterschätzt.". Isabell zog die Hände vom Mund, wirkte irritiert, allerdings auch merklich erleichtert. „Na du klopfst ja Sprüche.", meinte sie und wies ablenkend in Richtung der ersten Bürotür auf der linken Seite. „Da sitze ich übrigens.". Und setzte schelmisch hinzu: „Falls du mal Sehnsucht bekommst.". Herrje, flirtete sie etwa mit mir? „Gut zu wissen.", bemerkte ich geheimnisvoll.
‚Riedarek/Justizangestellte' stand auf einer neben der Tür in einer Halterung befestigten bedruckten Klarsichtfolie und darunter ‚Geschäftsstellenleiterin'. Anerkennend nickte ich. Geschäftsstellenleiterin. Und so jung. Ich schätzte Isabell auf höchstens Mitte 20, also auf etwa mein Alter. Und dann schon Fachvorgesetzte für alle Geschäftsstellen eines größeren Gerichts? Nicht schlecht, staunte ich.
Isabell wies unbeeindruckt von meiner nur schlecht überspielten Ehrfurcht auf die gegenüberliegende Tür und erklärte, dass dort die – derzeit erkrankte – Verwaltungsgeschäftsstelle säße. Am Ende des kleinen Trakts lagen nur

drei weitere Räumlichkeiten. Auf die angelehnte Tür des Zimmers direkt vor uns bewegten wir uns zielstrebig zu. Isabell klopfte zur Ankündigung, trat allerdings direkt ein, ohne eine Aufforderung hierzu abzuwarten. ‚Vorzimmer' las ich im Vorbeigehen, als ich mich in einem größeren Raum, umzingelt von mehreren beeindruckenden Stahlschränken, wiederfand. Grau dominierte hier: Das komplette Mobiliar und der Teppichboden waren in Grau gehalten, sogar die in die Jahre gekommene - ehemals weiße - Tapete bildete nur eine kaum bemerkenswerte Abstufung des freundlichen Betontons. Dem penibel sauber gehaltenen Büro fehlte bis auf einen von der Landesregierung herausgegebenen Wandkalender mit Landschaftsmotiven jede persönliche Note. Die am Ende des riesigen Tisches residierende, ebenfalls vollständig in Grau gekleidete hagere Gestalt, schien den Eindruck keimfreier Unberührbarkeit zu verstärken. „Frau Kunze, ich darf vorstellen.", setzte Isabell an, „Herr Kranagel, unser Neuzugang auf der Strafgeschäftsstelle.". Zur Vervollkommnung des Auftritts fügte ich ein „Guten Morgen." an. Frau Kunze hob den Kopf und musterte mich aus unter ihrem grauem Haar hervorstechenden grauen Augen. Sie nickte und murmelte ein gönnerhaftes „Na dann, willkommen beim Amtsgericht.", woraufhin sie sich wieder ihrer vorherigen Beschäftigung zuwandte. „Frau Kunze, noch eine Bitte.", störte Isabell die graumelierte Eintönigkeit. „Herr Kranagel benötigt noch die Justiz-App für den Zugang zu den gesicherten Bereichen.". Frau Kunze schaute erneut auf. „Das ist Aufgabe der Verwaltungsgeschäftstelle.", belehrte sie Isabell, die sofort parierte. „Das mag sein. Aber für den Fall der krankheitsbedingten Abwesenheit vertritt das

Vorzimmer.". Und setzte hinzu: „Vergleiche Geschäftsverteilungsplan.". Frau Kunze durchbohrte Isabell mit einem zum Laserstrahl gebündelten Blick. „Aha. Danke für den Hinweis, Kollegin Riedarek.". „Immer wieder gern.", gab Isabell sarkastisch zurück. „Na dann treten Sie mal näher.", wandte sich Frau Kunze nun mir zu. Zielgerichtet zog sie aus einer Schreibtischschublade ein Stück bedrucktes Papier mit ein paar farbigen Abbildungen darauf. „Hier haben Sie eine Anleitung, wo Sie sich die App auf Ihr Mobiltelefon herunterladen können. Anschließend müssen Sie sich mit Ihrer Personalnummer, die Sie hoffentlich dabei haben...", ich nickte ergeben, „...registrieren, und etwa eine Stunde später sollte die App vom Oberlandesgericht freigeschaltet sein.", erklärte sie. „Mit der Mitteilung vom OLG über die erfolgreiche Registrierung gehen Sie zur Verwaltungsgeschäftsstelle.", und zu Isabell schauend, „Heute kommen Sie damit ausnahmsweise zu mir.". Dann wandte sie sich mir erneut zu. „Ich muss Sie dann zusätzlich hier im System noch freischalten. Erst danach erhalten Sie Zutritt zu allen Bereichen des Amtsgerichts hier im Haus. Soweit verstanden?". Ein kompliziertes Unterfangen, so ein elektronischer Türöffnergehilfe. Ich schwieg und nickte erneut. „Gut, dann noch einen schönen Tag.", wünschte sie mir mit unverbindlichem Nicken, ohne Isabell eines weiteren Blickes zu würdigen, womit wir uns anscheinend als entlassen betrachten durften, während sich Frau Kunze bereits wieder in das Grau ihrer geschäftlichen Verrichtungen vertiefte.
Vor dem nächsten Raum, dem unser Besuch galt, verharrte Isabell nach dem Anklopfen wohlweislich und wartete ein markig geschleudertes „Herein!" ab, bevor wir uns hinein

begaben. Hinter einem gewaltigen Schreibtisch, der mit Akten überfrachtet war, thronte eine vermutlich in ihrer Jugend einmal ansehnliche, nun ein wenig zur Fülligkeit neigende Frau, etwa Anfang 50, die mich mit einer lässigen Handbewegung aufforderte, näherzutreten.
„Danke Isabell. Ich übernehme dann hier.“, verkündete sie. Isabell warf mir im Hinausgehen ein bezauberndes Zwinkern und ein halblaut geflüstertes „Komm später nach nebenan in mein Büro.“, zu, dann schlängelte sich elegant aus dem Dienstzimmer.
„Nehmen Sie Platz.“. Vor dem Schreibtisch war ein Konferenztisch platziert, der von vier Stühlen umrahmt wurde, jeder von ihnen mit einem Aktenstapel belegt. Weitere Sitzgelegenheiten entdeckte ich nicht, ohnehin zog ich es vor, stehenzubleiben. „Nun, denn...“, tat die Dame kund, „...Sie stehen hier vor der Geschäftsleiterin. Mein Name ist Frau Wittig-Buhlemann. Justizamtsrätin. Ich bin Ihre direkte Vorgesetzte. Und Sie waren Herr ...?“. „Kranagel, Anton.“, stellte ich mich vor und setzte hinzu, „Justizsekretär. Ich bin dann wohl Ihr direkter Untergebener.“. „Sehr richtig, Herr Kranägel, sehr richtig. Und ich bin auch Ihre Beurteilerin.“. „Nagel.“, korrigierte ich. „Wie belieben?“, kam es zurück. „Nagel. Mein Name ist Kra-Nagel.“. „Sehr schön.“. Nach einem ausgedehnten Blick zur Uhr entschloss sich Frau Wittig-Buhlemann, unsere Beziehung auf die Probe zu stellen. „Nun, Herr Kranagel, wie steht es denn bei der Bundeswehr um die Dienstzeiten?“, überraschte sie mich und harrte mit einer hochgezogenen Augenbraue und spitz geschürzten Lippen meiner Erwiderung. „Nun, denn...“, entgegnete

ich mit der gebotenen Höflichkeit, „...Sie beginnt in der Regel, wenn der Feind den ersten Schuss abgibt und endet, sobald er die Gefechtshandlungen einstellt.“. Ich versuchte dabei, ein möglichst unschuldiges Gesicht aufzusetzen, konnte aber ein hintergründiges Grinsen nicht vollkommen verbergen. Auf eine solche Antwort war Frau Geschäftsleiterin jedenfalls nicht gefasst gewesen, denn mit einer deutlichen Zornesröte, die über ihrem lilafarbenen Batikumhang – wer um Himmels willen erfindet derartig hässliche Damenkonfektion - am Halse emporstieg, erhob sie sich vom Thron und sah mich mit am Tisch abgestützten Armen und entgeistertem Blick an. „Soso, da hat sich das Oberlandesgericht anscheinend einen richtigen Schlauberger geangelt. Früher, als wir für die Einstellungen im mittleren Dienst zuständig waren, hätten wir solche kecken Gesellen kurzerhand von der Liste gestrichen.“.

Ich hatte es geahnt. Die Dame war bis unter ihre ansatzgefärbten Haarspitzen humorlos, den Keller zum Lachen hatte sie unter Garantie zubetoniert. Ich kannte diesen Typus recht gut, bei der Bundeswehr traf man ihn nicht selten an. Die vorhandene Inkompetenz wurde mit schneidigem Auftreten meist nur schlecht überschminkt. Humorlosigkeit und eine gewisse bauernschlaue Verschlagenheit machten ihn allerdings gefährlich und unberechenbar wie Klapperschlangen. Ich hatte mich stets bemüht, zu dieser speziellen Art Mensch auf sicheren Abstand zu gehen. Um es nicht auf die Spitze zu treiben, verklemmte ich mir weitere Beweise meiner schlaubergerischen Keckheit und schwieg. Frau Wittig-Buhlemann schien auf einen Vorwand gewartet zu haben, mich anständig strammstehen zu lassen. Da dieser

ausblieb, fehlte ihr anscheinend die Energie, mich weiter in die Zange zu nehmen. Im spitzen Tonfall wies sie mich darauf hin, dass auch für mich 07:30 Uhr Dienstbeginn sei und sie ein Auge auf mich haben würde. Mit letzten zögerlich weichenden roten Flecken über dem Batikkragen nebst einer nicht ganz so lässigen Handbewegung wie zur Begrüßung, gestattete sie mir, mich zu entfernen.
Ich war heilfroh, als ich die Tür hinter mir zuzog. Zwei zu zwei, sagte ich mir, gar nicht so schlecht. Zwei positive neue Eindrücke - Isabell und Lotti schienen wirklich nett zu sein - dagegen zwei Erfahrungen, die man getrost in die Tonne entsorgen konnte: Die graue Vorzimmermaus Frau Kunze und Frau Justizamtsrätin Wittig-Buhlemann. Mal sehen, was noch kommt, dachte ich, der Tag hat ja gerade erst begonnen. Dann klopfte ich hoffnungsfroh und mit leichtem Kribbeln im Oberbauch bei Isabell.

III. Robert und die Bedeutung des Wanderpokals

Nach meinem Auftritt bei Frau Wittig-Buhlemann hatte Isabell den Kopf geschüttelt. „Ist gegessen.", stellte sie fest. „Vergiss es einfach und konzentriere dich auf deinen Job. Wenn das läuft, werden dir hier alle bald die Füße küssen, einschließlich der Wittig-Buhlemann.".
Die übliche Vorstellungsrunde am ersten Tag - man springt von Tür zu Tür, hält das Gesicht hinein, sagt seinen Namen, wechselt ein paar Belanglosigkeiten und wiederholt das Ganze in unzähligen Fällen - ersparte uns Isabell. „Das merkt sich sowieso keiner.", wusste sie aus Erfahrung zu berichten. „Alle sind genervt und du hast nichts gewonnen.". Ich vertraute – erleichtert, da ich für den Tag genug Lebenserfahrung gesammelt zu haben glaubte - auf Isabells Wissensvorsprung. Sie sollte recht behalten. Geschickt band Isabell in der Folgezeit meine Vorstellung in den Dienstalltag ein und nahm mich in diese oder jene Kaffee- oder Mittagsrunde mit. Nach drei Tagen kannte ich die halbe Behörde besser, als das nach einem Klopfkarussell zu Beginn der Fall gewesen wäre.
Die Strafabteilung lag in einem Seitenflügel, gesichert mit einer schweren elektrischen Tür, mein zukünftiges Dienstzimmer befand sich direkt dahinter auf der linken Seite. Die Namensschilder irritierten mich zunächst. ‚Ehrmann/ Justizobersekretär' und ‚Bogner/ Justizobersekretärin', las ich, meines befand sich erwartungsgemäß nicht darunter. „Paul Ehrmann, dein künftiger Zimmerkollege. Diese Woche hat er Urlaub. Naja, du wirst ihn dann kennenlernen.". Das

klang nicht vielversprechend. Isabell beeilte sich nachzuschieben: „Er ist schon ein paar Jahre hier, du kannst ihn also nach allem fragen. Aber in der ersten Woche bin ich ohnehin für deine Einarbeitung zuständig.“. Das beruhigte mich ungemein, noch mehr, als Isabell verkündete, mir die Woche gegenüber zu sitzen, da Paul ja im Urlaub sei. Welch eine glückliche Fügung! „Und Frau Bogner?“, fragte ich schnell nach, um meiner Freude ein sachliches Gesicht zu verleihen. „Das war deine Vorgängerin. Sie ist seit letzter Woche für ein Jahr zum Sozialgericht abgeordnet, mit dem Ziel der Versetzung dorthin.“, erläuterte Isabell und aus ihrer plötzlich streng dienstlich wirkenden Mimik schloss ich, dass sich dahinter eine interessantere Geschichte verbarg, als es den Anschein erweckte.

Wie erwartet, verstand ich mich auf Anhieb prächtig mit Isabell. Es war, es würden wir uns seit Jahren kennen, und namentlich Isabell, die sich als ausgesprochen gesprächig erwies, trug daran ihren Anteil. Sie erzählte mir, dass sie verheiratet sei mit einem knapp zehn Jahre älteren Handwerksmeister, der einen kleinen Malerbetrieb mit zwei Angestellten führte. Auf einem Bild, das neben dem Paar zwei sehr wohlgeraten anmutende Kinder zeigte, strahlte mir ein etwas dicklicher Typ Papa Bär mit bereits leicht gelichtetem Haaransatz entgegen. Ein Rätsel, wie ein derartiger Durchschnittstyp eine Frau wie Isabell für sich hatte gewinnen können. Die Liebe findet mitunter eigenwillige Wege, dachte ich bei mir. Das bereits 10jährige strohblond bezopfte Mädchen auf dem Foto, das Isabell wie aus dem Gesicht geschnitten war, hörte auf den Namen Maria. Der drei Jahre jüngere männliche Thronfolger namens Johannes kam mit seinem runden Gesicht und den dünnen strubbeligen Haaren eher auf den Vater hinaus. Das Geburtsdatum der Älteren irritierte mich zunächst, aber ich erfuhr, dass Isabell bereits 29 Jahre alt war und nicht, wie ich vermutet hatte, in meinem Alter.

Dunkle Wolken zogen kurzzeitig auf, als ich ein nach meinem Dafürhalten harmloses Thema anschnitt. „Sag mal, die meisten hier haben doch Einzelzimmer, oder?". „Das ist richtig.", erwiderte Isabell. „Die Strafabteilung sitzt etwas beengt, daher gibt es hier noch zwei Doppelzimmer für die Geschäftsstellen. Eigentlich wollten wir das längst einmal in der Verwaltung anpacken, aber der Umzug einer ganzen Abteilung ist immer ein ziemlicher Aufwand.". „In anderen Abteilungen stehen zum Teil sogar Büros leer.", hakte ich nach und Isabell bekam einen merkwürdigen Ausdruck in den Augen, den ich nicht deuten konnte. „Das hat andere Gründe.", meinte sie beiläufig. Ich ließ nicht locker. „Welche denn genau?". Isabell verzog das Gesicht, als hätte sie in einen fauligen Apfel gebissen. „Das sind überwiegend die leerstehenden Büros der Leute, die ins Homeoffice geschickt wurden.". „Ist doch nicht schlecht, zu Hause arbeiten, das könnte ich mir auch gut vorstellen.", bemerkte ich. Isabell reagierte angespannt. „Die meisten arbeiten nicht freiwillig zu Hause.", erklärte sie. „Das sind in der Regel diejenigen, die kein gültiges Gesundheitszertifikat vorlegen können. Die wurden im Ergebnis alle unter Kürzung der Bezüge um ein Viertel nach Hause geschickt. Zwangsweise.", setzte sie hinzu. „Oh.", stellte ich fest. „Das wusste ich nicht. Ein Viertel weniger Gehalt ist ganz schön happig. Könnte ich mir gar nicht leisten, mit eigenem Auto und wenn ich dann noch eine Wohnung mieten will.“. „Für einige mit Familie kam das richtig heftig.“, ärgerte sich Isabell. „Zuerst wurde sogar diskutiert, ob man alle ohne gültiges Gesundheitszertifikat entlässt. Dann haben die Personalvertretungen den Kompromiss für das Homeoffice ausgehandelt. Allerdings mit weniger Geld, da die Leute, wenn sie nicht zur Arbeit fahren müssen, angeblich geringere Aufwendungen haben, was ziemlicher Blödsinn ist.“. Isabell machte einen betroffenen Eindruck. So richtig wusste ich nichts darauf zu erwidern. Das Gesundheitszertifikat, das alle Pflichtimpfungen erforderte, war in meiner Bundeswehrzeit eingeführt worden. Ich hatte die Maßnahmen komplett über mich ergehen lassen, ohne großartig Gedanken daran zu verschwenden. Bei Nichterfüllung wäre mit der Bundeswehr ohnehin sofort Schluss gewesen. „Das ist auch der Grund, weshalb du hier im Hause für die Justiz-App nicht direkt freigeschaltet werden kannst. Das Oberlandesgericht macht eine Abfrage beim zuständigen Gesundheitsamt wegen deines aktuellen Gesundheitsstatus. Wenn da etwas fehlt, bekommst du keine Freigabe, kannst dich hier im Haus also praktisch nicht bewegen und erhältst direkt die Anordnung, dich ins HomeOffice zu begeben. Oder du gehst ganz. Eine Frechheit ist das.“. Isabell begann sich bei dem Thema offensichtlich in Rage zu reden. Das hatte ich mit meiner Frage nach dem Einzelzimmer natürlich nicht beabsichtigt und ich versuchte einzulenken. „Na ja, ein bisschen selbst schuld haben die aber auch, meinst du nicht? Ist ja kein großes Ding, die paar Impfungen.“. „Ach so, findest du?“, giftete Isabell, die hinter Pauls Schreibtisch aufgestanden war und jetzt ihre gebräunten

Arme in die Seite stemmte während der Anflug einer Zornesfalte auf ihrer Stirn wuchs. „Dann will ich dir mal so viel sagen.“. Ich starrte entgeistert zu ihr, denn so hatte ich sie noch nicht erlebt. „Weißt du, ich hätte dieses Jahr Beamtin werden können. Der Antrag war gestellt, eine hervorragende Beurteilung mit Empfehlung der Direktorin, alles pünktlich ans OLG übersandt. Dort stellte man fest, dass ich ganze zwei Tage nach der Bewerbungsfrist eine Pflichtimpfung nachgeholt hatte. Früher ging nicht, weil der Kleine krank geworden war. Zu spät, nach Auffassung der hohen Damen und Herren der vorgesetzten Dienststelle. Zwei Tage. Zwei! Das war es dann für dieses Jahr mit der Verbeamtung. Ich dürfe mich im nächsten Jahr gerne erneut bewerben, hieß es. Die spinnen einfach nur noch.“. Ich schwieg betreten und starrte aus dem Fenster, an das der regnerische Spätsommer wiederkehrende Fetzen schaumigen Wassers warf. Die Stimmung drohte auf den Tiefpunkt zu kippen, weshalb ich mich entschloss, konsequent zurückzurudern. „Entschuldige, Isabell, das alles war mir so nicht klar. Ich wollte mit meiner Frage keinen Streit anzetteln. Können wir das Thema vielleicht erledigen? Wenn es dir recht ist.“, setzte ich hinzu. Zum Glück für mich hellte sich Isabells Ausdruck augenblicklich auf und sie gestand zögernd: „Ja, sicher. Ich werde bei der Sache immer etwas emotional. Hab wohl ein wenig überreagiert. Und du hast daran schließlich überhaupt keine Schuld. Freunde?“. „Klar doch, Freunde.“, entgegnete ich freudestrahlend und atmete innerlich auf, der Angelegenheit so leicht entflohen zu sein.

Die Tage, die wir in meiner ersten Woche gemeinsam verbrachten, vergingen wie im Fluge. Isabell wusste auf jede Frage eine Antwort, viel nachzuhaken gab es meinerseits jedoch nicht. Ich fand mich schnell zurecht. Während der zwei Jahre, die ich bei der Bundeswehr verbrachte, hatten sich die mir noch aus der Ausbildung vertrauten Abläufe nicht wesentlich geändert. Die meisten Vorgänge liefen noch in der klassischen Papierakte, wie sie mir vertraut war. Die ersten neuen Akten kamen in elektronischer Form. Aber ich war immer schon technikaffin und das System erschloss sich mir trotz seiner Macken weitestgehend intuitiv. Isabell merkte bald, dass mir die Arbeit schnell von der Hand ging und die Ergebnisse im wesentlichen passten. Wir redeten nebenher, wenn es die Zeit erlaubte, über Gott und die Welt, stellten fest, dass wir ähnlich tickten, auch was den Humor betraf. Es wurde viel gescherzt, was ich genoss, weil ich es liebte, Isabell lachen zu sehen, besonders wenn dabei eine blonde Haarsträhne über ihre Augen fiel und sie diese mit einer lässigen Kopfbewegung zurück an ihren Ursprung beförderte.

Offenbar hatte nicht jedermann in den Nachbarbüros Verständnis für Ausbrüche spontaner Heiterkeit, denn ein energisches Klopfen an der Wand erinnerte uns daran, dass es sich bei der Dame Justitia um eine sehr würdevolle ernste Person handelte, in deren Gesetzbüchern Spaß keinen nennenswerten Platz einnahm. Angesichts derartiger mahnender Hinweise rang ich um den nötigen Ernst und dämmte meine Lautstärke, während Isabell angesichts meiner aufgesetzten strengen Dienstmiene in unbändiges Kichern ausbrach, was wiederum mich zum Lachen reizte.

Als ich an meinem dritten Tag eine aus mehreren Bänden bestehende und mit einem breiten Aktengurt locker zusammengebundene Akte, ein sogenanntes „Gürteltier", aus dem Regal zog, geschah etwas Unerwartetes. Eine offenbar nur unzureichend gegen Herausfallen gesicherte silberfarbene Pistole rutschte aus dem Bündel und schepperte neben mir auf den grauen Teppichboden.
Während ich das in Auflösung befindliche „Gürteltier" unter Kontrolle zu bringen suchte, was mir mit Mühe und Körpereinsatz gelang, starrte Isabell entsetzt auf die heruntergefallene Waffe. Mit großen Augen beobachtete sie mich, während ich das silberfarbene Ding aufhob, nach kurzem Blick als Schreckschusspistole identifizierte, sodann das leere Magazin herausgleiten ließ, den Verschluss zurückzog und nach Feststellung, dass sich keine Patrone im Lauf befand, diesen zurückschnappen ließ. „Gesichert.", verkündete ich trocken, während Isabell mit noch immer offenem Mund dastand und – was bei ihr ein selten anzutreffender Fall war – nach Worten suchte. „Das ist ja nicht zu fassen.", polterte sie. „Welches Aktenzeichen steht auf der Akte?". Ich warf einen Blick auf den losen Stapel und gab ihr die gewünschte Auskunft. „Alles klar, eine Sache von Dr. Lahmer.". „Stimmt, da war gestern offenbar Hauptverhandlungstermin.", entnahm ich dem Vermerk auf dem Aktendeckel. Isabell nickte verstehend. „Soviel zum Thema sichere Verwahrung von Beweismitteln, werter Herr Doktor.", bemerkte sie spitz, um mich sodann aufzufordern: „Gib mal her!". „Was denn?", fragte ich, „Die Akte?". „Nein, die Knarre natürlich.", warf Isabell zurück. Mit einem Schulterzucken reichte ich

ihr die Pistole. „Ist sicher, sind keine Patronen drin.“, merkte ich an. Isabell grinste, sie hatte sich offenbar erstaunlich schnell wieder gefangen. Ihr Gesicht nahm urplötzlich einen ernsten Zug an und mit der auf mich gerichteten Schreckschusswaffe befahl sie: „Hände hoch und umdrehen! Du bist verhaftet, Schurke Antonius!“. Ich starrte verwirrt auf Isabell, wie sie dastand, das blonde Haar zurückgeworfen, die Pistole im Anschlag und die Beine für einen sicheren Stand leicht gespreizt. In ihrem engen schwarzen Shirt und der noch engeren Jeans wirkte sie wie eine taffe heiße Fernsehkommissarin, die einen Täter auf frischer Tat dingfest macht, um ihn der Gerechtigkeit zu überantworten. Das Zucken in Isabells Mundwinkeln bedeutete mir, dass sie dieses kleine Spiel genoss. Da ich wissen wollte, wo es hinführt, ließ ich mich bereitwillig darauf ein und drehte ihr mit gehobenen Armen den Rücken zu. „Höher die Arme!“, wies sie mich an und korrigierte sogleich: „Nein, hinter dem Kopf verschränken!“, was ich unverzüglich befolgte. „Und nun?“, gestattete ich mir nachzufragen. „Vielleicht in die kniende Position?“, schlug ich vor. Während ich andeutungsweise die Knie beugte, wurde Isabells Kichern brutal unterbrochen durch ein harsches „Isabell, erklär mir sofort, was hier vorgeht!“. Während unseres Treibens hatte sich unbemerkt die Tür geöffnet und Frau Wittig-Buhlemann sah sich unversehens einer Situation gegenüber, in der ihre Geschäftsstellenleiterin einen Mitarbeiter mit einer Pistole auf die Knie zu zwingen gedachte. Das war zu viel für die Gute, wie ihr kalkweiß glänzendes Gesicht, das aus einem in orange-grün bestickten Umhang hervorlugte, zweifelsfrei bekundete. Das groteske Bild, das sich mir im Umdrehen bot – Isabell, immer noch breitbeinig aber mit gesenkter Waffe, ihr gegenüber die Geschäftsleiterin, die sichtbar um ihre Fassung rang – ließen mich losprusten. Isabell versuchte, die Situation zu retten. „Das ist keine echte Waffe.“, setzte sie zum Erklärungsversuch an. „Ich habe Herrn Kranagel nur die polizeiliche Vorgehensweise bei der vorläufigen Festnahme erläutert.“. Ich beeilte mich, den Ball aufzunehmen. „Genauso war es, Frau Wittig-Buhlemann.“. Diese blickte mich entgeistert an. „Was? Wie?“, fragte sie nur. „Na du weißt schon, Paragraph 127 der Strafprozessordnung, die vorläufige Festnahme, quasi in der Praxis.“, sprang mir Isabell bei. Frau Wittig-Buhlemann blickte irritiert zwischen Isabell und mir hin und her. „Aber Isabell, das geht doch so nicht, wir sind hier nicht an der Polizeischule, also nein wirklich, so etwas kannst du doch nicht machen. Du bist schließlich Vorgesetzte des Kollegen, du kannst ihm nicht befehlen, sich hinzuknien.“. „Ach, Frau Wittig-Buhlemann,...“, ergriff ich wieder das Wort, „...wenn es die Situation erfordert und es der Rechtserkenntnis dient, bin ich selbst zu persönlich einschneidenden Maßnahmen bereit.“. Frau Wittig-Buhlemann sah mich strafend an. „Von Ihnen habe ich auch nichts anderes erwartet, aber von dir, Isabell, also wirklich ... Außerdem, das ist hier keine Spaßveranstaltung sondern die Justiz.“. Und wieder zu Isabell gewandt: „In diesem Büro wird ohnehin viel zu viel gelacht. Es beschweren sich schon Mitarbeiter über die Lautstärke. Isabell, du bist mir dafür verantwortlich, dass der neue Kollege hier ohne solche Spielereien ab sofort ernsthaft eingearbeitet wird. Haben wir uns da verstanden?“. Offenbar hatte die Geschäftsleiterin ihre

Fassung weitgehend zurückgewonnen. Isabell biss sich auf die Oberlippe und nickte zerknirscht. „Und Sie, Sie reißen sich in Zukunft zusammen. Ich behalte Sie im Auge, Herr Karnagel!". „Kra-, ich heiße Kranagel.", warf ich ihr halblaut nach, aber da war sie schon durch die Tür im Halbdunkel des Korridors entschwunden.

Tags darauf hatte sich das Schauer bescherende graue Gewölk verzogen. Der Sommer holte zum Gegenschlag aus und spendete dem anbrechenden Tag eine reichliche Portion wärmenden Sonnenscheins. Gut gelaunt radelte ich auf den Innenhof des Gerichts und sicherte mir den vorletzten Stellplatz an einem der begehrten Metallbügel. Der Hintereingang, den ich von dort mittels Justiz-App nutzte, war zwar nicht ganz legal, aber da sich davor der – ebenfalls inoffizielle - Raucherplatz befand, hatte sich die Direktorin, selbst Raucherin, bereitwillig darauf eingelassen, den vom Hof kommenden Mitarbeitern ohne Umweg über den Haupteingang Einlass ins Innere zu gewähren. Punkt 07:30 Uhr schwenkte ich in den Trakt ein, in dem die Strafabteilung ihren Sitz hatte. Ich staunte beim Betreten meines Büros nicht schlecht, als Isabell an Pauls Arbeitsplatz mit wippenden Beinen meine Ankunft bereits ungeduldig erwartete. „Gut, dass du da bist.", empfing sie mich und mir schwante angesichts ihrer sichtbaren Nervosität nichts Gutes. „Wenn es wegen gestern ist, ich nehme da einfach alles auf mich, damit du keinen Ärger mit der Geschäftsleitung ...", setzte ich an, aber Isabell unterbrach mich direkt. „Nein, mein weißer Ritter,", spöttelte sie, „das kläre ich schon. Die Wittig-

Buhlemann habe ich im Griff.". Obwohl der ‚weiße Ritter' scherzhaft gemeint war, tat es mir gut, dass sie meinen Versuch, mich für sie ehrenvoll ins Schwert zu stürzen, wahrgenommen hatte. „Nein, ich brauche deine Hilfe, Anton.". Isabell setzte ihr zauberhaftes Lächeln auf und ich schmolz auf der Stelle dahin. Als ich sie erwartungsvoll ansah, fuhr sie fort. „Sag mal, wie gut kommst du mit der Arbeit hier zurecht? Ich meine, schaffst du das vielleicht die nächsten zwei Tage alleine?". Ach, daher wehte der Wind. Ich verzog das Gesicht, als würde ich ernsthaft über einem Problem grübeln. „Ich weiß ja, dass die Elektronische Akte für dich noch völlig neu ist, und ich will dich damit auf keinen Fall alleine lassen. Aber die Wittig-Buhlemann macht Stress wegen der Geschäftsprüfung nächste Woche, für die einiges vorzubereiten ist. Außerdem beginnt heute noch ein Jura-Student sein Praktikum, den muss ich irgendwie unterbringen und dann habe ich zwei Auszubildende in der Betreuung, die mich mit einem Berg Fragen löchern.". Ich wartete die darauf folgende Kunstpause ab, bevor ich antwortete. „Nein, kein Problem, mach du mal dein Zeug, ich komme hier schon klar.". Isabell atmete erleichtert auf. „Gott sei Dank. Du nimmst mir da echt eine Last vom Herzen. Und ab nächste Woche hast du dann ja Paul zum Fragen.". Sie warf eine blonde Haarsträhne auf die Seite „Du kommst aber sofort, wenn du nicht weiter weißt. Das musst du mir versprechen.". „Klar.", meinte ich leichthin. „Pfadfinderehrenwort. Oder ich ruf kurz an.". Isabell sprang auf - sie sah in ihrem Jeansmini und der beigen Bluse fantastisch aus - und ich verfluchte mich kurz innerlich ob meines schnellen

Nachgebens. Mit einem panischen Blick auf die Uhr verabschiedete sie sich. „Danke, Anton. Bis später dann.“, und ich war ab sofort mir selbst überlassen.

In den vergangenen drei Tagen hatte ich mein Schicksal vollständig in Isabells wohlgeformte Hände gelegt, zu sehr wie sich herausstellte. Bereits mein Eintritt in die Kantine, der ich zum Mittagessen einen Besuch abstattete, drohte zu scheitern. Die Justiz-App startete nach dem dritten erfolglosen Identifikationsversuch ein Alarmgewitter, sehr zum Verdruss der sich hinter mir langsam aufstauenden Menschenmenge. Zum Glück half mir ein jüngere Kollegin, ich schätzte sie auf etwa Mitte 20, mit verträumtem Blick und langen, pechschwarzen Haaren über ihrem bleichen Gesicht, aus der Verlegenheit. Offenbar hatte sie mich als Berechtigten zuordnen können und zog mich hinter sich durch die von ihr freigeschaltete Absperrung. Bevor ich Gelegenheit erhielt, mich zu bedanken oder gar ihren Namen in Erfahrung zu bringen, ergriff sie die Flucht ins Getümmel. Zu meiner großen Freude konnte ich unter gleich zwei vegetarischen Gerichten die Wahl treffen, die ich beide nicht mochte. Isabell hatte mir bereits verraten, dass nur einmal pro Woche Fleisch serviert würde und Frikadellentag war gestern bereits gewesen. Vegane Blutwurst schied für mich von vornherein aus. Wenig später starrte ich mit schwindendem Appetit auf den lieblos angehäuften Berg mit Kartoffeln und Sauerkraut auf meinem Teller, während ich mich nach einer passenden Sitzgelegenheit umsah. Ich entdeckte Isabell, die aber bereits an einem vollbesetzten Vierertisch mit drei anderen Frauen, eine davon ihre Auszubildende, schnatterte und mir mit einem bedauernden Schulterzucken zuwinkte. Ich würde mich also anderweitig orientieren müssen. Ein paar Hungrige schoben sich schimpfend an mir vorbei und verteilten sich in dem riesigen Raum. Hinten in der Ecke war noch ein leerer Achtertisch, der aber, wie mir Isabell bereits am ersten Tag verraten hatte, den Richtern vorbehalten war, die jedes Eindringen in ihre reservierte Komfortzone mit schnarrendem Groll quittierten. Ich hatte mich ein wenig in Richtung Mitte bewegt, als ich, immer noch auf der Suche nach einem Platz, hinter mir eine Stimme vernahm. „Essen du musst, junger Jedi, nur dann du dienen kannst deinem Land mit ganzer Kraft.“. Intuitiv ahnte ich, dass die Ansprache mir gegolten haben musste und drehte mich zögernd in die Richtung des unbekannten Weisen. So ganz weise wirkte dieser allerdings nicht. Vielmehr grinste mich ein unter einer grauen Matte hervor lugender, offenbar gut gelaunter Typ um die 50 an, der mit einer freundlich einladenden Handbewegung auf einen leeren Stuhl an seiner Seite wies. Mangels ernstzunehmender anderer Alternativen bezog ich die mir zugewiesene Stellung. „Vielen Dank. Anton Kranagel.“, stellte ich mich vor. „Schon gehört. Der Neue aus der Strafe. Ich bin Robert, Robert Kempowski, Grundbuchamt.“, womit die Formalitäten geklärt waren und wir schweigend begannen, uns den vor uns stehenden Köstlichkeiten zu widmen. Während ich wenig engagiert in dem Kraut stocherte, mich dann umentschied und eine Kartoffel mit seltsamen Flecken auf der Oberfläche aufspießte, nutzte ich die Gelegenheit, meine neue Bekanntschaft so unauffällig wie möglich unter die Lupe zu nehmen.

Auf den ersten Blick ließ sich Robert keiner der justiztypischen Persönlichkeitsschubladen zuordnen. Sein äußerer Auftritt erschien martialisch – die bis auf die Schultern reichenden grauen Haare wirkten gepflegt, das Kinn zierte ein sorgsam gestutztes ebenfalls ergrautes Bärtchen. Gekleidet war Robert komplett in Schwarz, ein kurzärmliges Harley-Davidson-Shirt, aus dem braungebrannte muskulöse Arme ragten, wurde komplettiert durch eine schwarze Cargohose mit Seitentaschen und gleichfarbige wuchtige Boots. Um den Hals trug er an einem Lederband einen kleinen Thorshammer, die kräftigen Hände schmückten schwere Silberringe. Als Motive darauf fanden sich ebenfalls der Thorshammer, ein Totenkopf und ein mir bekannt vorkommendes Zeichen, das ich jedoch nicht zuzuordnen vermochte - ein gleichseitiges Dreieck mit einem Kreis von Rosen umrankt. Das einschüchternde Äußere wurde gemildert durch einen wachen klaren Blick aus freundlich strahlenden stahlblauen Augen, die von kleinen Lachfältchen umzogen waren.
„Schmeckt wohl nicht?“, unterbrach Robert meine Beobachtungstour und mir wurde bewusst, dass die Kartoffel auf der Gabel immer noch nicht den Weg in meinen Mund gefunden hatte. „Geht.“, murmelte ich und setzte, während ich widerwillig in die befleckte Kartoffel biss, hinzu: „Viermal die Woche vegetarisch ist ein wenig übertrieben, oder?“. „Der Staat sorgt sich um unsere Gesundheit.“, erklärte Robert, ohne dabei den ironischen Unterton ganz verbergen zu können. „Daher wundert es mich, dass überhaupt einmal die Woche Fleisch serviert wird. Also, wenn man das Fleisch nennen darf, was hier auf dem Teller landet.“. „Hmmm.“,

meinte ich kauend, „Bei der Bundeswehr gab es auch dergleichen Ambitionen. Als Meuterei drohte, ging man wieder zum klassischen Speiseplan über. Nur den Montags-Veggi-Day, den hat man uns gelassen.“. „Habe ich schon gehört. Bei der Polizei wurde dieser Unsinn auch wieder abgeschafft. Sonderbehandlung für Waffenträger. Die werden schon wissen warum.“, grinste Robert. „Was solls, genießen wir den Gummianteil in diesem hervorragend gewürzten Kraut.“, wobei er genüsslich einen zusammengerollten Sauerkrautball mit den Zähnen von der Gabel befreite. „Sei froh.“, entgegnete ich. „Zugunsten des Gummianteils wurde der Plastikanteil reduziert, was den Verzehr erleichtert und zugleich der Verdauung zugute kommt.“. Wir lachten beide. „Was sind das eigentlich für Flecken auf den Kartoffeln?“, wunderte ich mich. Robert zuckte mit den Schultern. „Keinen Schimmer. Die Frage bei diesem genmanipulierten Zeug ist doch vielmehr, wieso die diese Flecken nicht einfach wegzüchten. Vielleicht glauben die Nahrungsbastler, die Sachen sähen damit natürlicher aus.“. Ich streifte die angebissene Kartoffel von der Gabel und schob sie auf den Tellerrand. Die anderen sahen vergleichbar aus, weshalb auch ich mich nun dem Sauerkraut zuwandte. „Vielleicht ist das die Idee dahinter. Man produziert künstliches Zeug, das nicht schmeckt aber genauso hässlich aussieht wie das natürliche Original.“. „Du hast soeben die Vorgehensweise der Nahrungsmittelindustrie zutreffend beschrieben.“, konstatierte Robert. „Keine gute Idee, für derart aufmüpfige Analysen wird man schnell der Justiz überantwortet.“. „Also uns.“, merkte ich an. „Aber was soll schon groß passieren? Im Gefängnis ist das Essen besser. Wegen Meutereigefahr.“. Wir lachten wieder. „Kaffee?“, fragte ich und schob den Teller zur Seite. „Ja. Aber bei mir im Büro. Das Kantinengesöff ist ungenießbar. Bei mir kriegst du den besten Cappuccino hier im Haus. Jura-Kaffeevollautomat.“, erklärte Robert. Ich pfiff anerkennend. „Bin dabei.“.

Mit einer dampfenden Tasse eines in der Tat vorzüglichen Café Creme in der Hand inspizierte ich Roberts Büro im Grundbuchamt. Die Wände waren gespickt mit einer Reihe großformatiger Landschaftsaufnahmen, im Vordergrund befand sich in allen Fällen Roberts Harley gekonnt in Szene gesetzt. „Polen, Tschechien, Kroatien, Schweden, Dänemark, Südtirol.“, erklärte er. „Der Rest sind Aufnahmen aus Deutschland und Österreich.“. Ich pfiff durch die Zähne. „Da bist du ja ganz schön rumgekommen.“. „USA fehlt mir noch, eventuell Australien. Möglicherweise bleiben das aber unerfüllte Träume. Die Preise sind untragbar.“, bedauerte Robert. Wir schwatzten eine Weile über Urlaube und gestiegene Spritkosten. Plötzlich schoss mir ein Gedanke ein, von dem ich nicht so recht wusste, wie er mir gekommen war. Vielleicht hatte das Thema Reisen bei mir einen Hebel umgelegt. „ Sag mal, meine Vorgängerin, die Kollegin Bogner, kennst du die eigentlich?“. Robert blickte überrascht auf. „Ein wenig, vor ein paar Jahren war sie mal hier im Grundbuchamt. Wieso? Was soll mit ihr sein?“. „Ich weiß auch nicht, aber Isabell hielt sich da mit Auskünften zu ihr ziemlich bedeckt. Sie erzählte nur von der Abordnung ans Sozialgericht. Gab es da irgendetwas, was ich wissen müsste?“. Robert zögerte, bevor er antwortete. „Genau genommen handelt es sich um kein Geheimnis.“, begann er schließlich.

„Die Bogner ist ein Wanderpokal.". „Ein was?", fragte ich nach. „Ein Wanderpokal. Jemand der von Abteilung zu Abteilung gereicht wird, weil er nichts auf die Kette kriegt. Die Bogner ist so jemand.". Erstaunt erwiderte ich: „Ich dachte, diese Wechsel seien gewünscht. Schon wegen der Verwendungsbreite, die dann wiederum bei Beförderungen Bedeutung hat.". Robert lachte. „Ja, das erzählen sie den Betreffenden natürlich. In Wahrheit ist es so: Kein Vorgesetzter verzichtet gerne auf Mitarbeiter, die über Jahre Erfahrungswissen in ihren Abteilungen gesammelt haben. Das sind richtige Fachspezialisten. Wenn es um Verwendungsbreite für eine Beförderung geht, schickt man die mal für 1-2 Jahre in eine andere Abteilung oder Behörde. In seltenen Fällen bleiben sie da, meist kommen sie wieder zurück und zwar an ihren alten Platz. In der kurzen Zeit sind ja deren Spezialkenntnisse nicht aus dem Gedächtnis gefallen.". Robert holte Luft. „Die Wanderpokale dagegen, die müssen wechseln, weil man denkt, dass sie in einem Jahr nicht soviel Schaden anrichten können und falls doch, das angerichtete Chaos sich über die Jahre auf alle Bereiche verteilt. Wer den Pokal bekommt, wird jedes Jahr zum Jahresende ausgeknobelt. Den Leuten selbst sagt man natürlich nicht die Wahrheit, sondern erzählt ihnen das Märchen von der höheren Verwendungsbreite.", schnaufte Robert. „Und das glauben die?", hakte ich nach. „Die Menschen glauben das, was sie hören wollen. Genau das liefert man ihnen, und sie sind glücklich.". Ich schaute wohl ein wenig irritiert drein, weshalb Robert ergänzte: „Also wenn die Wittig-Buhlemann dich nächstes Jahr zu uns ins Grundbuchamt umsetzt, weißt du, dass du eine Niete bist. Oder du bist aus einem anderem

Grunde bei ihr angeeckt.". Ich grinste. „Die Chancen stehen nicht schlecht.". Als Robert nachfragte, berichtete ich von meinen bisherigen Zusammentreffen mit der Geschäftsleiterin. Isabells Auftritt als Tatortkommissarin feierte Robert aus vollem Herzen. „Von Isabell ließe ich mich auch gerne einmal festnehmen und vorführen. Mit anschließender Vernehmung.". Wir lachten erneut, aber bevor ich Gelegenheit bekam, ihn über Isabell auszufragen, deutete er mit Bedauern auf seinen Schreibtisch. „Ich muss wieder. Das Bummeln ist mir nicht gegeben. Du auch, junger Jedi, sieh zu, dass du an deinen Platz kommst. Die dunkle Gräfin Witzig-Batikmann hat dich im Blick.". Das genügte, um mir Beine zu machen und ich zog von dannen, nicht ohne uns für den nächsten Tag zur Mittagszeit zu verabreden.

IV. Putzfimmel und Politklimbim

Meine Freitagnachmittagsträumereien erfuhren ein jähes Ende, als nach kurzem Klopfen Isabells Blondschopf durch die Tür lugte und in den Raum trompetete: „Besengeschwader raustreten!“. Mein verdutztes Gesicht brachte sie zum Kichern. „Das war kein Witz, Sonnenschein. Lass den Griffel fallen und dann hopp-hopp zum Freitagsgroßreinemachen.“. Damit erledigten sich meine Hoffnungen auf eine Fortsetzung des Mittwochsrollenspiels und ein angeregtes Schwätzchen. Während ich mich mit gequältem Lächeln vom Stuhl löste, bot sich immerhin die Chance einer spontanen Inaugenscheinnahme der weißen Jeans, die direkt mit Isabells langen schlanken Beinen verwachsen schien. Als wir auf dem Flur nebeneinander hertrotteten, klärte Isabell mich auf. „Seit diesem Jahr gilt ein neuer Vertrag mit der Reinigungsfirma. Toiletten und Flure sind weiterhin drin im alten Preis, die Büros und Sitzungssäle allerdings nicht mehr. Da das Budget ausgeschöpft ist, spielen wir hier jeden zweiten Freitag das Putzkommando. Und sein Büro muss sowieso jeder selbst sauber halten.“. Ich schaute irritiert auf. „Die bezahlen uns echt fürs Besenschwingen? Sind wir dafür nicht ein bisschen teuer?“. „Klar sind wir das.“, bestätigte Isabell. „Aber wir werden ja ohnehin bezahlt, oder wie es im Haushaltsrecht so schön heißt – wir sind Eh-da-Kosten. Heißt, wir wienern die Säle obendrauf zu unserer eigentlichen Arbeit, die wir trotzdem schaffen müssen.“. Nach der Bundeswehr hatte ich mir geschworen, nie wieder einen Besen in die Hand zu nehmen. Soviel dazu. „Was für eine Bananenrechnung.“, murrte ich und Isabell lachte. „Wirst dich dran gewöhnen. Die Richter und Rechtspfleger sind davon freigestellt. Aber der gesamte mittlere Dienst macht mit und die Wachtmeister. Da relativiert sich das, so dass wir in einer guten Dreiviertelstunde durch sind.“. In der Zwischenzeit ergossen sich wie bei einer Ameisenarmee aus allen Richtungen die Mannschaftsdienstgrade in die Flure, ergriffen im Putzmittelraum Besen, Eimer, Wischmops, Aufnehmer, Handfeger, Tücher und Reinigungsmittel und verteilten sich sodann auf die über das ganze Gebäude verstreuten Sitzungssäle. „Du bist in meiner Truppe.“, bestimmte Isabell. „Wir sind zuständig für die zwei kleineren Strafgerichtssäle über der Verwaltung.“. „Zu zweit?“, entfuhr es mir. „Keine Sorge.“, beruhigte mich Isabell. „Es stoßen noch zwei Leute aus der Nachlass- und Betreuungsabteilung dazu. Sonst ist auch Paul im Boot, aber irgendwer hat immer Urlaub oder ist krank.“.

Tatsächlich trafen wir vor Ort angelangt auf eine genervt wirkende ältere Dame namens Annegret aus der Betreuungsabteilung, die lustlos einen Putzlappen über die technische Saalausstattung huschen ließ. Am Kopf des Raumes, hinter dem langen Tisch, an dem sonst das Hohe Gericht über Recht und Unrecht befand, fegte sich durch die Sitzreihe eine unter ihrem langen schwarzen Haar verborgen haltende weitere zur freitäglichen Reinigungsfachkraft Erhobene, die ich als meine Retterin an der Zugangssperre vom Vortag identifizierte. Da sie mir hier schlecht entwischen konnte, ohne schuldhaft ihren Frondienst zu verlassen, wagte ich den erneuten Versuch einer Kontaktaufnahme. „Hallo, ich bin Anton. Danke nochmal für die Befreiung aus der Notlage gestern.“. Sie blickte verwirrt auf, so dass ich mich gezwungen sah, detaillierter auszuführen.

„Gestern in der Kantine. Ich war derjenige, der an der Zugangssperre den Alarm ausgelöst hat.“. Ein Anflug der Erinnerung huschte über ihr immer noch unter dem Vorhang aus Haar halb verdecktes blasses Antlitz. „Ach, das warst du. Ja, klar, kein Problem.“, und wandte sich wieder ihrer Kehraufgabe zu. „Ich bin Anton.“, wiederholte ich, in der Absicht, sie nicht zu leicht davonkommen zu lassen. „Melinda.“. Eine leichte Röte trat auf ihre Wangen und sie fügte schnell hinzu: „Entschuldige. Ich will hier einfach bloß fertig werden.“. Ich setzte zu einer Erwiderung an, als Isabell zwischen uns trat und mit einem Reinigungsspray die Fensterbank attackierte. „Na Romeo, wird das noch mit dem Fegen? Fang am besten hinten bei den Zuschauersitzen an, hier ist schon jemand beschäftigt.“. Nun war ich es, dem die Röte ins Gesicht schoss. Ich ärgerte mich, dass Isabell mein vorbildliches Bemühen um Höflichkeit als Angrabversuch abqualifizierte. Melinda machte sich jedoch bereits hinter dem Platz der Staatsanwaltschaft zu schaffen und schien von meiner peinlichen Berührtheit nichts bemerkt zu haben. Ohne Isabell die Genugtuung einer Antwort zu gönnen, verzog ich mich auf die andere Seite der Örtlichkeit und schwang den Besen – wie in der militärischen Grundausbildung gelernt – nach Kräften. Es muss nicht blitzblank sauber sein, es muss nur engagiert aussehen, pflegte ein Kamerad aus meiner Stube bei solchen Gelegenheiten zu bemerken, und nach diesem Credo gab ich mein Bestes. Während Annegret mit einem tropfnassen Lappen die Stuhlrücken von ihrer Staubschicht befreite, moserte sie über den mangelnden Einsatz der Wachtmeister, die jede Menge Ausreden parat hielten, um sich der unliebsamen Verpflichtung zum Freitagsputz

zu entziehen. Pfortendienst, Kurierdienst und größere Scan- oder Kopieraufträge galten als Entschuldigung. „Eigentlich müsste sich die Verwaltung gar nicht beteiligen. Aber Isabell,...“, - Annegret deutete mit dem Kopf auf die gerade in anregend gebückter Position einen Eimer mit Wischwasser umpositionierende Geschäftsstellenleiterin -, „... die macht trotzdem einfach so mit und drückt sich nicht wie der Rest der faulen Bagage.“. Ich nickte anerkennend. Alle Achtung! Langsam begann mir zu dämmern, dass Isabell ihr hohes Ansehen nicht nur wegen ihres unbestreitbaren Fachwissens und des vorteilhaften Aussehens genoss. Die Kollegen bei dieser Schinderei zu unterstützen, brachte ihr mit Sicherheit eine Menge Rückendeckung seitens des mittleren Dienstes ein, etwas, von dem man nicht genug haben konnte, wenn man, wie sie es offenbar tat, der Geschäftsleiterin mit einer gehörigen Portion Schneid entgegentrat.
Als wir später die Putzutensilien wieder zurückgebracht hatten und uns auf dem Rückweg zu unseren Büros befanden, um endlich das ersehnte Wochenende anzutreten, warf Isabell mir zum Abschied fröhlich zu: „Bevor ich es vergesse, Anton. Nächsten Freitag müssen die Teeküchen gereinigt werden. Dafür ist immer der Jüngste in der jeweiligen Abteilung zuständig. Schönes Wochenende.“. Ich blieb mit offenem Mund zurück, bis Isabell hinter der Absperrung an der nächsten Ecke verschwunden war.

Meine Wohnungssuche legte ich zunächst ad acta. Die Mietpreise gerade für kleinere Behausungen in der Stadt muteten astronomisch an. Jedenfalls bot sich nichts, was dem kargen Gehalt eines Justizsekretärs entsprochen hätte. Robert wusste von einem Kumpel, der eine bezahlbare Wohnung auf dem Land vermieten wollte. Allerdings schreckten mich die fast 30 Kilometer Anfahrtsweg, die mit dem Fahrrad in vernünftiger Zeit nicht zu bewältigen waren und meine Spritkosten hätten explodieren lassen, so dass ich dankend ablehnte. Es hieß also, besserer Zeiten in der elterlichen Wohnung zu harren, was meine Mutter zu Freudentränen rührte und mein Vater mit dem üblichen Schulterzucken aufnahm. „Es ist so wie es ist.“, meinte er. „Die Jacke des Beamten ist dünn aber warm.“. Womit er aus eigener Erfahrung sprach, denn auch im gehobenen Dienst des Finanzamts gab es Grenzen des Machbaren. Meine Eltern gaben, nachdem ich mich zur Bundeswehr verpflichtet hatte, unser Haus, in dem ich aufgewachsen war, auf. Der Reparaturstau bei dem über 60 Jahre alten Gemäuer und die gestiegene Abgabenlast brachten das familiäre Finanzbudget ins Wanken. So verkauften sie das Einfamilienhäuschen und bezogen eine schick sanierte 80 Quadratmeter-Wohnung im Erdgeschoss eines Mehrfamilienhauses in städtischer Randlage. „Liegt günstig zur Dienststelle. Obendrein altersgerecht.“, konstatierte mein Vater. „Muss man frühzeitig in den Blick nehmen.“. Meine Mutter war nicht gerade böse über die Entscheidung, sparte sie sich in der deutlich kleineren Wohnung einiges an Putzarbeit, die sie trotz ihres Sauberkeitsfimmels innerlich verabscheute.

In meiner zweiten Woche traf ich erstmalig auf Paul, den Kollegen, mit dem ich mir das Büro zu teilen hatte. Es trat schnell zutage, dass sich zwischen uns keine Freundschaft anbahnen würde. Paul verkörperte all das, was ich am Beamtentum – obgleich ich selbst ein Teil davon war – nicht ausstehen konnte. Allem voran eine stocksteife Spaßbefreitheit, bei Paul gepaart mit einem Hang zur Pedanterie und einem Fetisch für Vorschriften, der fast unheimlich anmutete. Gesetze, Verordnungen, Erlasse und Verfügungen betrachtete ich als eine Art Brücke zum Ziel, etwas, das ich nutzte, wenn es einem angestrebten Zweck diente. Ein Rahmen, den ich mir notfalls zurechtbog. Paul dagegen *lebte* Vorschriften, zugleich klammerte er sich an sie wie ein Nichtschwimmer an die Planke eines Wracks. Zugegeben, niemand vermochte Geschäftsordnungs-vorschriften, Aufbewahrungsbestimmungen oder die staubtrockene Aktenordnung derart präzise zu zitieren – Isabell vielleicht ausgenommen, die allerdings mit diesen auch einen vergleichsweise pragmatischen Umgang pflegte. Bei Paul verband sich die Gläubigkeit an Vorschriften mit einem erstaunlichen Mangel an Kreativität. Alles außerhalb eines von Regulierungen klar abgesteckten Feldes brachte ihn ins Schwimmen. Paul schien intellektuell insgesamt eher schlicht gestrickt, dabei aber schnell in der standardisierten Aktenbearbeitung, was ihm zunächst einen Vorteil verschaffte. Gerade in den Geschäftsstellen lag das Hauptaugenmerk der Kontrolle weniger auf qualitativer Brillanz als vielmehr auf der quantitativen Bewältigung der realen und virtuellen Aktentürme. Da Paul seinen Erfahrungsvorsprung mir gegenüber größtenteils als Herrschaftswissen ansah, an dem er mich spürbar ungern teilhaben lassen mochte, beschränkte ich mich bei gelegentlichen Nachfragen auf das absolut Notwendigste. Privat hatten wir ebenfalls keine Basis. Außer,

dass Paul ebenso wie ich unverheiratet war, ließen sich keine Gemeinsamkeiten feststellen.
Ich klagte Robert mein Leid, der dies allerdings nur mit einem mitleidigen Grinsen quittierte. „Ihr müsst keine dicken Kumpel werden. Sieh einfach zu, dass du mit ihm so entspannt wie möglich umgehst.“. Robert hatte gut reden, er konnte sich in sein gemütlichen Einzelbüro zurückziehen, einen Cappuccino aufbrühen und musste sich nicht mit solchen Langweilern wie Paul herum quälen. Was hätte ich nur dafür gegeben, wieder mit Isabell in einem Zimmer sitzen zu dürfen! Die machte sich allerdings seit der vergangenen Woche etwas rar. Nachdem sie eine Einladung zum gemeinsamen Kantinenbesuch in der Mittagspause ausgeschlagen hatte, zog ich es schmollend vor, keine weitere Abfuhr zu kassieren und es ihr zu überlassen, den nächsten Kontakt anzubahnen.
Neben Paul stand noch eine weitere Begegnung ins Haus, nämlich die mit der Direktorin. Einen „meiner“ beiden Richter, nämlich Dr. Lahmer, hatte ich bereits in der ersten Woche kurz kennengelernt. Außer seiner Laxheit im Umgang mit Beweismitteln – die „Schreckschusspistolenaffäre“ würde für immer in mein Gedächtnis gebrannt sein – gab es an Dr. Lahmer nicht übermäßig viel auszusetzen. Das lag vor allem daran, dass man ihn praktisch nie zu Gesicht bekam, denn er arbeitete mit Vorliebe an den Wochenenden oder zu Zeiten, in denen ich mich in den Feierabend zu verabschieden pflegte. Während der üblichen Geschäftszeiten nahm er nur seine Sitzungen wahr. Es handelte sich um ein offenes Geheimnis, dass er sich nur allzu gerne in eine dem öffentlichen Einblick entzogene Ecke der Wachtmeisterei

zurückzog, wo er mit Hartmut, einem der Wachtmeister, der seiner Pensionierung entgegen fieberte, Karten zu spielen pflegte. Somit kam es während meiner Anwesenheit im Büro zu keinen nennenswerten Störungen durch Dr. Lahmer. Nur die Aktenstapel in meinem Eingangsfach am nächsten Morgen zeugten von der nächtlichen Aktivität des Tagesbummlers.

Ein Anruf mit der unheilvollen Anzeige „Vorzimmer" auf dem Display riss mich aus der intensiven Befassung mit einer von Dr. Lahmers weitschweifigen Urteilsgründen, in die ich mich gerade vertieft hatte. „Vorzimmer der Direktorin, Kunze. Herr Kranagel, Frau Direktorin wünscht Sie zu sprechen.", lautete die grußlos vorgetragene Ansage, die so monoton blechern klang, als sei sie vom Band abgespielt worden. Obgleich es keinen Anlass gab, meldete sich umgehend mein schlechtes Gewissen. In Blitzgeschwindigkeit ging ich im Kopf die Liste möglicher Verfehlungen durch. Ohne Erfolg. Deshalb verabscheute ich die Ankündigung von Gesprächen mit Vorgesetzten. „Herr Kranagel?", setzte Frau Kunze in hörbarer Ungeduld nach und ich konnte nicht umhin, mir in diesem Moment ein Krähengesicht im Faltenrock vorzustellen. „Ja, äh, jetzt sofort?", erkundigte ich mich. „Selbstverständlich.", kam es entrüstet zurück und der übliche Piepton im Hörer vermittelte mir, dass sie von ihrer Seite das Gespräch als beendet ansah und aufgelegt hatte. Das nahm mir die Möglichkeit zur Nachfrage, was der Anlass des Gesprächswunsches von Frau Direktorin sei. Mein grundlos nagendes schlechtes Gewissen blieb mir also noch eine Zeitlang erhalten.

„Klopfen und eintreten.", befahl in ihrer unnachahmlichen Art Frau Kunze – oder „Fräulein Kunze, die Ungeküsste" wie Isabell sie hinter ihrem Rücken spöttisch bezeichnete. Ich tat wie mir geheißen und fand mich in einem riesigen Raum wieder, der mehr einem Wohnzimmer als einem Büro glich. Die in „Eiche rustikal" gefertigte Schrankwand mit einer Reihe von Glaseinsätzen, hinter denen alte, aufwendig gebundene Gesetzbücher und Kommentare aufgereiht waren, wurde durch einen in Farbe und Material gleichartigen wuchtigen Schreibtisch ergänzt, der auf einem mit dezenten rotblauen Mustern versehenen Teppich ruhte. Die Arbeitsfläche des Tisches wirkte aufgeräumt; lediglich ein paar wenige, an ihrer rosa Farbe zu erkennende Strafakten und zwei oder drei schmale Verwaltungsvorgänge waren sorgfältig gestapelt auf ihm platziert. In einer Ecke befand sich ein fast raumhoher Spiegel in einer mit aufwendigen Schnitzereien verzierten Holzfassung, der auf mich einen antiken und überaus wertvollen Eindruck machte. Der Konferenztisch mit der üblichen Bürobestuhlung mutete dagegen wie ein Stück zweckmäßiger Normalität an, ganz im Gegensatz zu einer anheimelnden Sitzecke in weinrotem Leder, die auf einen mindesten 65 Zoll großen Flachbildfernseher ausgerichtet war. Beste Bedingungen, wie Robert bemerken würde, die nächste Fußballweltmeisterschaft gemütlich bei einem Kasten Bier zu verfolgen.
Frau Direktorin, eine dürre Dame Ende fünfzig mit gelblichem Teint, einer helmartig anmutenden dunklen Ponyfrisur und weißer hochgeschlossener Bluse, kombiniert mit dem ab einem bestimmten Alter scheinbar unvermeidlichen dunkelgrauen Rock, kam mir mit einem geschäftsmäßig

freundlichen Lächeln entgegen. „Teckelsberg.“, stellte sie sich vor und reichte mir ihre kühle knöcherne Hand. Dann lotste sie uns zum Konferenztisch, an dessen Kopf sie Platz nahm und mit einer einladenden Handbewegung auf einen Stuhl neben sich an der Seite wies. Anders als bei Frau Wittig-Buhlemann vermittelte mir die Direktorin den Eindruck, durchaus willkommen zu sein. „Schön Sie kennenzulernen, Herr Kranagel.“, begann sie und schien es damit ernst zu meinen. „Wie gehts es uns denn so nach der ersten Woche hier an unserem Gericht?“. Angesichts der mir bislang entgegengebrachten Freundlichkeit beschloss ich, es langsam angehen zu lassen und schluckte meine auf der Zunge liegende Bemerkung „Ich weiß nicht, wie es um Ihr Wohlbefinden bestellt ist, aber mir geht es vorzüglich.“ herunter. „Recht gut.“, beeilte ich mich zu versichern und setzte hinzu: „Dank der ausgezeichneten Einarbeitung durch Frau Riedarek.“. Frau Direktorin schaute einen Moment überrascht, nickte dann aber wohlwollend. „Das ist sehr anständig von Ihnen, das zu erwähnen, Herr Kranagel. Frau Riedarek ist wirklich eine ganz ausgezeichnete Stütze dieser Behörde.“. Sie blätterte in einem recht schmalen Verwaltungsvorgang, der vor ihr lag und den ich bislang gar nicht bemerkt hatte. „Abitur. Sehr schön. Bundeswehr, gut, gut. Und ein sehr ansprechendes Examen hat er auch.“. Offenbar handelte es sich um meine Personalakte. „Das sieht ja alles sehr vielversprechend aus mit ihm. Wollen mal sehen, was aus ihm noch wird. Protokoll in einer Hauptverhandlung hat er schon geführt?“. „In der Ausbildung, hier bislang noch nicht.“, gab ich zu. „Das macht nichts. Dazu bekommt er schon bald Gelegenheit. Übermorgen habe ich einen Termin, da kann er sich direkt beweisen.“. Ich schluckte, was ihr nicht entging. „Keine Sorge. Herr Ehrmann wird Ihnen beim ersten Mal über die Schulter schauen.“. Ich atmete erleichtert auf. „Lieber Herr Kranagel, es tut mir leid, Sie jetzt schon wieder entlassen zu müssen, aber gleich stellt sich noch ein neuer Richter vor, der heute seinen Dienst antritt. Da Sie meine Geschäftsstelle sind, wollte ich Sie allerdings unbedingt vorher kennenlernen. Ich denke, wir werden gut zusammenarbeiten“. Ich bedankte mich höflich für das Vertrauen. Als ich nach der Verabschiedung die Klinke bereits in der Hand hielt, rief mich Frau Dr. Teckelsberg noch einmal kurz zurück. „Eine Frage noch: Raucht er?“. Ich verkniff mir ein Grinsen und antwortete wahrheitsgemäß. „Gelegentlich.“. „Ausgezeichnet.“, ließ die Direktorin vernehmen und damit betrachtete ich mich endgültig als entlassen. Das Gespräch hatte meine Laune soweit gehoben, dass ich Fräulein Kunze sogar beim Gehen ein „Schönen Tag noch, Frau Kunze.“ zuwarf. Eine Antwort erwartete ich nicht, die Hoffnung darauf wäre ohnehin enttäuscht worden.

Meine Hochstimmung hielt ein paar Tage an. Isabell ließ sich herab, mich zum Mittagessen zu begleiten und Robert lud mich für das Wochenende zu sich nach Hause ein, wo er mir einen Einführungskurs in Motorradtechnik zu verpassen gedachte. Die Kirsche auf dem Sahnehäubchen erwies sich allerdings als trügerisch. Meine Bewährungsprobe im Hauptverhandlungstermin bei Frau Direktorin bestand ich mit Bravur. Nach dem Ende der Sitzung erhielt ich von ihr ganz inoffiziell meine uneingeschränkte Eignung zur Wahrnehmung der Protokollführung in Strafsachen bestätigt – die offizielle besaß ich schließlich kraft meines Berufsabschlusses. Allein Pauls langes Gesicht angesichts der Lobeshymne der Direktorin ließ darauf schließen, dass ihm so hohes Lob bislang versagt geblieben war. Die Direktorin bestimmte sogleich - und Pauls Gesicht verlängerte sich um ein paar weitere Zentimeter - dass ich ab sofort bei all ihren Terminen zur Protokollführung berufen sei, verbunden mit dem Hinweis an Paul, dass dieser sich dann wieder vollumfänglich seinen übrigen Aufgaben widmen könne. Der nächste Termin stand bereits Freitag um 14 Uhr an. Ich freute mich diebisch, um meinen Putzdienst in der Teeküche herum zu kommen, aber Paul wies mich darauf hin, dass diese Aufgabe dann eben nach der Sitzung erledigt werden müsse. Nachdem ich ein paar Erkundigungen eingezogen hatte, war ich gezwungen, zähneknirschend anerkennen, dass dies der gängigen Verfahrensweise in allen Abteilungen entsprach und so blieb mir nichts weiter, als mich in das Unvermeidliche zu fügen.

Ich hatte einen alten warmen Pullover auf die Rückbank meines Fiesta geworfen, bevor ich zu Robert aufbrach. Robert besaß ein kleines Einfamilienhaus auf der anderen Seite der Stadt, dessen Adresse er mir auf meine Smartwatch geschickt hatte. Da die Septembersonne nicht mehr über allzu viel Kraft verfügte und sich mit einer strammen Brise paarte, versprach unser Schraubernachmittag eine zugige Angelegenheit zu werden. Bei meinem Eintreffen erwartete mich

Robert, vollständig in Lederkluft gewandet, die Harley abfahrbereit vor dem Grundstück geparkt. Sein Helm hing über dem Spiegel und Robert brachte seine graue Mähne mit einem Zopfband in Form, bevor er ein schwarzes Tuch über das Kinn zog und den gleichfarbigen Jethelm überstülpte. „Planänderung.", verkündete er. „Wir fahren zu ein paar Motorradfreunden von mir draußen auf dem Land. Dort bekommen wir einen Pott Kaffee und werfen ein paar Würste auf den Grill. Die Technikstunde holen wir beim nächsten Mal nach. Das ist dir doch recht?". Ich hatte nichts einzuwenden und nickte zustimmend. „Gut, ich fahre vor, du klemmst dich mit dem Auto einfach hinten dran. Fürs Mitfahren bist du nicht richtig angezogen.". Letztere Feststellung nahm ich ein wenig mit Erleichterung zur Kenntnis. Selbst vom Auto aus flößte mir der wuchtige Block aus benzinbetriebenem Eisen einen höllischen Respekt ein. Als der Motor der Harley ansprang, und von Robert mit ein paar Zügen am Gasgriff in Lauflaune versetzt wurde, bewunderte ich die Toleranz der Nachbarschaft. Es kam mir vor, als würde sich ein Panzer seinen Weg durch die Vorgärten der kleinen Siedlung graben. Robert schwenkte unbeeindruckt auf die kleine Anliegerstraße und verschwand im Nu um die nächste Ecke, so dass ich Mühe hatte, ihn einzuholen und den Anschluss nicht sogleich wieder zu verlieren. Wir fuhren aus dem verwirrend verwinkelten Wohngebiet auf die Hauptstraße und passierten wenig später die Stadtgrenze. Hier hatte ich weniger Probleme zu folgen. Ich war die letzten Wochen nicht aus Stadt herausgekommen. Im Gegensatz zu meiner sonstigen Gewohnheit ließ ich die Musik ausgeschaltet. Ich genoss die Fahrt über die kleinen Dörfer mit ihren schmucken roten Backsteinbauten, die dichten Alleen, die das Sonnenlicht wie ein brüchiges Dach erst abschirmten, um ihm dann wieder Einlass zu gewähren, das Dahingleiten über das breite graue Asphaltband zwischen dem hochgewachsenen Mais auf beiden Seiten. Die Fahrt ging nicht sehr lange. Nach etwa einer Viertelstunde waren wir am Ziel angelangt und Robert bog nach rechts auf einen holprigen Weg ein, der nach etwa fünfzig Metern vor einem alten, etwas ramponiert wirkenden ehemaligen Gutshaus endete. Ausgestattet mit der überlegenen Macht der Ortskenntnis zog Robert mittels eines eleganten Schlenkers und für mein Dafürhalten halsbrecherischer Geschwindigkeit rechts am Gebäude vorbei in eine schmale Zufahrt zum Hof, die mir reichlich eng erschien, weshalb ich davon Abstand nahm, ihm dorthin mit dem Auto zu folgen. An Raum zum Parken mangelte es nicht. So platzierte ich meinen Fiesta neben einem VW Bulli, der dem Zustand nach im Alter des Gebäudes sein mochte, und folgte fußläufig dem Weg, den Robert motorisiert vorausgeeilt war. Hinter dem Haus befand sich eine riesige gepflasterte Hoffläche, an die sich eine Reihe von vier Garagen anschloss, allesamt mit sperrangelweit geöffneten Türen. Seitlich davon machte sich eine ältere männliche Person mit hochrotem Gesicht in grauer Arbeitskombi schwitzend an einem Rasentraktor zu schaffen. Umschwirrt wurde er dabei von zwei aufgeregten Kindern nicht identifizierbaren Geschlechts im Alter von etwa 7 oder 8 Jahren. Dem Anschein nach, soweit ihr Verschmutzungsgrad dies offenbarte, musste es sich um Zwillinge handeln. Robert hatte die Harley abgestellt und schwätzte bereits angeregt, den Helm noch in der Hand, mit einem weiteren –

mindestens 1,90 Meter großen - Mann, der einige Jahre jünger als er selbst sein mochte, ihn an Verwegenheit im Aussehen jedoch weit übertraf. Auch er trug eine graue Arbeitskluft, verziert mit einer erklecklichen Zahl undefinierbarer Flecken. Den Kopf hatte er komplett rasiert, am Kinn trug er einen zu einem etwa 30 Zentimeter langen Zopf verflochtenen sogenannten Wikingerbart. Nachdem er sich die Hände an der Kombi notdürftig abgewischt hatte, streckte er mir mit einer kraftvollen aber herzlichen Geste freundlich grinsend seine Riesenpranke entgegen. „Jonas.“, stellte er sich vor. „Und du bist dann wohl der Radfahrer, den Robert angekündigt hat.“. „Autofahrer.“, korrigierte ich als ich die dargebotene Hand ergriff, deren Finger die meinen wie ein Schraubstock umschlossen, und deutete mit dem Kopf in Roberts Richtung. „Mit dem Fahrrad hätte mich selbst der alte Mann dort auf seinem Eisen abgehängt.“. Jonas blickte einen Moment verdutzt, dann brachen wir alle, selbst Robert, auf dessen Kosten ich meinen Begrüßungsscherz dargeboten hatte, in Lachen aus. „Du bist richtig.“, bemerkte Jonas. „In dem Fall gibt‘s hier auch einen Kaffee für dich.“. „Der dort hinten mit dem Rasentraktor kämpft, ist übrigens Dietmar, der Vater von Jonas.“, erklärte Robert. „Vadda, Besuch!“, brüllte Jonas in Richtung des das riesige Gartengerät begutachtenden Dietmar, der kurz die Hand hob, zum Zeichen, dass er uns zwar wahrgenommen, aber vorrangig mit der Problemlösung befasst war. „Der kommt schon, wenn er den Kaffee schnuppert.“, winkte Jonas ab und betrat die zweite der vier Garagen. Was von außen unscheinbar und etwas heruntergekommen wirkte, entpuppte sich im Innern

als die Miniaturausgabe eines familieneigenen Biker-Klubhauses. In einer Ecke gab es eine kleine Bar aus Metall der Marke „Eigenbau", gegenüber ein mit sechs zusammengesuchten Stühlen umrahmter abgewetzter runder Holztisch. Am Ende des trotz oder wegen seiner Unaufgeräumtheit heimelig wirkenden Raumes befand sich eine verglaste Tür, die einen milchig trüben Blick auf den dahinter liegenden Garten bot. Auf dem gut gefüllten Tisch fanden sich jede Menge benutzter Kaffeetassen, ein paar ebenfalls geleerte Bierflaschen, eine angebrochene Plastikflasche Cola und ein überquellender monströser Aschenbecher aus Keramik mit aufgedruckter Harley-Davidson-Werbung. Die Wände waren nahezu vollständig übersät mit Aufnahmen von Motorrädern aus diversen Zeitschriften – auf ein paar von ihnen rekelten sich in aufreizend schmalen Lederdessous braungebrannte Blondinen, Brünette nebst Rothaarige auf schweren chromblitzenden Maschinen. Soweit die Poster noch Luft ließen, hatte man den verbleibenden Platz mit klassischer Werbung – meist für Motorräder, Motoröl oder Zigaretten – auf Blechschildern gespickt. Jonas zog eine Glaskanne unter einer in antikes Plastik gehüllten Kaffeemaschine hervor, die mit einem düsteren Gebräu befüllt war, das wie flüssiger Teer aussah, aber an dem verströmenden Geruch als Filterkaffee mit unwesentlichem Wasseranteil zu erkennen war.
Ich blickte skeptisch, als Jonas die Tasse mit dem undefinierbaren Gemisch befüllte, und hoffte, dass meine Magenschleimhaut der Attacke standhalten würde. „Alles ok?", grinste Robert. Ich nickte und pustete in das Gefäß von der Größe eines Wischeimers, so als sei mir der Inhalt zu heiß.

Anstandshalber nahm ich einen winzigen Schluck, den ich zunächst vorsichtshalber auf der Zunge beließ. Im Mundraum breitete sich in Sekundenschnelle etwas aus, das wie eine Mischung aus verflüssigtem Blei und Salmiakreiniger schmeckte. Jedenfalls war es das, was die Geschmacksknospen auf meiner Zunge mit dem Sud assoziierten, den ich tapfer herunterwürgte. Ich stellte die Tasse ab und wandte mich den Ausführungen meiner neuen Bekanntschaft zu, denen Robert bereits mit wissendem Nicken zu lauschen begonnen hatte. „Mein neuer Chef dreht gerade völlig durch.", erklärte Jonas in meine Richtung gewandt. Jonas arbeitete, so erfuhr ich im folgenden, als Schlosser in einem Metallbaubetrieb mit 15 Mitarbeitern. Offenbar war es ihm bislang gelungen, sich um den Erwerb eines Gesundheitszertifikats herumzumogeln. Das erstaunte mich einigermaßen, gewährte doch allein dieses seit nunmehr über einem Jahr den Zugang zu allen möglichen öffentlichen Einrichtungen und größeren gesellschaftlichen Veranstaltungen. Offenbar mied Jonas seit geraumer Zeit Vergnügungen der mit Zugangskontrollen reglementierten Art. Das war sicher schwierig genug. Zudem verlangte das Gesetz von allen Mitarbeitern in Krankenhäusern und Pflegeeinrichtungen wie auch bei allen öffentlich Bediensteten - einschließlich der Justiz - ein aktuelles Zertifikat. Ich hatte bereits gehört, dass Arbeitgeber in der Privatwirtschaft dies - ohne rechtlich dazu verpflichtet zu sein - ebenfalls von ihren Angestellten einforderten, wobei man in kleineren Betrieben oft auf einen Nachweis verzichtete. Nachdem nun Jonas alter Chef in Rente gegangen und der Junior übernommen hatte, wehte in der Firma ein anderer, gesundheitsbewusster Wind. Jonas war die Pistole auf die Brust gesetzt worden: Entweder er brächte binnen drei Monaten ein aktuelles Gesundheitszertifikat bei oder die Firma müsse sich von ihm trennen. Während Jonas über die vermeintliche Engstirnigkeit seines Chefs wetterte, schlurfte Dietmar herein. Dietmars zuvor rötliches Gesicht hatte inzwischen einen ungesund aussehenden violetten Ton angenommen, ein Zeichen dafür, dass der Rasentraktor sich einem Reperarturerfolg bislang standhaft verweigern konnte. Ohne sich um Jonas' Verbalausfälle zu kümmern oder Robert und mich eines Blickes zu würdigen, suchte er von den benutzten Tassen auf dem Tisch zielsicher die am wenigstens appetitlich wirkende aus, goss diese randvoll mit der Filterbrühe und stapfte sodann brubbelnd wieder aus der Garage, vermutlich, um dem widerspenstigen Gartenpanzer endgültig den Gar auszumachen. Jonas beendete die Schmähkritik an seinem Chef, in der er ihm allerlei Übles mit verschiedenen Werkzeugen zuzufügen gedachte. Unter anderem sollte dabei auch ein langstieliger Hammer, jedoch nicht mit der metallenen Seite voran, zum Einsatz kommen. Robert versuchte, den Freund zu beschwichtigen. „Und wenn du es dir doch noch einmal überlegst, die Sache mit dem Zertifikat? Vielleicht genügt ihm auch schon, wenn du deine Bereitschaft bekundest und nicht direkt gleich auf Konfrontation gehst.“. Jonas winkte ab. „Der gibt nicht auf. Mit so einer Finte lässt der sich nicht abspeisen. Hast du zu dem Thema gar keine Meinung?“, wandte sich Jonas nun mir zu. Ich schluckte, denn ich hatte Isabells Ausfall bei diesem Thema in meiner ersten Woche noch eindrucksvoll in Erinnerung. Bei dem 1,90-Meter-Hünen gleich bei der ersten Begegnung in Ungnade zu fallen, erschien mir wenig erstrebenswert. Diesmal wählte ich meine Worte daher bedachter. „Könntest du den Arbeitgeber wechseln? Ich meine, Facharbeiter sind doch Goldstaub, die werden schließlich überall gesucht. Vielleicht zeigt man sich in einer anderen Firma großzügiger.“. Wem schmeichelte es nicht, als Goldstaub geadelt zu werden. Die Antwort schien Jonas jedenfalls einigermaßen zufrieden zu stellen. „Ja, da habe ich auch schon drüber nachgedacht.“, nickte er. „Es gibt da so eins, zwei Sachen in der Pipeline, Jobangebote meine ich, das wäre schon eine Überlegung wert.“. „Und was gewinnst du damit?“, hakte Robert nach. „Vielleicht ein paar Monate und beim nächsten Führungswechsel gerätst du wieder an jemanden, der dir Druck machen will. Du schiebst doch das Unvermeidliche nur heraus. Was sagt denn Gesine zu der ganzen Sache?“. „Meine Frau steht auf meiner Seite.“, beharrte Jonas. „Die zieht bei dem ganzen Gesundheitsirrsinn auch nicht mit.“. „Schön und gut, aber sie kann sich das als Hausfrau leisten. Der Verdiener in der Familie bist du. Denk doch mal an die Zwillinge. Und Dietmar hat auch nur seine eigene kleine Rente.“. Jonas verdrehte die Augen. „Ja sicher, ich kenne die Einwände zur Genüge. ‚Gib nach, dann hast du deine Ruhe.‘ So bin ich eben nicht, ich lasse mir nicht vorschreiben, welche Medizin ich zu schlucken habe oder gar gespritzt bekomme.“. Robert wirkte nun ebenfalls verärgert. „Ich will dir da nicht reinreden. Letztlich musst du das alleine entscheiden oder eure Familie. Du weißt, dass ich selbst auch mit der Sache gehadert habe.“. „Trotzdem war dir dein sicheres Beamteneinkommen wichtiger als deine Prinzipien.“, stichelte Jonas.

„Mag sein, aber wenn man nicht einfach so die Firma wechseln kann, sondern etwas studiert hat, womit sich außerhalb des Staatsdienstes nichts anfangen lässt, muss man eben an der einen oder anderen Stelle kompromissbereit sein. Du erinnerst dich, wie eng das war bei mir, als die mich fast entlassen hätten. Das Gesundheitszertifikat ist da noch das kleinere Übel gewesen.". „Ja, ich weiß natürlich, was dich die Sache damals gekostet hat.", lenkte Jonas, nun versöhnlicher wirkend, ein. „Ende der Unerfreulichkeiten. Lasst uns zum gemütlichen Teil übergehen.". Er warf einen Zustimmung erheischenden Blick in die Runde. „Bier?". Die Antwort fiel diesmal einstimmig aus.

„Klopf, klopf, Neo!", weckte mich Robert aus meiner morgendlichen Bürolethargie, die sich selbst nach dem zweiten Aufputschkoffeinschub nicht verflüchtigen wollte. Ich wirkte wohl reichlich verdattert, was Robert den Anreiz bot, mich mit weiteren Filmzitaten zu traktieren. „Nun, wie stehts? Wählst du die rote oder die blaue Pille?", frotzelte er. Trotz Müdigkeit fühlte ich mich ‚Matrix-tauglich' genug, um mit der vermeintlich richtigen Antwort dagegenzuhalten. „Blau?". Roberts Lachen deutete einen Fehlschluss an. „Rot, die knallrote Pille wird uns heute verabreicht.". Ich stand immer noch auf der Leitung. „Liest du das ‚Schwarze Brett' nicht?", hakte Robert leicht genervt angesichts meiner augenscheinlichen Begriffsstutzigkeit nach. Natürlich gab es kein echtes ‚Schwarzes Brett' mit Papiermitteilungen mehr. Im Zeitalter moderner Kommunikationstechniken wurde der Gerichtsbedienstete jeden Morgen auf dem Bildschirm seines Arbeitsplatzes vom ‚Justizinformationssystem“ begrüßt, einer internen Seite, die Neuigkeiten aus der Landesjustiz und der eigenen Dienststelle für den interessierten Frühaufsteher bereithielt. Also etwas, das ich im Regelfall wegklickte, ohne einen Blick darauf zu verschwenden. Ganz im Gegensatz zu Paul, der jede noch so unwichtige Mitteilung aus der Führungsetage begierig aufsog. Langsam begann es mir zu dämmern. „Politklimbim...“, unterstützte Robert meinen stockenden Denkprozess. Schlagartig stellte sich die verloren geglaubte Verdrahtung wieder her. Den Termin für die monatliche „Politische Bildung“ hatte ich im Unterbewusstsein zur Kenntnis genommen und direkt in der Schublade meines Gehirns für unnütze Angelegenheiten abgelegt. „War da nicht irgendetwas mit Vielfalt dabei?“, glaubte ich mich dunkel zu erinnern. „Fein, es bewegt sich ja doch noch was in der jugendlichen Großhirnrinde.“, lobte Robert mein wiedergefundenes Erinnerungsvermögen. „Von wegen Klimbim - was soll das denn heißen.“, meldete sich Paul aus der anderen Ecke des Büros, wo er gerade in einem Aktenbündel wühlte, in das er mehrere auf dem Boden ausgebreitete Posteingänge einzufügen gedachte. „Ruhe auf den billigen Plätzen!“, donnerte Robert zurück und Paul versenkte seinen Blick schnurstracks im staubigen Bauchraum des vor ihm geöffnet liegenden Gürteltiers. Um sich mit Robert anzulegen, fehlte ihm die Traute. Das lag vermutlich weniger an dessen höherer Dienststellung – immerhin war Robert ein altgedienter Justizamtmann – als an dem kurzärmligen Shirt, aus dem seine beeindruckenden muskulösen Unterarme ragten.

Da Paul während dieser Woche Vertretungsdienst in der Ermittlungsgeschäftsstelle leistete, wo mit dem Auflaufen dringlicher Haft- oder Durchsuchungsanträge von nervösen Staatsanwälten stets gerechnet werden musste, war er vom „Politklimbim“ befreit. Vermutlich belastete ihn dies schwer, anstatt ihn in einen Freudentaumel zu versetzen, weil er sich auf so leichte Weise einer drögen Veranstaltung entziehen konnte.
Also vereinigten Robert und ich uns unter Zurücklassung von Paul und dessen dienstlichen Verpflichtungen im Flur mit dem Hauptstrom der politisch Wissbegierigen, der sich in Richtung des großen Besprechungsraumes schlängelte, in dem man an der Demokratiefestigkeit der Justizbelegschaft zu meißeln gedachte.
Der zur Durchführung Berufene war diesmal Dr. Lahmer, dem die Freude über seine Aufgabe außerhalb der rechtsprechenden Gewalt deutlich ins Gesicht geschrieben stand. Noch vor wenigen Jahren mutete man Richtern derartige unbezahlte Nebentätigkeiten nicht zu. Sie hätten sich gegen ein solches Ansinnen mit Blick auf ihre grundgesetzlich versicherte Unabhängigkeit wahrscheinlich erfolgreich zur Wehr gesetzt. Aber die Zeiten waren selbst für Richter härter geworden. Und so hatte man mit ein wenig moralischem Druck Überzeugungsarbeit geleistet, dass ein Richter nicht nur bei der Ausübung seiner Rechtsprechung, sondern auch an der Demokratiefront im Rahmen der „Politischen Bildung“ den Rechtsstaat zu verteidigen habe.
Die Ameisenarmee ergoss sich in den in blassem gelb gestrichenen Raum mit seinen – einem Theater gleich – hinterei-

nander aufgefädelten graubezogenen Sitzreihen mit Blickrichtung nach vorn und verteilte sich in Sekundenschnelle auf den Plätzen. Robert und mir blieb, da am hinteren Ende des Pulks hinein fließend, nur noch die freie Wahl in der zweiten Reihe. Die erste war der Verwaltung vorbehalten.
An einem grauen Tisch mit drohend in den Raum blickender hochlehniger Dreierbestuhlung machte sich Dr. Lahmer mit blassschwitziger Miene an einem Laptop zu schaffen. Er hatte wohl etwas vorbereitet zu dem mir nicht vollständig bekannten Thema, das sich seiner öffentlichen Zurschaustellung noch zu entziehen suchte.
Neben mir klemmte sich Melinda auf die mir abgewandte rechte Stuhlseite, um sich nach einem schüchtern ins Leere gehauchten „Hallo“ direkt unter ihren schwarzen Haarvorhang zurückzuziehen. Ich musterte sie ein wenig verstohlen von der Seite und glaubte gerade, unter der langen unförmigen und für die spätsommerlichen Temperaturen komplett ungeeigneten Strickjacke die Ansätze einer durchaus passablen Figur wahrzunehmen, als die mit einem gutgelaunten „Guten Morgen allerseits“ strahlend herein schneiende Isabell meine Aufmerksamkeit auf sich zog. Ihr eng geschnittenes pinkes Oberteil endete so knapp über dem Bund ihrer weißen Jeans, dass ein winziger Streifen ihres braungebrannten, perfekt trainierten Bauches hervorschimmerte. Ein Anblick, der mir drohte, den Verstand zu rauben. Zu meiner Überraschung ergriff Isabell einen Stuhl aus der ersten Reihe und zog ihn in die zweite, wo sie sich zwischen Melinda und mich quetschte. „Rückt mal ein bisschen.“. Unter meiner Bauchdecke zündete eine Batterie Silvesterfeuerwerk. Der einzige Platz, an dem es noch ungestraft knallen

durfte, nachdem es schon vor Jahren aus Gründen des Gesundheitsschutzes für Mensch und Tier abgeschafft worden war. Ich wuchs automatisch um mindestens drei Zentimeter auf meinem Platz. Schließlich hatte Isabell sich zu mir gesetzt. Zu mir. Obwohl sie vermutlich ein Dutzend anderer Optionen hätte wählen können. Zu mir! Ich beugte mich neugierig in ihre Richtung. „Sitzt du nicht vorn bei der Verwaltung?“, flüsterte ich ihr zu. Isabell schüttelte den Kopf. „Nicht, wenn es sich vermeiden lässt. Ich habe keine Lust auf rote Teppiche und darauf, wie ein Zootier angestarrt zu werden. Außerdem müffelt die Wittig-Buhlemann heute wieder nach ihrem Ökoparfüm. Das riecht wie alter Ziegenbock.“. Ich verzog das Gesicht, als sich Robert in die Unterhaltung einklinkte. „Das ist kein Parfüm, sondern ihr freundliches Wesen, das den Knopflöchern ihres handgewebten Ziegenhaarpullo...“.
„Einen wunderschönen guten Morgen, Frau Wittig-Buhlemann!“. Mit strahlendem Gesicht und jener heiter-verbindlichen Grußformel unternahm ich den Versuch, die Lage zu retten, während ich mir selbst schmerzhaft in den Oberschenkel kniff. Isabell unterdrückte mit Mühe ein Kichern. Dank meines beherzten Einschreitens war es mir gelungen, Roberts kompromittierende Schmährede gerade noch rechtzeitig zu unterbrechen. Frau Geschäftsleiterin quälte sich ein unterkühltes „Guten Morgen“ heraus, bevor sie in der ersten Reihe bis zum Ende weiter rückte und in sicherer Entfernung zu uns ihren Platz bezog.
Dr. Lahmer rang immer noch mit der Technik, als die Direktorin als letzte der Teilnahmepflichtigen erschien. Selbst in

ihrer Position blieb ihr die „Politische Bildung“ nicht erspart. Sie eröffnete mit kurzen wohlgesetzten Worten die Veranstaltung und übergab sodann den Staffelstab der Verantwortung für deren Fortgang in die zittrigen Hände Dr. Lahmers, begleitet von der ermunternden Aufforderung: „Nun Guido, dann leg‘ mal los.“. Guido hätte gerne losgelegt, so vermutete ich wenigstens, allein die Technik schien nicht auf seiner Seite zu stehen. Die Verbindung zwischen Laptop und Beamer ließ sich trotz energischen Kabelrüttelns und hektischen Tippens auf der Tastatur nicht herstellen. Die Leinwand, auf der sich unser politischer Bildungsfortschritt visualisieren sollte, blieb weiß wie Dr. Lahmers käsiges Antlitz. Inzwischen hatte sich Frau Wittig-Buhlemann zu dem Unglücksraben gesellt und beide rätselten hoffnungslos unbedarft vor dem Bildschirm über den befreienden Lösungsansatz. Ich weiß nicht, wer oder was mich geritten hatte. Das Hintergrundbrabbeln hatte angesichts der im Scheitern begriffenen Schulung ein bedrohliches Ausmaß angenommen, als ich mich erhob und durch die Sitzreihe nach vorne schob. Ich drängelte mich zwischen Dr. Lahmer und Frau Wittig-Buhlemann. „Darf ich mal etwas ausprobieren?“. Das Gemurmel im Raum verstummte urplötzlich. Die Geschäftsleiterin hob zum Protest an, als Dr. Lahmer ein entnervtes „Was kann es schaden, wir kommen hier ja nicht weiter.“, ausstieß und mir durch einen Schritt zur Seite den Zugang gewährte. Ich hegte einen Verdacht, wo das Problem liegen könnte und griff beherzt in die Tastatur. Wenn ich falsch lag, hätte ich mich gleich in meinen ersten Wochen beim Gericht zum Trottel gemacht, eine Aussicht, die mir nicht sonderlich behagte. Nur zwei Tastenkombinationen weiter flossen die Informationen ungehindert durch die Leitung. Auf die Projektionswand flog wie von Geisterhand befördert unter wenig erleichtert klingendem Aufstöhnen des Auditoriums das Thema der Veranstaltung in hübschen, bunten Lettern: „Die Justiz im Zeichen der Diversität“. Dr. Lahmer stand wohl unter dem Schock der Freude über seine Errettung aus der Peinlichkeit, was ihn eine Danksagung vergessen ließ. Jedenfalls schickte die Direktorin ein anerkennendes Nicken in meine Richtung, was Frau Wittig-Buhlemann veranlasste, mir gleichsam eine Art brummendes, wenngleich unverständliches Lob zukommen zu lassen. Ich begab mich wieder zu meinem Platz, froh in der Masse untertauchen zu können, wo ich direkt von Robert angezischt wurde. „Du elender Streber! Wir hatten gehofft, der Klimbim fällt aus wegen technischen KO‘s des verantwortlichen Schulungsleiters“. Ich zuckte mit den Schultern und zog eine Grimasse. Isabell verdrehte die Augen nach oben. „Fein gemacht.“, flüsterte sie. „Ich weiß.“, gab ich ein wenig gestresst zurück. Dass mich meine besten Freunde für einen Übereifrigen vom Typ Paul hielten, lag nun überhaupt nicht in meinem Interesse. Nur Melinda schien von alledem nichts mitzubekommen, wie ich ihrer unveränderten Position unter dem Haarteppich entnahm.

Gerne hätte ich behauptet, dass Dr. Lahmers Vortrag nach Beseitigung der technischen Hemmnisse Fahrt aufnahm. Nur entspräche dies leider nicht der Realität. Es war einer dieser zähen Darbietungen, wie ich sie schon häufig gehört hatte: Mit monotoner Stimme las er sich von Folie zu Folie, ohne in irgendeiner Weise mit dem Publikum zu interagieren. Nicht, dass ich darauf gesteigerten Wert gelegt hätte.

Die einzige Abwechslung bestand in der grell-bunten Darstellung, womit er vermutlich dem Thema seines öden Vortrags zu entsprechen suchte.
Während Isabell gleichmütig, sich dabei jedoch uneingeschränkt interessiert gebend, den Inhalt der Folien verfolgte und bisweilen eine unleserliche Notiz in einen mitgebrachten Schreibblock kritzelte, blieb Melinda abgetaucht. Ab und zu bewegte sich ihr Haar, was ihre Wachheit bewies, oder jedenfalls, dass sie noch atmete. Robert wählte eine andere Taktik. Vermutlich hatte er bereits während seiner Armeezeit gelernt, mit offenen Augen zu schlafen. Die Lider schlossen sich keinen Moment, jedoch gewann ich bei näherer Beobachtung den Eindruck, dass die Pupillen in unterschiedliche Richtung wanderten. Hätte ich laut in die Hände geklatscht, wäre Robert erschreckt zusammengefahren und der aktuelle Pupillenstand ließe sich vermutlich verstetigen. Ich grübelte darüber nach, ob Robert mir für das Verschaffen eines erweiterten Blickwinkels beim Motorradfahren dankbar sein könnte, ging aber davon aus, dass ihn ein solches Tun in seiner Eitelkeit verletzen und mir einen anständigen Satz heißer Ohren bescheren würde.
Derweil predigte Dr. Lahmer unermüdlich die Vorzüge der Vielfalt. Bunt zu sein sei unsere Stärke! Soweit, so altbekannt. Die Besucher der Heiligen Messe vertieften sich in ihr stilles Gebet. Die schweigende Zustimmung zum Gesagten wurde bisweilen untermalt vom andächtigen Kratzen eines Stiftes auf Papier oder den leisen Tastenanschlägen eines besonders vorbildlichen Erleuchteten, der seinen Gedanken zum Thema in Dateiform dauerhafte Gestalt zu verleihen beabsichtigte.

Die Präsentation Dr. Lahmers nahm im Gegensatz zum gesprochenen Wort im wahrsten Sinne des Wortes Fahrt auf. Die schlagwortartigen Überschriften segelten nicht nur im rasenden Tempo standardmäßig von rechts oder links herein, nein, sie beschleunigten, wurden am entgegengesetzten Seitenrand gebremst und von dort in die Mitte zurück geworfen. Andere überschlugen sich beim Anflug mehrfach, mit dem vorhersehbaren Ende ihrer weich gefederten Landung in der für sie bestimmten Zeile. Oder sie explodierten vor den Augen des staunenden Publikums, um sich sodann aus einem regenbogenfarbenen Wortsalat in der korrekten Reihenfolge auf der Folie zu formieren. Es war ein Fest für die Augen, das Dr. Lahmer abfeuerte, wodurch sich das schale Grau des vermittelten Inhalts spielerisch in einen lieblichen Brei verwandelte, der über die Augen in die Köpfe der Gläubigen sickerte und dort für alle Zeiten einnistete.
Melinda hatte die Haare zurückgestreift und fing an, emsig in einer kleinen pinken Tasche zu kramen. Ihre Suche erschien mir angesichts eines derart winzigen Behältnisses eine gefühlte Ewigkeit anzudauern. In dem ohrenbetäubenden Wühlgeräusch drohten Dr. Lahmers Ausführungen zu ersticken und so atmete ich erleichtert auf, als sie endlich das begehrte Objekt in den Händen hielt. Mit einer erstaunlich geschmeidigen Bewegung warf Melinda mit den Händen ihre Haarpracht nach vorne und begann, die Spitzen mit einer Nagelschere zu kürzen, eine Aufgabe, der sie sich mit erstaunlicher Akribie und Zielstrebigkeit widmete.
Mein Blick schweifte ab und verharrte für einen Moment auf den weitgehend schmucklosen Wänden, die mit wenigen bildhaften Darbietungen verschönert waren. Diese glichen

dem üblichen Geklleckse eines Vierjährigen. Vermutlich waren sie jedoch von einer der Justiz angemessenen Ausdruckskraft geprägt, die sich mir nicht auf den ersten oder zweiten Blick erschloss.
Frau Wittig-Buhlemann hatte zwischenzeitlich, wohl zur näheren Betrachtung des frohgemuten Farbenspiels von Dr. Lahmers Präsentation, ihren Sitzplatz gewechselt und den neuen direkt vor mir gewählt, wodurch mir die Sicht auf das außergewöhnliche Augenfutter des Vortrags verstellt wurde. Der im satten orange gehaltene Umhang und ein farblich auf das Vortragsthema abgestimmtes rotes Halstuch vermischten sich mit dem sanften Gelb der Tapete und verschwammen zu einer undurchdringbaren Mauer. Mein Blick ging zu Robert, der nach hinten an den Stuhl gelehnt, die Arme vor der Brust verschränkt hielt und dessen Pupillen auf seltsame Weise verdreht zueinander in die Tiefe des Raumes starrten. Ich versuchte, links an dem Kleiderball der Geschäftsleiterin vorbei zu lugen. Dieser schien jedoch mit jedem Zentimeter Raumgewinn meinerseits zu wachsen, weshalb ich trickreich nach rechts auswich, wo sich das Spiel wiederholte. Je mehr ich mich auf die rechte Seite neigte, um so gewaltiger schien der rot-orangefarbene Körper vor mir sich auszudehnen. Etwas, das ich keinesfalls zu akzeptieren gedachte und meinen Schwerpunkt daher weiter und weiter nach rechts verschob. Hinter mir erhob sich ein bedrohlich anmutendes Gemurmel. Alldieweil hegte ich den festen Entschluss, an der diffusen Wand aus Stoff um jeden Preis vorbei zu gelangen. Ein stechender Schmerz in der rechten Körperseite ließ mich zusammen zucken. Zuerst meinte ich, in Melindas Na-

gelschere gestürzt sein, bis ich angesichts des Lautstärkepegels und einsetzender Bewegung realisierte, dass die Veranstaltung ihr ersehntes Ende gefunden hatte. Isabell lehnte sich zu mir herüber, während ich in die wirkliche Welt zurück trudelte. „Tut mir leid.“, lachte sie. „Du warst gerade auf Schmusekurs mit meiner Schulter gegangen, da musste ich Abwehrmaßnahmen ergreifen.“. Sie hielt mir den Kugelschreiber vors Gesicht, mit dem sie mich unsanft aus meinen Träumen katapultiert hatte. Robert wirkte topfit, als er mit einem Blick auf die Uhr konstatierte: „Mittagspause. Futter fassen.“. Und zu Isabell und mir gewandt: „Seid ihr dabei?“. Klar waren wir das.

V. Wie es aus dem 2. Stock regnete

In den folgenden Wochen lernte ich mehr über Motorradtechnik, als ich mir jemals hätte träumen lassen. Robert betrieb bei seinem Kumpel Jonas in der Garage ein kleines Bastlerprojekt. Er schraubte an einer „Sporty", einer Harley-Davidson Sportster, die er im nicht fahrtauglichen Zustand bei Ebay-Kleinanzeigen zu einem - wie er meinte - außergewöhnlich günstigen Preis erstanden hatte. Jonas verfügte über das notwendige Equipment und den erforderlichen Platz. Das aufgebockte Eisen befand sich nach meiner laienhaften Ansicht in einem ausgesprochen fragwürdig anmutenden Allgemeinzustand. Ich hütete mich allerdings davor, Robert meine unmaßgebliche Meinung dazu aufzudrängen, zumal der Kaufpreis für den Seelenverkäufer bereits geflossen war.

Als Jugendlicher hatte ich nahezu wöchentlich mein Fahrrad in seine Einzelteile zerlegt und wieder zusammengesetzt. Ab und zu war ein Kugellager übrig geblieben, das bei der nächsten Demontage und dem unvermeidlichen Zusammenbau wie durch Zauberei an seinen ursprünglichen Platz zurückfand. Später hatte sich meine Begeisterung eher der Tüftelei an elektronischen Geräten zugewandt. Eine Aufgabe, in die ich mich über Stunden verlieren konnte, um etwa den streikenden Computer meines Vaters, die kalt bleibende Trockenhaube meiner Mutter oder defekte Lautsprecher wieder zum Leben zu erwecken.

Robert verstand eine Menge von Motorrädern, allerdings nur halb soviel wie Jonas, der uns einige Male in Fällen, in denen Roberts Kenntnisse in Grenzbereiche gerieten, aus der Verlegenheit half.

Die ultimative Geheimwaffe in puncto Technik war allerdings Dietmar, Jonas‘ Vater, eine echte Schrauberlegende. Dietmar hatte viele Jahre in einer Motorradwerkstatt gearbeitet, bevor er in Rente ging und wurde selbst jetzt noch von seinem ehemaligen Chef in kniffligen Fällen um Rat ersucht. Dietmar gefiel sich in der Rolle der großen weisen Gurus und in diesen Momenten mischte sich in seine sonst standardmäßig mürrischen Züge ein verstecktes Lächeln.

Die praktische Arbeit bereitete mir Freude. Sie stellte eine willkommene Abwechslung zum Alltag auf der Geschäftsstelle an einem Gericht dar. Offenbar erging es Robert ähnlich. „Ich kann keine Grundbücher mehr sehen.“, gestand er. „Immer das Gleiche, jeden Tag Auflassungsvormerkungen, Eigentumsübertragungen, Grundschulden, ab und zu eine Wohnungseigentumsanlage, sinnfreie Telefonate mit den Notaren. Dann das Ganze von vorne. Stupider gehts kaum.“.

Einzig meine Mutter, die es sich nicht nehmen ließ, meine Sachen zu waschen, nörgelte angesichts der widerspenstigen Ölflecken auf meiner zur Arbeitskleidung umfunktionierten Konfektion. „Ich dachte, du arbeitest bei Gericht und nicht in einem landwirtschaftlichen Betrieb.“. „Mutter, das sind keine Rinderexkremente, das ist Motoröl. Und ich kann meine Sachen auch alleine waschen.“. Ich wusste natürlich genau, dass ich damit die richtigen Knöpfe drückte. Es folgte ein mittellanger Vortrag über die mütterliche Pflichtenlage als Ausdruck hingebungsvoller Zuwendung an die Nachkommenschaft, verbunden mit dem Hinweis, dass in diesem Haushalt nur einer über die notwendige Qualifikation zur Behandlung und nachhaltigen Entfernung problematischer Flecken verfüge. Meine Mutter kaute eben sehr

an meiner Entscheidung, nicht studieren zu gehen. An Motorrädern herumzuschrauben, geschweige denn auf solchen zu fahren, gehörte sich einfach nicht für jemanden, der ihrer Ansicht nach über das Zeug zum Doktortitel verfügte.
„Es schadet nicht, wenn der Junge sich mal die Hände schmutzig macht.“, beschwichtigte mein Vater sie bei gelegentlich aufkommendem Zwist. „Arbeit adelt.“. Damit beendete er diese Art der Störung familiärer Eintracht auf seine unnachahmliche Weise.
Jedenfalls hatte ich neben jeder Menge Spaß bei der Schrauberei, selbst wenn sich diese zunächst im wesentlichen auf Handlangerdienste beschränkte, eine Gratis-Fortbildung in angewandter Mechanik. Robert bekam ein wenig Unterhaltung bei seinem Projekt und Jonas mehr oder weniger dankbare Abnehmer für seinen Kaffee und einen weiteren Gesprächspartner für das von ihm bevorzugte Thema Politik. Robert gefiel das nicht besonders, was man daran bemerkte, dass er bei solchen Gelegenheiten allzu gerne versuchte, Jonas mit anderen Problemen – vorzugsweise technischen – abzulenken. Mich begann das zu verärgern, schließlich wollte ich selbst über den Inhalt meiner Gespräche entscheiden. Mir schien es jedoch, dass Robert in der Absicht handelte, mich damit in irgendeiner Weise zu schützen, weshalb ich widerwillig beschloss, die Sache zunächst auf sich beruhen zu lassen. Überdies brannte mir die Neugier in Bezug auf sein plötzliches Karriereende sowie seine angespannte Beziehung zu unserer Geschäftsleiterin unter den Nägeln. Ich würde mich in der Tugend der Geduld üben müssen, bis Robert sich mir von sich aus öffnete, wenn ich

nicht Gefahr laufen wollte, eine gerade begonnene gute Freundschaft vorzeitig zum Teufel zu jagen.

Ich liebte die Tage, an denen ich in den Hauptverhandlungen zur Protokollführung berufen war. Da ich die meisten Sitzungen mit der Direktorin wahrnahm, waren wir schnell zu einem eingespielten Team gediehen. Auch die wenigen Termine, die ich mit Dr. Lahmer absolvierte, verliefen unaufgeregt. Strafrecht erschien mir spannend wie das geballte Leben – nur eben von seiner weniger angenehmen Seite. Die bei der Protokollierung zu beachtenden Formalien hatte ich schnell verinnerlicht. Der Vorteil solcher Tage lag nicht nur in der Abwechslung zum gewöhnlichen Dienstbetrieb. Vor allem musste ich Paul nicht die ganze Zeit ertragen, der mich von seinem Schreibtisch aus permanent belauerte und auf Fehler von mir zu warten schien, die er mir genüsslich aufs Butterbrot schmieren konnte.
Zu Beginn dieses Vormittags wurde gegen einen Angeklagten wegen gefährlicher Körperverletzung verhandelt. Dieser war in Streit mit einem Saufkumpanen geraten und stach diesem dabei unfreundlicherweise mit einem Steakmesser in den Oberschenkel. Da der knasterprobte Angeklagte als gewalttätig galt, hatte Frau Dr. Teckelsberg zur Sicherheit während der Verhandlung Helmut, jenen älteren Wachtmeister, dessen Hauptbeschäftigung neben der Erledigung endloser Scan- und Kopierarbeiten im Kartenspielen mit Dr. Lahmer bestand, im Saal hinter dem Angeklagten platziert, damit dieser notfalls eingreifen konnte. Ich hegte Zweifel, ob Helmut angesichts seiner erst drei Monate zurückliegenden Hüft-OP es mit einem gut fünfundzwanzig Jahre jüngeren

Gewaltstraftäter hätte aufnehmen können. Dieses Wagnis blieb uns zum Glück erspart. Der Angeklagte wirkte mit seinem kahlrasierten und komplett tätowierten Schädel zwar durchaus furchteinflößend, gab sich allerdings ausgesprochen handzahm. Er räumte den Vorwurf ein und trug die ihm auferlegte Freiheitsstrafe von einem Jahr ohne Bewährung mit Fassung. Trotzdem atmete Frau Dr. Teckelsberg erleichtert auf, als der Angeklagte, erkennbar glücklich, dass die Sache für ihn noch einigermaßen glimpflich abgelaufen war, mit seinem Anwalt aus dem Saal spazierte.

Der Angeklagte in der nächsten Sache erschien aus unbekannten Gründen nicht. Ihm wurde eine Sachbeschädigung vorgeworfen, da er einen Straßenbahnwagen künstlerisch verschönert haben sollte. Ich kannte die Akten - der Hobbysprayer, den man kurz vor Fertigstellung seines Werks mit den Farbdosen in der Hand auf frischer Tat gestellt hatte, besaß durchaus Talent. Bei seiner gelungenen Darstellung - einem gleichseitiges Dreieck, umrankt von einem Kranz aus Rosen – handelte es sich allerdings um das politische – wenngleich nicht verbotene – Symbol der Heimwärts-Bewegung. Dies hatte die Staatsanwaltschaft offenbar veranlasst, von einem besonders schwerwiegenden Delikt auszugehen, und abweichend von der sonst in Fällen von Graffiti üblichen Praxis gegen den jungen Mann Anklage zu erheben. Vermutlich war der Grund für sein Nichterscheinen, dass er es schlicht mit der Angst zu tun bekommen hatte. Nach 10 Minuten Wartezeit ordnete die Direktorin seine Vorführung zum neuen Termin an. Da die nächste Sache erst in 20 Minuten beginnen sollte, hatten wir etwas Zeit.

Erfahrungsgemäß gab es zwischen den Verhandlungen immer wieder geplante oder ungeplante Unterbrechungen, die die Direktorin regelmäßig zum Rauchen verwendete. Es hatte sich eingebürgert, dass ich sie in den meisten Fällen begleitete.
Die Vertreterin der Staatsanwaltschaft hatte sich bereits an einem früheren Termintag als Nichtraucherin zu erkennen gegeben. Sie öffnete eine Plastikdose, in der sich allerlei sorgsam zurecht geschnittenes rohes Gemüse befand und machte sich eifrig über den Inhalt her. Mit einem Kopfnicken gab mir Frau Doktor zu verstehen, dass sie sich ihrem Lieblingshobby zu widmen gedachte und von meiner Begleitung ausging.
Anders als die Direktorin und die meisten anderen Richter, die sich an den Sitzungstagen außerhalb ihres Dienstzimmers, auch während der Pausen - mit Ausnahme des Gangs in die Kantine -, nur in Robe bewegten, ließ ich diese zurück und zog eine mitgebrachte Jacke über. Mir war eine Leihrobe für Protokollanten zur Verfügung gestellt worden. Fräulein Kunze hatte mir selbige im Vorzimmer unter ausführlicher Belehrung über eine pflegliche Behandlung gegen Unterschriftsleistung ausgehändigt. Ich passte dreimal in das altgediente und nach häufigen Reinigungen verblasste Kleidungsstück. Es wäre es mir peinlich gewesen, in dem unförmigen schwarzen Sack auf den Fluren herumzulaufen und womöglich noch in einem der Drehkreuze hängen zu bleiben. Ich beabsichtigte, mir beizeiten eine eigene zuzulegen, die meinen Körperformen besser gerecht wurde als die geliehene.

Auf dem Raucherplatz neben dem Hofeingang inhalierte Frau Dr. Teckelsberg bereits intensiv, während ich mein Feuerzeug zu beleben versuchte. Das Gespräch plätscherte von der Verhandlung in der ersten Sache entlang verschiedenster Belanglosigkeiten und mündete in einen der nicht unüblichen Monologe der Direktorin zu vermeintlichen intellektuellen Minderleistungen einzelner Richter oder Rechtspfleger - für mich ein gefährliches Terrain. Wenn es den Anschein hatte, dass von mir eine Antwort erwartet wurde, begnügte ich mich in der Regel mit einsilbigen unsubstantiellen Entgegnungen oder gab ein vielsagendes „Hmmm." von mir. Robert hatte mir dringend abgeraten, mich bei solchen Gelegenheiten zu einer Positionierung hinreißen zu lassen. Mit gutem Grund, denn ich verspürte nicht die mindeste Lust, später als Klatschonkel oder gar Verbreiter von Falschinformationen dargestellt zu werden. Meist beendete die Direktorin ihre kritischen Abhandlungen über aktuelle Unpersonen irgendwann von selbst. So wie heute, als sie sich mit der ersten Kippe das zweite Tabakerzeugnis anzündete, während ich noch über den dritten Zug an meinem ersten nachdachte. „Wie das hier aussieht.", stellte sie nach einem kritischen Blick in die Runde fest. „Das kann man ja niemandem zeigen. Oder was meint er dazu?". Damit meinte sie mich und mir dämmerte es nicht im Ansatz, worauf sie mit ihrer Feststellung hinauswollte. Ich nahm zur Sicherheit erst mal einen vorsichtigen Zug an der Zigarette und blies nachdenklich den Rauch in die der Direktorin abgewandte Richtung. „Vielleicht sollten hier wirklich ein paar Fahrradständer mehr hin.", ergriff ich nach der kurzen Bedenkzeit, die mir das Rauchen gestattete, die Chance, auf einen ernstzunehmenden Mangel hinzuweisen. „Ach Papperlapapp, wie viele von den hässlichen Metallbügeln will er hier denn noch aufstellen?". Gut, die von mir eingeschlagene Richtung war offenbar die falsche. „Sieht er denn nicht, wie ungemein scheußlich dieser Innenhof wirkt?". Ehrlich gesagt, hatte ich an die Schönheit der Innenhofgestaltung bislang keinen Gedanken verschwendet. Ich hütete mich jedoch, dies preiszugeben. „Nun, so ein Hof soll ja vor allem praktischen Erwägungen gerecht werden.", startete ich den nächsten Versuch eines sinnvollen Beitrags zu der problematisierten Fragestellung. Damit schien ich mich nicht völlig blamiert zu haben. „Fürwahr.", knurrte die Direktorin. „Aber ästhetisch hinterlässt das keinen guten Eindruck. Zumal die Ministerin sich in zwei Wochen zum Gerichtsbesuch angekündigt hat.". Mir war ein Rätsel, weshalb sich die Ministerin über die stilvolle Herrichtung des Hinterhofs Gedanken machen sollte, bemühte mich jedoch um einen praktischen Einwand. „Geht sie hier denn überhaupt lang?". „Das ist doch nicht die Frage, ob sie es tut, sie könnte es tun, das ist das Entscheidende.", belehrte mich Frau Dr. Teckelsberg. Na klar - kam mir kurz in den Sinn - es könnte auch ein Meteorit ins Gebäude einschlagen und den Rechtsstaat zum Erliegen bringen. „Also das ganze Laub, das hier herumfliegt und das Unkraut zwischen den Pflastersteinen, das muss alles weg.", entwarf sie ihre Zukunftsvision von einem mustergültig aufgeräumten Fahrradparkplatz mit auch künftig zu wenig Parkbügeln. Herrje, die Natur ist schon ein garstiger Geselle! Laub im Herbst und ein wenig Grün auf dem Boden, welch eine ästhetische Verschandlung dieses herrlichen Stücks Justizlandschaft! „Und dort, der schmucklose Bereich an der Hauswand…", deutete die Direktorin in die Richtung, in die ich pflichtgemäß meinen Blick lenkte, wobei sich ein wenig Zigarettenasche löste und umgehend vom Wind zerstäubt wurde, „… Da kommen ein paar hübsche Anpflanzungen hin. Na, was sagt er dazu?". „Hmmm.", gab ich neutral zu bedenken und setzte wissend hinzu: „Da wird sich ein regionales Gartenbauunternehmen bestimmt über einen lohnenden Auftrag freuen.". Frau Dr. Teckelsberg verschluckte sich fast an ihrem gerade getätigten Zug, blickte verdutzt, befreite sich mit einem energischen Huster von dem überschüssigen Rauch und lachte laut auf. „Jetzt hat er mich fast gehabt, nein so was, er ist mir vielleicht ein Schelm. Wo er doch genau weiß, dass der Justizhaushalt für solche bedeutsamen Gestaltungspläne kein Budget vorsieht.". Jetzt war ich es, der irritiert aus der Jacke schaute, während die Direktorin mit einem faszinierend langen letzten Zug den Rest ihrer zweiten Zigarette förmlich einsaugte. „Was schaut er denn da? Er ist doch sonst so helle. Hier ist natürlich Eigenengagement unserer Mitarbeiter gefragt, da gibt er mir doch recht?". „Ja, nun, ja …", stotterte ich, „…Ich weiß nicht genau, ob …". „Na also.", beendete die Direktorin meinen Schlingerkurs. „Da haben wir die Pause doch mal gut genutzt und eine anständige Idee entwickelt. Jetzt müssen wir nur noch sehen, wie wir diese zeitnah umsetzen. Schließlich ist nicht mehr viel Zeit, bis Frau Ministerin uns ihren Besuch abstattet.". Wir? Wir?? Großer Gott, wenn das die Runde macht, bin ich geliefert, schoss es mir durch den Kopf. Die sperren mich in irgendeinen dieser Metallschränke hier im Gebäude und werfen den Schlüssel in die Toilette. Oder hängen mich zur Abschreckung mit den Füßen voran an der Decke der Eingangshalle auf und Lotti warnt alle, dass sie aufpassen und sich nicht ihren Kopf an meinem Kopf stoßen ... „Kommt er? Es geht gleich weiter.“, mahnte die Direktorin, und ich drückte hastig die Kippe an der Innenseite des mit Kies befüllten metallenen Eimers aus, der als behelfsmäßiger Aschenbecher hier postiert worden war. „Und der muss auch verschwinden, jedenfalls bis nach dem Besuch der Ministerin.“. Ich brachte nicht den Mut auf zu widersprechen. Was hätte ich auch sagen können? Die Angelegenheit war beschlossen.

Manche Dinge gerieten in Vergessenheit. Aus Nachlässigkeit, aufgrund Zeitablaufs oder weil Wichtigeres sich dazwischen mogelte. Nicht so die Aktion „Schöner unsere Innenhöfe“. Die Direktorin mochte so manche Eigenheit vorweisen, ganz ohne Schwächen kam auch sie nicht aus. Vergesslichkeit zählte nicht dazu. Nur zwei Tage nach ihrem in der Raucherpause entwickelten Schlachtplan begrüßte uns das virtuelle „Schwarze Brett“ mit der frohen Botschaft von der beabsichtigten Umgestaltung des freudlosen Innenhofs in eine paradiesische Begegnungsstätte. Eine, in der für Unkraut kein Platz mehr war und freundliches Gewächs dem Auge des planvoll über den Hof Flanierenden schmeicheln sollte. Natürlich sei eine Beteiligung ausschließlich freiwillig, denn zu den üblichen Dienstpflichten zähle ein solcher Sondereinsatz am Samstag zwischen 9 und 13 Uhr selbstverständlich nicht. Allerdings erfolgte der bemerkenswerte

Hinweis, dass derjenige, der sich durch sein „freiwilliges außerdienstliches Engagement für das Wohl und das Ansehen der Justiz über das Maß der dienstlichen Obliegenheiten hinaus verwende, in besonderer Weise Lob und Anerkennung verdiene". Es wäre ein Akt verwegener Ignoranz, darin keinen Zusammenhang mit der nächsten Beurteilung zu entdecken.
Mir blieb ohnehin nichts weiter übrig, als mich einzutragen. Ich hatte nichts anderes vor am Samstagvormittag und wollte meinen guten Stand bei der Direktorin nicht gefährden, die für eine Teilnahmeverweigerung sicher kein Verständnis aufbringen würde. Schließlich betrachtete sie mich, ob nun zu Recht oder Unrecht, als eine Art „Mitinitiator" dieser Aktion.
Robert schlug mein Ansinnen zur gemeinsamen Samstagsvormittagsgestaltung rundweg aus. „Zum Subbotnik? Vergiss es.", meinte er knapp zu mir und tippte mit dem Finger an die Stirn. „Für mich gibts da nichts zu holen.".
Isabell, die ich versuchte, für die Sache zu begeistern, blies die Backen auf, was zwar enorm niedlich aussah, aber mit einer erwartbaren Antwort verbunden war. „Also eigentlich wollten wir ganz in Familie am Wochenende mit den Rädern ein wenig hinaus ins Grüne fahren. Ich weiß nicht so recht.".
Ich schwieg ein wenig zerknirscht. Meine Frage beruhte einzig auf meinem Eigeninteresse an ihrer Gesellschaft bei dieser missliebigen Tätigkeit und Isabells Einsatz für den Laden lag ohnehin schon weit jenseits des obersten Levels. Ich bereute bereits, sie gefragt zu haben, vermochte meine Enttäuschung aber offenbar nicht geschickt genug zu verbergen.

„Na gut, ich muss mal sehen, vielleicht lässt es sich doch irgendwie einrichten.“. Mit einem dankbaren Lächeln schlich ich aus dem Zimmer, ein wenig schuldbewusst, ihr womöglich ihren Familienausflug verdorben zu haben.

Seit einer guten Viertelstunde stand unser kleines Häuflein, das sich zum – wie Robert in Anlehnung an eine gute alte sozialistische Tradition sinnreich formulierte – Subbotnik eingefunden hatte, schlotternd und dicht zusammengedrängt am Hintereingang des Amtsgerichts und wartete auf einen klaren Befehl. Paul war natürlich erschienen, zu meiner Überraschung auch Melinda, von Isabell allerdings keine Spur. Dr. Lahmer, dem von der Direktorin offenbar das Kommando über den freiwilligen Verschönerungstrupp übertragen worden war, lief in dem zugigen Innenhof wild gestikulierend auf und ab, während er mit einem Klotz von iPhone der ersten oder zweiten Generation die Frage zu klären suchte, wie man angesichts vergessener Gartengerätschaften die Gefechtsaufgabe erfüllen konnte. Während ich der in einer übergroßen schwarzen Arbeitskombi steckenden und vor Kälte mit den Zähnen klappernden Melinda eine Zigarette anbot, die sie angesichts der Aussicht, von einem Feuerzeug für einen Sekundenbruchteil erwärmt zu werden, fast angenommen hätte, passierte ein alter Mercedes-Kombi die Schrankenanlage zum Hofgelände. Das von Rost und alten Aufklebern zusammengehaltene Ungetüm übertraf im Alter sogar meinen Fiesta, ich schätzte das Baujahr optimistisch auf die frühen neunziger Jahre. Dem Geräusch nach handelte es sich zudem um ein Dieselfahrzeug, ein weiteres Indiz dafür, dass dem Besitzer der Klimaschutz

- der heute vorherrschenden strammen Brise gleich - am Heck vorbei wirbelte. Helmut entstieg dem vorsintflutlichen Gefährt und begann, ohne Zeit mit einer Begrüßung zu vergeuden, aus dem Kofferraum eine Reihe von Gewächsen zu laden, die offenbar der Umsetzung der Begrünungspläne Frau Dr. Teckelsbergs zu dienen bestimmt waren. Ein grüner Daumen fehlte mir von Geburt an. Meine insoweit halblaut vorgetragene Bemerkung, dass dies wohl das erwartete „Gestrüpp" sei, entlockte Melinda ein scheues Grinsen, während mich Dr. Lahmer ob dieser Despektierlichkeit dem Pflanzgut gegenüber mit einem tadelnden Seitenblick strafte. Offenbar war es der Direktorin doch noch gelungen, ein Budget für ihre Umgestaltungsaktion im Haushalt anzuzapfen oder sie hatte das Vergnügen aus der eigenen Tasche gesponsert. So schnell wie Helmut erschienen war, entschwand er wieder mit dem Hinweis, er habe seiner fast 90jährigen Mutter bei einem Umzug Hilfe zugesagt. Dr. Lahmer war angesichts des Werkzeugmangels auf die grandiose Idee verfallen, dass man sich des zwischen den Pflastersteinen wuchernden Unkrauts mit in den Büros befindlichem Besteck widmen könne. Ein Vorschlag, der niemanden von den Anwesenden zu begeistern vermochte. Die Aussicht, kniend auf den harten kalten Steinen dem Grünzeug mittels eines alten Küchenmessers an die Wurzel zu gehen, behagte mir nicht im geringsten. Ich grübelte bereits darüber nach, ob es wohl gelingen könnte, sich unauffällig aus dem Staub zu machen, als kurz vor halb zehn der weiße BMW Isabells sportlich auf den Innenhof röhrte und mit einem heiseren Fauchen zum Stillstand kam. Der goldfarbene

Schopf Isabells schwang sich aus dem Fahrzeug. Der Beifahrerseite entstieg eine mir flüchtig bekannte Rechtspflegerin aus der Zivilabteilung namens Jeanette Bentmaier. Isabell hatte sie mir gleich an einem meiner ersten Tage vorgestellt. Ich erinnerte mich an ein - einem kleinen Dschungel ähnelndes - Büro, ihre „Oase" wie sie es nannte. Diese war vollgestopft mit Grünzeug aller Art, dazwischen Luftbefeuchter, die zusammen mit der üppigen Pflanzenpracht ein Klima schufen, in dem ich es keine Viertelstunde ausgehalten hätte. Sie wirkte freundlich, vielleicht ein wenig zu flippig und zu sehr auf jugendlich unbeschwert getrimmt für meinen Geschmack. Allerdings hatte Robert sie einmal in einem Gespräch als eine der charakterlich integren Personen beschrieben, von denen man an einer Behörde selten mehr als ein gutes Dutzend fand. Ich vertraute Robert und Isabell vollends, was ihre Menschenkenntnis anbelangte. Während Jeanette sich zu unserem gelangweilten und durchfrorenen Häufchen gesellte, öffnete Isabell, nachdem sie grüßend zu uns herüber gewunken hatte, die Kofferraumklappe des blitzsauberen BMWs und holte daraus allerlei Gartengerätschaften und zwei Besen hervor. Also genau das, woran niemand aus dem Spezialkommando gedacht hatte. Dr. Lahmer atmete erleichtert auf und begann sogleich, unnütze Befehle zu erteilen, die von allen ignoriert wurden. Während sich Isabell, Jeanette und eine sich offenbar gleichsam dazu berufen fühlende Familienrichterin den Vorbereitungsarbeiten für die Anpflanzung widmeten, bewaffnete sich der Rest mit den für die niederen Arbeiten vorgesehenen Gerätschaften. Paul schnappte mir grinsend den letzten Besen vor

der Nase weg. So gesellte ich mich mit einem seltsam anmutenden Werkzeug - einer Art Haken am Spieß - zu Melinda, die bereits begonnen hatte, den wilden Wucherungen der Natur auf der gepflasterte Fläche mit einem vergleichbaren Gerät zu Leibe zu rücken. Während wir einträchtig nebeneinander widerspenstiges Kraut aus den Steinlücken puhlten, wurden wir langsam wärmer. „Wieso bist du eigentlich hier?“, startete ich einen erneuten Annährungsversuch an die Adresse der scheuen Schwarzhaarigen. „Als Angestellte wirst du doch gar nicht beurteilt. Oder bist du ein Fan unbezahlter Gartenarbeit?“. Ein verhaltenes Lächeln auf dem blassen Gesicht ging ihrer Antwort voraus, ein vermeintlich gutes Zeichen dafür, dass Melinda meine Gesellschaft nicht als allzu lästig empfand. „Ich weiß nicht so genau.“, begann sie. „Aber meine Eltern drängen mich ständig, doch endlich diesen Verbeamtungsantrag zu stellen. Ich solle an meine Zukunft denken. Wegen der Sicherheit und solcher Sachen. Na du weißt schon, das Übliche, was Eltern so von sich geben.“. Ich nickte wissend. „Stell dir vor, meine Mutter heute morgen so: Oh Gott, oh Gott! Jetzt muss der Junge schon am Wochenende arbeiten! Wo sind wir nur hingekommen? Dabei ist er doch im öffentlichen Dienst!“. Wir lachten beide. „Das ist der Untergang. Wochenendarbeit. Dieses Land hat fertig.“, gluckste Melinda. „Das Ende der abendländischen Kultur. Der Rechtsstaat am Boden.“, bestätigte ich. Scheinbar war da doch ein Draht zwischen uns.
Wir kratzen eine Weile schweigend nebeneinander her. Isabell und die anderen Gründäumlinge mit Pflanzdiplom kamen anscheinend voran, wie ich mit Seitenblick wahrnahm.

Alle taten unwahrscheinlich beschäftigt. Dr. Lahmer telefonierte schon wieder. Vermutlich erstattete er der Direktorin einen Zwischenbericht. „Sieh mal dort - Paul.“, bedeutete Melinda mir. „Was für ein Spinner.“. Paul versuchte, die lose zusammengefegten Blätter auf einem Haufen zu halten, kein leichtes Unterfangen angesichts der tückischen Böen, die durch den Innenhof jagten. Dabei hüpfte er mit dem Besen wie ein Derwisch im Kreis, um sein Arbeitsergebnis vor dem Auseinandergetriebenwerden zu retten. Wir beobachteten das Treiben eine Weile mit Spannung. „Der mit dem Laub tanzt.“, konstatierte ich schließlich trocken. Melinda konterte filmfest. „Nein. ‚Wind in seinem Haar‘.“, und setzte zu meinem Erstaunen hinzu: „Besser gesagt in dem, was davon übrig ist.“. Eine spitze Anspielung auf Pauls sich frühzeitig lichtenden Haaransatz.“. Wir kicherten beide. Der Vormittag war – anders als erwartet - keine Verschwendung. Ab jetzt arbeiteten Melinda und ich im Team.

In der Knüpfung zarter freundschaftlicher Bande zwischen mir und Melinda erschöpfte sich das Sinnstiftende unseres Subbotniks. Bei einem fabelhaften Café Creme war Robert fast der Kragen geplatzt, als er mir den weiteren Verlauf – er war als Personalratsvorsitzender in diesen Dingen leidlich gut unterrichtet - schilderte. Die Ministerin einschließlich ihres üblichen Trosses grauköpfiger Stabsgewichtiger weilte nur für eine knapp einstündige Stippvisite im Büro der Direktorin. Im Anschluss hatten Personal- und Richterrat noch Gelegenheit, dem herrschaftlichen Besuch in zehn Minuten das hohe Maß an Zufriedenheit aller Mitschuftenden zu versichern. Dann entschwebte die Gesalbte nebst ihrer stets interessiert gelangweilt schauenden Kofferträger wieder aus unseren heiligen Hallen. Welche dringenden politischen Verpflichtungen sie an einer eingehenden Inspektion von Büros und Innenhof abhielten – geparkt hatte man ohnehin dem Stande gemäß und abfahrbereit vor dem repräsentativen Haupteingang -, werden wir wohl nie erfahren. Dies und anderes waberte durch meinen Kopf, während ich alleine auf dem Raucherplätzchen neben den Fahrradständern intuitiv nach der Zigarettenschachtel in meiner Jackentasche fingerte und mich dabei selbst schalt ob meiner Charakterschwäche, die mich in wenigen Wochen vom Rauchen als Gelegenheitsakt zum kostspieligen Dauerkonsum verführt hatte. Ich beschloss in einem Anfall aufflammender Selbstverachtung die Schachtel dort zu belassen, wo sie war. Stattdessen schloss ich die Augen und sog die Luft ein, die nach Herbst duftete und die Rückstände meiner Nikotinsucht samt der durch gut abgehangene Strafakten verursachten Staubablagerungen aus den Lungen vertreiben sollte. Ich mochte vielleicht eine Minute dem hektischen Disput der Vögel gelauscht haben, der vermutlich ihren Reiseplanungen in wärmere Gefilde galt, als sich in das Gezwitscher ein Gemurmel mischte. Dieses störte meine Versunkenheit in die betäubend wirkende nachmittägliche Stimmung umso mehr, als es an räumlicher Distanz zu meinem Standort verlor. Beim Näherkommen entpuppte sich das Murmeln als eine Art wetterndes Gebrabbel, so wie man es von manchen älteren Leuten kennt, die mit oder ohne Anlass unverständlich vor sich her schimpften. Die Stimme kam mir bekannt vor und so öffnete ich die Augen zunächst einen winzigen Spalt, um die flaschengrünen Umrisse einer vollständig in ein tischtuchähnliches Gebilde eingerollten Gestalt zu erahnen. „... Unmöglich, unmöglich ...“, identifizierte ich nun einzelne Worte, „... Wachtmeister, diese Wachtmeister, ... faule Bande, ... nicht zu fassen, ... Direktorin berichten, ... unmöglich, unmöglich ... “, woraufhin ich mich veranlasst sah, mich vollständig aus dem einlullenden Zustand zuckerwatteweicher Trance zu lösen. Es war Frau Wittig-Buhlemann, die – Zeit und Ort anscheinend entrückt - sich in immer gewagtere Akte verbaler Ausfälle gegen Untergebene verstieg. „Faul, allesamt faul, ... Wachtmeistervolk, ... alle rausschmeißen, ... unmögliches Volk, ... undiszipliniert, ungehorsam, ... allesamt Verweigerer ...“. Ich räusperte mich, um meine Anwesenheit kundzutun. Erst jetzt schien die Geschäftsleiterin, die mich aus ihrem teigigen Gesicht mit verständnislosen matten Augen betrachtete, meine Gegenwart zu registrieren. „Ah, was machen Sie denn hier? Haben Sie nichts zu tun?“. Es war erstaunlich, wie schnell diese Person es verstand, aus einem Zustand vermeintlich geistiger Verlorenheit in ihren üblichen Modus latent boshafter Machtdemonstration zurückzufallen. Ich hob zu einer gepfefferten Entgegnung an, denn dass Hofspaziergänge zum originären Aufgabenkreis einer Geschäftsleiterin gehörten, wäre mir neu gewesen, presste dann jedoch lediglich eine entschärfte Version meiner Verachtung durch die Zähne. „Guten Tag, Frau Wittig-Buhlemann. Ich genieße bei einer kurzen Stärkungspause den herrlichen Gesang der Vögel. Hören Sie mal, wie putzig die kleinen gefiederten Gesellen miteinander plaudern.“. Wie von mir erwartet, brachte sie meine naiv-freundliche Darbietung kurzzeitig aus ihrem eingeübten Konzept planvollen Niedermachens.

„Stärkungspause, wo haben Sie das denn her, also wirklich, wo gibts denn so was?". „In der örtlichen Dienstvereinbarung zur Wiedereinführung der festen Arbeitszeiten für alle Dienste – mit Ausnahme der Richter – zwischen der Direktorin des Amtsgerichts und dem Personalrat aus dem April vergangenen Jahres.", schob ich ihr naseweis einen fetten Brocken meines dank Robert vorhandenen Zusatzwissens unters Kinn. „Soso, na dann hoffe ich mal für Sie, dass Sie ihre Aufgaben in der Geschäftsstelle so gut beherrschen, wie die Kenntnis Ihrer Rechte, Herr, äh...". „Kranagel.", ergänzte ich, wobei ich mir einen gewissen patzigen Unterton nicht mehr verkneifen konnte. „Belehren Sie mich nicht, ich kenne hier im Hause jeden meiner Mitarbeiter mit Namen!". „Selbstverständlich tun Sie das, Frau Wittig-Buhlemann.", probierte ich – mir ein provokantes „äh" zwischen Anrede und Namen mühevoll verkneifend - den Zornesausbruch abzubiegen. „Ich wollte lediglich behilflich sein.". Die Geschäftsleiterin winkte ab, offenbar fehlte ihr die Lust zu weiteren disziplinarischen Einflussnahmen auf meine Person. Sie erinnerte sich anscheinend wieder des Grundes für ihren ursprünglichen Verdruss und deutete auf die zwei Reihen des neu gepflanzten Gestrüpps vor dem Gebäude. „Die Pflanzen müssen täglich gegossen werden. Die Wachtmeisterei hatte entsprechenden Auftrag, diesen allerdings sträflich vernachlässigt. Veranlassen Sie, dass das umgehend erledigt wird und berichten Sie mir sodann den Vollzug. Ich habe nun anderweitige Verpflichtungen.". Mit einer gönnerhaften Geste richtete Frau Wittig-Buhlemann ihren Umhang und ehe ich mich versah, war sie durch den Hintereingang entschwunden. Wie um alles in der Welt hatte ich mir das denn bitte einhandeln können? Ich blickte kopfschüttelnd und verdattert auf das Kopfsteinpflaster im Hof. Dort, wo Melinda und ich heldenhaft halbe Ewigkeiten gegen den natürlichen Wachstumdrang allen Unkrauts gekratzt hatten, wucherte bereits wieder das unbesiegbare Grün hervor, um sich den ihm kurzfristig abgerungenen Raum zurück zu erobern. Blassgelbe Blätter wehten - fröhlich vom Herbstwind getrieben - über die triste Fläche und verfingen sich zwischen den Fahrradständern, wo sie munter um die Reifen zu kreisen begannen. Die Vögel krakelten unbeeindruckt über ihre Chancen auf vorzeitige Ausreise. Ich konnte nicht anders. Ich zündete mir eine Zigarette an.

Nach meinen Erfahrungen bei der Bundeswehr standen die Chancen nicht gut, aus der Angelegenheit unbeschadet herauszukommen. Im Rang recht weit unten stehend, noch dazu als Neuling, befürchtete ich, dass die Gestrüppbewässerung letzten Endes in meiner Verantwortung landen würde. Dennoch – ich wäre nicht ich selbst gewesen, wenn ich es nicht wenigstens probiert hätte. Also setzte ich all meine Hoffnungen in Lotti und ihre Bereitschaft, als Wachtmeistereileiterin irgendeinen armen Tropf aus ihrer Truppe zur Durchführung der Pflanzenrettung zu gewinnen.
Mein Pessimismus sollte schnell Bestätigung erfahren. „Die hat Urlaub.“, brummelte Helmut, der mit dicken Fingern und Akribie Klammern aus einem Berg anwaltlichen Schriftguts löste, um es für die Scanstrecke zu ertüchtigen. „Was liegt denn so Dringendes an?“. Ich spulte meinen Text ab. „Das kannst du vergessen.“ Helmut legte die Stirn in sorgenvolle Falten, schob die randlose Lesebrille nach unten,

blickte mich aus tieftraurigen Augen lang und durchdringend an und erklärte wortreich, wer gerade keine Zeit und mit welchen vordringlichen dienstlichen Aufgaben an der Grünpflanzenpflege gehindert war. Mit dergleichen Ausflüchten hatte ich schon gerechnet und sparte mir weitere Intervention oder gar Drohungen mit der Geschäftsleiterin. Da war nichts zu holen. Erhobenen Hauptes verließ ich wortlos das Schlachtfeld, nicht ohne Helmut, der sich längst wieder seinen Stapeln zugewandt hatte, mit einem schauspielreifen strafenden Blick der Verachtung zurückzulassen. Da hatte ich nun den Salat oder besser gesagt das Gestrüpp. Einen Gang zur Wittig-Buhlemann, um dieser von meinem Versagen zu berichten, kam überhaupt nicht in Betracht. Ohne Erledigungserklärung gedachte ich nicht, ihr unter die Augen zu treten. Isabell hatte sich ebenso wie Lotti in den Urlaub verflüchtigt. Also ließ ich meinen Frust erst einmal bei Robert ab. „Schöner Mist, da wirst du wohl selbst Hand anlegen müssen.", lautete sein auf seinen Militärerfahrungen beruhendes Fazit. Wenigstens spendierte Robert einen Cappuccino, bevor ich mich meiner Bewässerungsaufgabe widmete.
Diese stellte mich sogleich vor eine weitere Herausforderung. Die nächstgelegene für eine Entnahme geeignete Wasserstelle befand sich in einer Toilette im Erdgeschoss auf der anderen Gebäudeseite von dem zu begießenden Feld liegend. Eine weitere in einer Publikumstoilette im darüber liegenden Stockwerk, die zwar näher gelegen, aber nur über das Treppenhaus oder den entfernt liegenden Fahrstuhl zu erreichen war. Wenn ich für jeden Durstigen aus der Grünzeugschar mit einem Eimer diese Strecke ablaufen wollte,

wäre ich ein kleine Ewigkeit beschäftigt, was vermutlich der Grund war, weshalb sich die Wachtmeister dieser Zumutung zu entziehen suchten. Während ich um einen Ausweichplan ringend ein wenig ziellos über die Flure schlich, kam mir eine Idee. Ich stürmte in den zweiten Stock hinauf und wäre fast im Drehkreuz mit der Familienrichterin zusammengerauscht, die ich vom Subbotnik kannte. „Immer langsam mit den Pferden, junger Mann.“, mahnte sie, während ich, die Hand zur Entschuldigung erhoben, weiter stolperte. „In der Ruhe liegt die Kraft.“, schickte sie noch hinterher. Oder im Geiste, dachte ich bei mir, als ich um die Ecke bog und vor einer Tür landete, neben der sich ein Plastikschild mit einem merkwürdigen Piktogramm und der Aufschrift „WC – Diverse“ befand. Ich blickte mich mehrfach um, aber niemand kam den Flur entlang. Die Tür verfügte – anders als die nur für Mitarbeiter bestimmten Toiletten - nicht über eine elektronische - mittels Justizapp zu überwindende - Sicherung, sondern war ganz klassisch mit der von Alters her gebräuchlichen Klinke ausgestattet. Das kam meinem Vorhaben entgegen. Vorsichtig betrat ich die geheimnisumwitterte und vermutlich höchst selten genutzte Stätte, um festzustellen, dass sie genauso aussah, wie all die anderen, gleichartigen Verrichtungen dienenden, stillen Örtchen im Haus. Ich weiß nicht genau, was ich erwartet hatte, vielleicht einen pinkfarbenen Anstrich oder ungewöhnlich geformte Becken. Gleichwohl fühlte ich mich wohl dabei, in einer vertraut erscheinenden Umgebung agieren zu können. Nachdem ich mir auch auf andere Art in eine jungfräulich anmutende Keramik Erleichterung verschafft hatte, wagte ich einen Blick hinaus und wurde nicht enttäuscht. Direkt unter dem Fenster befanden sich die Anpflanzungen. Meine Idee begann zu reifen. Jetzt benötigte ich nur noch das richtige Equipment.

Der Gedanke, erneut als Bittsteller bei Helmut vorzusprechen, übte auf mich ausgesprochen wenig Reiz aus. Aber ich hatte Glück. Ein jüngerer Wachtmeister, Erik mit Namen, rangierte gerade einen Koloss von Aktentransportwagen aus der Tür der Wachtmeisterei. Erik signalisierte Hilfsbereitschaft, als ich ihm mein Anliegen vortrug. „Einen Schlauch? Wofür brauchst du den denn?“, meinte er. „Sonderauftrag der Geschäftsleitung.“, konterte ich geheimnisvoll. „Ah so. Null Problemo“. Offenbar stellte ihn die Antwort hinreichend zufrieden, was mir ersparte, ihm gegenüber mit der Wahrheit herauszurücken oder spontan eine hanebüchene Erklärung für meinen ungewöhnlichen Wunsch zurechtzubasteln. „Wart mal, ich glaube, ich weiß, wo wir das Passende finden.“. Erik beförderte das schwere Vehikel gekonnt in eine Parkposition an der Wand, verschwand kurz in der Wachtmeisterei und erschien nach kurzer Zeit freudestrahlend mit einem Schlüssel, an dem ein kleiner gelber Anhänger baumelte. „Null Problemo, in einem geordneten Haushalt findet sich alles.“, triumphierte er. ‚KG – Lager IV‘. las ich von dem Schildchen ab. „Wohin müssen wir?“. „Kellergeschoss.“, verkündete Erik, der für die Abwechslung nicht ganz undankbar erschien. „Mir unauffällig folgen.“. Erik schlenderte gemächlichen Schrittes Richtung Treppenhaus. Ich passte mich seinem Tempo an. Auf dem Weg plauderten wir ein wenig. „Wie kommst du mit diesem Riesenteil von Aktenwagen eigentlich durch die Zugangssperren?“, wollte ich wissen. „Da gibts eine Entriegelung, damit hebst du das ganze Ding aus der Verankerung, schiebst es zur Seite, dann durchfahren und wieder zumachen. Null Problemo.“. Für Erik schien es keine ernstzunehmenden Probleme zu geben. Ich fragte nochmals nach, da ich mir nicht vorstellen konnte, dass man so einfach die Zugangssicherung umgehen konnte. Erik schaute mich entgeistert an, dann verstand er und lachte. „Ah so, ne, ne, du musst natürlich vorher freischalten, sonst blockiert die Entriegelung und es gibt einen Mordsradau. Passiert immer mal wieder einem von uns, dass er das vergisst. Dann hast du echt Probleme.“. Erik freute sich, dass sich jemand für die Details der Zugangssicherung und seine Arbeit interessierte. Im untersten Geschoss angekommen, bogen wir hinter der Kantine ab und kamen in einen spärlich beleuchteten Flur. Hier befanden sich an den meisten Türen keine elektronischen Sicherungen. Erik klärte mich auf. „Ist viel zu teuer. Du kannst die normalen alten Türen gar nicht auf den neuen Standard umrüsten. Da muss eine komplett neue Tür her. Ist hier unten aber null Problemo, weil in den Räumen sowieso fast nur altes Zeug lagert. Keine Akten, von wegen Geheimhaltung und so, na du weißt schon.“. Wir kamen zu einer grau gestrichenen Tür mit der Aufschrift ‚Lager IV‘. Erik schloss auf, tastete nach dem Lichtschalter und der Raum erstrahlte in gleißendem LED-Licht. „Die Beleuchtung haben sie wenigstens neu gemacht.“, kommentierte er. Ansonsten konnte man den großen Raum nur als Rumpelkammer bezeichnen. Ausrangiertes Inventar hatte man scheinbar planlos übereinander gestapelt. An der Wand ruhten ein paar morsche Regale, dem Zustand nach aus der Vorkriegszeit, in denen Spinnen die

Lufthoheit übernommen hatten. Darin lagerte allerlei Gerümpel, von alten Eimern, angebrochenen Papiersäcken mit vermutlich nicht mehr verarbeitbarem Zement bis hin zu verdächtig marode wirkenden Werkzeugen und Müllbeuteln mit dubiosem Inhalt. Erik wühlte ein wenig zwischen ein paar alten Plastikeimern, dann zerrte er eine mit einer dicken Staubschicht überzogene Gummischlange aus ihrem vermutlich schon seit Jahren dort befindlichen Versteck. „Sag ich doch, hier ist das Ding. Frag mich, dann gibts null Problemo.“, präsentierte er siegesbewusst seine Beute. Der Schlauch befand sich in besserem Zustand, als es im ersten Moment den Anschein erweckte, zwar etwas zu lang, aber das störte mich nicht weiter. Ich bedankte mich wortreich bei Erik und sicherte zu, das gute Stück zeitnah und unbeschädigt zurück zu bringen. „Null Problemo, hat keine Eile. Mach mal deinen Geheimauftrag fertig, dann bringst du ihn wieder vorbei.“, zwinkerte Erik verschwörerisch. Erik war ein anständiger Typ. Obwohl ich den Verdacht nicht loswurde, dass Erik eine irgendwie geartete Ahnung von meinem „Problemo“ hatte, freute ich mich, neben Lotti einen weiteren Ansprechpartner unter den Wachtmeistern näher kennengelernt zu haben. Gute Beziehungen waren schließlich unbezahlbar. Außerdem verfügte ich nun über die notwendigen Mittel, um mein Ziel in die Tat umzusetzen. Meine Pechsträhne endete hier und jetzt.

Der Plan ging auf, sogar weit besser, als ich erwartet hatte. Am Schlauch fand sich ein Anschlussstück, welches sich mühelos auf einen der Hähne schrauben ließ. Wasser marsch! Der richtige Winkel war schnell gefunden und belebendes Nass traf auf die hinterste Linie der gebeutelten Anpflanzung. Reihe für Reihe arbeitete ich mich nach vorn. Zielsicher schlugen Fetzen des scharf gebündelten Strahls auf das Grün und stillten seinen Durst. Die Sache begann mir immer mehr zu gefallen. Ich tauchte ein in das feuchte Vergnügen der Bewässerung und sandte aus dem Himmelreich der Toilette für Diverse im zweiten Stock die Flut auf die verdorrte Erde des Gerichtshofs. Mein Akt gewann an Symbolkraft. Aus ihm erwuchs eine Befreiung aller Diversen vom muffigen Staub der Jahrhunderte der Unterdrückung, in dem ich diesen einfach mit dem reinigenden Wasser der Liebe hinfort wusch. Ich war der Erretter der geknechteten Gemeinde geschlechtlich Desorientierter von den Fesseln des puritanischen Zeitgeistes. Ich war der Regenmacher!

„Ja was ist das denn wieder? Bei schönstem Sonnenschein regnet es.", vernahm ich von unten die Stimme der Direktorin und zog geistesgegenwärtig mit einem Ruck den Schlauch zurück ins Innere. „Diese Wetterkapriolen nehmen wirklich zu in letzter Zeit. Es muss wohl doch was dran sein an diesem Klimawandel.", hörte ich sie seufzen, bevor ich das Fenster vorsichtig schloss. Auch die göttlichsten Momente finden irgendwann ihr Ende. Meine Aufgabe jedenfalls war vollendet. Ich konnte der Geschäftsleiterin Vollzug melden.

VI. Gesprengte Kaffeerunden

„Wir müssen aufhören, weniger zu trinken", lautete eine der zahllosen pragmatischen Weisheiten meines Vaters. Diese tiefsinnige Erkenntnis bezog sich auf die zunehmende Zurückhaltung beim Konsum alkoholischer Köstlichkeiten auf Familienfeierlichkeiten und anderen mehr oder minder erfreulichen geselligen Zusammenkünften. In der Tat – während meiner Kindheit und Jugend waren mir weit exzessivere Vergnügungen als heutzutage üblich in Erinnerung geblieben. So etwa der vierzigste Geburtstag meiner Mutter, der mit etwa zwanzig Gästen bei frühsommerlichen Temperaturen in einer ungefähr fünf Kilometer entfernt von unserem Haus gelegenen Gartenkneipe stattfand. Wir hatten als kostengünstigstes Verkehrsmittel das Fahrrad gewählt. Zum einen aufgrund der damals bereits horrenden Taxipreise, jedoch nicht zuletzt der größeren Toleranzen beim Alkoholgenuss wegen, die der Gesetzgeber beschwipsten Radfahrern gegenüber Führern von Kraftfahrzeugen zubilligte. Die Erwachsenen sprachen, wie wir anwesenden Teenager damals amüsiert aufnahmen, dem preiswert angebotenen ‚Havanna-Cola' reichlich zu. Und zwar heran bis an jene gefährliche Grenze, an der rauschbedingte frohsinnige Enthemmtheit schnell ausarten konnte in eine handfeste Prügelei, zu der es allerdings glücklicherweise nicht kam. Beim Aufbruch vermisste meine Mutter dann ihren Schlüssel zu dem Bügelschloss, mit dem sie ihr Fahrrad bei Ankunft gesichert hatte. Er fand sich auch bei einer mit viel Aufgeregtheit verbundenen Suchaktion nicht wieder an. Erst Tage später entdeckte ihn meine Mutter in ihrer Jackentasche, ein Ort, den

man bei ausgedehnten Nachforschungen in den entlegensten Ecken der besuchten gastronomischen Einrichtung wohl meinte, aussparen zu können. Jedenfalls beschloss man kurzerhand, dass der Transport meiner Mutter auf dem Gepäckträger des Fahrrads meines Vaters eine machbare Alternative darstellte. Und so kam es wie es kommen musste: Meine Mutter verlor nach nicht einmal hundert Metern den Halt und plumpste auf den Weg, verbunden mit abwechselnd großem Gezeter und Gekicher aller Beteiligten, während mein Vater, reichlich angeheitert und urplötzlich befreit von der ungewohnten Last, die Kontrolle über seinen Drahtesel einbüßte und sich mitsamt selbigem in einer nahegelegenen Hecke liegend wiederfand.
Über die Jahre ließen derartige bierselige Ausschweifungen nach. Man ging wegen hoher Preise kaum noch in Gaststätten, sondern feierte im häuslichen und deutlich kleineren Rahmen. Die meisten erschienen mit dem eigenen Auto, winkten beim Angebot eines zweiten Radlers bereits ab und stiegen auf Mineralwasser um.
Gestern nun hatte mein Vater mich zu einem guten Tropfen aus der Hausbar überredet. Er besaß eine kleine Sammlung hochprozentiger Raritäten, die er Interessenten stolz präsentierte. Dabei scheute er keineswegs davor zurück, sich oder anderen zuweilen davon ein Gläschen einzuschenken. So saßen wir wie in alten Zeiten, bevor ich mich aus der elterlichen Umklammerung zur Bundeswehr geflüchtet hatte, beieinander, redeten über dies und das, wobei wir uns um die große Politik herum mogelten und stattdessen Alltagsgeschichten miteinander teilten. Inzwischen gab es ein paar hörenswerte Anekdoten aus meiner Zeit beim Gericht. Mein

Vater erwies sich dabei als geduldiger und aufmerksamer Zuhörer, ohne es zu versäumen, seinerseits ein paar Erlebnisse aus der nicht minder makabren Welt des Finanzverwaltung einzustreuen. Meine Mutter gab es nach ein paar Wiederholungsversuchen auf, stirnrunzelnd unsere alkoholbedingt sich steigernde Lautstärke dämpfen zu wollen. Sie verzog sich schmollend ob der mangelnden Einsicht der männlichen Familienmitglieder zum Fernsehen ins Schlafzimmer. „Diesen Robert betreffend ..." - mein Vater nippte an seinem halbvollen Glas eines 20 Jahre alten schottischen Single Malt - „... Was war denn nun genau der Grund für sein plötzliches Karriereende?". Mir blieb nichts weiter übrig, als mit den Schultern zu zucken. „Du musst doch was wissen.", bohrte er. „Habt ihr darüber nicht geredet? Ich meine, solche Geheimnisse sollte es eigentlich nicht geben, wenn man befreundet sein will.". Ich räumte ein, dass ich das ähnlich sähe, aber abwarten wolle, bis Robert von selbst mit der Sprache heraus rückte. Ich erzählte, dass ich auch schon darüber nachgedacht hatte, Jonas insoweit auf den Zahn zu fühlen. Mit dem Ergebnis, davon Abstand zu nehmen, da ein solches Handeln zumindest von einem der beiden als verwerflich angesehen werden könnte. „Du musst das nicht so geradeheraus tun, nicht, dass es wie ein Ausfragen aussieht. Eher subtil, wie nebenbei.". Ich nickte nachdenklich und nahm meinerseits einen tiefen Schluck des teuren Getränks. Zunächst spielte ich ein wenig damit auf der Zunge, ließ es kurz seinen süßlichen, an Kirschen und Bananen erinnernden Geschmack entfalten, um es sodann, wie mein Vater es mir beigebracht hatte, langsam und mit Bedacht herunterzuschlucken. Die Ungewissheit fraß mich auf. Früher oder später, soweit kannte ich mich, würde mir der Kragen platzen. Lieber wollte ich jetzt handeln und die Konsequenzen in Kauf nehmen, als später einer Streit vom Zaun zu brechen. Der milde Rauch des vortrefflichen Abgangs breitete sich wohltuend in meiner Speiseröhre aus, bevor er sich langsam in Richtung Magen verabschiedete. Die altertümliche Kuckucksuhr an der Wand, ein Familienerbstück, rief die erste Stunde des neuen Tages auf. Der hölzerne Vogel trotzte dem Zeitgeist seit über 70 Jahren, ohne die Spur einer Müdigkeitserscheinung aufzuweisen. Vielleicht war es dieser Moment tiefer Behaglichkeit, der mich zur Waghalsigkeit verleitete. „Was soll's?", verkündete ich. „Genau so mache ich das.".

Als ich am Folgetag mit einem leichten Kater im Gepäck bei Jonas eintraf, fiel der Empfang ein wenig frostig aus. Dietmar rangierte, ohne von mir Notiz zu nehmen, mit einem riesigen Anhänger auf dem Hof herum. Jonas' Frau Gesine winkte kurz zum Gruß herüber, während sie versuchte, mit einem Wäschekorb unter dem Arm die Zwillinge einzufangen, die sich mit Wasser-Pump-Guns einen erbitterten Zweikampf lieferten. Jonas hörte ich irgendwo im Haus vor sich hin schimpfen. Ich wartete geduldig, bis er sich auf mein Klingeln hin nach gefühlten fünf Minuten zur Haustür bequemte. „Was willst du denn hier? Robert ist nicht da. Ich habe heute überhaupt keine Zeit. Und alleine kann ich dich unmöglich an der Sporty schrauben lassen". Die Begrüßung machte wenig Mut, meinen Plan voranzutreiben. Natürlich wusste ich, dass Robert seiner Tochter, die – sehr zu seinem Leidwesen – Jura in Berlin studierte, bei einem Umzug in eine neue Wohnung helfen wollte. Anscheinend hatte es irgendwelche Probleme in ihrer alten WG gegeben. „Aber zum Schrauben bist du ja ohnehin nicht gekommen, wenn ich das richtig sehe." Jonas war ein schlauer Fuchs. Natürlich hatte er sofort registriert, dass ich nicht in Arbeitskluft erschienen war. „Ja richtig, ich wollte eigentlich zu dir. Etwas bereden, was mich schon eine Weile umtreibt.". Jonas warf einen Blick auf die Uhr. „Viertel Stunde, maximal. Wir müssen gleich los, Holz holen.". Und einmal quer über den Hof an Dietmar gerichtet: „Vadda, kommst du klar mit dem Anhänger?". Dietmar winkte ab und warf irgendeine Bemerkung zurück, die nach mäßig genervter Zustimmung klang. „Komm, wir gehen kurz rüber in die Garage. Kaffee?". Meine Magennerven zuckten erschreckt zusammen. Andererseits brauchte ich Jonas in gewogener Stimmung. „Klar, gerne.", log ich daher und hoffte inständig, dass mein vom Vortag infolge des Genusses von Hochprozentigem vorgeschädigter Magen dem Ansturm von Jonas' säurehaltigem Heißgetränk standhalten würde.

Unschlüssig ergriff ich ein auf dem lange nicht mehr abgewischten Tisch befindliches Glas mit Milchpulver, öffnete es, musterte kritisch die Farbe des Inhalts und stellte es sodann wieder zur Seite. Ich gelangte zu der Überzeugung, dass Zucker kein natürliches Verfallsdatum aufweisen würde und versenkte erst einen und nach kurzer Überlegung einen weiteren der in einer offenen Packung dargebotenen angegrauten Würfel in dem Getränk. „So, was liegt denn nun so dringendes an?", begann Jonas und brach damit das Schweigen, das ich mit lautstarkem Rühren in meiner Tasse versucht hatte zu übertönen. Ich ließ den Löffel ruhen und starrte auf die Tischplatte. Einer der Flecken sah aus wie eine zerquetschte Fliege. „Ja, also ich bin eigentlich gekommen, weil ... mir schwirrt da schon eine ganze Weile so eine Sache durch den Kopf, weißt du. Und Robert, also den mag ich nicht so recht fragen, das ist mir doch irgendwie komisch. Und da dachte ich, dass du vielleicht .... Also möglicherweise, aber nur, wenn du wirklich willst. Ich kann dich schließlich nicht ...". Ich blickte auf und sah in das feixende Gesicht von Jonas. „Alter, bis du mal die Katze aus dem Sack lässt, ist die ja schon acht Mal verreckt darin. Robert und ich haben uns schon die ganze Zeit gefragt, wann du endlich damit kommst.". Wie jetzt? Wieso dieser Heiterkeitsausbruch? Ich hatte mir Sorgen gemacht, dass Jonas stinksauer auf mein Anliegen reagieren würde. Und woher wussten die beiden eigentlich, was ich da seit Wochen mit mir herumschleppte? Dabei hatte ich wohlweislich kein Wort über die Angelegenheit verloren. Ich schaute offenbar ziemlich verdattert drein, denn Jonas strich sich amüsiert über den kahlrasierten Schädel. „Komm mal mit. Ich zeig dir was.", meinte er geheimnisvoll. Ich trottete sprachlos hinter Jonas her, der uns in die Nachbargarage führte, in der seine Harley und Dietmars Suzuki Bandit geparkt waren. „Tata! Überraschung!". Jonas zog eine Plane, unter der bis dahin ein weiteres Motorrad verborgen gewesen war, zur Seite und deutete freudestrahlend darauf. „Und, was sagst du? Praktisch fahrbereit, bis auf ein paar Kleinigkeiten. Bisschen schick machen, dann kann's losgehen. Da staunst du, oder?". Ich starrte verblüfft auf die 250er Enduro der Marke Honda, die sich mit einer roten, ziemlich abgewetzten Sitzbank, in vor Dreck starrendem Rot-weiß vor mir präsentierte. „Ja, ich staune.“, entgegnete ich, um überhaupt etwas zu erwidern. Jonas hieb mir mit seiner Riesenpranke auf die Schulter, dass ich befürchtete, er wollte mich in den Betonfußboden rammen. „Und vielen Dank, dass du dabei an mich gedacht hast. Ich habe schließlich auch viel mehr Erfahrung als Robert.“. Eine Ahnung kam mir hoch, wohin sich das Ganze entwickelte. Ich blickte auf Jonas, ohne dass ich wirklich wusste, was ich sagen sollte. Dieser deutete meine Schweigsamkeit wohl als Verlegenheit. „Keine Sorge. Wenn du durch meine Schule gegangen bist, reißt du nur noch die Mindestfahrstunden ab und anschließend absolvierst du die Prüfung spielend auf dem Hinterrad fahrend.“. Jonas lachte über den seiner Ansicht nach gelungenen Scherz, während ich mit versteinertem Gesicht daneben stand. „So, mein Jung‘...“, erklärte er dann mit plötzlich aufgesetzter ernster Miene, „... Jetzt sieh mal zu, dass du Land gewinnst. Wir müssen ins Holz.“. Mit einem freundschaftlichen Schubs beförderte er mich nach draußen.

Als ich mich wenig später auf dem Heimweg befand, ließ ich die Scheibe des Fiesta auf meiner Seite herunter. Die kühle Herbstluft brachte mich zum Frösteln, trotzdem sog ich sie tief ein und dachte gar nicht daran, das Fenster wieder zu schließen. Meine Kieferknochen mahlten so hart aufeinander, dass die Zähne zu knirschen begannen. Diesmal verwandte ich keinen Blick auf die verträumte Herbstlandschaft, die sich in ihrer üppigen Farbenpracht links und rechts von mir ausbreitete. Aus dem Radio auf ‚Rock-Zweitausend' dröhnte „Duality“ von *Slipknot*. Ich stierte gedankenverloren auf das endlos graue Band der Straße und hämmerte mit den Fingern im Takt auf das Lenkrad.

„Wer kennt sie nicht, die Namen der besten Freunde des Beamten?“, spöttelte Robert bisweilen. „Urlaub, Krankheit und Dienstbefreiung.“. Auch wenn er selbst von diesen Gelegenheiten, dem Dienst an seinem Land, dem man sich mit Treueeid verschworen hatte, fernzubleiben, selten Gebrauch machte: Wo er recht hatte, hatte er recht. Aber - wie mein Vater zu sagen pflegte – gab es dort, wo viel Licht war, bedauerlicherweise auch reichlich Schatten. Die Kehrseite der Medaille staatlich alimentierter Abwesenheit brachte den am Arbeitsplatz verbliebenen Dienstleistern den Genuss, die Entschuldigten zu vertreten, also deren Pensum irgendwie mit zu beackern. Die Organisation dieser Vertretungen für den Bereich der Geschäftsstellen stellte eine der Hauptbeschäftigungen Isabells dar. Diese mühte sich tagtäglich redlich, die durch plötzliche Krankheitsfälle auftretenden Lücken zu stopfen und die daraus zwangsläufig resultierenden Verwerfungen durch möglichst gerechte Verteilung zu kompensieren. Paul belastete mich insoweit recht wenig. Er fehlte bis auf seine Urlaubstage praktisch nie. Darüber hinaus durfte ich bisher einmal in der Zivil- ein anderes Mal in der Familienabteilung aushelfen. Dazu musste ich nicht einmal meinen Schreibtisch verlassen. In beiden Abteilungen arbeitete man bereits mit der Elektronischen Akte und ich fand die Mehrarbeit einfach in meinem Postfach vor, zusammen mit der mir in elektronischer Form zugestellten

Mitteilung über Art und voraussichtliche Dauer der Vertretung.
Als Isabell am frühen Morgen in mein Büro platze, ahnte ich sogleich, dass Ungemach drohte. „Tut mir sehr leid.“, begann sie reichlich förmlich und steuerte ihre Mimik in den Modus künstlichen Mitgefühls. „Ich muss dich für zwei Wochen in die Betreuungsabteilung schicken, da ist gerade Land unter.“. Ich verzog das Gesicht, während Paul feixte. „Du übernimmst Antons Aufgaben in der Zeit.“, wandte sie sich diesem zu, dem sein Grinsen auf der Stelle im Gesicht einfror. Und wieder an mich gerichtet: „Bis auf den Sitzungsdienst bei der Direktorin, den musst du leider weiter wahrnehmen, Anton, darauf hat die Direktorin bestanden.“. Das gab Paul den Rest und er zog sich schmollend hinter seine Bildschirme zurück. „Und außerdem heißt das für dich diesmal Umzug.“. Ach ja, richtig, die Betreuungsabteilung werkelte wie die Strafabteilung im wesentlichen noch mit der traditionellen Papierakte. „Sind nur zwei Wochen, die gehen schnell rum.“, zwinkerte Isabell mir zu. „Außerdem liegt die Nachlassabteilung direkt auf dem Nachbarflur.“, ergänzte sie grinsend. Nach diesem versteckten Hinweis auf die Nähe zu Melindas Arbeitsplatz entschwand Isabell mit einer atemberaubenden Drehung.

Es habe vor etwa einem Jahr an einem anderen Gericht ein Datenleck in der Betreuungsabteilung gegeben, berichtete Kathy auf meine Frage. Daraufhin wäre die bereits eingeführte Elektronische Akte kurzerhand in allen Betreuungsabteilungen des Landes auf Eis gelegt worden. Bis auf weiteres sei daher mit der Papierakte Vorlieb zu nehmen, schloss sie ihren knappen Exkurs zum Stand der Digitalisierung. Man konnte ihr den Unmut über diesen Zustand deutlich anmerken. Mehr war dazu nicht in Erfahrung zu bringen. Ich setzte mein kurz unterbrochenes Bemühen fort, Hafermilch in meinem Heißgetränk zu verrühren, der einzige Weißmacher, der von ihr für zulässig erklärt worden war. Kathy Müller war nicht nur Rechtspflegerin, sie war außerdem die eingesetzte Gruppenleiterin der Abteilung und damit für mich in der Vertretungszeit hier eine Art Fachvorgesetzte. Bei Kathy galten klare Regeln. Eine davon war, dass keine ungesunden Dinge wie künstlicher Kaffeeweißer oder tierische Produkte wie Kuhmilch in ihrer Kaffeerunde zur Anwendung kommen durften. Dies hatte sie sogleich bei meiner Vorstellung in der Abteilung klargestellt, noch bevor sie mir meinen Schreibtisch zuwies. Selbstverständlich fuhr Kathy umweltbewusst Fahrrad. Ihr Sohn engagierte sich bereits im zarten Alter von 13 Jahren bei den Klimaaktivisten, was Mutti selbstredend mit ganzer Kraft unterstützte. Dass Kathy das Amt der gerichtlichen Gleichstellungsbeauftragten ausübte, lohnte kaum der Erwähnung. Besäße Kathy nicht diese grauenvolle feministische Attitüde, gepaart mit einem unsäglichen Missionierungseifer für nachhaltige Lebensweise, man hätte sie glatt für eine sympathische Person halten können. Für den Moment trug ich mich mit dem Gedanken, das wieder einsetzende Schweigen in unserer Runde mit dem Anstoß einer Debatte zu gesundheitlichen Gefahren einer veganen Ernährung zu beenden, wurde in diesen Überlegungen jedoch von Annegret unterbrochen. Diese hatte bislang mit mürrischem Gesicht die Oberfläche ihres schwarzen Kaffees inspiziert. Offenbar verschmähte sie die dargebotene Hafermilch oder hatte gut trainierte Magennerven. „Nein, also wirklich! Uns einen Anfänger zu schicken...", entfuhr ihr mit halb entschuldigendem Blick zu mir und dann an Kathy gewandt. „Das kann doch wohl mal wieder nicht wahr sein! Das ist einfach ungerecht! Wir haben hier zwei längerfristige Ausfälle auf der Geschäftsstelle, und dann so etwas!". Fast wären mir die Gesichtszüge entgleist. Was war denn in Annegret gefahren? Immerhin kannten wir uns seit einer Weile vom Saalputzdienst und ich hatte darauf vertraut, in ihr eine grundsätzliche Verbündete in der fremden Abteilung vorzufinden. Ich biss mir schmerzhaft auf die Unterlippe und verkniff mir eine gepfefferte Erwiderung. Den einen Ausrutscher wollte ich der Seniorin durchgehen lassen, ohne sie sogleich zur Strafe bloßzustellen. Denn die allerhellste Fackel im Kellergewölbe war Annegret nicht, soviel stand für mich bereits am zweiten Tag hier fest. Allerdings parierte Kathy Annegrets Vorstoß, wenn auch nicht ganz in meinem Sinne. „Nun verschreck' mir mal den jungen Kollegen nicht, Annegret. Bei den Rechtspflegern sieht es mit der Belastungssituation nicht viel besser aus, und wir haben bislang noch gar keinen Ersatz. Sei froh, dass wir überhaupt Unterstützung bekommen haben.", und nickte mir aufmunternd zu. „Wir werden das Kind schon gemeinsam schaukeln, nicht wahr?", erkundigte sie sich in meine Richtung. „Da bin ich mir sicher. In neue Arbeitsgebiete kann ich mich schnell einarbeiten. Zumal ich aus dem Strafrecht komme, was bekanntermaßen eines der schwierigsten Sachgebiete darstellt.". Den spitzen Zusatz konnte ich mir dann doch nicht verkneifen. „Na ja, wir kochen in der Betreuung auch nicht nur Wasser.", wies

sie mich zurecht. „Das ist hier ein sehr sensibler und verantwortungsvoller Bereich.“. Damit betrachtete sie das Thema als abgeschlossen und Annegret beschäftigte sich bereits wieder mit der Oberfläche ihres Getränks.
Wer sich bisher noch gar nicht geäußert hatte, war Carolin, das vierte und letzte Mitglied der illustren Runde. Carolin war Anfang 20 und hatte im vergangenen Jahr ihre Ausbildung zur Justizfachangestellten abgeschlossen, mit wohl vergleichsweise bescheidenem Ergebnis. Damit war sie formal dienstjünger, arbeitete allerdings bereits das gesamte letzte Jahr in der Betreuungsabteilung und verfügte damit natürlich über einen gewissen Erfahrungsvorsprung. Für Fragen war ich von Kathy an Annegret verwiesen worden. Da ich von dieser allerdings schnell den Eindruck gewonnen hatte, dass sie über wenig theoretischen Hintergrund verfügte und die Sachen meist gefühlsmäßig anging, bevorzugte ich Carolin als Ansprechpartnerin. Carolin wirkte immer ein wenig gelangweilt. Ihre recht üppige Oberweite, die sie gerne herausstellte, machte sie trotz der recht offenen Art für mich eher unattraktiv. Allerdings bemühte sie sich sehr zuvorkommend um Hilfe, wenn ich sie benötigte. Mit ihren langen blonden Haaren bot sie das komplette Gegenstück zu Melinda. Insbesondere war sie keineswegs schüchtern und besaß auch nicht deren auf mich interessant wirkende, leicht düstere Aura, sondern ein vergleichsweise sonniges Gemüt. Nun versenkte Carolin hochkonzentriert mit andächtigem Gesichtsausdruck ihren Teebeutel zum dritten Mal im Wasser, nachdem sie ihn bereits vor Minuten herausgeholt und mittels der daran befindlichen Schnur unter

Verwendung einer professionell wirkenden Fesseltechnik für immer untrennbar mit dem Löffel vereinigt hatte.
Da niemand sonst etwas Sinnhaltiges zum Pausengespräch beizutragen wusste, ergriff Kathy die Initiative. Schnell gelangte sie zu ihren offenkundigen Lieblingsthemen: Feminismus, Gleichberechtigung und Frauenquote. Man hatte mich damit bereits hinreichend bei der Bundeswehr traktiert, so dass ich - leicht genervt von Kathys Benachteiligungssymphonie - meinen Blick abschweifen ließ in die Eintönigkeit der sterilen Büroatmosphäre. Deren einzige Abwechslung bot ein zerquetschtes Insekt an dem halb heruntergezogenen vergilbten Sonnenschutz, in dessen Anblick ich mich vertiefte. Im Hintergrund plätscherte Kathys Stimme weiterhin die Arie von der Vorherrschaft toxischer Männlichkeit und die weibliche Machtlosigkeit dagegen. Eingebettet in mein bescheidenes Reich des geistigen Rückzugs riss etwas meine Aufmerksamkeit blitzartig zurück in den Raum. Carolin, die dabei war, dem gequälten Teebeutel unter nochmaliger Verstärkung der Schnürung um den Löffel das letzte verbleibende Quäntchen Feuchtigkeit abzupressen, zuckte fast zeitgleich mit mir zusammen. Nur Annegret fuhr mit unerschütterlicher Ruhe unter Beibehaltung ihres standardmäßig verdrießlichen Ausdrucks damit fort, den nicht mehr vorhandenen Dampf aus ihrer Kaffeetasse zu pusten. „Du unterstützt doch sicherlich diese durchaus berechtigte Forderung, oder?“. Die Frage kam von Kathy, und da weder Annegret noch Carolin sich bewegten, musste diese wohl an mich gerichtet sein. Da ich Kathys Ausführungen nicht meine volle Aufmerksamkeit hatte zuteil werden

lassen, war ich gezwungen nachzufragen. „Welche Forderung denn genau?“, formulierte ich vorsichtig, um nicht preiszugeben, dass mich die an der Jalousie verendete Fliege mehr zu fesseln vermocht hatte als Kathys monotoner Vortrag. „Na wie ich gesagt habe – wir brauchen dringend eine höhere Frauenquote als 50 Prozent, namentlich in Führungspositionen, um die Nachteile von Jahrhunderten patriarchaler Unterdrückung auszugleichen, oder etwa nicht?“. Die Art, wie Kathy die Frage formuliert hatte, duldete keinen Widerspruch. Sie war einzig auf Zustimmung zu einem vollkommen absurden Anspruchsdenken gerichtet, das – jedenfalls angesichts der in der Justiz inzwischen vorhandenen überbordenden Frauenquote in Führungspositionen – über keinerlei Berechtigung verfügte. „Ich denke nicht, dass ich dem zustimmen kann.“, erwiderte ich, weil mir die Selbstherrlichkeit Kathys, die vorangegangene Anmaßung Annegrets und selbst die gekonnten Teebeutelfesselspiele Carolins gegen den Strich gingen. Alles blickte erstaunt auf, Kathy unterbrach zuerst die Stille. „Wie bitte?“, fragte sie und der drohende Tonfall verhieß nichts Gutes. „Ich führe das gerne aus.“, hob ich nun an und legte mich sogleich ins Zeug, um die Damen zur Räson zu bringen. „Beginnen wir mit der Ministerin: Eine Frau. Die Staatssekretärin: Eine Frau. Weiter mit der OLG-Präsidentin: Frau. Generalstaatsanwältin: Frau. Soll ich fortfahren?“. Ich wartete die Antwort nicht ab. „Landgerichtspräsident: Hoppla, da sitzt ja noch ein alter weißer Mann, der in zwei Jahren in Pension geht. Nachfolge: Ich vermute, eine Frau steht bereits bereit. Amtsgerichtsdirektorin. Eine Frau. Geschäftsleiterin: Frau. Geschäftsstellenleiterin: Ebenso eine Frau.“. Ich brachte ungern Isabell ins

Spiel und ich wettete, sie verdankte ihr Amt keiner Quote, geriet jedoch langsam in Wallung. „Fast sämtliche Gruppenleiter: Frauen. Leiterin der Wachtmeisterei: Selbst das eine Frau.“. Zeit für den finalen Schlag. „Was wir brauchen ist nicht eine noch höhere Frauenquote, sondern eine Männerquote, um diesem Unsinn Einhalt zu gebieten.“. Ich war am Ende angekommen. Kathy schnappte sichtlich nach Luft. „So eine Unverschämtheit wurde mir ja seit langem nicht geboten! Welch eine Ignoranz der bestehenden Realitäten. Unfassbar!“. Realitäten? Ich grinste angesichts Kathys Hilflosigkeit gegenüber meiner schlichten Argumentation, die letztlich in nichts weiter als der Auflistung der realen Verhältnisse bestand. „Was soll denn das Lachen?“, reagierte Kathy erbost. „An all diesem fehlgeleiteten aufrührerischen Gerede ist ohnehin nur dieser Robert Kempowski schuld, dieser Unruhestifter. Mit dem stecken Sie doch die ganze Zeit zusammen und tüfteln sich so etwas aus, oder?“. Aha, wir waren also wieder beim förmlichen „Sie“ angelangt. Nun denn, was solls. Aber Kathy war noch nicht am Ende. „Wenn es nach diesem Revoluzzer ginge, lebten wir doch alle schon in einer Diktatur!“. Nun riss mir der Geduldsfaden. „Wenn in einer Diktatur Leute wie Robert das Sagen haben, dann scheint mir eine Diktatur ein erstrebenswerter Zustand.“. Annegret starrte mich mit schreckgeweiteten Augen entsetzt an, während sie mit zitternden Händen ihre Tasse klappernd auf dem Tisch abstellte. Carolins kunstvoll geschnürter Teebeutel fiel mit einem ‚Platsch‘ in die Flüssigkeit und ertrank darin. Kathy war kreidebleich geworden und rang mit ihrer Fassung. „Sie sind hier nicht mehr erwünscht. Raus!“, war das letzte, was ich von ihr hörte. Ich widerstand der Versuchung, die Tür krachend hinter mir zuzuschlagen und schloss sie ausgesprochen behutsam. Jemals wieder in diese Runde zurückzukehren, lag nicht in meiner Absicht.

VII. Neue Räume und alte Geschichten

„Gläser gibts keine.“, verkündete Robert, als er mir eine medizinisch anmutende bräunliche Flasche reichte, deren Etikett ein lustiges Äffchen zierte. Trotz dieser profanen Gestaltung wirkte sie erlesen und teuer. Vorsichtig näherte ich meine Nase dem unbekannten Getränk und sog einen Geruch ein, der aromatisch anmutete, aber zugleich eine Assoziation an Kommodenlack weckte. „Wacholder.“, belehrte mich Robert. „Probieren, nicht schnüffeln.“. Ich nahm einen beherzten Zug aus der Flasche, behielt den Schluck, wie ich es bei den seltenen - mit teurem Whisky veredelten - Vater-Sohn-Gesprächen gelernt hatte, eine Weile im Mund und ließ ihn dann langsam die Kehle heruntergleiten. Mit Gin hatte ich kaum Erfahrung. Ich erinnerte mich eines derben Gelages bei der Bundeswehr mit fadem, preiswerten Gin Tonic, von dem eine wenig schöne Erinnerung an brachiale Kopfschmerzen am darauf folgenden Morgen verblieben war. Dies hier war anders. Der feine „Monkey 47“ verbreitete eine angenehm fruchtige Frische im Mundraum und ging ohne Brennen hinunter, wobei er einen köstlichen - an exotische Gewürze erinnernden - Geschmack zurückließ, der über eine längere Zeit nachwirkte. „Ein feines Tröpfchen, oder?“, vergewisserte Robert sich der Tauglichkeit meiner Geschmacksnerven. Ich kam nicht umhin, anerkennend zu nicken. „Der kostete vor 10 Jahren nicht einmal ein Drittel von dem, was die Halsabschneider einem heute dafür aus der Tasche ziehen. Aber der Genuss bleibt unübertroffen.“. Robert wischte kurz über den Flaschenrand, um sodann selbst mit einem beachtenswerten Schluck des edlen Gesöffs die Kehle zu ölen.

„Und, Watson ...,“, prüfte Robert meine von einem langen Arbeitstag erschöpfte Aufmerksamkeit, „... in was für einem Raum befinden wir uns hier?“. Diese Frage hatte ich mir auch bereits gestellt, als ich ihn mit Robert vor ein paar Minuten das erste Mal betreten hatte. Um ein Büro handelte es sich erkennbar nicht, obwohl auch hier der übliche graue Teppichboden wie im gesamten Haus verlegt worden war. Der verhältnismäßig frisch gestrichene Raum verfügte über keine Fenster und war daher ausschließlich von einem grellen Kunstlicht geflutet, an das sich meine Augen erst langsam gewöhnen mussten. Eine Belüftungsanlage machte sich durch ein hintergründiges Brummen bemerkbar. An einer Wandseite hatte man einen Konferenztisch mittlerer Größe platziert, der von sechs in desolatem Zustand befindlichen Stühlen umrahmt wurde. Daneben fand sich ein wuchtiger Metallschrank, dessen vormals grün lackierte Oberfläche zahlreiche Abplatzungen aufwies, und von dessen Inhalt ich keinerlei Vorstellung hatte. Auf der gegenüberliegenden Seite waren eine Reihe Turnmatten an die Wand gelehnt, von denen wir zwei in die Raummitte verbracht hatten, um uns darauf niederzulassen. Angesichts der verschlissenen Bestuhlung vermutlich die bessere Alternative. Die bequemen Matten wirkten neuwertig und waren weder zu hart noch zu weich. Der Türseite gegenüber stand eine altes Kommode mit einem vorsintflutlichen CD-Abspielgerät nebst Verstärker. Robert hatte nach unserem Eintreffen eine CD aus der Hosentasche gezogen und direkt gestartet: *Staind* „Break the Cycle“ war auf der Cover-Hülle zu entziffern gewesen. Momentan lief der Titel „Outside“ über zwei monströse - ebenfalls steinzeitlich anmutende – Stereoboxen, die zu meiner Verwunderung einen beeindruckenden Klang lieferten. An Roberts Musikgeschmack war nichts auszusetzen, soviel stand fest. Damit war ich allerdings nicht viel weiter bei der Enträtselung der Funktionalität des Raumes und so fuhr ich fort, mich darin aufmerksam umzusehen. Mein Blick fiel auf die Tür. Selbige war eindeutig von besonderer Art. Man hatte sie mit einer unter einer dicken Stoffbespannung verborgenen Schallisolierung versehen, ein Hinweis, der mich wegen der mir bekannten historischen Verwendung des Gebäudes zum vorschnellen Herausplautzen des vermeintlichen Ergebnisses verführte. „Ein Vernehmungszimmer, zumindest früher einmal. Die Blutflecken hat man wahrscheinlich überstrichen.“. Robert lachte. „Der Schallschutz, jaja. Gar nicht schlecht, Watson. Aber lass mich die Frage präzisieren: In was für einem Raum befinden wir uns *heute*?“. Ich musste zugeben, dass ich nicht den leisesten Schimmer hatte. „Die Details, Watson, die Details liefern immer den Schlüssel. Den Schlüssel, verstehst du?“. Robert hielt mir einen Schlüssel, an dem ein blaues Plastikbändchen baumelte, direkt vor mein Gesicht. Falls eine Aufschrift vorhanden war, konnte ich sie nicht erkennen. Allerdings dämmerte es mir, wenn auch nur ansatzweise. „Du hast einen Schlüssel!“. Das hätte mir natürlich schon auffallen müssen als wir eintrafen, dass der Raum nicht über eine elektronische Sicherung verfügte, sondern - ganz traditionell – mit einem Schlüssel geöffnet werden konnte. „Ja, richtig, ich habe den Schlüssel. Was könnte das bedeuten?“, versuchte mir Robert die Lösung mit erwartungsvoll auf die Seite geneigtem Kopf zu entlocken. Ich verlegte mich ins Raten. „Hier werden alte Akten aus dem Grundbuchamt gelagert?“. „Gar nicht so weit weg, Watson. Mir scheint jedoch, du bist ans Ende der Fahnenstange der Erkenntnis gelangt, oder täusche ich mich?“. Ich schüttelte den Kopf. Robert löste auf. „Momentan dürfen wir den Raum als Personalratszimmer nutzen. Deshalb verfüge ich auch über einen Schlüssel, als Vorsitzender, du verstehst. In dem Stahlschrank dort ...“, Robert deutete auf das lädierte metallene Ungetüm, „ ... werden die Personalratsakten aufbewahrt. An dem Tisch machen wir unsere Sitzungen. Aber jetzt kommt der Clou. Du wirst es nie erraten.“. Ich spitzte gespannt die Ohren. „Hier, nimm zur Sicherheit noch einen Schluck.“. Ich tat, wie mir geheißen. „Wir konsumieren diese hervorragende Flasche Gin mitten im muslimischen Gebetsraum dieses altehrwürdigen Justizzentrums. Da staunst du, oder?“. Da mich diese Nachricht kurz vor dem genussvollen Abgang traf, erstickte die angemessene Bekundung meiner Verwunderung in einem Hustenanfall. Ein wenig von dem teuren Getränk landete vor mir auf der Matte. Robert klopfte mir feixend zwischen die Schulterblätter, bis die Attacke vorüber war. „Du fragst dich sicherlich, in welchen Abteilungen sich unsere betwütigen Muslime unter der Woche verborgen halten. Oder grübelst du, in welcher Richtung sich Mekka befindet?“. Ich war immer noch sprachlos, und das nicht infolge ungewohnten Alkoholgenusses. Ein muslimischer Gebetsraum ohne einen einzigen Gläubigen? Robert schien sich über meine offensichtliche Verwunderung angesichts dieses Schildbürgerstreichs köstlich zu amüsieren. „Ja, so sind sie, unsere politischen Führer.“, spottete er mit kaum verborgener politischer Inkorrektheit. „Kaum ein Tag vergeht ohne Haltungsbekenntnis. Vorgestern Veggi-Woche, gestern die Toilette für das 53. Geschlecht und heute der muslimische Gebetsraum. Vielleicht gibt es morgen schon acht Kostbarkeiten in der Kantine für unsere bekennenden Buddhisten. Schöne neue Welt.". Robert fuhr sich nachdenklich mit den Fingern durch die ergrauten Strähnen. „Allah wird's wissen.", hakte ich ein, um die entstandene Anspannung zu lösen und griff nach der Ginflasche. „Die Ausrichtung der Turnmatten gen Mekka wäre allerdings noch klärungsbedürftig. Falls Turnmatten überhaupt halal sind. Gewöhnlich kommen doch eher Teppiche zum Einsatz.". Während ich das vortreffliche Feuerwasser über die Zunge wandern ließ, nahm Robert den Ball auf, um auf ein weniger heikles Thema überzuleiten. „Die Matten verdanken wir übrigens Jeanette.". Ich brauchte einen Moment der Zuordnung. Richtig. Jeanette war die Rechtspflegerin mit dem Bürodschungel, die mit dem grünen Zauberdaumen. „Jeanette besitzt nämlich den Yogalehrerschein.". Natürlich hatte sie den. Wunderte mich nicht, ich hatte sie bereits zuvor in der Schublade „Esoteriktrulla" abgespeichert. „In ihrer Freizeit gibt sie abends Unterricht.", fuhr Robert fort. „Die Matten stammen aus einem Insolvenzverkauf einer Pleite gegangenen Kampfsportschule. Hat sie für einen Spottpreis erstanden und dann der Justiz zur Verfügung gestellt. Eine Zeitlang bot Jeanette sogar hier im Gericht für interessierte Mitarbeiter Yogakurse an. Alles kostenlos.". Robert war offensichtlich ein Jeanette-Fan. Er hatte schon ein paar Mal zuvor erwähnt, für wie großartig er sie hielt. Ob wohl mehr hinter seinem Interesse steckte? "Waren ganz gut besucht, diese Kurse. Bis dann plötzlich Abstand halten für die Gesundheit wichtiger wurde als Sport und gesunde Ernährung.“. Ich nickte. Das Wunderheilmittel der sozialen Distanz hatte auch die Bundeswehr fest in den Klauen gehalten. Ich beschloss nun meinerseits, Robert ein wenig zu foppen. „Diese phänomenale Jeanette - sie scheint überaus gelenkig zu sein, vermutlich vom Yoga. Außerdem sieht sie recht apart aus, oder wie stehst du dazu?“. Robert blickte mich einen Moment irritiert an, bevor er laut auflachte. „Du Witzbold! In der Tat, sie ist nicht auffallend unattraktiv. Aber wenn ich den Hintergrund deiner Frage richtig deute – nein, da gibt es meinerseits keinerlei Ambitionen. Ihrerseits übrigens auch nicht, jedenfalls keine, die sie jemals erwähnt hätte. Überdies ist sie streng katholisch, wenn du verstehst, was ich meine. Nein, Jeanette ist einfach eine von den Guten.“. Robert knibbelte nachdenklich mit den Fingern an dem Etikett mit dem freundlichen Äffchen, bevor er fortfuhr. „Allerdings wollte ich mit dir ohnehin noch etwas anderes bereden. Ich glaube, nachdem du mit Kathy meinetwegen aneinandergeraten bist, schulde dir eine Erklärung. Eine gute Gelegenheit, wo wir hier gerade so gemütlich zusammensitzen.“. Ich hatte Robert die Sprengung der Kaffeerunde in der Betreuungsabteilung gestanden und richtete meine müden Knochen, um äußerlich meine absolute Aufmerksamkeit zu bekunden. Ich kam jedoch nicht umhin festzustellen, dass der für mich ungewohnte Alkohol begann, seine träge machende Wirkung zu entfalten. Ich hatte alle Mühe, mich zu konzentrieren und nicht gedanklich Richtung Mekka abzudriften.

„Weißt du, ... “, begann Robert seine Erzählung, „ ... früher, da war alles viel besser.“. Er bemerkte rechtzeitig meine nach oben gezogene Augenbraue, die ein ‚Jetzt erzählt Opa wieder vom Krieg‘ signalisierte, grinste und korrigierte. „Als ich mit dem Studium fertig war, damals, ... “, meine Augenbraue begann erneut nervös zu flattern, aber ich beherrschte meine Mimik – vorerst jedenfalls -, „ ... da rollte man mir, nein, genau genommen allen Absolventen den roten Teppich aus. Ein wenig wie ‚Endlich kommt jemand, um das Chaos aufzuräumen.‘. Wir fühlten uns natürlich gebauchpinselt. Kein Wunder, wenn einem die ganze Zeit erzählt wird, wie sehnsüchtig man seit Jahren erwartet wurde.“. Vermutlich hätte ich bei anderer Gelegenheit meinen unmaßgeblichen Senf zu Roberts - die Nachwendezeit glorifizierenden - Ausführungen beigemengt. Jedoch schwieg ich wohlweislich, denn ich wollte seinen lang erwarteten Redefluss um keinen Preis zum Stocken bringen. „Zudem war mein Examen recht anständig ausgefallen.“. Ich vermutete, es war weitaus besser als „anständig“, beschränkte mich jedoch auf ein anerkennendes Nicken. „Der Direktor – ich meine den Vorgänger unserer jetzigen Chefin - hielt große Stücke auf mich. Stellte mir irgendwann sogar in Aussicht, mich nach Pensionierung der damaligen Geschäftsleiterin als deren Nachfolger in die Verwaltung holen zu wollen. Man hatte, wenn man das so sagen will, ...“, spöttelte Robert, „... Großes mit mir vor. Tja, zwanzig Jahre lang lief alles wie geschmiert für mich, fast zu glatt vielleicht. Lob und Anerkennung schlichen mir nicht nur nach, sie waren mir stets gewiss. Bis plötzlich mit einem Knall der ganze Spaß für mich endete.“. Robert schnaufte, pellte sich aus dem dicken schwarz-weiß karierten Hemd, worunter er noch ein kurzärmliges schwarzes Harley-Davidson-Shirt trug. Mit einem gekonntem Wurf schleuderte er das Hemd auf den Konferenztisch, wo es sich wie eine müde Katze zusammengerollt niederließ. Die Musik hatte schon vor einiger Zeit aufgehört zu spielen. Die bisherige Schilderung von Roberts Bilderbuchkarriere in der Justiz klang für mich nicht sonderlich spannend. Nun allerdings spitzte ich die Ohren, denn ich hatte das Gefühl, dass sich die Stimmung zu wandeln begann. „Vor einigen Jahren, als wir mit ein paar von den Motorradjungs in einer Gartenkneipe eine Party feierten, lernten wir dort zufällig Leute der Heimwärts-Bewegung kennen. Beim Bier kamen wir mit denen recht schnell ins Gespräch. Weißt du, was das ist, die Heimwärts-Bewegung?". „Nicht hundertprozentig.", gestand ich. „Nur was in den Nachrichten lief. Einwanderungskritisch, islamkritisch vor allem, soweit ich das in Erinnerung habe. Leute, die mehr in meinem Alter sind. Haben ein paar wilde Aktionen gemacht, auf Dächer geklettert und solche Sachen. Die verwenden doch dieses Symbol – ein Dreieck mit Rosen drum. Das, was auf einem deiner Ringe zu sehen ist, oder?". Robert strich sich über das akurat gestutzte graumelierte Kinnbärtchen. „Du bist ein cleverer Beobachter, Watson. Der Erste, dem das aufgefallen ist.". Er drehte an dem besagten Ring, zog ihn ab und betrachtete ihn. Fast ein wenig wehmütig kratzte er einen unsichtbaren Schmutzpartikel von der Oberfläche und steckte ihn dann zurück auf den Finger. „Den lasse ich wohl zukünftig besser zuhause im Schrank.", zwinkerte er mir zu, um dann fortzufahren. „In den Medien machte man die Bewegung ziemlich nieder. Es seien angeblich durchweg Rechtsextremisten, die alle Ausländer zwangsweise aus dem Land jagen wollten, hieß es da. Völliger Unsinn. Das sind schlaue Leute. Keiner mit irren Gewaltphantasien oder Ausländerhass. Die wollen nur nicht zur Minderheit im eigenen Land werden. Die spektakulären Aktionen sollten schlichtweg auf die Gefahr der Veränderung unserer Gesellschaft durch Masseneinwanderung aus Ländern anderer Kulturkreise aufmerksam zu machen. Eine öffentliche Debatte darüber anzustoßen, welche Komplikationen das mit sich bringt, wenn man Bevölkerungsgruppen mit anderen als den bekannten westlichen Wertmaßstäben zu Hauf hier einreisen lässt. Besonders erfolgreich waren sie dabei leider nicht.". Man konnte das Bedauern aus Roberts Stimme gut heraus hören. Ich hatte mir bislang über die Folgen von Masseneinwanderung wenig Gedanken gemacht. Die meisten Zuwanderer schienen nach meiner Beobachtung keiner geregelten Arbeit nachzugehen - dafür waren sie im täglichen Stadtbild zu präsent - andererseits aber auch keine größeren Probleme zu verursachen. Jedenfalls keine, die meinen persönlichen Erfahrungshorizont negativ geprägt hätten. Was nicht viel bedeuten musste, da ich kein allzu großer Freund des Nachtlebens und mitunter damit einhergehender kultureller Verwerfungen war. „Wie dem auch sei, mein Kontakt zur Bewegung war auf diese Weise zustande gekommen. Obwohl ich von Beginn an keinen Hehl daraus machte, bei der Justiz beschäftigt zu sein, tauschten wir Kontaktdaten aus. Es folgten dann Einladungen zu den wöchentlichen Stammtischen. Dort wurde gelacht, gegrillt, reichlich gezecht und viel über Politik, Gesellschaft, Religion und solche Sachen philosophiert. Gute Leute, gute Laune, gute Gespräche. Ab und zu kamen auch ein paar schräge Typen vorbei. Verschwörungsgläubige oder solche, die sich mit der Antifa prügeln wollten aber sonst nichts im Kopf hatten. Die wurden schnell aussortiert. Man gab denen recht unverklausuliert zu verstehen, dass sie wohl versehentlich an die falsche Tür geklopft hatten. Von denen tauchte keiner je wieder auf.". Robert nahm einen tiefen Erinnerungsschluck aus der Flasche mit dem Edeläffchen. „Aus irgendwelchen Aktionen hielt ich mich natürlich raus. Um auf Dächer zu steigen und Banner zu schwenken, hätte ich mich ohnehin damals schon zu alt gefühlt. Die jungen Aktivisten freuten sich allerdings, von uns Älteren ein paar Rückmeldungen zu bekommen, wie ihre kreativen Interventionen von außen wahrgenommen wurden.". Er reichte mir die Flasche und ich prostete ihm zu, bevor ich sie ansetzte, ohne mir noch die Mühe zu machen über den Rand zu wischen. „Ich persönlich fand, da waren ein paar überzeugende Aktionen dabei.", setzte Robert seine Erzählung fort, die mich stärker als erwartet zu fesseln begann. „Die Besetzung des Daches des Bundesverfassungsgerichts, die hat seinerzeit eine Menge Aufmerksamkeit erregt. Man gewann den Eindruck, dass für einen Moment die Frage der Einwanderungspolitik ein wenig kontroverser in der Öffentlichkeit diskutiert wurde. Jedenfalls solange, bis jede Abweichung von der Auffassung, dass „Refugees Welcome" die einzig zulässige Meinung sei, gebrandmarkt wurde. Die Bewegung geriet in das Visier des Verfassungsschutzes. Spätestens da hätte ich aufmerksam werden müssen.". Robert massierte sich die Stirn mit den Fäusten. Obgleich er trotz der beeindruckenden Menge an Gin im Gegensatz zu mir topfit wirkte, hatte ich einen Moment ernsthafte Zweifel, ob er seinen Bericht fortsetzen würde. Er tat es. „Eines Abends, wir saßen in gemütlicher Runde zusammen und probierten das erste, von einem befreundeten Brauer produzierte „Heimat-Pils", fragten zwei der Jungs mich, ob ich Lust hätte, sie am nächsten Samstag zu einer Veranstaltung nach Dresden zu begleiten. Lisa – meine Tochter - war an dem Wochenende ohnehin bei ihrer Mutter. Ich hatte also Zeit und sagte spontan zu. Vor Ort angekommen, wäre ich fast wieder umgekehrt. Im Nachhinein wohl die weisere Entscheidung. Bei der Veranstaltung handelte es sich um eine Art islamkritischer Kundgebung. Uns erwartete ein massives Polizeiaufgebot. Nicht wegen der Kundgebungsteilnehmer, sondern um uns vor der linken Gegendemonstration abzuschirmen. Überall liefen Fotografen herum und knipsten uns aus allen Perspektiven. Eigentlich ist das verboten, aber diesen Leuten gebietet niemand Einhalt. Die haben Narrenfreiheit.". „Presse?", hakte ich nach und schalt mich sogleich, da ich meinen Grundsatz, Robert nicht zu unterbrechen, gerade durchbrochen hatte. „Nein. Oder jedenfalls nicht überwiegend. Das waren Antifa-Fotografen, die mit ihren Porträtaufnahmen ‚Rechte' identifizieren und dann bei ihrem Arbeitgeber oder in der Nachbarschaft denunzieren.". „Kann man die nicht anzeigen, wegen Verletzung der Persönlichkeitsrechte oder so?", wollte ich wissen. Robert zuckte mit den Schultern. „Grundsätzlich ja, bringt aber nichts. Du gibst deine Persönlichkeitsrechte praktisch auf, wenn du an einer öffentlichen Kundgebung teilnimmst. Und da diese

Bürschlein und Mägdelein meist über Presseausweise verfügen, traut sich an die kein Polizeibeamter ran.". Mir brannte noch eine Frage auf den Nägeln, die einfach heraus musste. „Aber wenn die Rechte suchen, bist du das denn, ein Rechter?". Robert winkte resigniert ab. „Ich mag mich nicht in Schubladen stecken lassen. Soweit müsstest du mich inzwischen kennen. Aber wie man sich selbst politisch einsortiert, interessiert diese Leute nicht. Sie sind es, denen die Deutungshoheit darüber zusteht. Sie entscheiden, wohin du gehörst. Du besuchst eine Veranstaltung, die ihrer Ansicht nach von ‚Rechten' organisiert wurde? Du bist rechts. Die Kundgebung läuft unter einem Motto, das die Antifa als ‚rechts' definiert hat? Du bist rechts. Du stehst auf der Veranstaltung zufällig neben einer Person, die von diesen Leuten bereits als ‚rechts' klassifiziert wurde? Du bist rechts. Du kannst dieser Kategorisierung nicht entkommen.". Die Verärgerung war Robert deutlich anzumerken. Zur Steigerung der sich Richtung Tiefpunkt driftenden Betriebsstimmung übergab ich ihm die Ginflasche, deren Inhalt – nachdem Robert sich daran gelabt hatte – sich in magerer Zweifingerbreite verdächtig dem Ende zu nähern drohte. „Nun, Watson, noch Aufklärungsbedarf? Oder gestattest du mir fortzufahren mit der Geschichte des Scheiterns dieses überaus hellen Geistes?". Ich deutete eine gönnerhafte Geste an, um der Pointe der Erzählung zu lauschen. „Ob mich auf diesen dann später ins Internet gestellten Aufnahmen jemand gesehen hat oder mich irgendwer vor Ort erkannte und diese Information dann an die Presse weitergab - wer weiß. Jedenfalls landete ich am darauffolgenden Montag in den Nachrichten. Die Schlagzeile „Justizamtmann Robert K. bei rechtsextremem Aufmarsch in Sachsen dabei" erregte eine Menge Aufsehen. Ich durfte beim Direktor antreten, der sich alles andere als amüsiert zeigte. Wo ich da denn hineingeraten wäre und mit welchen Leuten ich mich umgeben würde. Tatsächlich wollte er eine Antwort darauf gar nicht hören. Er sei nunmehr zu meinem eigenen Schutz gezwungen, mich „aus der Schusslinie zu nehmen", meinte er. Hieß, ich musste raus aus den Insolvenz- und Zwangsversteigerungssachen, die ich damals noch bearbeitete. Wegen der öffentlichen Termine, erklärte er, sei das natürlich nicht mehr möglich. Ich wurde also ins Grundbuchamt entsorgt. Man legte mir nahe, meine kurz zuvor eingereichte Bewerbung für die Stelle des Geschäftsleiters zurück zu ziehen. Ich wollte den Schaden begrenzen und tat wie mir geheißen. Seither ist für mich ‚EdeKa'. Ende der Karriere. Und die Wittig-Buhlemann bekam den für mich vorgesehenen Posten.". „Und die Leute hier im Haus? Wie reagierten die darauf?", wollte ich wissen. „Unterschiedlich.", konstatierte Robert. „Ein paar ließen mich fallen wie ein glühendes Stück Metall. Keine Einladungen mehr zu irgendwelchen geselligen Zusammenkünften. Ausgeprägtes Fluchtverhalten bei Begegnungen im Flur oder auf der Straße.". „Lass mich raten ... Kathy?". „Watson, deine Auffassungsgabe ist bemerkenswert. In der Tat, die schoss mich ab, ohne dass wir seither mehr als fünf dienstlich bezogene Sätze gewechselt haben. Vor dem großen Shitstorm verstanden wir uns richtig gut. Da waren wir privat schon ziemlich eng. Ich meine auch unsere Familien. Lisa hat oft auf Kathys Kleinen damals aufgepasst. Gegenseitige Einladungen zu Geburtstagen. Gemeinsame Urlaube. Nach der Sache hat Kathy von einem

Tag auf den anderen den Kontakt abgebrochen. Ohne Aussprache darüber, womit sie jetzt eigentlich ein Problem hatte. Was genau ihr an meinen Einstellungen, die sie ja grundsätzlich kannte, missfiel. Komplette Funkstille. Komplett irre.". Ich überließ Robert den Rest der Flasche. „Aber die anderen? Ich meine, die haben dich doch sogar in den Personalrat gewählt?", hakte ich nach. „Klar, die wissen eben, wie genial ich bin.", scherzte Robert. Ich konnte mich des Gefühls nicht erwehren, dass die Bemerkung eher zynisch gemeint war. „Tatsächlich haben sich die meisten sehr anständig und fair verhalten. Selbst die Wittig-Buhlemann. Die konnte ihr Glück vermutlich kaum fassen, als ich meine Bewerbung für die Geschäftsleiterstelle zurückzog. Abgesehen davon war unser Verhältnis schon seit dem Studium geprägt von gegenseitiger tiefer Ablehnung. Insoweit hat es sich wenigstens nicht verschlechtert.". Eine letzte Frage ließ mir keine Ruhe. „Und Isabell?". Robert schüttelte den Kopf. „Tja Isabell. Die war damals recht neu hier am Gericht. Wir kannten uns noch nicht so gut. Aber ein paar Tage nach dem Knall nahm sie mich in der Kantine völlig überraschend einfach wortlos in den Arm. Kannst du dir das vorstellen?". Und ob ich das konnte.

Während unter meiner Schädeldecke ein schwer beladener Güterzug unendliche Kreise auf kreischendem Metall zog, schaukelte mein Magen in einer winzigen Jolle ziellos übers offene Meer. In Roberts Personalratsschrank im innergerichtlichen muslimischen Gebetstempel war eine weitere Flasche Gin versteckt gewesen, die wir ebenso wie das erste Exemplar vollständig geleert hatten. Am Morgen wachte ich auf einer von Jeanettes vortrefflichen Turnmatten auf, zerknautscht wie ein Sack Kartoffeln, die Flasche liebevoll umklammert. Robert – auf einem der unbequemen Stühle am Tisch hockend, das Haupt auf sein zusammengerolltes Hemd gebettet - schnarchte in einer Lautstärke, dass ich befürchtete, man könnte seine Sägearbeiten trotz der gedämmten Tür bis ans andere Ende des Gebäudes deutlich vernehmen. Meine Smartwatch zeigte an, dass es bereits kurz nach 7 Uhr am Morgen war, höchste Zeit, Robert zu wecken, sich in einen einigermaßen vorzeigbaren Zustand zu versetzen, ungesehen einzuchecken und auf das Glück zu vertrauen.

Halb im Dämmerzustand, halb automatisiert, tippte ich wenig später unter Pauls wachsamen Adleraugen Aktenkontrollvermerke in die Datenbank und hoffte inständig, dass ich dabei nicht zu viel Chaos verursachte, das ich später wieder zu bereinigen hatte.
„Du siehst schlecht aus, du wirst doch nicht etwa krank?“, forschte mein Gegenüber übereifrig nach. Ich glaubte nicht, dass Paul ehrliche Sorge um mein Wohlergehen plagte. Vielmehr deutete ich die Nachfrage als Ausdruck seiner hypochondrischen Besorgnis vor einer irgendwie gearteten Ansteckung. „Alles in Butter.“, warf ich zurück. „Nur etwas schlecht geschlafen.“. Ich erntete ein ungläubiges Brummen. Zum Glück beendete das Läuten meines Telefons Pauls argwöhnische Einvernahme. „Vorzimmer der Direktorin, Kunze.“. Na großartig, die alte Schachtel hatte mir gerade noch gefehlt. „Womit kann ich dienlich sein?“, erkundigte

ich mich mit aller Höflichkeit, die ich angesichts meines angeschlagenen Zustands aufzubringen vermochte. Die Antwort kam ein wenig zögerlich. „Sagen Sie, Herr Kranagel, haben Sie sich gestern Abend zum Dienstschluss ordnungsgemäß ausgecheckt?". Ich hatte mit Ärger wegen unserer Unterlassung gerechnet, allerdings nicht so schnell. „Sicher.", log ich. „Gibt's ein Problem?". „Ja also, ich weiß auch nicht so recht.". Die Kunze schien verwirrt. „Sie sind schon der Vierte heute, den mir das System als nicht abgemeldet anzeigt. Vielleicht ein Problem mit der Software...". „Da bin ich überfragt. Wobei ein technischer Ausfall nahe liegt, ich meine, wenn so viele betroffen sind von einer Fehlermeldung.", zögerte ich das Gespräch hinaus, während ich Robert zeitgleich eine Nachricht über das Mobiltelefon sandte. „Ich habe jedenfalls gestern mit Herrn Kempowski das Gericht ordnungsgemäß verlassen.", pokerte ich und traf ins Schwarze. „Ach wie gut, dass Sie das erwähnen. Der stand ebenfalls noch auf meiner Liste. Dann muss ich den ja nicht mehr anrufen. Also diese Technik, die macht mich völlig fertig. Diesen ganzen Aufwand, den hat es früher nicht gegeben.". Die Kunze schien jedenfalls erleichtert und legte – wie meistens – grußlos auf. Ein weiteres Problem war damit aus der Welt geschafft.

Isabell holte mich zum Mittagessen ab, als ich mich bereits wieder in leidlich annehmbarer Verfassung fühlte. Während sie mit leichter Hand einzelne Bestandteile der erwählten „Salatvariation der Woche" zum Mund führte – ihr beim Kauen zuzusehen bereitete mir einen erstklassigen ästhetischen Genuss -, massakrierte ich zum wiederholten Male mit einer Gabel eine Art Sojaburger, den ich zuvor in einer halbe Flasche Tomatenketchup ertränkt hatte. Die Mischung aus Weckglasgummibröckchen, mehligem Küstensand und Sägespänen der Güteklasse 3 mundete trotz dieser kulinarischen Aufwertung nicht ansatzweise. „Sag mal, ... “, bemerkte Isabell, nachdem sie geduldig eine Gabel Weißkraut mit den Zähnen zermahlen und geschluckt hatte, „ ... mir ist da etwas zu Ohren gekommen aus der Betreuungsabteilung. Du sollst da während deiner Vertretungszeit mit Kathy aneinander geraten sein? Ich meine, wenn ich da irgendetwas geradebiegen kann ...“. „Nicht nötig.“, unterbrach ich sie. „Die Sache ist nicht zu kitten. Für mich ist der Verzicht auf die Verwendung von Hafermilch im Kaffee unter keinen Umständen verhandelbar.“. Isabell schaute mich entgeistert an, während ich ihr mein bestes Pokergesicht präsentierte. Dann prustete sie los. Von den Nachbartischen hagelte es missbilligende Blicke zu uns herüber. Isabell wischte sich aus dem Augenwinkel ein Tränchen. „Du bist vielleicht ein Spinner.“, kicherte sie. Und setzte hinzu: „Aber der süßeste Spinner, den ich kenne.“. Ich feixte zurück, während mein gestreicheltes Ego auf der ‚Wolke Sieben‘ zur Landung ansetzte.

VIII. Pauls Umzug

Der erste Eindruck konnte täuschen. Als Jonas mir die Honda, die er mir bei unserem letzten Zusammentreffen als Überraschung präsentiert hatte, zum zweiten Mal vorführte, war sie kaum wiederzuerkennen. Vom Schmutz der Jahre befreit, glänzte die sorgfältig polierte weiß-rote Plastikverkleidung wie eine Speckschwarte. Die rote Sitzbank wirkte auf wundersame Weise aufgefrischt. Alle Metallteile schimmerten in der Sonne, so als wenn jedes einzelne von ihnen ausgebaut und stundenlang mit einer kleinen Bürste bearbeitet worden wäre. Wie die Enduro so dastand, lud sie förmlich zu einem ersten Proberitt ein. Jonas musste mich nicht lange bitten und ich thronte auf der harten schmalen Sitzfläche. Die Maschine sprang auf einen einzigen Knopfdruck von mir ohne Zögern an und ein gab ein seidenweiches Pöttern von sich. Kein bulliges Blubbern wie von Jonas' und Roberts Harleys und nicht annähernd so stimmgewaltig wie der massive Vierzylinder in Dietmars Suzuki, aber durchaus anhörbar. Im Überschwang übersah ich den eingelegten ersten Gang und ließ die Kupplung vorschnellen, so dass ich einen gewaltigen Satz nach vorne machte. Beim Abwürgen des Motors knallte ich fast vor die Garagentür. Jonas blieb tiefenentspannt. „Immer langsam mit den Pferdchen! Du sitzt hier nicht auf deinem Fahrrad. Bring Ruhe in deine Knochen und achte darauf, was du tust.“. Am liebsten wäre ich direkt wieder abgestiegen. Aber ich beschloss, mich durchzubeißen. Außerdem wollte ich vor Jonas nicht als Waschlappen dastehen. Der zweite Startversuch verlief besser und bald tuckerte ich wie auf rohen Eiern fahrend im ersten Gang auf dem unbefestigten Weg um das Haus. Die

Geradeausfahrt klappte recht ordentlich, in den Kurven lief die Sache noch etwas wackelig. Nach der gefühlt zehnten Runde stoppte mich Jonas. „So, jetzt ist erst mal gut für heute. Sonst ballerst du den Tank noch leer bis zum Abend. Macht Laune, oder?“. Ich nickte. „Und ob. Das ist so unendlich viel besser als ich dachte. Der Wahnsinn!“. Das Leuchten in meinem Gesicht wäre allerdings vermutlich schon Antwort genug gewesen. Am liebsten wäre ich nie wieder in meinem Leben abgestiegen.

„Das darfst du nicht! Das ist nicht erlaubt!“.
„Sagt wer?“.
„Ich sage das!“.
„Pah! Gibst du hier neuerdings die Befehle?“
„Ich bin der Ältere, hör‘ gefälligst darauf!“
„Und wenn nicht? Bin ich dann verhaftet?“.
„Darum geht es doch gar nicht! Ich habe viel mehr Erfahrung als du! Und ich sage dir gerade, dass das so nicht geht!“.
„Und ob das geht. Pass auf, ich zeig‘s dir!“.
Ich nahm den Telefonhörer in die Hand und machte Anstalten, eine Nummer einzutippen. Eine Nummer, von der Paul überzeugt war, dass man sie unter keinen Umständen anrufen durfte. Weder in einfachen noch in dringlichen Fällen. Eine Telefonnummer im heiligen Ministerium für Justiz. Pauls sorgfältig gepflegter Scheitel geriet in Unordnung, als er sich angesichts meiner vermeintlichen Verbohrtheit die Haare raufte und seine Stimme nahm - anstelle der bislang vorherrschenden belehrenden - eine wachsend hysterisch kreischende Stimmlage an.

„Ich sag dir das jetzt zum allerletzten Mal: Du darfst nicht einfach im Ministerium anrufen. Nur die Direktorin darf mit dem Ministerium kommunizieren und das in der Regel auch nur im Berichtswege. Also schriftlich. Das ist so Vorschrift!". Auf Pauls rundlichem Käsegesicht zeigten sich erste hektische rote Flecken. In seiner Erregung ähnelte er zunehmend der Geschäftsleiterin. Zur vollständigen Übereinstimmung fehlte ihm allerdings noch ein sechsmannzeltgroßer lilafarbener Umhang, kombiniert mit einem sonnengelben Kopftuch.

„Hör mal, ich will nicht mit der Ministerin sprechen. Ich will nur wissen, wo die Akte geblieben ist, die dort seit fast zwei Jahren herumdümpelt. Und die Bogner, dieser Wanderpokal, der hier vorher meinen Platz warmgehalten hat, hat immer nur die Fristen verlängert.". Es hatte mir eine Weile Laune bereitet, Paul mit meinem Vorhaben, den Verbleib der verschollenen Akte auf dem Telefonwege direkt mit dem Ministerium zu klären, zur Weißglut zu bringen. Nun aber drohte meine diesbezügliche Hochstimmung zu kippen und angesichts seiner zur Schau gestellten mangelnden Flexibilität in Rage umzuschlagen.

„Was geht hier denn ab? Dreht ihr jetzt vollkommen durch?". Ich ließ den Hörer zurück auf den Apparat fallen. Von uns Streithähnen unbemerkt war Isabell, vermutlich angelockt durch die ihr nicht verborgen gebliebene Lautstärke des Disputs, ins Zimmer getreten.

Sie nahm den kläglichen Versuch unserer gestotterten Erklärungen entgegen, nickte mit dem Kopf und stellte schließlich fest: „Paul hat recht.". Dieser quittierte die Feststellung mit einem breiten Grinsen. „Sag ich doch. Er darf nicht einfach…". „Halt einfach mal die Klappe, Paul.", unterbrach ihn Isabell. Pauls Selbstgefälligkeit gefror augenblicklich auf seinem Gesicht und die roten Flecken, die gerade verblasst waren, erstrahlten in frischen Farben. „Im Grundsatz und formal betrachtet jedenfalls.", setzte Isabell fort. „Allerdings spricht nichts dagegen, in so einem Fall wie dem vorliegenden auch telefonisch bei der Geschäftsstelle im Ministerium nachzufragen. Es geht ja nicht um den konkreten Stand der Sache, sondern erst einmal nur darum, herauszufinden, wo die Akte geblieben ist. Vermutlich hätte ich das ebenso angepackt wie Anton". Ich atmete erleichtert auf. „Allerdings …", Isabell war offensichtlich noch nicht am Ende, „ … ist das kein Grund, sich wie im Kindergarten aufzuführen. Da argumentiert ja selbst mein 7jähriger sachlicher als ihr Zwei. Reißt euch in Zukunft gefälligst zusammen und klärt eure Probleme wie vernunftbegabte Lebewesen. Und nun zu dir, Anton.". Ich schluckte als Isabell ihren Blick auf mich heftete und ich nicht den Ansatz von Zuneigung und Freundschaft darin ergründen konnte. „Wegen deiner Äußerungen über die Kollegin Bogner findest du dich in 10 Minuten auf meinem Dienstzimmer ein.". Pauls andauerndes Feixen voller satter Genugtuung berührte mich kaum, denn trotz der nach wie vor aufgeheizten Stimmung fröstelte ich, nachdem Isabell das Büro verlassen hatte. Die Kälte in ihrer Stimme hatte mich mehr erschreckt als das, was sie mir mitzuteilen gedachte es jemals hätte tun können.

Als ich mit hängenden Schultern und pflichtgemäß betroffener Miene in Isabells Dienstzimmer trat, war die Eiseskälte, die mir vor gut zehn Minuten den Schreck in die Eingeweide fahren ließ, einer Mischung aus Versöhnlichkeit und Betretenheit gewichen. Isabell deutete wortlos auf den mit zwei Stühlen bestückten Beistelltisch. Ein Zeichen dafür, dass sie die Nähe suchte und nicht Distanz, wie sie sie mir mit einer Zuweisung des Platzes vor ihrem Schreibtisch bedeutet hätte. Als wir saßen, jeder mit einem Glas Wasser vor sich, das Isabell uns aus einer Karaffe ohne zu fragen eingeschenkt hatte, brach ich die anhaltende Stille. „Hör mal, tut mir leid, aber dieser Typ bringt mich einfach zum ...“. Isabell bedeutete mir mit einer Handbewegung zu schweigen. „Du hast keine Ahnung, worum es geht, oder?“. Sie blickte mich durchdringend aus ihren blauen Augen an, die mich immer noch an einen Urlaub in der Karibik erinnerten, obgleich ich niemals dort gewesen war und vermutlich in meinem Leben nicht hingelangen würde. Ich riss mich los aus der unsichtbaren Umklammerung und beschränkte mich darauf, den Kopf zu schütteln. Das von Isabell gefüllte Glas umschloss ich mit beiden Händen, versetzte das Mineralwasser darin in leichte schwingende Bewegung und beobachtete das Zitronenscheibchen, welches ziellos auf der Oberfläche hin und her pendelte. „Zum einen ...“, begann Isabell ihre Standpauke, „... wenn Paul sich wegen deiner unkorrekten Aussage über Kollegin Bogner bei der Geschäftsleiterin beschwert, kannst du richtig Ärger kriegen. Ich hoffe mal, dass er davon ausgeht, dass du jetzt von mir einen ordentlichen Einlauf verpasst bekommst, so dass er davon absieht.“. Ich biss mir auf die Unterlippe, denn eine solche

Denkweise würde zu Paul passen. Ich hob zu einer Entgegnung an, aber Isabell unterbrach mich erneut. „Du kannst dich später bei mir bedanken. Ich habe darüber nachgedacht, ob ich dir das, was jetzt kommt, erzählen soll. Aber ich mache das einfach, sonst redest du dich womöglich bei nächster Gelegenheit um Kopf und Kragen.". Isabell trank aus ihrem Glas und ich probierte ebenfalls. Die Zitrone gab dem Wasser eine leicht säuerliche Note, was besser mundete, als ich erwartet hatte. „Beatrice, ich meine Kollegin Bogner, ...", begann Isabell, „... so ganz falsch ist das nicht, was du gesagt hast. Sie war immer schon ein wenig langsamer als die anderen, machte recht viele Fehler, die uns bei den Geschäftsprüfungen auffielen. Allerdings nichts Gravierendes. Sie ist eben kein Stadionscheinwerfer, eher ein Nachtlicht.". Ein Anflug von Grinsen zog angesichts des von Isabell gewählten technischen Vergleichs über mein Gesicht. Ich verbarg meine mangelnde Ernsthaftigkeit mit einem erneuten Schluck von dem Erfrischungsgetränk und lauschte aufmerksam der weiteren Geschichte der Beatrice Bogner. „Wir ließen sie sich dann in verschiedenen Abteilungen ausprobieren, in der Hoffnung, dass sich etwas finden würde, was ihren Neigungen am besten entsprach.". Nun gab ich mir keine Mühe mehr, meine Belustigung zu verbergen. Isabell rügte mich nicht dafür, sondern beschränkte sich darauf, die Augen zu verdrehen. „Ja, ist ja schon gut. Das war jedenfalls die offizielle Begründung für die häufigen Umsetzungen. Allerdings half alles nichts. Im Gegenteil. Vor etwa zwei Jahren kam es dann zum richtig großen Absturz. Beatrice machte immer mehr Schnitzer.

Falsche Auskünfte. Völlig wirre Eintragungen in der Datenbank. Nicht mehr auffindbare Akten. Es gab wiederholt Beschwerden von Kollegen, Anwälten und Bürgern. Sie fehlte häufiger wegen Erkrankungen. Als ich sie daraufhin irgendwann ansprach, vertraute sie sich mir schließlich unter Tränen an.". Isabell holte tief Luft. „Anscheinend hatte Beatrice schon die ersten drei Pflichtimpfungen nicht gut vertragen. Anschließend war sie immer mehrere Tage krank. Kopfschmerzen, Herzrasen und solche Sachen. Als sie sich vor zwei Jahren dann die Nummer vier abholte, ging es ihr danach richtig mies. Sie fehlte gleich mehrere Wochen. Dann kam sie wieder und – so wie sie mir das schilderte – fing sie plötzlich an, einfach Dinge durcheinanderzubringen oder komplett zu vergessen. Sie habe einfach nur noch Brei im Kopf gehabt an manchen Tagen, sagte sie. Zwischendurch ging es immer wieder mal, aber genug Chaos entstand trotzdem. Die Kollegen wurden sauer, Beatrice fühlte sich gemobbt. Paul hat einiges aufgefangen, was eigentlich in ihre Zuständigkeit gefallen wäre.". Isabell legte eine Pause ein, fuhr sich mit den Fingern durch ihren blonden Schopf und begann, gedankenverloren an einer herabgefallenen Strähne zu spielen. Ich dachte schon, sie habe den Faden verloren, als Isabell fortfuhr. „Beatrice wollte irgendwo einen Neuanfang wagen, wo man sie nicht kennt und ihr niemand Vorbehalte entgegen bringt.". Ich persönlich glaubte, dass derartige „Neuanfänge" von vornherein zum Scheitern verurteilt waren. Nach meiner Erfahrung schleppten die Leute ihre Probleme einfach mit. Ich hütete mich jedoch, mit derartigen Naseweisheiten aufzuwarten. Isabell setzte das Thema merklich zu und ich wollte keinesfalls riskieren, sie in Tränen ausbrechen zu sehen. „Ich musste Beatrice schwören, der Geschäftsleitung nichts von ihren Problemen zu verraten. Sie hatte Angst, aus gesundheitlichen Gründen vorzeitig in den Ruhestand geschickt zu werden. Also deckte ich sie und unlängst ergab sich dann die Möglichkeit eines Wechsels zum Sozialgericht. Hier im Hause hatte keiner Einwände. Na gut, wen wunderts.". Isabell warf die Haarsträhne, an der sie sich die ganze Zeit festgehalten hatte, nach hinten und zuckte mit den Schultern. „Der Direktor des Sozialgerichts äußerte Bedenken wegen ihrer Fehlzeiten. Daher erfolgte zunächst eine Abordnung und noch keine Versetzung. Ich drücke ihr die Daumen, dass sie dort klarkommt und glücklich wird.". Isabell war mit ihren Ausführungen am Ende angelangt und sah mich erwartungsvoll an. Ich kaute wieder auf meiner Unterlippe herum, dann trank ich das Wasserglas in einem Zug komplett leer. Die Zitronenscheibe blieb erst am Rand kleben und plumpste auf den Boden des Glases, als ich es auf dem Tisch absetzte. Natürlich wusste ich, dass einige sich schwer taten, die Impfungen zu verkraften. Ich selbst hatte bis auf ein wenig Kopfschmerzen direkt nach der Verabreichung damit nie Probleme bekommen. „Ist angekommen.", brummelte ich daher. „Ich passe künftig auf, was ich in Pauls Gegenwart vom Stapel lasse.". „Pass insgesamt ein bisschen mehr auf. Manchmal haben selbst die Wände hier Ohren.", erwiderte Isabell und sah mich fest an. „Und zu keinem ein Wort wegen der Geschichte mit Beatrice, da verstehen wir uns doch, oder?". Ich nickte eifrig und bekräftigte dies unter Erhebung von Daumen, Zeige- und Mittelfinger der rechten Hand mit aufgesetzter feierlicher Miene. „Ritter Antonius schwört beim

Grabe seiner Ahnen, dass nie ein Wort über diesen höchst unerfreulichen Vorfall betreffend die Hofdame Beatrice seine Lippen verlass...". „Ja, danke das genügt mir völlig.", kicherte Isabell und ich war froh, dass sie meine scherzhafte Bemerkung zu ihrer üblichen strahlenden Unbekümmertheit zurückzuführen schien. „Ich habe zu danken, meine Königin.", warf ich zurück und entfernte mich mit einer angedeuteten tiefen Verbeugung, begleitet von Isabells ansteckendem Lachen.

Ein paar Tage lang zermarterte ich mir das Hirn, auf welche Weise ich Paul eine anständige Abreibung verpassen konnte. Denn so viel stand für mich fest: Nicht weniger als eine solche hatte er sich redlich verdient! Robert, dem ich meine Pläne anvertraute, erwies sich zunächst als keine große Hilfe. „Lass stecken.", riet er mir. „Das bedeutet nur Ärger und du willst ganz bestimmt die Wittig-Buhlemann nicht auf dem Hals haben.". Ich bekräftigte, dass dies selbstverständlich nicht in meiner Absicht läge. Vielmehr suchte ich nach einer Möglichkeit, Paul eins auszuwischen, ohne dass er mich einer Beteiligung zweifelsfrei zu überführen vermochte. Schließlich sollte Robert doch noch die zündende Idee beisteuern. Als ich sein Büro am frühen Nachmittag betrat, um einen Cappuccino zu schnorren, schlug mir der Geruch von frisch Erbrochenem entgegen. Ich wäre fast wieder umgekehrt, aber Robert nötigte mich mit einer energischen Handbewegung zum Bleiben. „Hinsetzen. Das Reinigungsprogramm ist in zwei Minuten durchgelaufen.". Während der Kaffeeautomat Geräusche von sich gab, die auf eine baldige Detonation hindeuteten, erläuterte Robert, dass er zu dem Standardreinigungsdurchlauf noch einen weiteren mit verdünntem Essig hinzugefügt hatte, um die wasserführenden Teile des Geräts zuverlässig von Kalkablagerungen zu befreien. „Das müffelt zwar ein wenig.“, verkündete er, was ich angesichts des bestialischen Gestanks für arg untertrieben hielt. „Dafür funzt es danach wieder wie geschmiert.“. Leider handelte es sich bei den angekündigten zwei Minuten nur um eine äußerst grobe Schätzung. Dem Essigdurchgang folgten noch zwei mit frischem Wasser ohne Zusätze sowie ein weiterer mit Kaffee, dessen Ergebnis jedoch wie bereits seine Vorgänger als Düngung eines recht kümmerlich wirkenden Gummibaums herhalten musste. Kein Wunder, wenn er regelmäßig eine Schockbehandlung mit Resten heißen kalkhaltigen Essigwassers erfuhr. Ich überlegte bereits, Robert bei der Grünpflanzenbeauftragten Jeanette anzuzeigen, als endlich zwei ersehnte Tassen dampfenden Cappuccinos vor mir auf dem winzigen Tischchen landeten, das in dem überschaubar großem Büro als unsere Café-Lounge diente. Eine brutale Stoßlüftung, die markig frische Novemberluft in den Raum brachte, vertrieb rasch die Reste des beißenden Essiggeruchs. Vorsichtig - in Erwartung einer geschmacklichen Katastrophe – nippte ich an der optisch wohlgeratenen Spezialität, konnte jedoch nicht die mindesten qualitativen Einbußen zum gewohnten Hochgenuss verzeichnen. Robert grinste und hob belehrend den Zeigefinger. „Wartung ist die halbe Miete.“, stellte er salopp fest. Wir plauschten mit leger übereinandergeschlagenen Beinen sodann über dies und jenes, namentlich die Fortschritte in der Kurventechnik bei meinen Fahrversuchen mit der Enduro. Es dauerte nicht lange und Robert brachte wie gewohnt ein paar Anekdoten aus seiner Zeit bei der Nationalen Volksarmee in die Unterhaltung ein. Diesmal präsentierte er mir die Geschichte eines in seiner Einheit aus verschiedenen Gründen höchst unbeliebten Unteroffiziers, den man mit diversen Scherzen fast an den Rand des Wahnsinns getrieben haben musste. Als Unteroffizier vom Dienst verließ er ständig seinen Platz, legte sich in seinem Zimmer aufs Bett und bequemte sich immer erst nach gefühlten Ewigkeiten ans klingelnde Telefon. Aus Belehrungsgründen hatten in seiner Abwesenheit ein paar Witzbolde – Robert räumte seine Beteiligung mit sichtbarer Schadenfreude ein - den Tisch nebst der kompletten Ausrüstung, Stuhl, Dienstbuch und sogar den Telefonapparat vom Flur entfernt und als passgenaues Abbild auf der benachbarten Toilette wieder aufgebaut. Ich konnte mir das entgeisterte Gesicht des Unglücksvogels lebhaft vorstellen, als er nach einem gemütlichen Teepäuschen mit verschlafenem Blick auf dem Flur auftauchte und alle seine Sachen komplett verschwunden waren. Nachdem der Ausquartierte – so berichtete Robert weiter - panisch sein Zeug gesucht und schließlich auf dem stillen Örtchen aufgefunden hatte, schleppte er dieses unter bitteren Flüchen und viel Gestöhne zurück auf seinen angestammten Platz. Die Lehrvorführung wirkte: Seinen Posten verließ der Gepiesackte danach nur noch in streng dienstlichen oder persönlich unaufschiebbaren Fällen. Die Geschichte schien mir als Vorlage für ein Exempel an Paul bestens geeignet – jedenfalls mit kleinen Abweichungen. Ich weihte Robert in meine Idee ein. Dieser betrachtete mich nachdenklich, während er seinen Kinnbart einer eingehenden Massage unterzog. „Verstehe.“, meinte er schließlich. „Aber wie in aller Welt willst du hinbekommen, dass der Verdacht nicht sofort auf dich fällt?“. In der Tat, selbst ein guter Plan weist seine Schönheitsfehler auf, und Robert hatte wie immer den Finger direkt im Zentrum der Wunde platziert. „Du wirst Hilfe brauchen und zudem ein wirklich gutes Alibi.“. Ich nickte ergeben und bestellte mir vorerst einen zweiten Cappuccino. Ein wenig Zeit war vonnöten, um mit meinem engsten Vertrauten über mögliche Lösungsansätze zu philosophieren.

Mein überaus genialer Plan stand und fiel mit Erik und dessen Bereitschaft zu verschwiegener Mitwisserschaft. Selbige kostete mich lediglich das Versprechen auf eine Kiste „Wernesgrüner Pils“. Ein angemessener Preis, den ich für den Spaß gerne bereit war aufzubringen. Freitagnachmittag sollte die Sache steigen. Während ich mit Paul und dem Rest unserer Putztruppe die Sitzungssäle in neuem Glanz erstrahlen ließe, würde Erik mit Roberts Unterstützung den Umzug Pauls vollziehen. Ein besseres Alibi als Pauls eigenes Bekunden, zur Tatzeit neben mir die hölzernen Fensterbretter im altehrwürdigen Großen Strafkammersaal poliert zu haben, konnte ich mir nicht wünschen. Zwar würde er den Verdacht meiner Beteiligung hegen, den Beweis dafür müsste er allerdings schuldig bleiben. Die Toilette lag für unser Vorhaben zu weit entfernt. Allerdings bot der unserem Büro schräg gegenüberliegende Kopierraum Gelegenheit zur Umsetzung desselben. Aufmerksamkeit sollte kaum erregt werden. Die zu überbrückende Entfernung zum Kopierraum war kurz und der komplette mittlere Dienst im Putzfieber. Dr. Lahmer oder einem der anderen Richter an einem Freitagnachmittag auf den Gerichtsfluren über den Weg zu laufen, erschien mir unwahrscheinlich. Außerdem waren Umzüge im Hause ohnehin nichts Ungewöhnliches. Nicht zuletzt setzte ich darauf, dass Eriks uniformierte Gelassenheit jegliche Restzweifel zufällig Vorbeikommender an der Rechtmäßigkeit des Tuns im Nu zerstreuen würde. Robert fiel eine besondere Aufgabe zu. Er sollte Pauls Namensschild aus der Halterung neben unserer Bürotür entnehmen und sie stattdessen in der des Kopierraums anbringen, eine Kirsche auf der Torte meines Plans, welcher mir bereits jetzt Vorfreuden auf das entsetzte Gesicht meines ungeliebten Zimmergenossen bescherte.

Nachdem ich am Freitagmorgen eine Kiste „Wernesgrüner Pils" in den Kofferraum von Eriks Wagen gehievt und anschließend mit Robert in seinem Büro letzte Abstimmungen für die bevorstehende Operation ‚Pauls Umzug' getroffen hatte, kam alles ganz anders als erwartet.
Paul durchkreuzte unbewusst meine vielfach durchdachte Strategie mit einem Handstreich. Er meldete sich überraschend krank.

IX. Mexikanische Weihnacht

„Die Saison ist für dieses Jahr beendet.“, verkündete zu meinem großen Verdruss Jonas. „Die Böcke gehen in den Winterschlaf. Keine Ausnahmen, weder für Enduros, noch für andere benzinbetriebene Fahrräder.“, wobei er mir spöttisch zuzwinkerte. Auf meinen zaghaften Protest wegen des sich verhältnismäßig mild präsentierenden Dezemberwetters erntete ich lediglich ein müdes Abwinken. „Komm mir nicht so. Wir sind alle schon abgestiegen. Gewöhne dich an die mopedfreien Zeiten in unserer klammen norddeutschen Küstenregion.“. Damit war das Thema für Jonas beendet und ich ließ es dabei bewenden. Er vermittelte nicht den Eindruck, weiteren Diskussionen in dieser Frage zugänglich zu sein. Schweren Herzens verschob ich also gedanklich meine weiteren Fahrversuche auf das kommende Frühjahr und tröstete mich mit der Aussicht, demnächst wenigstens für den theoretischen Teil der Motorradfahrprüfung büffeln zu dürfen. Robert bemühte sich, meine am Tiefpunkt gelegene Stimmung ein wenig aufzuhellen. „Sieh es mal so: Wenn du jetzt durch das Üben immer besser wirst, wurmt es dich umso mehr, nicht loslegen zu können.“. Mein Stirnrunzeln verriet ihm, dass ich wenig Wert auf weitere Weisheiten aus dem Buch „Aufmuntern für Anfänger“ legte. Bevor ich Gelegenheit bekam, zu einem verbalen Gegenschlag auszuholen, erschien Gesine mit einem Tablett voller Gläser, in denen in sanftem Rot köstlich duftender Glühwein schimmerte. „Kommt Männer, wir läuten jetzt die Adventszeit ein!“. Wenige Momente später hockten wir allesamt einträchtig im „Clubraum“ der Garage, in welcher ein winziger Kanonenofen munter vor sich hin prasselte und behagliche

Gemütlichkeit in den Raum streute. Ein paar auf dem des Anlasses wegen manierlich aufgeräumten und frisch gewienerten Tisch platzierte Teelichter vervollkommneten die Atmosphäre. Die Zwillinge hielten auffallend still. Nach meinem Gefühl das erste Mal in den Monaten, in denen ich sie kannte. Sie starrten unter ihren wollenen Mützen sehr altklug mit großen Augen in die mit heißem Sanddornsaft gefüllten Becher, während die Erwachsenen sich am reichlich gewürzten Wein labten. Dietmar fütterte die Heizung mit zwei weiteren Holzscheiten. Während Gesine mir zuprostete, genoss ich das sich sentimental anschleichende Gefühl, ein Teil dieser kleinen Gemeinschaft zu sein.

Etwa eine Stunde später saßen Robert, Jonas und ich beim inzwischen vierten Glühwein, den uns Gesine mit dem Bemerken serviert hatte, es ja nicht zu übertreiben. Wie auch immer wir auf dieses Thema verfallen waren - Pauls unerwarteter krankheitsbedingter Ausfall, der nun bereits die dritte Woche andauerte, rückte in den Mittelpunkt unseres Gesprächs. Meine Bemühungen, Isabell nähere Einzelheiten zu entlocken, waren fulminant gescheitert. Ein durchaus ernst gemeintes Kompliment zu ihrem eng geschnittenen flaschengrünen Kleid, das deutlich mehr Handbreiten über dem Knie endete, als vermutlich in der öffentlichen Verwaltung als schicklich betrachtet wurden, hatte Isabell professionell weggelächelt, sich aber zu Pauls Krankengeschichte in eine Aura betont dienstlich gehaltenen Schweigens gehüllt. Robert schien wie üblich über einen Wissensvorsprung zu verfügen und geizte weniger mit Informationen,

allerdings nicht, ohne die Anwesenden zuvor auf ihr unbedingtes Stillschweigen zu verpflichten. „Soweit ich weiß, liegt er stationär in der Klinik. Man munkelt über Brustschmerzen und Atemnot. Herzmuskelentzündung soll wohl die Diagnose lauten. Aber nichts genaues weiß man nicht.".
„Oh!", entfuhr es mir spontan. Auch wenn ich Paul nicht sonderlich leiden konnte, wünschte ich ihm dennoch keine ernsthafte schwere Erkrankung. „Das klingt nicht gut. Um nicht zu sagen ausgesprochen übel.". Robert nickte verständig. „Und du musst ihn vertreten, oder?". Ich zuckte mit den Schultern. „Stimmt. Aber bei einer solchen Diagnose mache ich mir nicht aus diesem Grund Sorgen.". Die Vertretung war zwar nervig, insbesondere wegen der zu unregelmäßigen Zeiten erfolgenden Aktenbearbeitung Dr. Lahmers, im Ergebnis jedoch schaffbar. Seit Paul die zweite Woche fehlte, hatte Isabell mir zudem gnädigerweise für täglich zwei Stunden Melinda an die Seite gestellt, eine Wahl, die sie wohl nicht ganz ohne Hintergedanken getroffen hatte. Ihr war eine gewisse Annäherung zwischen uns nach dem Subbotnik nicht entgangen. Melinda gab sich im Allgemeinen äußerst sparsam bei der Vergabe von Gunstbezeigungen innerhalb der Kollegenschaft. Offenbar war es mir dank freundlicher Hartnäckigkeit und unter Aufbietung der gesamten mir zur Verfügung stehenden Bandbreite unverhohlenen Charmes gelungen, immerhin Zugang zur einer Art äußeren „Freundschaftszone" zu erhalten. Mehr lag vorerst in den Sternen einer weit entfernten Galaxis.
„Sorgen sind da durchaus angebracht.", mengte Jonas sich in das Grübeln über meine Beziehung zu Melinda. „Myokarditis ... wie alt sagtest du nochmal ist euer Kumpel?". „Er ist

nicht unser Kumpel!", platzten Robert und ich zeitgleich heraus. Während wir beide diesen synchronen Ausbruch von Entrüstung feierten, blieb Jonas todernst. „Und hattest du nicht außerdem erwähnt, er sei praktisch nie krank?". Ich gewann meine Beherrschung nach diesem unangemessenen spontanen Anfall von Erheiterung zurück. „Paul ist Anfang 30.", beantwortete ich Jonas Frage. „Und solange ich dabei bin, war er in der Tat noch nicht krank.". Jonas nickte triumphierend. „Seht ihr.", meinte er. „Jetzt solltet ihr euch nur fragen, wann er seine letzte Spritze hatte, und ihr wisst Bescheid.". „Fang jetzt bloß nicht wieder mit deinen Verschwörungsgeschichten über die Impfstoffe an!". Robert konnte seine Gereiztheit nur mühsam unterdrücken. Jonas zeigte jedoch keine Neigung, das Thema nur auf Roberts Intervention hin fallenzulassen. „Bin ich der einzige hier in der Hütte, der den rosa Elefanten im Raum herum stehen sieht?". „Der existiert bloß in deiner Freigeisterphantasie, weil du hinter jedem staatlichen Eingriff direkt etwas Negatives vermutest!". „Ha!", konterte Jonas Roberts Parade. „Die Impfnebenwirkungen sind längst wissenschaftlich belegt. Und das weißt du auch ganz genau. Du willst nur deine falsche Entscheidung, dir die Brühe spritzen zu lassen, nicht in Frage stellen lassen.". Die Stimmung war von einem Moment auf den anderen umgeschlagen. Trotz der Hitze, die der Ofen nach wie vor verströmte, fröstelte es mich. Robert und Jonas saßen sich mit hochrotem Kopf, die Körper gespannt wie Stahlfedern, gegenüber. Zwei Streithähne, von denen keiner Anstalten machte, auch nur einen Millimeter Boden preiszugeben. Ich beschloss, den waghalsigen Versuch zu unternehmen, die zwei Muskelpakete auf normale Betriebstemperatur herunterzukühlen, in der Hoffnung, nicht zwischen beiden zermahlen zu werden. „Dieser rosa Elefant von dem die Rede war – wieso steht der bloß im Raum herum, der tanzt doch normalerweise, oder?". Die beiden Kontrahenten schauten nun zu mir und betrachteten mich wie einen Geist, der gerade aus einem der Glühweingläser entstiegen war. „Was?", brachte Robert irritiert heraus und zu Jonas gewandt, „Blickst du, was der meint?", welcher kopfschüttelnd erwiderte, „Walzer oder Foxtrott, oder wie?". Ich hatte mich von meinem Sitz erhoben, hielt die Arme zur Seite gestreckt und bewegte meine Beine abwechselnd behäbig nach links und rechts, während ich sanft mit den Knien dazu im Takt wippte. „Keine Ahnung.", gab ich in die verdutzten Gesichter zurück. „Aber ich bin mir sicher, dass der in etwa so tanzt.". Die beiden Kontrahenten blickten einander einen Moment sprachlos an. Bis Jonas Gesicht sich aufhellte und er ein polterndes Lachen anstimmte. Die Anspannung fiel daraufhin sichtbar auch von Robert ab, der kopfschüttelnd in das Gelächter einstimmte. Ich ließ mich erleichtert zurück auf meinen Platz fallen. Schließlich gaben wir alle in der Runde uns dem Sturm von Heiterkeit hin, der die dunkle Stimmung samt des unsichtbaren tanzenden Elefanten aus dem Raum fegte. Jonas hieb mir auf die Schulter, dass ich für den Moment glaubte, er würde mich mit dem Stuhl zusammen in den Boden rammen. „Du bist vielleicht ein komischer Typ.", feixte er, und ich deutete dies als Kompliment. „Sag ich doch.", merkte Robert an. „Einer von uns.". Mir stieg unvermittelt ein wenig Feuchtigkeit in die Augen und bevor einer der beiden etwas davon bemerken konnte, schluckte ich sie hastig mit einem Rest kalt gewordenen Glühweins herunter.

„Auf keinen Fall gehe ich dahin!". Melinda hätte ihre Abneigung kaum deutlicher kundtun können, als mit diesem Satz, der – kombiniert mit einem von tiefem Abscheu erfüllten Ausdruck – keinen Zweifel an ihrem Desinteresse an der gerichtlichen Weihnachtsfeier offen ließ. „Aber eure Abteilung ist doch in die Planung eingebunden.", wagte ich einen beherzten Einwand, wohl wissend, wie wenig Argumentationskraft dieser Feststellung innewohnte. „Ja, und? Ich habe meine Aufgabe. Ich frage herum, wer teilnimmt, sammle das Geld ein und damit ist die Sache für mich erledigt. Was soll ich dort mit Typen beim Kaffeekränzchen sitzen, die das ganze Jahr mit mir kein Wort gewechselt haben?". Ich hatte mich bereits vor ein paar Wochen angemeldet, in der Hoffnung, am Ende nicht allein dazustehen. Melinda jedenfalls fiel schon einmal aus. Allerdings waren Isabell und Robert angemeldet, wobei ich Robert ein Weile hatte bearbeiten müssen, bis er widerwillig einwilligte, mir bei diesem bedeutsamen Ereignis Gesellschaft zu leisten. Vor Jahren oblag die Organisation der Weihnachtsfeier wie auch die des Betriebsausflugs dem Personalrat. Irgendwie gelang es Robert, die Direktorin zu überzeugen, dass es der Sache dienlich sein könnte, wenn die Planungshoheit jährlich reihum weitergereicht würde. So war man schließlich auf die Idee verfallen, dass jeweils immer zwei Abteilungen für die Ausrichtung der beiden Ereignisse Sorge zu tragen hatten. In diesem Jahr fiel diese Aufgabe der Nachlassabteilung gemeinsam mit der Betreuungsabteilung zu. Seit Motto-Weihnachtsfeiern zum großen Trend erhoben worden waren, versuchte man regelmäßig bis zum Schluss, das große Geheimnis zu wahren, unter welch edlem Vorwand man in diesem Jahr dem Alkohol im Übermaß zuzusprechen gedachte. Melinda machte es diebischen Spaß, allen anderen die Überraschung zu verderben. Es sprach sich also rasch herum, dass die Weihnachtsfeier unter dem Motto „Mexikanischer Abend“ stattfinden sollte, mit Catering vom einzigen mexikanischen Restaurant der Stadt, einem original mexikanischen Schlagerbarden und – hoffentlich – reichlich Tequila. „Übrigens suchen wir noch männliche Unterstützung für das Einrichten des Saales. Ein paar Tische rücken und solche Sachen.“. Ehrlich gesagt, ich verspürte nur mäßige Lust, möglicherweise unter der Befehlsgewalt Kathys mit Mobiliar zu jonglieren. Andererseits hatte ich den Fortbildungskurs „Nein sagen – leicht gemacht“ noch nicht besucht. Vielleicht wollte ich auch vor Melinda nicht als Drückeberger dastehen. Also sagte ich zähneknirschend zu.

„Nie im Leben ist das ein Mexikaner.“, raunte Robert zu mir herüber und fügte mit verschwörerischer Miene hinzu: „Kubaner, schätze ich.“. Gelangweilt zuckte ich mit den Schultern. Jemand, der mit breitkrempigem Strohhut, buntgemustertem Umhang und reichlich Herzschmerz Lieder auf Spanisch trällerte, ging bei mir ohne Nachzudenken als Mexikaner durch. Zudem fehlte mir jede Vorstellung, wie ich Mexikaner von Kubanern oder erst recht Puerto Ricanern hätte unterscheiden sollen.

Ohnehin gab ich mich genervt. Roberts Trödelei, von ihm hochtrabend „vordringliche dienstliche Obliegenheiten“ genannt, hatte uns Spätankömmlingen Plätze am Verwaltungstisch beschert. Zwar hielt auch Isabell hier Stellung, jedoch am anderen Ende der vorweihnachtlich hergerichteten Festtafel. Mir war währenddessen der anstandshalber frei gebliebene letzte Sitz neben der Direktorin zugefallen. Diese hatte sich nach ein paar Begrüßungsritualen ans gemeine Volk - verbunden mit übertriebenen Dankesfloskeln für die von der Belegschaft im Jahresverlauf vollbrachten Heldentaten - in ein Gespräch mit Fräulein Kunze vertieft. Selbige zeigte sich wie gewohnt stilsicher in bescheidenes Mausgrau konfektioniert.
Plötzlich allerdings schien Frau Dr. Teckelsberg sich meiner Anwesenheit zu entsinnen. „Nun, ...“, begann sie in belanglosem Plauderton, „... er hat sich wohl inzwischen recht gut eingelebt hier?“. Da ich mir nicht sicher war, ob es sich dabei um eine Frage oder eine Feststellung handelte, gab ich ein zustimmendes Brummen von mir. Wie nicht anders zu erwarten, hielt sich die Direktorin nicht lange mit derartigem Vorgeplänkel auf, sondern stieß sogleich zum Kern ihres Anliegens vor. „Er weiß sicher, dass ich hohe Stücke auf ihn halte, oder?“. Ich beschloss, mich in diesem Punkt unwissend zu stellen, bedankte mich jedoch artig. „Da liegt es auf der Hand, dass wir in Zukunft Größeres mit ihm vorhaben.“. Erneut tat ich überrascht, obwohl ich angesichts unserer gemeinsamen Raucherpausen ahnte, was folgen würde. „Wir beabsichtigen, ihn zeitnah zum Rechtspflegerstudium zu entsenden. Immerhin hat er ja Abitur und läuft daher hier nur mit halber Kraft.“. Ich beeilte mich zu versichern, dass

ich mich keineswegs unterfordert fühlte, eher im Gegenteil noch eine Menge zu lernen bereit war. „Sicher, sicher.“, meinte die Direktorin stirnrunzelnd aber gewogen. „Ich gehe davon aus, dass er im nächsten, spätestens im übernächsten Jahr Gewähr dafür bietet, ein Studium mit den besten Noten zu absolvieren.“. „Ja bestimmt, aber ich meine, geht das denn, wo ich doch noch in der Probezeit…“. „Ach was, Probezeit, papperlapap.“, unterbrach mich Frau Dr. Teckelsberg von unwirschem Abwinken begleitet. „Er kennt womöglich die neuen Aufstiegsregeln nicht. Wir können da jetzt deutlich abkürzen und beispielsweise Ausbildungs- und Wehrdienstzeiten anteilig anrechnen. Und für eine anständige Beurteilung wird er sich doch wohl ein wenig strecken können, oder?“. Das klang sehr nach einer Feststellung und so blieb mir nichts weiter übrig, als ein gutgemeintes „Selbstredend.“ herauszupressen. Die Direktorin nickte wohlwollend.
Der mexikanische Bardensänger gab nun alles in seiner Erzählung von Liebe, Leid und Tod. Ausgehend von der Traurigkeit seiner Darbietung schienen eine Menge Leute qualvoll dahinzusiechen, wahlweise gemeuchelt zu werden.
„Herrje, ist diese Musik unerträglich.“, stöhnte die Direktorin, und wieder an mich gerichtet: „Und den Rest lässt er schön unsere Sache sein. Er darf vollends darauf vertrauen, dass wir an den entscheidenden Schräubchen für seine Förderung zu drehen verstehen.“. Ich nickte ergeben, ohne zu wissen, ob ich in der Lage sein würde, Frau Dr. Teckelsberg in Zukunft von meiner gänzlichen Ungeeignetheit für höhere Aufgaben zu überzeugen. Zum Glück ließen sich diesbezügliche Planungen zurückstellen, denn Dr. Lahmer hatte

sich an uns herangepirscht und drängte sich mit vermeintlich unaufschiebbaren Dienstgeschäften in unser Gespräch. Robert, der einen Teil meiner Unterhaltung mit der Direktorin verfolgt hatte, klopfte mir mit gespielter Anerkennung auf die Schulter. „Gib das Inspektorengehalt besser noch nicht aus. Davor erwarten dich jede Menge Schweiß und Tränen.“. Ich bekräftigte, dass die einzige Schulbank, die zu drücken ich in absehbarer Zeit bereit wäre, die der Fahrschule für die theoretische Motorradprüfung sei. Robert nickte wissend. „Wir werden sehen, mein Freund. Wir werden sehen.“.

Für den Moment hatte die Musik aufgehört zu spielen. Endlich.

Die Direktorin nutze die Chance und eröffnete das Buffet. Robert und ich warteten den ersten Ansturm ab, um uns in Ruhe der außergewöhnlichen Speisefolge zu widmen. Alles war hübsch auf weiß eingedeckten Konferenztischen angerichtet und mit kleinen verschiedenfarbigen Schildchen versehen: Tacos mit schwarzen Bohnen, Burritos mit weißen und roten Bohnen, Enchiladas mit wiederum schwarzen Bohnen, Käsetortillas mit dem lustigen Namen Quesadilla, vegane Fajitas mit Unmengen von Paprika gefüllt, klassisches Chili con Carne, Chili in einer selbstverständlich vegetarischen Variante und jede Menge Soßen mit exotischen Namen und Farben. Die Anzahl der handgemalten Chilischoten auf den Schildern kennzeichnete vorsorglich den Schärfegrad des jeweiligen Gerichts. Robert langte herzhaft zu und verfolgte offenbar den Anspruch, sich von allem etwas einzuverleiben. Da mir die Auswahl deutlich zu bohnen- und paprikalastig erschien und mir nach in scharfer

Soße ertränktem Schweinefleisch - ob nun zerhackt oder am Stück - nicht der Sinn stand, lud ich mir einen Teller voll mit Maistortillas. Sodann wandte ich mich direkt dem Getränkeangebot zu. Robert hatte sich freundlicherweise zum Fahrdienst bereit erklärt und musste demzufolge alkoholfrei bleiben. Ich dagegen wollte die Gelegenheit nutzen und mir einen netten harmlosen Rausch gönnen. Auf einem gesonderten Tisch wartete eine stattliche Batterie des unvermeidlichen Corona-Biers in Flaschen sowie mehrere Flaschen Tequila mit lustigen roten Hütchenverschlüssen, von denen ich mir eine griff. Selbstverständlich nicht für mich alleine, sondern für unseren Tisch, das wäre jedenfalls die Erklärung gewesen, falls jemand nachgefragt hätte. Im Moment allerdings beschäftigten sich alle mit ihren reichhaltig gefüllten Tellern. Es herrschte – wie meine Mutter zu sagen pflegte – das beim Hinunterschlingen von Nahrung übliche „gefräßige Schweigen“. Möglicherweise hätte ich mit meinem Teller unbelegter Tortillas in der einen und der Tequilaflasche in der anderen Hand doch eine gewisse Aufmerksamkeit auf mich gezogen. Wenn nicht in genau in diesem Moment der mexikanisch-kubanische Sangesbruder entschieden hätte, dass Schlemmen ohne künstlerische Untermalung ein Akt der Sünde wäre. Weshalb er nun mit doppelter Kraft wie zuvor anhob, uns mit seiner auf der Gitarre begleiteten rauchigen Stimme in landestypische Schwingungen zu versetzen. Seinen Sombrero hatte er zu diesem Zweck keck in den Nacken geschoben. Eine neben ihm platzierte, halb geleerte Flasche Corona deutete darauf hin, dass er bereit war, unabhängig von den Ovationen seiner Zuhörerschaft für die eigene anständige Betriebsstimmung Sorge zu tragen.

Mich in vorweihnachtliche Launigkeit zu versetzen, lag gleichsam in meiner Absicht. Ich verdrückte also brav zwei der vom Buffet eroberten Maistortillas und goss den ersten doppelten Tequila auf die so geschaffene Nahrungsgrundlage. Der Fusel schmeckte zum Gotterbarmen und verteilte sich gleichmäßig über meine Speise- und Luftröhre. So war Robert gehalten, für den Moment seine konzentrierte Zerstückelung einer Quesadilla zu unterbrechen, um mir mit derben Hieben auf das Rückenfell wieder Luft zu verschaffen. „Mach langsam. Mit etwas mehr Würde.". Er reichte mir einen Salzstreuer und zog einen der Teller mit Zitronenscheiben heran, die überall auf den Tischen verteilt worden waren. „Also, Compadre, lausche und folge der Gebrauchsanweisung.", begann Robert seinen wissenschaftlichen Exkurs über die stilechte Aufnahme des ungenießbaren Hochprozentigen. „Zuerst gehst du mit der Zitronenscheibe über den Handrücken, dann etwas Salz drauf, ...", er vollzog dies ohne Gegenwehr meinerseits auf meiner linken Hand, „ ... nun das Salz ablecken, und zwar jetzt ...", ermunterte er mich mit einer vorführenden Geste und hielt mir nach Vollzug ein zwischenzeitlich gefülltes neues Glas vor die Nase, „... den Stoff inhalieren und am Ende in die Zitrone beißen. Comprende?". Ich tat wie mir geheißen. Den Trunk stürzte ich mit Todesverachtung herunter, wobei ich darauf bedacht war, mich nicht erneut zu verschlucken. Sodann schlug ich meine Zähne hastig in das mir dargebrachte Zitronenstückchen, auf dass die Säure möglichst zügig das mexikanische Gesöff geschmacklich überlagern konnte. „Besser?", erkundigte sich Robert. Ich wog den Kopf hin und her. „Geht so.", resümierte ich schließlich mit schmerzverzerrter Miene,

was ihm zu genügen schien. Er wandte sich jedenfalls wieder der rechtsmedizinischen Erforschung der vor ihm ausgebreiteten käsigen Teigmasse zu.
Zwei doppelte Tequilalängen später, was in weltlicher Zeitenrechnung etwa einer Viertelstunde entsprechen mochte - löffelte Robert neben mir genussvoll eine Creme unbekannter Zusammensetzung aus einem winzigen Schälchen und näherte sich damit anscheinend dem letzten Gang seines kulinarischen Exzesses. Um uns herum und an den anderen Tischen sah es nicht anders aus: Der geschulte Beamte schlang seine Mahlzeit stets im 30minütigen Zeitfenster hinunter, egal, welches ihm gerade real zur Verfügung stand.
Das Kulturprogramm holte derweil aus zum entscheidenden Angriff auf Ohren und Nerven des duldsamen Publikums. Der vermutlich lediglich für eine Stunde gebuchte Guitarrero verlegte sich von melodramatischen bis heiter-frivolen Gesangseinlagen auf eine Art wilden Stepptanz. Vermutlich diente selbiger traditionell der Wiedererweckung von geliebten Verstorbenen oder der geräuschvollen Vertreibung böser Geister. Nunmehr allerdings scheuchte er Leben in die müden Gebeine öffentlich Bediensteter. Selbige mühten sich pflichtschuldig – so sie kein scharfes Besteck mehr in den Händen hielten – den brausenden Sturm der Tritte auf das geschundene Parkett des altehrwürdigen Großen Sitzungssaales klatschend zu begleiten. Frau Wittig-Buhlemann wähnte sich offenbar im siebten Himmel fremdländischer Volkskunst. Ganz dem Anlass und Motto gemäß hatte sie sich einen grob abgewetzten grünen Poncho mit

exotischen rot-weißen Mustern über die weiße Festbluse geworfen und ihre Wängelein strahlten vor Begeisterung wie kleine Sonnen. Weniger Gutmeinende hätten vielleicht versucht, ihr die öffentliche Zurschaustellung eines derartigen Bekleidungsstücks als einen Akt kultureller Aneignung zuzurechnen. Die Geschäftsleiterin befand sich jedoch auf von ihr beherrschtem Terrain. Hier waren es die anderen, die ihre Übergriffigkeiten zu fürchten hatten. So wie Fräulein Kunze, die von Frau Wittig-Buhlemann eindringlich ermuntert wurde, der lautstarken gekonnten Darbietung angemessen freudig Beifall zu zollen, was diese mit stoischer Miene umsetzte. Ihre hilflosen Versuche, zum Buffet oder in Richtung Toilette zu entkommen, wurden allesamt von der Geschäftsleiterin durch wenig sensibles Ziehen am Ärmel der Oberbekleidung unterbunden.
Während ich darüber nachsann, ob es unserer Putztruppe am nächsten Freitagnachmittag gelingen würde, die Kerben der mittelamerikanischen Tanzwut aus dem Holz zu polieren, riss mich ein Stoß von Robert mit dem Ellenbogen aus meinen profanen Reinigungserwägungen. „Ich überlasse dich deinen Gedanken sowie deiner noch gut gefüllten Flasche und begebe mich auf ein Schwätzchen an den Nachbartisch.“, wobei er auf Jeanette deutete, die gelangweilt Vogelmodelle aus herumliegenden Servietten faltete. „Nur zu.“, ermunterte ich ihn. Während Robert abschob, schaute ich mich suchend um, wen ich mit meiner Anwesenheit wohl beehren könnte. Mein Blick fiel auf Carolin, die mit nicht zu übersehender freizügig geknöpfter Offenherzigkeit unweit von Jeanette an einem dieser zum vorzeitigen Zerfall neigen-

den Pappstrohhalme kaute. So gut kannten wir uns allerdings nicht, dass ich Lust verspürte, mich ihr unter einer nach billiger Anmache riechenden Belanglosigkeit aufzudrängen. Zum Glück ließ Erik seine Augen ebenfalls gerade durch den Raum schweifen, traf auf die meinen und begann sofort, mir durch eifriges Gestikulieren zu bekunden, ich möge zu ihm herüber wechseln. Ich schnappte mir also den Tequila und griff auf dem Weg nach zwei frischen Gläsern.
Mit Erik lief es erwartet unkompliziert. Wir prosteten uns zu, tranken, philosophierten über die Vorzüge der deutschen und italienischen Küche gegenüber der mexikanischen und begossen unsere Erkenntnisse. Erik amüsierte mich mit reichlich Anekdoten über alle möglichen Richter, Rechtspfleger und Geschäftsstellenmitarbeiter. Als Wachtmeister bekam er wesentlich mehr zu sehen von deren Eigenheiten als ich, der - mit oder ohne Paul - die meiste Zeit des Tages in seiner Bürozelle zubrachte.
Inzwischen dudelte 90er-Jahre-Musik aus einer von irgendwem mitgebrachten Box. Ein paar wenige Begeisterte gaben sich mäßig talentiert auf der freien Fläche neben dem abgeräumten Buffet dem Tanzvergnügen hin. Von leeren Corona-Flaschen umrahmt saß der sangeskundige Exil-Kubaner mit glasigem Blick an einem der nebenliegenden Tische und beeindruckte Jeanette und Robert mit einem unbezahlten - jedoch gestisch ausdrucksstarken - Wortvortrag. Die Mienen der beiden deuteten darauf hin, dass das Thema sie nur sparsam zu fesseln vermochte.
Erik benötigte keine Ermunterungen zum Trinken. „Auf die Volksgesundheit.", sprach er mit gerade gestrecktem Rücken und gespielter ernster Miene. „Auf uns.", brachte ich den

zweitkürzesten Trinkspruch der Welt nach dem schlichten „Prost“ aus und Erik ergänzte: „Die arbeitende Klasse.“. Wir feixten und kippten den Stoff hinunter. Inzwischen rutschte das Ganze auch recht gut ohne das aufwendige Prozedere mit Salz und Zitrone.
Wenig später wankte Erik steifbeinig nach festem Tritt suchend aus dem Saal Richtung Toilette. Ich überlegte gerade, ob es schlau sein mochte, nach dem Niedermachen der ersten eine zweite Flasche mit dem neckischen rotem Hütchenverschluss heranzuschaffen und sich ihrer genussvoll anzunehmen, als ich ein Notsignal Isabells von der anderen Seite des Saales auffing, was mich schlagartig zur Nüchternheit zurück führte. Ich wollte aufspringen und zu ihr hinüber eilen, rechnete jedoch nicht damit, dass der aufgenommene Alkohol meine Füße fest an den Boden geschraubt hatte. Mein Versuch aufzustehen beschleunigte lediglich mein Körpergewicht gegen die Tischkante, welche eine schmerzhafte Bremsung an meinen Oberschenkeln vollzog. Das Möbelstück hob und senkte sich vor mir im Zeitlupentempo und ich wollte schon aufatmen, da sich scheinbar alle auf ihm befindlichen Gegenstände wieder der Trägheit folgend auf ihrem alten Platz positionierten. In diesem Moment geriet Lottis nur noch zu einem Viertel mit edlem Coronabier gefüllte Flasche wie von Geisterhand angestoßen ins Trudeln und kippte. Ihr magerer Inhalt ergoss sich wie ein vom Damm befreiter Stausee über den Tisch und flutete ihn. Mit unvermuteter Geschmeidigkeit drehte sich die nicht gerade elfengleiche Lotti seitwärts. Ein paar Spritzer mexikanischer Braukunst platschten dennoch auf ihre Hose. Welch ein peinlicher Auftritt! Lotti nahm meine hektischen Versuche

der Entschuldigung und Schadensbegrenzung mit Gemütsruhe zur Kenntnis. „Mach dir mal keinen Kopf, min Jung, das haben wir alle schon mal hingekriegt.“. Mein Angebot, einen Lappen zu beschaffen, wies sie abwinkend zurück. „Ach was, hier liegen genug Servietten herum. Und die olle Diensthose hätte ich nach dem heutigen Abend sowieso in die Wäsche getan.“. Ich gab mich zerknirscht und reumütig, aber Lotti lachte. „Geh mal ruhig tanzen, min Jung, du brauchst uns alte Damen nicht betutteln.“. Die neben ihr sitzende Annegret verzog das Gesicht, murmelte etwas von Jugend und Alkohol und ich machte mich unter Abbitten auf zu Isabell, voller Bedacht, nicht erneut anzuecken.
Isabell hielt sich nicht mit langen Vorreden auf. „Du musst mir aus der Patsche helfen.“. „Wieso?“, entfuhr es mir irritiert. Entweder beschäftigte mich gedanklich Lottis mit Bier befleckte Diensthose noch oder der Tequila begann bereits wieder, die Oberhand zurück zu gewinnen. „Was ist das denn für eine selten dämliche Frage? Weil ich dich darum bitte. Bist du betrunken?“. Ich winkte ab. „Nein, nein. Geht schon.“. Isabell sah mich forschend an. Kurz flammte Unglaube in ihrem Blick auf, dann entschied sie sich anscheinend, es darauf ankommen zu lassen. „Du forderst mich jetzt zum Tanzen auf.“. „Wie jetzt? Du meinst jetzt sofort?“. „Genau.“. Isabell verdrehte die Augen zur Decke. „Mach schon.“, drängelte sie. „Ich erkläre dir alles auf der Tanzfläche.“. Ich entschied mitzuspielen. Isabell schien es wichtig und die Aussicht, ihr behilflich zu sein und nebenbei auf ganz unverfängliche Weise nahe zu kommen, übte einen nicht zu vernachlässigenden Reiz aus. „Schön.“, erwiderte ich und setzte mit angedeuteter Verbeugung hinzu: „Darf

ich bitten?“. Isabell lächelte gequält und zog mich an der Hand auf die Tanzfläche. Dort tapste Carolin linkisch mit Kathy herum, die sich eleganter schlug, als ich es ihr zugetraut hätte. Unser mexikanischer Unterhaltungskünstler bewies, dass ihm neben Stepptanz auch der Pop im Blute lag. Er wirbelte Jeanette gekonnt über das Parkett, welche Mühe hatte, seiner heißblütigen Führung Folge zu leisten. Robert - Tanzvergnügen aller Art wenig zugeneigt - hockte am Tisch und beäugte das Treiben der beiden mit einer Mischung aus Argwohn und Eifersucht. Es erschien mir nicht unmöglich, dass man den feurigen Latino am Morgen in einer dunklen Ecke des Innenhofs mit seiner eigenen Gitarre erschlagen auffinden würde.
Als Isabell und ich begannen, unseren Takt zu “My Favourite Game” von den *Cardigans* zu finden, beugte sie sich zu mir herüber. „Es ist so ...“, sie zögerte einen Moment, „... Dr. Lahmer, er bedrängt mich schon den ganzen Abend.“. Ich hörte auf, mich im Rhythmus der Musik zu bewegen und trat einen Schritt zurück. „Waaas?“. Ich spürte, wie mir die Zornesröte ins Gesicht schoss, der Alkohol tat das Übrige. „Der spinnt wohl! Den kaufe ich mir!“. „Nein, nein, nein, oh Gott.“. Isabell zerrte mich zu sich heran. „So meinte ich das doch gar nicht.“, zischte sie mir ins Ohr. „Er ist nicht irgendwie körperlich zudringlich geworden. Er verfolgt mich bloß schon den ganzen Abend, langweilt mich mit irgendwelchen privaten Geschichten und will ständig mit mir tanzen.“. Ich fühlte mich immer noch im Kampfmodus, was Isabell nicht entging. „Komm runter. Ich wollte ihn doch bloß loswerden, weil er nervte. Ich bin gefühlt seit Stunden auf der Flucht vor ihm von Tisch zu Tisch gerückt. Aber

deine Rettungsaktion hat, glaube ich, gewirkt. Er scheint bereits ein neues Opfer ausgemacht zu haben.".
Isabell flüsterte mir einige Worte zu, die ich nur zum Teil verstand, da jemand zu „Its my Life" von *Dr. Alban* die Musikbox auf nahezu ohrenbetäubende Lautstärke gedreht hatte. Sie wirkte plötzlich zufrieden, was mir genügte. Ich sah mich um und verstand, dass nun alles seine Richtigkeit hatte. Robert tanzte freudestrahlend neben mir mit Jeanette. Sein sangesfreudiger Nebenbuhler saß mit Erik, Lotti und Annegret in heiterer Gelassenheit am Tisch und kippte Tequila. Carolin - anscheinend beeindruckt davon, dass eine faszinierende Frau wie Isabell mir Aufmerksamkeit zuteil werden ließ, zwinkerte mir unerwartet zu. Dr. Lahmers Charme kroch vertraulich unter Frau Wittig-Buhlemanns Poncho und Kathy übergab ihren veganen Burrito in mit scharfer Soße gebündeltem Strahl mitten auf die Tanzfläche.
Ich hatte meinen Rhythmus gefunden. Ja, die Welt war für mich gerade in allerbester Ordnung.

X. Neue Türen

Ich fand mich in diesem Jahr von einer ungewöhnlich melancholischen Vorweihnachtsstimmung ergriffen, was mich veranlasste, meine Eltern zu einem gemeinsamen Besuch des Weihnachtsmarktes zu überreden. In dem Wissen, was uns erwartete, nahm ich die zu Sicherheitszwecken schier ewig andauernden polizeilichen Zugangskontrollen mit Gemütsruhe. Die seit ein paar Jahren - ebenfalls aus Sicherheitsgründen - üblich gewordene Einkesselung des festlich geschmückten Terrains mit abgewetzten riesigen Betonquadern in rot-weißem Signalanstrich hatte ohnehin meine unbeschwerten Kindheitserinnerungen an derartige Besuche unter dem Gewicht ihrer Tonnen begraben. All dieser Widrigkeiten zum Trotz ließ ich mich durch die typischen Gerüche von Frittiertem und warmem Alkohol verführen. Wir genossen den auf Weihnachtsmärkten unverzichtbaren Glühwein, philosophierten über dessen Preisentwicklung und was in kommenden Jahren in dieser Hinsicht wohl noch zu erwarten wäre. Beim ersten Windstoß verteilte sich der Puderzucker der heißen Mutzen, die wir mit kleinen Bambusspießen aus der Tüte fischten, auf den Jacken. Jeder Versuch der Entfernung des klebrigen Pulvers verstetigte nur dessen Haftung auf unserer Bekleidung. Ich spürte, dass meine Eltern glücklich waren, dass ich sie hierzu überredet hatte. Unternehmungen "in Familie" hatten Seltenheitswert, seit ich wirtschaftlich auf weitestgehend eigenen Füßen stand. Zwar war ich immer noch auf der Suche nach einer eigenen Wohnung, betrieb diese aber wenig engagiert. Meine Mutter ließ keine Gelegenheit aus, mich zum Bleiben zu bewegen. Auch meinem Vater schien der gegenwärtige

Zustand nicht unrecht zu sein, selbst wenn er diesen nicht thematisierte. Wir lachten, als wir staubtrockenes Zimtgebäck vorsichtig mit den Zähnen zermahlten und zur Sicherheit mit einem Becher hoffnungslos überzuckerten Eierpunsches nachspülten.

Ein paar Stunden später befand ich mich trotz einsetzenden Schneefalls auf dem Weg zu Jonas. Mein alter Freund Ewald hatte sich unerwartet zu Besuch zwischen den Feiertagen angekündigt. Die elterliche Wohnung verfügte weder über ein Gästezimmer noch ein funktionstaugliches Gästebett. Derartigen Luxus hatten meine Eltern nach dem Verkauf des Hauses aufgegeben. Ewald in einem Hotel unterzubringen, kam nicht in Betracht. Die Kosten dafür konnte man - gerade in der begehrten Zeit um den Jahreswechsel - nur als abenteuerlich bezeichnen.
Dass Jonas zum Kreis meiner guten Bekannten zählte, war nicht nur menschlich betrachtet ein echter Zugewinn. Denn Jonas besaß, in dieser Hinsicht vermutlich von seinem Vater Dietmar geprägt, eine Leidenschaft zum Sammeln von Dingen. Neben allerlei unnützem Zeug, das sich in den Kellerräumen und auf dem Dachboden des riesigen Anwesens stapelte, fand sich auch erstaunlich Zweckmäßiges. Wie etwa ein intaktes klappbares Gästebett, das Jonas bereits heraufgeschleppt und für mich zur Abholung bereitgestellt hatte. Im Hintergrund versuchte Gesine die Zwillinge unter Kontrolle zu bringen, die ein Geschrei veranstalteten, als beabsichtigte jemand, ihnen mit glühenden Zangen die Fußnägel zu extrahieren. „Vorweihnachtskoller.", bemerkte Jonas schulterzuckend. „Mit einer kurzen Unterbrechung zum

Geschenke auspacken an Heiligabend ist das durchaus noch steigerungsfähig.“. Ich äußerte Befürchtungen, irgendjemand könnte angesichts der Schreie auf die Idee verfallen, das Jugendamt zu informieren. Jonas grinste. „Wenn ich die Sache kläre, braucht hier niemand mehr das Jugendamt.“. Nun war es an mir zu feixen. Wenn ich eines über Jonas wusste, dann war es, wie sein Herz nur beim Anblick seines Nachwuchses butterweich dahinschmolz.
Das Gästebett war riesig. Zum Glück hatte ich vorsorglich die Rückbank des Fiestas umgeklappt, sonst wäre das unhandliche Möbel auch mit Jonas Hilfe unmöglich zu verstauen gewesen. So passte es auf den Zentimeter genau. Jonas sei Dank, konnte ich eine Sorge zu den Akten legen.

Obgleich ich Ewald fast ein dreiviertel Jahr nicht mehr gesehen hatte, litt unsere Konversation zu keiner Zeit unter diesem lähmenden Schweigen, das man kennt, wenn sich einst verwandte Geister nach längeren Zeiten der Trennung nichts Nennenswertes mehr zu sagen hatten. Meine Mutter verabschiedete sich zuerst unter dem Vorwand, Dringendes in der Küche erledigen zu müssen. Eine mir vertraute Ausrede, denn sie verabscheute Unterhaltungen über das Militär, mit welchen sie nichts anzufangen wusste. Nachdem mein Vater sein mir hinlänglich bekanntes Repertoire an Anekdoten aus seinem Dienst bei den Grenztruppen der DDR zum Besten gegeben hatte, folgte er etwa eine Stunde später meiner Mutter mit dem Hinweis, die „jungen Leute nun mal unter sich lassen“ zu wollen. So rekelten Ewald und ich uns ungestört in den schweren Ledersesseln im heimischen Wohnzimmer bei einer geöffneten Flasche „Tullamore Dew", die mein Vater uns spendiert hatte, und schwelgten in Erinnerungen aus Bundeswehrzeiten. Ewald hatte seinen Dienst ein paar Monate vor mir beendet und so fiel es mir zu, den weiteren Entwicklungsweg gemeinsamer Bekannter aus dem Gedächtnis nachzuzeichnen und die herausragendsten Absurditäten der nicht mehr gemeinsam verbrachten Zeit in möglichst kurzweiliger Form zu präsentieren. Offenbar zeigte ich mich, was das betraf, talentiert, denn Ewald folgte meinen Berichten mit erkennbarer Spannung und klopfte sich vor Vergnügen mehrfach auf den Oberschenkel. „Aber nun erzähl' du auch mal ein wenig. Wie ist es dir so ergangen?", beendete ich meine Darbietung. Ewald Vanheiden sah, das musste man neidlos anerkennen, prächtig aus. Unter seinem blonden Schopf blitzten zwei stahlgraue, verschmitzt blickende Augen aus einem sonnengegerbten Gesicht. Die Sonnenbank musste sein ständiger Begleiter sein, um ungeachtet der genetischen Veranlagung diesen Bräunungsgrad in der kalten Jahreszeit aufrechtzuerhalten. An Muskelmasse schien Ewald ebenfalls zugelegt zu haben. Er hätte sich durchaus mit Jonas messen können. Neben den beiden würde ich – obwohl ebenfalls nicht von schwächlicher Konstitution - wie ein Hänfling wirken. „Jede Menge Sport, wie du siehst.", bemerkte Ewald ohne jede Überheblichkeit. „Mein Job lässt mir genügend Zeit für meine Trainingseinheiten im Studio. Vier- bis fünfmal die Woche, jeweils zwei Stunden Eisen stemmen bringen schon was.". Ewald spielte lachend mit seinen Bizeps, die sich unter dem teuer wirkenden dunkelblauen engen Pullover spannten. „Und wie man so sagt - über Geld spricht man nicht.

Mir gehts finanziell jedenfalls hervorragend.". Ich nickte wissend. Mir war bekannt, dass Ewald mit einem Partner im eigenen Unternehmen in der IT-Branche für mehrere große Versicherungen tätig war. Offenbar verstand er etwas von seinem Job, sonst hätten sie ihm kaum soviel Geld gezahlt, dass er sich den nagelneuen Tesla hätte leisten können, den er in der Parkbucht neben meinem in die Jahre gekommenen Fiesta platziert hatte. „Und privat? Hast du immer noch diese heiße Italienerin am Start?", bohrte ich. Ewald nickte. „Und ob. Giovanna und ich sind jetzt fest zusammen. Gemeinsame Wohnung. Sie ist außerdem im vierten Monat. Nächstes Jahr soll geheiratet werden.". Obwohl ich Giovanna bei einem Treffen vor etwa einem Jahr kennengelernt hatte und von ihr durchaus angetan gewesen war, staunte ich nicht schlecht. „Das geht aber alles reichlich schnell.". Ewald zuckte mit den Schultern und grinste. „Habe wohl meine Sturm- und Drangzeit hinter mich gebracht und werde nun zum seriösen Familienmenschen.". In der Tat kannte ich Ewald als Draufgänger. Die Frauen lagen ihm zu Füßen, ohne dass er sich übermäßig anstrengen musste. Bei unseren gemeinsam besuchten Partys war Ewald stets schnell umringt gewesen von unzähligen kopulationswilligen Weibchen. Ein Zustand, von dem ich als sein deutlich weniger schillernder Begleiter das eine oder andere Mal profitieren konnte. Wobei die Extraklasse Ewald vorbehalten blieb und ich mich zumeist mit den Anhängseln aus dem Mittelfeld begnügen musste. Das hatte mich allerdings nie gestört. Nach meiner Erfahrung besaßen die überdurchschnittlich Gutaussehenden selten mehr als oberflächliches Interesse an der Person

des erwählten Partners, sondern suchten lediglich eine statusgemäße Ergänzung ihrer selbst. Die durchschnittlich Hübschen zeigten sich dagegen oft deutlich weniger launisch, waren intelligenter, witziger und weniger auf sich selbst fokussiert, was meinem Geschmack eher entsprach. Giovanna hingegen – und dies musste ich neidlos anerkennen – gehörte einer ganz anderen Liga an. Anders als viele ihrer von der Natur bevorzugten Geschlechtsgenossinnen – der IQ der meisten reichte im Regelfall nicht an die Länge ihrer äußerst knapp bemessenen Miniröcke in Zentimetern heran – spann sie von vornherein ihr Netz um Ewald planvoll und mit erstaunlicher Präzision. Sie hielt die Leine lang genug, dass ihm Luft zum Atmen blieb und zugleich auf eine Kürze, die sie nie die Kontrolle verlieren ließ. Überdies glänzte Giovanna mit einem bei Frauen selten anzutreffenden Sinn für Humor und verstand sich – vertraute man Ewalds Urteil – vorzüglich auf die Künste des Nahrungszubereitung. Ewald musste vermutlich schon deshalb Sondereinheiten im Fitnessstudio absolvieren, um die körperlich sichtbaren Folgen von Giovannas Kochfertigkeiten in vertretbaren Grenzen zu halten. Nun jedenfalls war er praktisch unter der Haube und überdies werdender Vater, ein Zustand, von dem ich nicht einmal zu träumen wagte, von meinem vergleichsweise dürftigen Einkommen als Justizsekretär ganz zu schweigen.
„Du hängst wohl in Gedanken den guten alten Zeiten nach?“. Ewald hatte mein grüblerisches Schweigen bemerkt und setzte erklärend hinzu: „Die Zeiten, in denen wir noch jung, frei und ungebunden die Partyszene aufgemischt haben. Ja, da war die Welt noch in Ordnung.“. Ich konnte mich zwar

nicht erinnern, irgendetwas oder irgendjemanden jemals „aufgemischt“ zu haben. Gerade die „Partyszene“ dürfte meine sporadischen Aufenthalte in ihr kaum zur Kenntnis genommen haben. Trotzdem pflichtete ich Ewald bei. Denn besser schien mir früher tatsächlich so einiges gewesen zu sein. Schon wenn man von meinen derzeitigen, etwas beengten Wohnverhältnissen ausging, deren bescheidene Komfortzone durch Ewalds Anwesenheit heute noch weiter eingeschränkt werden würde. Ich kaute auf der Unterlippe herum, eine Angewohnheit aus Kindheitstagen, die mich mitunter befiel, wenn ich in meinen nachdenklichen Phasen verweilte. „Und, wie steht es eigentlich um deine Karriere in unserem korrupten Staatswesen?“. Ewald war bekannt dafür, zwar wenig zu reden, dabei jedoch kein Blatt vor den Mund zu nehmen. Ich reagierte schockiert auf seinen Anwurf. „Also sag mal, wie kommst du denn zu dieser steilen These? Korrupt, so ein Unsinn. Mir hat jedenfalls noch niemand irgendwelche Vorteile versprochen oder verschafft. Oder meinst du das venezolanische Staatswesen? Da könntest du wahrscheinlich richtig liegen“. Ewald lachte, woraufhin ich ein beleidigtes Gesicht zog, bis ich begriff, dass er sich über meine nahezu kindlich-naive Verteidigungshaltung für meinen Brötchengeber amüsierte. „Du willst mir doch nicht etwa weismachen, dass in eurem Laden alles glatt läuft? Ich wette, die Justiz ist genau so ein Sauhaufen wie die Bundeswehr.“. „Na sicher, wo klappt schon alles perfekt. Wo Menschen wirken, sind Fehler eingepreist.“, lenkte ich ein. Ewald runzelte die Stirn. „Wenn ich mit meinem Unternehmen solche Minderleistungen abliefern würde, wäre der Laden längst pleite. Wie war das gleich nochmal mit den viel zu langen Verfahrensdauern in der Justiz? Und wie ist der Stand der vollmundig angekündigten Digitalisierung bei euch? Ich wette, es laufen immer noch die uniformierten Aktenschubsen mit ihren Handwägelchen über die Gänge, genauso wie vor hundert Jahren.". Ich dachte an Erik und Lotti und die anderen Wachtmeister und fand, „Aktenschubse" sei ein ziemlich abwertender Begriff für deren Tätigkeit. Gerade die Transportwagen mit Elektrobetrieb verlangten, wie Erik mir anvertraut hatte, in der Führung eine hohe Präzision und Kunstfertigkeit. Andererseits hatte Ewald nicht ganz unrecht. Schadensersatzforderungen von Bürgern wegen überlanger Verfahrensdauer - manche Richter brauchten wirklich Jahre bis Ewigkeiten für eine Entscheidungsfindung - gab es zuhauf. Und der Fortschritt der Digitalisierung wurde zwar ständig von den Führungskräften gepriesen, stockte allerdings auf allen Ebenen. Die Programmierung der Softwareanwendungen entsprach gefühlt dem Stand vor zwanzig Jahren. Die Fehlerquoten waren zum Teil dramatisch. Dort, wo die Erprobungen für die Elektronische Akte einigermaßen erfolgreich liefen, war dies nur dem Einsatz der Mitarbeiter zu verdanken, die Tricks und Umwege benutzten, um desaströse Programmlücken zu umschiffen. Genau genommen hatte man sich schlichtweg an viele Zumutungen einfach gewöhnt. Die Mängel meldete man zwar nach wie vor nach oben, abgestellt wurden sie indes in den wenigsten Fällen und wenn doch einmal, dann selten zeitnah. „Als wenn in der Privatwirtschaft keine Fehler passieren würden.", maulte ich, wusste aber natürlich, dass der Staat einfach vom Steuerzahler erwirtschaftetes

Geld nachschob, wenn es irgendwo hakte. Ein Luxus, der gerade kleineren Firmen nicht vergönnt war. Und selbstverständlich war es so, dass man als Beamter einen Personalabbau nicht fürchten musste. „Klar.“, befriedete Ewald nun seinerseits den Disput. Uns beiden war bewusst, dass solche Diskussionen über die Vor- und Nachteile des Staatsdienstes gegenüber der freien Wirtschaft zu nichts führten. Außer vielleicht einer dauerhaften Entzweiung, an der keinem von uns gelegen sein konnte.
Allerdings drückte Ewald mit seinen provokanten Äußerungen ein paar Knöpfe bei mir. In den Monaten seit meiner Einstellung beim Gericht hatte sich anscheinend mehr Frust als erwartet angesammelt. Ein mulmiges Gefühl schabte an meiner Magenwand, als ich Ewald von Polituntericht, Putzdiensten und Subbotnik berichtete. Das ganze Elend meines Beamtendaseins würzte ich obendrein mit Charakterstudien so schillernder Persönlichkeiten wie die der Geschäftsleiterin, Paul oder Kampfveganer-Kathy. Ewald, der mir bereits zu Bundeswehrzeiten wiederholt als Kummerkasten gedient hatte, erwies sich auch heute als geduldiger Zuhörer. Seine nachdenkliche Miene hellte sich nur in Momenten auf, in denen ich von meinen Erlebnissen mit Robert, Isabell und Melinda berichtete. „Diese Isabell scheint ja ein richtiger Feger zu sein, die muss ich unbedingt mal kennenlernen.“, spöttelte er zwischendurch, um sodann wieder konzentriert meinen Ausführungen zu lauschen. „Du bist dir sicher, dass du da richtig bist?“, stach Ewald mitten ins Wespennest, nachdem ich geendet hatte. „Selbstverständlich!“, empörte ich mich spontan, musste jedoch zugeben, dass Zweifel aufgekommen waren. Manches ging mir wirklich

enorm gegen den Strich. Allerdings war es mir bis auf meinen Ausfall bei Kathy bisher immer gelungen, mein von der ererbten Streitsucht mütterlicherseits geprägtes Temperament zu zügeln. Dies verdankte ich vermutlich den väterlichen Genen, die im Regelfall rechtzeitig die mit weniger Kollateralschäden verbundenen Vorzüge einer diplomatischen Lösung anmahnten.
Ewald wiegte den Kopf. Im gedämpften Licht der dimmbaren Wohnzimmerlampe schien mir die braungebrannte Haut seines Gesichts plötzlich in mattem Grau zu schimmern. „Wenn du meine Meinung hören willst: Ich für meinen Teil glaube, Leute wie wir sind letztlich nicht für den Staatsdienst gemacht.“. Ewald winkte ob meines Versuchs eines zaghaften Protestes ab. „Ja, wir sind durch die Bundeswehrzeit gekommen. Ohne Disziplinarmaßnahmen. Aber erinnere dich, wie oft wir nächtelang philosophiert haben, wen von den unfähigen Führungsfiguren mit Allmachtsphantasien wir wegen des Unsinns, den sie tagtäglich verzapften, am liebsten am Baukran baumeln sehen würden.“. „Da waren wir voll wie die Haubitzen. Das war doch nicht ernst gemeint!“, echauffierte ich mich. „Natürlich nicht, aber darum geht es nicht. Es zeigt, dass wir mit dem ganzen hierarchischen System hadern. Dass wir keine willigen Befehlsempfänger sind, die einfach ihren Kopf abstellen und alles mit sich machen lassen. Früher oder später wären wir bei irgendwem angeeckt mit unserer Art, alles grundsätzlich erst einmal in Frage zu stellen, und zwar mit großem Knall. Ich kann dir gar nicht sagen, welche Freudensprünge ich vollführt habe, nachdem meine Dienstzeit endlich vorbei

war. Jetzt bin ich mein eigener Herr und pfeife auf die Anweisungen solcher Leute, während du jeden Morgen vor diesem Gesindel strammstehen musst, ob du willst oder nicht.". Ich schluckte und setzte zu einer Erwiderung an, aber Ewald unterbrach mich erneut. „Ich will dir da nichts ein- oder ausreden. Es ist dein Leben. Du musst entscheiden, was du damit anstellst. Bisher ist immer noch alles glatt gelaufen, weil du deinen Job, wie ich dich kenne, gut beherrschst. Wenn du bislang Kritik geübt hast, geschah dies eher aus einem Impuls des Aufbegehrens gegen eine einzelne Ungerechtigkeit heraus. Nicht aus tiefer Überzeugung, dass da etwas systemisch grundsätzlich falsch läuft. Ich prognostiziere dir, dass du über kurz oder lang an diese Grenze stoßen wirst und dass das richtig Ärger für dich bedeuten wird.". Für Ewalds Verhältnisse war das ein ziemlich langer Vortrag gewesen. Ein Zeichen dafür, dass er etwas loswerden wollte, das ihm wichtig erschien. Ewald war einer meiner besten Freunde und ich legte hohen Wert auf seine Ansichten, selbst wenn sie mir im ersten Moment nicht zusagten. Mein beredetes Schweigen entging Ewald nicht. „Ich glaube, du bist reif für die nächste Stufe.". Er zog den Schreibblock und einen darauf liegenden Stift heran. Utensilien, die meine Mutter auf dem Wohnzimmertisch für den Fall deponiert hatte, dass die Fernsehwerbung ein Produkt anpries, dessen Erwerb ihr lohnenswert vorkam. Von den Segnungen des Internets hielt meine Mutter nicht allzu viel. Deshalb fanden sich zahlreiche handschriftliche Notizen ihrer Urheberschaft überall in der Wohnung verteilt nach einem System, das sich vermutlich nur ihr erschloss. Ewald kritzelte ein paar Zeilen auf das Papier, trennte es bedächtig vom Block und überreichte es mir wie einen frisch gehobenen Schatz. „Lies einfach diese zwei Bücher. Mir haben sie weiter geholfen.“. Der Zettel enthielt zwei Titel von Autoren, die mir nichts sagten. Ich faltete ihn sorgfältig zusammen und schob ihn in die Hosentasche. „Und nun lass uns für heute auseinandergehen.“, verkündete Ewald. Ein letztes Mal an diesem Abend erfüllte der Klang unser aneinander stoßenden kristallenen Gläser, deren ausnahmsweise Benutzung mein Vater großzügig gestattet hatte, das heimische Wohnzimmer und ließ einen leicht bitteren Nachhall zurück.

Den Verkauf meiner Seele an den Staat thematisierte Ewald in den restlichen Stunden seines Besuches nicht wieder und auch ich hütete mich, unaufgefordert darauf zurückzukommen. Wir spazierten bis in die Mittagsstunden durch die verschneiten Außenbezirke der Stadt. Das Zentrum mieden wir bewusst, da niemand von uns Lust verspürte, in die aufgeregt nach Abwechslung hungernden Massen einzutauchen. Wenn wir nicht über Belanglosigkeiten plauderten, wie das Wetter und seine Kapriolen oder die grundsätzliche mentale Verfasstheit von beziehungslosen Nerds wie mir, liefen wir schweigend nebeneinander her. Argwöhnisch achteten wir auf den vor uns liegenden Weg. Unter notdürftig geräumten Schneehaufen verbargen sich gerne die Hinterlassenschaften der in Wohngegenden zahlreich gehaltenen Hunde, um sich heimtückisch an die Profilsohlen der wasserdichten Schuhe argloser Spaziergänger zu heften.
Am frühen Nachmittag reiste Ewald ab. Wir versicherten uns ehrlichen Herzens, in Kontakt zu bleiben. Mit Bedauern

wartete ich, bis Ewalds Tesla auf die Hauptstraße bog und Richtung Autobahn davonbrauste.

Die Feiertage fielen in diesem Jahr günstig. Nur zwei Brückentage wären ausreichend gewesen und ich hätte über eine ganze Woche freihaben können. Dabei handelte es sich natürlich nur um ein theoretisches Szenario, denn als Neuling durfte ich froh sein, dass mir überhaupt ein Tag Urlaub zwischen Weihnachten und Silvester genehmigt wurde. Vermutlich verdankte ich dies der Direktorin, die den Dienst- und Bereitschaftsplan über die Feiertage unter Berücksichtigung meines kurzfristig forsch gestellten Urlaubsantrags letztlich abgesegnet hatte. Vor Silvester stand nun noch ein Tag Dienst fürs Vaterland an.
Ich entschloss mich trotz der anhaltend widrigen Wetterlage, den Weg dorthin mit dem Fahrrad zurückzulegen. Weit kam ich indes nicht, denn schon gute einhundert Meter nach Fahrtantritt schlitterte ich über eine unter dem Schnee verborgene Bordsteinkante, verlor das Gleichgewicht und schlug aufs Pflaster. Schnell stellte ich fest, dass ich zwar unsanft gefallen, mir abgesehen vom Schrecken aber nichts weiter zugestoßen war. Ein vom Aufprall rührender dumpfer Schmerz in der rechten Schulter veranlasste mich allerdings, von weiteren Experimenten abzusehen. Daher wählte ich das Auto als das den aktuellen Straßenverhältnissen angemessenere Verkehrsmittel, welches ich jedoch zunächst mit Besen und Schaufel freizulegen genötigt war.
Während der Fahrt telefonierte ich mit Erik, der mir versprach, die Schranke zu öffnen, damit ich ausnahmsweise

auf dem Innenhof parken konnte. Die Straßen waren frei, so dass ich leidlich pünktlich an der Zufahrt stand. Anzurufen brauchte ich Erik nicht. Er kurvte gekonnt mit einer fahrbaren Schneefräse über den Innenhof und hatte mich bereits wahrgenommen. Als er sein lärmendes Arbeitsgerät zum Stillstand gebracht hatte, sprang er herunter und schob die schwarze Wollmütze mit der Aufschrift „Justiz" über die Stirn nach hinten, während er zu mir herüber schlenderte. Nachdem er sich ausgiebig den Haaransatz gekratzt hatte, betätigte er mit seinem magischen Generalschlüssel die Schrankenanlage. Die Schranke rauschte mit sanftem Surren nach oben. Ich passierte die Zufahrt und ließ die Scheibe herunter. Helmut, der missmutig den neben der Einfahrt verlaufenden schmalen Fußweg freilegte, brubbelte zu Erik gewandt auf seine übliche liebenswerte Art: „Der darf hier nicht parken.". Erik reagierte schlagfertig. „Null Problemo, hat alles seine Ordnung, Meister. Ich habe das geprüft.", warf er mit einem breiten Grinsen Helmut zu, der etwas Unverständliches von sich gab aber bereits das Interesse verlor und mit rotem Kopf den Fußweg wieder mit seiner Schaufel bearbeitete. Erik kam an das geöffnete Fenster der Fahrerseite. „Fahr hinter das Nebengebäude.". Er deutete dabei auf den ehemaligen Trakt der Untersuchungshaftanstalt des Ministeriums für Staatssicherheit, das zu DDR-Zeiten über die Immobilie geherrscht hatte. In den Jahren nach der Wende waren die Zellen – nach Entfernung einiger Trennwände - in Büroräume umgewandelt worden, die heute größtenteils zum Landgericht gehörten. „Es ist kaum jemand da, die meisten haben Urlaub und die Plätze sind fast alle frei. Am besten nimmst du einen von denen, die mit „Justizvollzug“ gekennzeichnet sind. Vorführungen gibts heute sowieso nicht. Oder irgend einen anderen, egal, bloß nicht unbedingt den, auf dem „Landgerichtspräsident“ steht.“. Ich nickte und tippte zum Dank an die Stirn. Erik imitierte eine Art militärischen Gruß, was mit seiner nach hinten geschobenen Wollmütze reichlich albern aussah. „An die Sache wegen der Steuererklärung denkst du?“, fragte er. Ich hatte Erik versprochen, mit meinem Vater eine mit Eriks Nebentätigkeit in Zusammenhang stehende Frage zu erörtern. „Jawohl. Ist abgespeichert und wird noch heute Abend prompt erledigt.“, erwiderte ich und vollführte eine zackige Ehrenbezeugung ohne Kopfbedeckung, was mir einen markigen Stich in der rechten Schulter bescherte, die sich angesichts der unachtsamen Bewegung zurück meldete. „Null Problemo.“, verabschiedete Erik sich lachend mit nach oben gestrecktem Daumen – vermutlich wegen meines vom Schmerz verzerrten Antlitzes. Kurz darauf fand ich eine standesgemäße Parkposition für meinen Fiesta.

Das alles durchdringende Geräusch von Eriks mahlender Schneefräse war vor etwa zehn Minuten verstummt. Ich residierte in meinem einsamen Reich vor der Tastatur und meinen zwei überdimensionierten 32-Zoll-Bildschirmen, eingerahmt von Aktentürmen, deren gewagte Konstruktionen eine jederzeitige Gefahr des Zusammenbruchs signalisierten. Es erweckte den Anschein, dass vor Weihnachten alle nochmal einen Schlag zugelegt hatten, um mich vor dem Jahreswechsel mit Arbeit zu überhäufen. Paul schuftete

– ich vermutete jedenfalls, dass er dies tat – in der Zwangsvollstreckungsabteilung, die infolge Urlaubs und krankheitsbedingter Ausfälle nahezu unbesetzt war. Weder Robert noch Isabell waren anwesend. Ob Melinda Urlaub genommen hatte, konnte ich nicht sagen, verspürte nach einem Ausflug in die Nachlassabteilung aber auch keinen übermäßigen Drang.

Ich stützte mein schwer gewordenes Haupt auf den linken Arm, die immer noch pochende rechte Schulter ließ ich nach unten hängen, und blickte verträumt aus den hohen Fenstern nach draußen. Der Schnee hatte gleich den gegen ihn ins Gefecht entsandten Wachtmeistern eine Feuerpause eingelegt. Die Sonne kroch unter den Wolken hervor, sandte ihre Strahlen wider die weiße Pracht, die sie reflektierten und die Umgebung in gleißendes Licht tauchten. Zeit, eine Zigarette zu rauchen und den Kopf freizubekommen, wie ich befand. Ich zog die angebrochene Schachtel aus einer Schreibtischschublade und suchte nach meinem Feuerzeug. In der Schublade wurde ich nicht fündig. Als ich die Jacke und schließlich meine Hosentaschen durchstöberte, fiel mir Ewalds Zettel mit den beiden Buchempfehlungen in die Hände. Ich überlegte einen Moment, dann legte ich die Zigarettenschachtel wieder zurück in die Schublade. Ewalds Schrift sah wie gemeißelt aus, fast so, als hätte er die Titel nebst Autoren nicht mit der Hand vermerkt, sondern sie maschinell auf das Papier gedruckt. Die Bücher waren nicht ohne weiteres verfügbar. Schließlich fand ich einen kleinen, mir unbekannten Onlineversand, der sie sowohl in gebundener Version als auch als eBook anbot. Ich entschied mich für die preiswertere elektronische Variante und lud nach

dem Bezahlvorgang die Dateien auf mein Mobiltelefon. Beide Bändchen umfassten jeweils weniger als 100 Seiten. Eines enthielt eine anscheinend grundsätzliche Abrechnung mit dem Liberalismus. Ich entschied mich für das zweite. Ein Linker, der offenbar das Lager gewechselt hatte, schien mir für den Anfang die schonendere Kost darzustellen.
Von den Fluren drang nur selten ein Geräusch zu mir hinein. Manchmal vernahm ich draußen Schritte, die sich aber in Richtung eines anderen Trakts entfernten oder von sich öffnenden und wieder schließenden Türen verschluckt wurden.
Ich konnte nicht aufhören zu lesen, bis ich ans Ende des Büchleins gelangt war. Mit heißen Ohren blickte ich auf und schaute nach der Uhrzeit. Ohne dass ich es bemerkt hatte, war es Mittag geworden.

XI. Verbesserte Aussichten

Es steht im Wesen freier Tage, dass sie vorbeifliegen wie Silvester und der der Erholung davon dienende zwangsläufig folgende Neujahrstag.

Jonas hatte zur großen Feier des Jahreswechsels bei sich zu Hause geladen. Ich rang mit mir hinzugehen, dem schlechten Gewissen geschuldet, das sich bei dem Gedanken einschlich, meine Eltern am letzten Abend des Jahres sich selbst zu überlassen. Mein Vater wiegelte ab und verwies auf die beiden bereits im Kühlschrank griffbereit gelagerten Flaschen „Moet". Es bestand die Absicht, sich selbige gepflegt zuzuführen und bei den „besten Hits der 80er, 90er und 2000er" im Fernsehen bis zum Blick auf das schmale, von der Stadt organisierte Feuerwerk um 24 Uhr zu amüsieren. Private Sprengstoffexzesse waren per kommunaler „Allgemeinverfügung zur Aufrechterhaltung der Sicherheit der Bevölkerung an Feiertagen", die den Verkauf einschlägiger Artikel untersagte, vor einiger Zeit praktisch verunmöglicht worden. Ich ging davon aus, dass Jonas über Mittel und Wege verfügte, uns auf seinem abgelegenen Gehöft - ungeachtet etwaiger im Landkreis herrschender gleichgelagerter Verbote - mittels illegal beschaffter Feuerwerkskörper aus Zweit- oder Drittweltländern ein grandioses explosives Schauspiel der Extraklasse zu bieten.

Selbst meine Mutter gab sich gegenüber meinen Partyplänen verständnisvoll, angesichts der alternativen Aussichten für einen Mittzwanziger, die beste Zeit seines Lebens mit den Musikhits vergangener Dekaden zu vergeuden. Also lud ich die bereits beschaffte Kiste Bier in den Fiesta und fuhr am frühen Silvesterabend hinaus zu Jonas, froh darüber,

dass die Straßen inzwischen dank des Ausbleibens weiterer Schneefälle leidlich geräumt und damit wieder weitestgehend gefahrlos befahrbar waren.
Robert war bereits eingetroffen und half Jonas bei den Aufbauarbeiten. Währenddessen werkelte Gesine mit zwei Freundinnen in der Küche, umringt von einer Schar aus dem Häuschen geratenen Kleinvolks, die – mit den Zwillingen als Rädelsführer - unentwegt schreiend Bespaßung einforderte und damit die geschäftige Feiertagsstimmung immer wieder kurzzeitig zum Erliegen brachte. Dass Robert alleine zu den Feierlichkeiten erschienen war, bedeutete anscheinend, dass sich an dem angespannten Verhältnis zu seiner von ihm getrennt lebenden Frau nichts Entscheidendes geändert hatte. Seine in Berlin studierende Tochter ging ohnehin wohl eigene Wege, die sich mit denen ihres Vaters nur selten überschnitten.
Es waren insgesamt etwa 20 Gäste erschienen, die aufgeweckte Kinderschar nicht mitgerechnet. Den Versuch der Zählung der unter 14jährigen gab ich angesichts des heillosen Durcheinanders innerhalb dieser Gruppe auf. Jonas und Gesine rotierten permanent in treuer Pflichterfüllung als Gastgeber. Robert wirkte den ganzen Abend über ausgesprochen nachdenklich. Nachdem ich ein paar Anläufe unternommen hatte, ihn in ein Gespräch zu verwickeln, ein Vorhaben, dem er sich durch offensiv demonstrierte Wortkargheit widersetzte, gab ich auf. Stattdessen ließ ich mich von Dietmar ausgiebig in das Prozedere des am Motorrad selbst durchgeführten Reifenwechsels einführen. Irgendwann stieg ich angesichts der überwältigenden technischen

Faktenfülle gedanklich aus. Zu meinem Glück bedurfte Jonas gerade Dietmars Unterstützung bei den Feuerwerksvorbereitungen und unterbrach seine Abhandlungen, bevor mein zunehmendes Desinteresse allzu offensichtlich wurde. Zu diesem Zeitpunkt beschloss ich, es bei den zwei Bieren zu belassen, die ich bislang genossen hatte, und mich nach 24 Uhr Richtung heimischer Wohnung abzusetzen. Jonas hatte Schlafgelegenheiten im Haus vorbereitet. Ich verspürte indes wenig Neigung, das neue Jahr berauscht auf einer Luftmatratze mit fünf weiteren Schnarchern im Raum einzuläuten. So wartete ich also das Feuerwerk ab – und wurde nicht enttäuscht. Jonas und Dietmar zauberten ein derart faszinierendes Schlachtengemälde in den sternenklaren nächtlichen Neujahrshimmel, dass kurz die Befürchtung aufkam, benachbarte Staaten könnten das Abfeuern chinesischer Qualitätsmittelstreckenraketen als Kriegserklärung missinterpretieren. Offenbar ging unser Akt der Provokation ins Leere. Vielleicht waren alle zu beschäftigt oder sturzbetrunken, jedenfalls schoss niemand gezielt zurück.

Danach hielt mich nichts mehr. Ich verabschiedete mich kurzerhand von denen, die ich kannte, nicht ohne erstaunte Gesichter ob meines zeitigen Verschwindens zu ernten, setzte mich ins Auto, wo ich „Be Yourself“ von *Audioslave* auf volle Lautstärke aufdrehte und fuhr nach Hause. Die Erwartung, noch mit meinen Eltern anstoßen zu können, erfüllte sich nicht. Auf dem Küchentisch standen neben zwei selten genutzten kristallenen Sektkelchen aus dem Erbe meines Vaters die beiden geleerten Flaschen „Moet“. Den Rest hatte das Fernsehprogramm erledigt. In meiner Familie war ich heute der Letzte, der noch vor 2 Uhr morgens ins Bett verschwand.

Am Neujahrstag fühlte ich mich fit genug für eine Joggingrunde. Geschickt umschiffte ich die harmlos anmutenden Häufchen mit grauverschmutzten Schneeresten. Die Gründe dafür sind bekannt. Ich war lange nicht mehr gelaufen. Meine sportlichen Betätigungen beschränkten sich in letzter Zeit auf die Verwendung des Fahrrades für den Dienstweg. Die ungewohnte Anstrengung setzte mir mehr zu, als ich vermutet hätte. Außer Atem fiel ich bei meiner Rückkehr aufs Sofa und schwor mir, in diesem Jahr der Verführung des Rauchens seltener zu verfallen als im vergangenen. Nach dem Frühstück mit meinen von ihren ausschweifenden Feierlichkeiten inzwischen wieder auferstandenen Eltern erledigte ich die üblichen elektronischen Neujahrsgrüße. Außerdem bestellte ich ein paar Bücher nebst einer Zeitschrift mit dem vielversprechenden Namen „Der Gratwanderer" bei demselben kleinen Verlag, bei dem ich Ewalds Empfehlungen gefunden hatte. Selig döste ich danach bei einem Serienmarathon vor dem Fernseher ein.

Der norddeutsche Winter ist als gar launischer Geselle bekannt. So hätte es mich kaum verwundert, wenn mich widrige Witterungsbedingungen am ersten Arbeitstag im neuen Jahr zur Benutzung des Autos gezwungen hätten. Doch die kalte Jahreszeit präsentierte sich im Gewand schönsten Sonnenscheins und bescherte trotz frischer Temperaturen um den Gefrierpunkt ein annehmbar trockenes Fahrradwetter. Beschwingt trat ich in die Pedalen. Ich war früh dran, als ich anstelle der Abkürzung über den Hintereingang den Umweg um das Gericht herum wählte und die Stufen zum Haupteingang des ehrwürdigen Gemäuers pfeifend und mit den Händen in den Taschen versenkt erklomm. „Gesundes neues Jahr, Lotti.“, trällerte ich in ausgelassener Stimmung durch die Glasscheibe der hell erleuchteten Wachtmeisterei. Auch Lotti wirkte trotz der frühen Stunde beschwingt und trompetete ihre Entgegnung von einem fröhlichen Winken bekräftigt durch die Wechselsprechanlage in die Vorhalle. Ich feixte gutgelaunt und winkte meinerseits Helmut zu, der misstrauisch hinter der Scheibe nach dem Ursprung der positiven Schwingungen forschend in die halbdunkle Vorhalle linste. Ohne auf eine Reaktion seinerseits zu hoffen, schob ich mich elegant durch das Drehkreuz. Inzwischen hatte ich den Dreh im wahrsten Sinne des Wortes raus. Nur wenige Schritte weiter hinter der nächsten Ecke stieß ich auf Melinda und Carolin, die gebannt auf einen riesigen Bildschirm über dem Trakt, der die Zivilabteilung beherbergte, starrten und von meinem Hinzutreten keine Notiz nahmen. „Buh!“, bemerkte ich in dem Versuch, Aufmerksamkeit zu erlangen. Als dies ohne erkennbare Reaktion blieb, setzte ich ein „Guten Morgen und ein phantastisches neues Jahr, die Damen.“ hinzu, was immerhin dazu führte, dass die beiden ihre Blicke von den anscheinend faszinierenden Inhalten auf dem bunten Bildschirm losrissen und sich endlich meiner Wenigkeit zuwandten. „Ach du, ja hallo, gleichfalls.“, brummelte Melinda. Carolin beeilte sich, etwas Unverständliches durch die Schminke auf ihren Lippen zu pressen, ohne zu viel Energie von der intensiven Bearbeitung eines violettfarbenen Kaugummis abzuziehen, dessen Blase sie mir kurz grinsend präsentierte. „Was zeigen sie denn hier für einen spannenden Film, morgens um halb acht? Winnetou Teil 3? Ist er schon tot oder leidet er noch?“, bemühte ich mich redlich, meinem Ruf als Komiker gerecht zu werden, ohne allerdings die notwendige Anerkennung zu erfahren. „Witzig.“, brachte Carolin immerhin unter einer kaugummischmatzenden Geräuschkulisse heraus, während Melinda ein staubtrockenes „Wart‘s ab.“, hinzusetzte. Also gesellte ich mich zu den beiden und starrte aufmerksam auf den über den Bildschirm flackernden Speiseplan der Kantine. „Gibts wieder mehr Fleisch?“, erkundigte ich mich, mein kurzes Schweigen unterbrechend. Da die Antwort ausblieb, überflog ich selbst den Inhalt der lukullischen Folge der dargebotenen Gerichte, um mich enttäuscht abzuwenden. „Das ist ja der gleiche Fraß wie sonst auch.“, tat ich meine Frustration über die einfallslosen veganen Nahrungsersatzpläne kund. Zwei Richterinnen aus der Familienabteilung schoben sich schwatzend vorbei, ohne uns in irgendeiner Weise zu beachten. „Gleich kommt‘s.“, verkündete Carolin und belohnte meinen Blick in ihre Richtung mit einer extra großen violetten Blase, die klatschend zerplatzte und von Carolin mit einer schnalzenden Bewegung ihrer Zunge geschickt in den Mund zurück geführt wurde. Ich wettete darauf, dass Carolin in speziellen Fächern mündliche Höchstnoten verdiente. In einer Gemengelage aus Faszination und aufkommendem Widerwillen erfuhr meine Aufmerksamkeit eine jähe Ablenkung, als der Kantinenaushang dem Konterfei der Geschäftsleiterin Platz machte. Ich erkannte sie erst auf den zweiten Blick. Das Foto war anscheinend schon ein wenig älter und zeigte Frau Wittig-Buhlemann ohne die typischen

Tränensäcke unter den schweinchenschlau dreinblickenden Augen und die Fettpölsterchen an ihrem zur hektischen Fleckenbildung neigenden Hals. Der Anblick wäre noch zu ertragen gewesen. Die in hässlichen roten Lettern über ihrem Bild platzierte Überschrift „Mitarbeiterin des Monats" allerdings verlieh der Angelegenheit einen Brechreiz provozierenden Beigeschmack. „Wer hat denn der Vet ...", ich unterbrach noch rechtzeitig die mir auf der Zunge liegende Herabwürdigung und korrigierte mit aller aufbietbaren Achtsamkeit, „Ich meine, wer hat denn der Geschäftsleiterin diese überaus hohe Ehre zukommen lassen?". „Selbstverständlich verleiht den Titel des besten Mitarbeiters die Direktorin höchstselbst.", meldete sich räuspernd Dr. Lahmer, der in einen dicken dunkelblauen Wollmantel mit herausquellendem gelben Schal gehüllt und einer abgewetzten, unter den Arm geklemmten Aktentasche hinzugetreten war. „Oder der besten Mitarbeiterin, versteht sich.", setzte er zur Wahrung der üblichen geschlechtergerechten Bezeichnung ergänzend hinzu. Ich schluckte meinen Hinweis auf die fehlende sprachliche Berücksichtigung der diversen Mitarbeitenden zahlloser anderer geschlechtlicher Orientierungen herunter und gestattete mir statt dessen eine Verständnisfrage. „Seit wann gibt es denn einen Mitarbeiter des Monats?", und setzte auf den verwarnenden Blick Dr. Lahmers hinzu: „Beziehungsweise Mitarbeiterin. Ich meine, im letzten Jahr vergab man diesen ehrenvollen Titel noch nicht, oder täusche ich mich?". Dr. Lahmer belohnte mein Interesse mit einem wohlwollenden Nicken. „Nein, nein, Herr Kranagel, da liegen Sie richtig. Die Geschäftsleiterin hatte diese innovative Idee. Daher ist sie auch die erste, die in den Genuss der Auszeichnung kommt.". Mich reizte es zu widersprechen. „Innovativ? Weil sie einen Fernseher an die Wand hängen lässt? Ich glaube, da kommt sie glatte 50 Jahre zu spät.". Dr. Lahmer erblasste. Melinda starrte mich an wie Old Shatterhand, der seinem roten Blutsbruder beim Dahinsiechen zusah. Eine lilafarbene Kugel platschte aus Carolins Mund direkt auf den Boden vor Dr. Lahmers Füße. „Ups.", murmelte sie schuldbewusst und ging in die Hocke, um die widerspenstige Masse von den Fliesen zu lösen. Zunächst wusste sie nicht recht wohin damit, dann kramte sie ein zerknülltes Papiertaschentuch aus der Hose und wickelte den ungenießbar gewordenen zähen Ball vorsichtig darin ein. Dr. Lahmer holte tief Luft. Schlagartig – ich war auf das Schlimmste gefasst – verließ die eingeatmete Luft zischend seinen Mund. „Frau Riedarek, übernehmen Sie diese Angelegenheit. Ich habe Termine. Ein gesundes neues Jahr wünsche ich allseits.". Dr. Lahmer warf das spärlich behaarte Haupt in den Nacken, drehte sich auf dem Absatz um und entschwand, die altgediente Aktentasche energisch unter dem Arm zurechtrückend. „Was war denn hier los?", fragte Isabell in die Runde. Melinda zuckte mit den Schultern und ergriff unter dem Vorwand, viel zu tun zu haben, die Flucht. „Ich hab nur meinen Kaugummi fallen gelassen.", meldete sich Carolin und setzte Melinda nach. Urplötzlich fand ich mich allein neben Isabell vor dem Fernseher, der wieder den Kantinenplan zeigte. „Was war denn nun mit Dr. Lahmer?", hakte Isabell noch einmal nach. „Es sah so aus, als stünde er kurz vor der Explosion.". „Ach, nichts weiter.", meinte ich leichthin. „Vielleicht mag er kein veganes Essen.". Isabell blickte mich einen Moment skeptisch an. Dann umarmte sie mich und wir wünschten uns gegenseitig das Beste im neuen Jahr. Wie immer durchfuhr mich ein süßer Schauer, wenn Isabell mich berührte. „Na los, Schluss mit der Bummelei.“, verkündete sie sich von mir lösend und wir setzten uns gemeinsam in Bewegung in Richtung unserer Arbeitsstätten, um wieder mit vollem Einsatz dem Land zu dienen. In meinem Kopf begann derweil noch ein anderer Plan zu reifen.

Ich ahnte, wer mir weiterhelfen konnte und sollte richtig liegen. Während Erik einen von mir gespendeten Becher der ungenießbaren Filterbrühe, die in der Kantine angeboten wurde, in sich hineingoss, plauderte er munter drauflos. Natürlich hatte er den riesigen Bildschirm – mit mehr oder minder tatkräftiger Unterstützung durch Helmut, der vor allem wenig hilfreiche Befehle zur Ausführung gab – mittels einer stabilen Halterung an der Wand befestigt. „Du wirst es nicht glauben.“, fuhr Erik fort, was unzutreffend war, denn ich konnte mir inzwischen so einiges an Verrücktheiten denken. „Also, stell dir vor – alle Kabel sind gezogen, zack, Stromkabel rein, aber als ich das Teil ans Datennetz anschließen will – null Problemo, ich weiß schließlich, was ich tue - macht Helmut plötzlich einen Riesenaufstand. Nein, um Gottes willen, fuchtelt er von da unten herum – ich wäre fast vor Schreck von der Leiter gestürzt – das sei Aufgabe des Datenverarbeitungsdienstleisters, das dürften wir nicht. Von wegen nicht qualifiziert, so ein Blödsinn.“. Erik kippte ärgerlich den letzten Rest des Suds herunter und hielt mir die Tasse vor die Nase. Offensichtlich gelüstete es ihn nach Nachschub und so trollte ich mich Richtung Tresen, um ihm wenig später selbigen zu servieren. „Danke, echt nett von dir, dass du mir einen ausgeben willst.“, lobte Erik meine Spendierfreudigkeit und versenkte im Handumdrehen die erste Hälfte des dampfenden Becherinhalts in seinem offensichtlich standfesten Magen, ohne die Miene zu verziehen. Wollte ich nicht ein drittes Mal Eriks Leidenschaft für den Kantinenkaffee befriedigen, musste ich zusehen, dass ich ihm sein Insiderwissen schnell entlockte. „Ja aber der Kantinenplan und die ‚Mitarbeiter des Monats‘-Seite mit der Geschäftsleiterin…“, Erik führte die Tasse bereits wieder zum Mund und so preschte ich mit meiner Frage dazwischen. „Wie kann das denn funktionieren, wenn der Bildschirm nicht am Netz hängt?“. Erik ließ von seinem Trinkvorhaben ab und starrte mich entgeistert an. „Na so ganz technisch auf der Höhe bist du aber nicht, oder?“. Ich wusste nicht, ob mich das kränken sollte, war aber zu sehr an der Antwort interessiert, um ein eventuelles Missfallen kundzutun. „Ich bin unwissend. So erleuchte mich, oh großer Meister der stabilen Datenverbindungen und ungehinderten Stromzufuhr.“, gab ich mit einer angedeuteten Verbeugung zu. Erik hieb sich lachend auf die Knie. Ich hatte offenbar den richtigen Schalter gedrückt. „Alter, das läuft bis der Typ von der Datenverarbeitung nächste Woche anrückt von einer Speicherkarte, immer in Dauerschleife. Da hättest du schon von alleine drauf kommen können.“. Ich nickte verständnisvoll. „Noch einen Kaffee?“, fragte ich Erik, der erleichtert grinste. „Aber immer, mein Freund. Das weckt die Lebensgeister.“. Mir war es das wert. Ich wusste nun, was ich zu tun hatte.

Die Speicherkarte zu manipulieren – oder sagen wir lieber, ihren Inhalt nach meinen Wünschen umzugestalten – stellte mich vor keine übermäßigen Herausforderungen. Derartige Spielereien zählten zu meinem technischen Standardrepertoire, das ich mir in jahrelanger Experimentierfreude angeeignet hatte. Das Ganze kostete mich kaum mehr als eine halbe Stunde. Weitaus gefahrträchtiger dagegen war wegen der akuten Entdeckungsgefahr das Entfernen und Wiedereinsetzen des Datenträgers. Von der Wachtmeisterei aus, soviel erbrachten meine Vorermittlungen, gab es keinen direkten Blick auf den Ort des Geschehens. Die zusätzlich bestehende Kameraüberwachung richtete sich zudem in den Flur und nicht auf den Eingangsbereich zur Abteilung. Trotzdem konnte ich nicht ausschließen, dass nach Feierabend Nachzügler über die dunklen Gänge schlichen und mich einer davon bei meinem fragwürdigen Tun überraschte – zumal ich zur Vornahme der verbotenen Handlung jeweils kurz auf einen Stuhl klettern musste.
Natürlich ahnte ich, dass weder Robert noch Erik – von den Frauen ganz abgesehen - ein derartiges Vorhaben jemals unterstützt hätten, weshalb ich davon Abstand nahm, sie zu involvieren.
Meinen Mangel an Kaltblütigkeit glich ich aus durch jugendliche Naivität, die derartige Mutproben befeuerte, welche man nur ein paar Lebensjahre später kopfschüttelnd von sich gewiesen hätte. Für den Notfall vertraute ich darauf, mit einer dreisten Lüge meinen Kopf irgendwie aus der Schlinge ziehen zu können.
Zu meiner eigenen Überraschung blieb ich ungestört. Mein Nervenkostüm vibrierte im Stakkato. Erst als ich das Gericht

verlassen hatte und nach Hause radelte, sprang mein Puls wieder in eine gemäßigte Taktung.
Ich mied am nächsten Morgen den Eingangsbereich und stahl mich durch den Hintereingang in mein Büro. Isabell berichtete mir später beim Mittagessen, es habe zu Dienstbeginn einen kleinen Menschenauflauf vor dem neuen Großbildschirm über dem Trakt zur Zivilabteilung gegeben. Dieser zeigte das Bild der Geschäftsleiterin mit dem nicht offiziell von der Führung verliehenen Titel „Siegerin der Herzen“. Irgend jemand entfernte wenig später die Speicherkarte, bevor es zu größeren Unruhen kam. Diese befürchtete man wohl allerdings vor allem aus einem anderen Grunde: Ich hatte mir nämlich die Freiheit genommen, den drögen veganen Speiseplan um ein paar täglich angebotene deftige Fleischgerichte zu ergänzen.

XII. Natascha

Falls es überhaupt zu internen Ermittlungen wegen meiner inszenierten Verspottung der hochmodernen „Tafel der Besten“ gekommen war, verliefen diese lautlos und im Sande. Vielleicht glaubte unsere Führung, mit dem zeitnahen Entfernen der Speicherkarte das Gröbste abgewendet zu haben, was vermutlich den Tatsachen entsprach. Vielleicht wollte man auch keinen zusätzlichen Staub aufwirbeln. In der Folgewoche ging der Bildschirm ans Netz. Er zeigte wieder die störungsbereinigte alte Version mit ein paar Ergänzungen, wie die tagesaktuellen Sitzungspläne, den Hinweis auf die Erreichbarkeit des richterlichen Bereitschaftsdienstes sowie die Öffnungszeiten der Rechtsantragsstelle. Mir war es recht, dass Gras über die Sache wuchs. Schon bald zog ein anderes Ereignis die Aufmerksamkeit der Belegschaft auf sich.

Diesmal traf es Jeanette, die sich bekanntlich in ihrem Büro mit einer Ansammlung allerlei einheimischen und exotisch anmutenden Grünzeugs eine kleine Idylle geschaffen hatte. Ein Umstand, der die auf eine möglichst sterile Arbeitsatmosphäre bedachte Geschäftsleiterin früher oder später auf den Plan rufen musste. Vielleicht ging es auch gar nicht so sehr um die vergleichsweise unscheinbare und überaus umgängliche Jeanette selbst, sondern ihr Näheverhältnis zu der von Frau Wittig-Buhlemann abgrundtief verabscheuten Unperson namens Robert Kempowski, die sie ungewollt in das strenge Visier der Verfechterin ablenkungsfreier Effizienz rücken ließ.

Jedenfalls ordnete die Geschäftsleiterin an, dass Jeanette ihr Büro binnen drei Tagen in einen „vorzeigbaren Zustand“ versetzen solle, was einschloss, dieses von sämtlichen „der Würde und dem Dienstleistungscharakter der Justiz abträglichen pflanzlichen Gewächsen“ zu befreien. Möglich, dass auch diese kleine Schikane wie üblich in den Mühlen der Tagesgeschäftigkeit zerrieben worden wäre. Doch die sonst friedfertige Jeanette fühlte ihre Menschenwürde beschmutzt und mit Füßen getreten und war daher auf Krawall gebürstet. Sie suchte beim Personalrat in der Person Roberts um Unterstützung nach. Dieser ließ sich nur zu leicht für ihre Interessen einspannen. Vielleicht vermutete er eine letztlich gegen sich gerichtete Stellvertreterattacke Frau Wittig-Buhlemanns und beschloss, frühzeitig Kampfbereitschaft zu demonstrieren. So machte er die Angelegenheit öffentlich.
Ich ahnte, dass ihm dies schwergefallen sein musste, denn Robert beharrte auf seinen Prinzipien. Eine davon betonte er oft genug: „In persönliche Angelegenheiten der Beschäftigten mischt sich der Personalrat grundsätzlich nicht ein, es sei denn, es droht eine Gefährdung des Betriebsfriedens. Die Leute sollen lernen, ihre quietschenden Schranktüren selbst zu ölen oder – bei mangelnder Befähigung dazu - in der Verwaltung zu melden. Andernfalls fördern wir lediglich ihre Unselbständigkeit.“. In Jeanettes Fall beurteilte der Personalrat die Sachlage anscheinend anders. Die Anordnung, dass Jeanettes Dschungel abgeholzt - oder vielmehr geräumt - werden sollte, machte nach Bekanntmachung auf der Personalratsseite die Runde. Anders als Robert, den man wegen

seiner Fähigkeiten und Durchsetzungskraft achtete, mitunter sogar – wie mir schien - fürchtete, war Jeanette tatsächlich beliebt. Sie galt wegen ihrer offenen und hilfsbereiten Art als personifizierte Empathie. Jeder wusste von ihrem grünen Fimmel, nahm diesen jedoch als liebenswerten Spleen.

Das Grundrauschen des Murrens, das die Behördenstimmung stets begleitete, schwoll also hörbar an, so laut, dass die Direktorin sich zum Einschreiten genötigt sah. Und so erging schließlich die Verfügung, dass es „aus Gründen des Arbeitsschutzes die Fürsorgepflicht des Dienstherrn bedingt, ab sofort in jedem Einzelbüro lediglich bis zu drei Grünpflanzen zu gestatten“. Den doppelt besetzten Großraumbüros billigte sie großzügig derer fünf zu. Man musste es der Direktorin lassen, ihre Schachzüge führte sie mit Geschick und Präzision aus. Denn formal betrachtet hob sie die Anweisung der Geschäftsleiterin nicht auf, sondern verschaffte ihr durch Modifikation Allgemeingültigkeit und nahm ihr mit dem Bezug auf Fürsorgeerwägungen die schikanöse Spitze. Tatsächlich glätteten sich die Wogen, jedenfalls oberflächlich. Jeanette und Robert lenkten ein und schluckten den Köderhaken der Direktorin. Vielleicht waren beide auch letztlich froh, dass die Sache nicht weiter hochkochte.

In einer solchen Stimmung zwischen Aufbegehren und Befriedung erreichte mich ein völlig überraschender Anruf Fräulein Kunzes. Ich sei auf Wunsch der Direktorin zu einer IT-Fortbildung angemeldet und diese wäre nunmehr vom Oberlandesgericht genehmigt worden. So packte ich am darauffolgenden Wochenende meine Tasche, bereit für eine volle Woche Programmurlaub mit Übernachtung an der Fachhochschule.

Während ich auf der Autofahrt den blauen Himmel über mir genoss und die zögerlich erblühende Frühlingslandschaft in bunten Fetzen an mir vorbeiflog, schmunzelte ich innerlich bei dem Gedanken an Paul. Mit einem Gesicht, als habe er ohne vorausgehenden Belohnungs-Tequila in eine Zitrone gebissen, hatte er Isabells Nachricht aufgenommen, er müsse mich in der Zeit meiner einwöchigen Fortbildung vertreten. Dennoch ertrug er das Unvermeidliche märtyrerhaft, warf energisch den sorgfältig geföhnten Scheitel zurück und straffte seinen Körper für einen Moment heldenhaft, um gleich danach wieder in die übliche schlaffe Ergebenheitspose zurückzufallen.
Ich verschwendete nur einen Sekundenbruchteil meiner Gedanken an den ungeliebten Zimmergenossen. Der stillschweigende Burgfrieden nach Pauls Rückkehr aus der Krankheit hielt stand, mehr war nicht von Bedeutung. Weder er noch ich verspürten Lust, unsere Kräfte an dem jeweils anderen zu verschleißen.
Auf 9090-Hitradio liefen die *Sisters of Mercy* mit „Temple of Love“ in einer bislang unveröffentlichten extralangen Version. Mit der rhythmusbedingten Pulsbeschleunigung verblasste das Amtsgericht nebst seiner dort liegengebliebenen Probleme. Die Vorfreude auf ganze fünf Arbeitstage Multiplikatorenschulung für die Elektronische Akte in Strafsachen besetzte den leer gewordenen Raum in meinem Kopf. Ich fühlte mich infolge der seit einigen Monaten laufenden praktischen Erprobungsphase der neuen Software schon

recht sicher in der Anwendung selbiger, so dass ich davon ausging, vor nicht allzu große Herausforderungen gestellt zu werden. Weshalb die Direktorin ausgerechnet mich als Multiplikator auserkoren hatte, blieb mir schleierhaft. Wenn sie tatsächlich beabsichtigen sollte, mich für das Rechtspflegestudium vorzuschlagen, ergab ihre Entscheidung wenig Sinn. Allerdings gewann ich mehr und mehr den Eindruck, dass Führungskräfte insgesamt wenig vorausschauend planten. Oft stellten sie bei der Prüfung der Sinnhaftigkeit von Maßnahmen ausschließlich auf den aktuellen Zeitpunkt ab und wahrscheinliche zukünftige Konsequenzen blieben bei der Betrachtung weitestgehend außen vor. In diesem Falle war es mir mehr als recht, so dass mir ein Grund zur Klage fehlte. Dass ich Robert und Isabell eine Woche nicht sehen würde, stimmte mich zwar ein wenig traurig, aber ich war sicher, schnell Anschluss in der Gruppe der angereisten Wissbegierigen zu finden. Und Melinda hatte sich in den letzten Wochen ohnehin derart rar gemacht - ich glaubte nicht, dass ich sie allzu sehr vermissen würde.
Der Kleinstadtverkehr war mörderisch und ich verbrachte einige Zeit damit, auf dem Fachhochschulgelände nach einem Parkplatz Ausschau zu halten. Am Ende wurde ich doch noch fündig. Im hintersten Viertel bei den Wohngebäuden für die Studenten aus dem Fachbereich Polizei schloss ich die letzte vorhandene Lücke mit meinem Fiesta. Ich musste mich sputen, um vor Seminarbeginn in meiner Unterkunft einzuchecken, aber ich traf rechtzeitig ein. Nachdem ich meine Tasche nur auf das Bett geworfen hatte, hastete ich hinüber zu dem Komplex, in dem sich die Unterrichtsräume befanden.

Die Gruppe der Fortbildungsteilnehmer war mit 13 Leuten überschaubar. Der Dozent lies auf sich warten, so dass Gelegenheit bestand, sich ein wenig zu beschnüffeln. Ich war erstaunt, nicht ausschließlich auf junge Leute zu treffen. Es waren auch ein paar ältere Semester anwesend, einige davon offenkundig kurz vor der Rente. Trotzdem wirkten erst einmal alle leidlich entspannt. Lediglich eine etwa sechzigjährige Dame aus einem weiter entfernten Landgericht, wie das vor ihr aufgestellte Schildchen verriet, wirkte leicht gereizt und fühlte sich anscheinend hoffnungslos deplatziert.
Das Geplapper war auf ein bedrohliches Maß an Lautstärke angewachsen und die ersten machten sich bereits bereit, die Kaffeepause vorzuverlegen, als der Dozent nebst Assistentin im Schlepptau hereinschneite und sich für den verzögerten Beginn in gesetzten Worten entschuldigte. Ihre Parkplatzsuche hatte anscheinend längere Zeit in Anspruch genommen als die meinige. Es folgte die bei derartigen Veranstaltungen übliche Vorstellungsrunde. Ich fasste mich kurz: Name, Alter, Dienstgrad und Dienststelle. Nur die erwähnte ältere Dame hielt es noch knapper, indem sie uns hinsichtlich des Namens und ihrer Beschäftigungsdienstelle auf das vor sich aufgebaute Schildchen verwies und ihr vermutlich biblisches Alter vorenthielt, ohne dass jemand auf die Idee gekommen wäre, dies nachzufragen. Andere hielten längere Abhandlungen zu ihrer Teilnahmemotivation. Davon nahm ich aus bekannten Gründen lieber Abstand. Der die Veranstaltung leitende Graukopf mimte im echten Leben einen Richter am Oberlandesgericht. Seine eine gute Dekade jüngere rothaarige Begleitung diente wie wir Teilnehmer eigentlich im mittleren Justizdienst bei einer Staatsanwaltschaft,

war aber wie der Graukopf für einige Jahre zur Begleitung der Einführung der Elektronischen Akte an die IT-Abteilung beim Justizministerium abgeordnet. Beide traten an mit dem gefestigten Vorsatz, uns für den Rest der Woche in der hohen Kunst der digitalen Flötentöne zu unterweisen.
Bei der drögen Zusammenfassung des Graukopfs zum Stand der Entwicklung und Einführung der Software klinkte ich mich gedanklich aus. Nach dem Mittagessen übernahm die weitaus temperamentvollere Rothaarige den ersten praktischen Teil. Entgegen meiner Erwartungen schien sie recht genau zu wissen, was sie tat. Sie überraschte mich mit zwei oder drei Tricks, auf wesentlich einfachere Weise zum erwünschten Ziel zu gelangen, als es meiner bislang erlernten Vorgehensweise entsprach. Also spitzte ich die Ohren und machte entgegen meiner Gewohnheiten sogar die eine oder andere Notiz. Jedenfalls solange, bis der Graukopf wieder übernahm und uns mit theoretischem Ballast traktierte. Trotzdem verlief der Tag kurzweiliger, als es meiner Vorstellung entsprach.
Ich hatte in der Mittagspause mit zwei recht patenten Typen meines Alters Bekanntschaft geschlossen, die allerdings von dem Übernachtungsangebot der Fachhochschule keinen Gebrauch machten, sondern über Nacht zu ihren Familien nach Hause fuhren. Für die meisten anderen galt dies ebenfalls, mit Ausnahme der älteren Dame vom Landgericht und zweier mir nicht sonderlich sympathischer, dauerhaft aufgeregter Frauen mittleren Alters. Nach der Veranstaltung stob unser Häuflein in alle Himmelsrichtungen auseinander. Ich fand ich mich auf einem Mauervorsprung am Seitenausgang

des Lehrgebäudes sitzend wieder. Mit einer Zigarette zwischen den Lippen blinzelte ich in die niedrigstehende Märzsonne und sog die wenige Wärme, die sie zu spenden imstande war, begierig auf. Das Vergnügen währte nur einen kurzen Moment, bis die Sonne es vorzog, hinter dem Giebel des gegenüberliegenden Gebäudes abzutauchen und mir ihre anheimelnde Gunst zu entziehen. Ich begann zu frösteln und begab mich in die Mensa, um dort abseits von geisterhaft anmutenden studentischen Elendsgestalten ein spartanisches Abendessen zu mir zu nehmen. Zwei Sorten Käse, mit dem Laser geschnitten, sonst schien es mir technisch unmöglich, dass sie derart dünn geraten konnten. Zwei Sorten Wurst, eine davon die von mir verabscheute Teewurst, in militärischen Einrichtungen liebevoll „Panzerfett" genannt. Das Ganze serviert an zwei Scheibchen staubigen Mischbrots, verziert mit einer Spur von Salatbeilage, falls man das traurige Häufchen Petersilie auf einem Tomatenachtel so nennen durfte. Eine kulinarische Grausamkeit, die ich wie eine Strafe zügig herunterschlang, um die ungastliche Stätte schnellstmöglich wieder verlassen zu können. Für den einsamen Rückzug in meine kahle Unterkunft fühlte ich mich noch nicht bereit und beschloss, einen Spaziergang zu unternehmen. Mein Abenteuer endete wegen einsetzenden Nieselregens an einer nahegelegenen Tankstelle, wo ich ein Sechserpack überteuerten Bieres erwarb, das ich mir bei meiner Rückkehr im Zimmer genehmigte. Währenddessen beantwortete ich ein paar Nachrichten. Robert und Isabell erkundigten sich nach meinem werten Befinden und meine Mutter fragte gleich zweimal nach, ob ich auch nichts vergessen hätte. Sie traute mir diesbezüglich auch nach zwei Jahren weitestgehend unabhängiger Lebensgestaltung bei der Bundeswehr nicht über den Weg. Mit einem neu erworbenen Buch eines der Autoren, die Ewald mir bei unserem Gespräch zum Jahreswechsel empfohlen hatte, nickte ich wenig später auf der durchgelegenen Matratze meines Bettes ein.

Der nächste Tag gehörte fast ausschließlich der Rothaarigen, die von Arbeitsplatz zu Arbeitsplatz hopste und unseren Teilnehmerkreis in die atemberaubenden tiefsten Geheimnisse der Elektronischen Akte einweihte. Der Graukopf beschränkte sich auf ein paar generelle Ausführungen zum Ablauf. Was die Feinheiten anbelangte, erweckte er nicht den Eindruck gesteigerter Auskunftsfreudigkeit. Die Rothaarige bewies einen scharfen Blick für die Abstufungen in der Auffassungsgabe der einzelnen zu Unterweisenden. Nachdem sie sich ein paar Mal von meiner überdurchschnittlichen Beschlagenheit überzeugt hatte, ließ sie von mir ab und konzentrierte sich auf die unbedarfter anmutenden Kandidaten.
Ich fand mich am Ende des Tages wieder einsam auf meinem Mauervorsprung verharrend und wurde das Gefühl nicht los, dass dieser bis zum Ende der Woche mein Stammplatz sein würde. So genoss ich die verdiente Feierabendzigarette – kleine Rituale erhalten schließlich die mentale Gesundheit - ließ man die negativen Folgen des Tabakkonsums im übrigen beiseite. Obwohl der Unterricht keine allzu gewichtigen Herausforderungen an mich gestellt hatte, döste ich, bereits mit geschlossenen Augen nach der zweiten Zigarette tastend, ein wenig vor mich hin. So malte ich mir aus, dass ich

zur nächsten Fortbildung mit der Honda anreisen könnte. Parkplatzsorgen stellten kein Problem mehr da. Elegant würde ich mich irgendwo neben eine Durchfahrt quetschen, während alle anderen gestresst Runde um Runde auf dem Gelände drehten, ohne dass ihnen ein Erfolg beschieden wäre. Meine Tagträumereien erfuhren eine jähe Störung. Fast im Gleichklang drang das energische Geräusch zurückgeschobener Stühle an mein Ohr, wenig später gefolgt von einem anschwellenden Lärm, der sich langsam aber stetig der Eingangstür, neben der ich Position bezogen hatte, näherte. Eine Meute schwarzgewandeter berucksackter Gestalten schob sich schwatzend durch den Ausgangsbereich und ergoss sich auf den Innenhof, um sich sodann wie ein monolithischer Block mit nur einzelnen Absplitterungen in Richtung der Unterkunftsgebäude für die angehenden Polizeibeamten zu bewegen. Niemand hatte von mir Notiz genommen. Ich schloss erneut die Augen, sog tief den Rauch ein und überlegte, während ich diesen nach oben in Luft abgab, wo ich mir für den bevorstehenden einsamen Abend jenseits der Tankstelle meinen hohen Ansprüchen genügendes Bier verschaffen konnte. Eine weibliche Stimme unterbrach mein gedankliches Abschweifen. „Hallo, hast du mal...?“. Genervt blickte ich auf und wäre vor Überraschung fast von meinem winzigen Podest gefallen. Vor mir stand ein unfassbar zauberhaftes Wesen. In der schmucklosen schwarzen Uniformjacke und einer unförmigen gleichfarbigen Diensthose steckte das schönste Mädchen, das ich - Isabell vielleicht ausgenommen - jemals zu Gesicht bekommen hatte. Ihre leicht gebräunte Haut schimmerte wie

Bronze, ihr ebenmäßiges Gesicht wurde von glattem dunkelbraunen, seidenweich anmutenden Haar umrahmt, gerade lang genug, um es hinten zu einem strammen Zopf zusammenfassen zu können. Eine Strähne fiel wie gemalt seitlich herab, eine kleine Unregelmäßigkeit, die den Anblick eher vervollkommnete, als dass sie ihn zu stören vermochte. Die mandelförmigen braunen Augen lächelten anmutig. Eine rotgerandete Metallbrille verlieh der Traumgestalt vor mir eine leicht „nerdige“ Note, das i-Tüpfelchen, das mich auf der Stelle vollständig elektrisierte. „Ja gerne, was soll ich..., ich meine, womit kann ich denn...?“, stotterte ich mir - vermutlich komplett überfordert wirkend - zurecht. „Feuer?“, half mir das Zauberwesen und wedelte mit einer selbstgedrehten Zigarette unterstützend vor meinem Gesicht. „Ach so, ja klar, sicher meine ich.“. Das klang nicht wirklich besser. Aber wenigstens funktionierte die Technik. Das Sturmfeuerzeug schnappte auf und die gebündelte Flamme fraß sich zielsicher in den Tabak. „Dankeschön.“, säuselte die Schönheit und setzte schelmisch hinzu. „Schicke Farbe übrigens.“. Das Sturmfeuerzeug war ein Erwerb während eines Wochenendausflugs im vergangenen Jahr. Meines hatte ich seinerzeit zu Hause liegen gelassen. Leider bot der kleine Tabakshop in dem Ostseebad nur noch die lilafarbene Ausführung an. Der Preis allerdings war unschlagbar gewesen. Ich lief ein wenig dunkler an. „Ja also, das war so: Die hatten nur noch die, und da dachte ich..., ich meine, ich bin nicht ..., falls du das denkst...“. Ihr süßes Lachen beförderte zwei Grübchen zum Anhimmeln auf ihren Wangen zum Vorschein, was ihre ohnehin kaum zu überbietende Attraktivität noch steigerte. „Ich nehme dich doch bloß auf die Rolle. Und außerdem - wenn es deine Lieblingsfarbe ist. Meine ist es jedenfalls.“. Ich brummte etwas Unverständliches und beschloss zu schweigen, um nicht noch mehr Unsinn von mir zu geben. Das Zauberwesen nahm derweil auf dem gegenüberliegenden Vorsprung Platz, lehnte sich an die Wand und zog mit einer geschmeidigen Bewegung die Beine an den Körper. So unbeteiligt wie möglich ließ ich – nur eine Flügeltürbreite entfernt – meinen Blick zu ihr herüber schweifen. Da sie, soweit ich das einschätzen konnte, die Augen genau wie ich zuvor geschlossen hielt, traute ich mich, sie heimlich näher in Augenschein zu nehmen. Sie war ein paar Jahre jünger als ich, ich schätzte etwa Anfang 20. Die wenig vorteilhafte Dienstkleidung bot kaum beweisgeeignete Rückschlüsse auf ihre Figur. Der zarte Hals und ihre feingliedrigen Finger, die die Selbstgedrehte in sicherem Griff hielten, ließen vermuten, dass sie schlank und durchtrainiert war. Die dunkelbraune Haarsträhne baumelte keck herab und schwang im Rhythmus des leisen Frühlingswindes, der lautlos zwischen den Gebäuden entlang kroch. Wenn sie die Zigarette hob und einen Zug nahm, sah man, wie eine kleine Anspannung, die zwischendurch immer wieder aufflammte, von ihr wich wie ein aufdringlicher Schatten, den man nie richtig loswurde. „Und, wie gefällt es dir so?“, richtete sie das Wort an mich, während sie ihren Blick, wie ich fand, ein klein wenig spitzbübisch auf mich lenkte. „Oh, äh, Entschuldigung, ich wollte jetzt nicht..., ich schaue sonst andere nicht einfach so an. Also wenn ich gewusst hätte, dass du...“. Wieder erklang ihr helles freundliches Lachen. „Eigentlich meinte ich deine

Fortbildungsveranstaltung. Aber wenn du selbst davon anfängst.“. Sie sah mich interessiert an. „Ach, die ist toll, ich meine, ich kenne mich durch die Arbeit schon ein wenig aus, deshalb ist das nicht mehr ganz so anspruchsvoll.“, nahm ich leidlich geschickt die Kurve. Sie strich mit einer anmutigen Handbewegung die widerspenstige Haarsträhne hinter die Brille. „Lass mich raten, du bist beim Eichamt?“, fragte sie und legte den Kopf ein wenig schräg in Erwartung meiner Antwort. „Was, nein, um Himmelswillen. Ich bin bei der Justiz.“, klärte ich mit einem gewissen Stolz in der Stimme auf. Eichamt, wie kam sie denn bloß auf so eine Idee? „Ich dachte, weil du so ein bisschen aussiehst wie jemand, der besonders penibel ist. Und da kam ich erst mal aufs Eichamt. Justiz, also. Rechtspfleger?“. „Mittlerer Dienst,“, korrigierte ich und ließ mich ernsthaft dazu hinreißen, ein wenig zu prahlen. „Vielleicht fange ich in diesem oder nächsten Jahr schon an mit dem Studium. Hängt von meiner Beurteilung ab, meint meine Direktorin. Sie schätzt meine Chancen ganz gut ein.“. „Na dann.“, kam es zurück und ich meinte, wieder diesen leicht spöttischen Unterton heraus zu hören, diesmal jedoch mit der Tendenz abnehmenden Interesses. „Und du?“, ging ich zum Gegenangriff über, beseelt von dem festen Entschluss, die Konversation nicht abreißen zu lassen. „Polizeikommissarsanwärterin, oder?“. Das Zauberwesen verdrehte die Augen gen Himmel. „Das war ja nicht so schwer zu erraten. Ja, zweites Studienjahr, wie du unschwer erkennen kannst.“. Sie deutete auf die zwei Silberstreifen auf ihren Schulterstücken, eine Neuerung. Soweit ich wusste, trugen die Kommissarsanwärter noch vor ein paar Jahren über alle drei Studienjahre hinweg nur einen silbernen Streifen als Kennzeichnung. „Stimmt.“, bestätigte sie auf meine entsprechende Nachfrage. „Das haben sie tatsächlich erst mit unserem Jahrgang eingeführt. Ein ziemlicher Fetisch, soviel Silber auf der Kleidung, oder was meinst du?“. Ich zuckte mit den Schultern. „Bei unseren Wachtmeistern gilt das auch. Bei denen gabs früher gar keine Dienstrangabzeichen.“. Das Zauberwesen gab sich nur mäßig interessiert an den Dienstbekleidungsvorschriften für Wachtmeister. Gekonnt schnippte sie den Zigarettenstummel in Richtung des Aschenbechers und versenkte ihn perfekt in seinem Inneren. Die Schießausbildung bei der Polizei schien wirklich erstklassig zu sein. „Ich muss dann.“, verabschiedete sie sich und griff nach ihrem Rucksack, an dem als einziger Schmuck ein winziges weißes Hündchen aus Hartplastik baumelte. Ich sprang auf. Wenn ich diese Gelegenheit verstreichen ließ, würde ich mir bis ans Lebensende das Hirn zermartern, weshalb ich meine Traumfrau einfach so hatte ziehen lassen. „Würdest du mit mir vielleicht einen Kaffee trinken gehen?“, fragte ich dann, meinen gesamten Mut in die Waagschale werfend. Sie blickte mich überrascht an und musterte mich mit dem schon bekannten abschätzenden Blick. Ich hielt stand. „Kaffee?“, fragte sie dann und setzte, um meine Frustration vollständig zu machen hinzu, „Dein Ernst?“. Ich nickte tapfer, was wäre mir sonst auch übrig geblieben. „Nein.“, antwortete sie dann auf die offen gebliebene Frage. Bevor meine Schultern auf den Boden sackten und den Rest meines Körpers hinter sich her zogen, schob sie grinsend nach, „Abendessen dagegen wäre in Ordnung.“. Ich muss ziemlich verdutzt dreingeschaut haben, so dass sie unwillkürlich lachte. „Ja, klar gerne, unbedingt, wann denn und wo?“, haspelte ich mit unverminderter Hektik, fürchtend, einem bösen Scherz aufzusitzen. „Heute. 18 Uhr. Treffen hier an derselben Stelle. Das Restaurant suche ich aus. Aber nur unter der Voraussetzung, dass ich dich einlade.“. „Wieso, aber warum das denn, ich meine, ich kann doch auch..., müsste ich nicht eigentlich...“, stammelte ich irritiert. „War ein Witz.“, kam es von ihr zurück. Es schien ihr ungemein gute Laune zu bereiten, mich zu foppen. „Selbstverständlich zahlst du. Übrigens: Ich heiße Natascha. Falls du daran interessiert sein solltest und nicht nur ein schnelles Abenteuer suchst. Und sei pünktlich.“. Ich brachte im letzten Moment noch meinen Namen heraus, dann sah ich dem Zauberwesen namens Natascha mit offenem Mund nach. Ihr dunkler Zopf hüpfte beim Gehen verführerisch auf und ab. Im Nachhinein war ich nicht sicher, aber das könnte der Moment gewesen sein, in dem ich mich bereits unsterblich in sie verliebt hatte.

Meine Mutter hatte bei meiner Abreise darauf gedrungen, ein Hemd einzupacken. Zum Glück, wie ich im Nachhinein befand. So konnte ich mich immerhin in einen leidlich vorzeigbaren Zustand versetzen.
Nervös von einem Fuß auf den anderen tretend liefen die Minuten bis 18 Uhr wie in Zeitlupe. Ich widerstand der Versuchung, meine Aufregung mit einem Tabakerzeugnis künstlich zu dämpfen. Natascha erschien pünktlich und ich war froh, den generellen väterlichen Ratschlag beherzigt zu haben und fünf Minuten vor der Verabredung am vereinbarten Treffpunkt eingetroffen zu sein.

Meine Traumfrau hatte sich nicht wirklich in Schale geworfen. Anstelle der Uniformjacke trug sie eine hellblaue Daunensteppjacke. Die ihrer schlanken Silhouette wenig schmeichelnde schwarze Diensthose war leider nicht einer aufregend engen Jeans gewichen, wie ich es mir erhofft hatte. Trotzdem strahlte ich wie eine klassische 100-Watt-Glühbirne und sie erwiderte meine erfreute Begrüßung mit einem Lächeln, das geeignet gewesen wäre, meinen inneren Glühfaden auf der Stelle zum Schmelzen zu bringen.
Auf dem Weg ins Restaurant, das Natascha ausgesucht hatte, das „beste Haus am Platze“, wie sie mir verkündete - was mich spontan nach meinem Portemonnaie in der Jackentasche tasten ließ - plätscherte die Unterhaltung ein wenig verkrampft dahin. Ich erzählte von meiner Familie, eine Abhandlung, die schnell erledigt war. Natascha war im Gegensatz zu mir nicht geschwisterlos aufgewachsen. Zwei ältere Brüder – beide hatten einen handwerklichen Beruf ergriffen - hinterließen ihre Prägungen. Der Vater arbeitete früher als Schweißer in einer mittelständischen Metallbaufirma und erhielt nach mehreren Bandscheibenvorfällen, die ihn in die Dauerkrankheit beförderten, eine schmale Erwerbsunfähigkeitsrente. Für das Familieneinkommen kam überwiegend die Mutter auf, die im mittleren Dienst bei der Zollverwaltung beschäftigt war. Natascha machte Abitur und entschied sich für die Polizeilaufbahn. „Wegen der Action.“, meinte sie zwinkernd, aber ich schätzte, dass sie ähnliche Erwägungen wie mich selbst in den öffentlichen Dienst gebracht hatten. Wenn man in bescheidenen, wenn auch leidlich sicheren Verhältnissen aufgewachsen war,

schien die Wahrscheinlichkeit, diesen Weg für sich gleichermaßen zu erwählen, gesteigert.
„Mist!“, entfuhr es mir, als ich der Menschenschlange, die sich vor dem Restaurant mit dem für das „beste Haus am Platze“ verwirrenden Namen „Unschein-Bar“ gebildet hatte und auf Einlass harrte, gewahr wurde. „Abwarten. Lass mich mal machen.“, erwiderte Natascha und zog mich am Jackenärmel an den mürrisch dreinblickenden Wartenden vorbei. Vor der massiven Glastür im Eingangsbereich hatte sich hinter einer dicken Absperrkordel eine kahlrasierte Figur im schwarzen Anzug mit kantigem rotgegerbten Gesicht und winzigen Schweinsaugen in den Boden geschraubt. „Die Herrschaften haben reserviert?“, säuselte das Kantengesicht mit verschränkten Armen und strengem, auf uns gerichteten Blick. Der Typ schien so breit wie hoch zu sein, eine unverrückbare Masse aus Muskeln und Knochen. Sein Hals war infolge des Hantierens mit schweren Eisen im Fitnessstudio praktisch nicht mehr vorhanden. Eine dicke Silberkette markierte die Abgrenzung zwischen Kopf und dem Rest des wuchtigen Körpers. Die Schweinsäuglein blitzten in der erkennbaren Erwartung unseres Eingeständnisses des Fehlens einer Vorbestellung. Natascha reagierte gelassen und und zog den Reißverschluss ihrer Jacke auf, unter der die Dienstbluse mit den Schulterstücken zum Vorschein kam. „Polizei. Uniformierte benötigten keine Reservierung. Das sollte Ihnen bekannt sein.“. Das Kantengesicht blieb skeptisch. „Das ist aber keine vollständige Uniform. Sie tragen ja eine zivile Jacke.“. Hinter uns begann sich in der Wartereihe unwilliges Gemurmel zu erheben. In der Bevölkerung bestand vermutlich kein großes Verständnis für die

Privilegierung uniformierter Beamter, deren Ruf in den letzten Jahren ohnehin ein paar Dellen erfahren hatte. Natascha erwies sich als schlagfertig. „Klar ist das eine vollständige Dienstbekleidung. Drinnen ziehe ich die Jacke ja aus und dann entspricht sie der gültigen DIN-Vorschrift.“. Das Kantengesicht ließ die Arme sinken, so dass es aussah, als hätte man zwei Baumstämme links und rechts an dem massiven Rumpf befestigt. Er wirkte immer noch nicht überzeugt aber erheblich verunsichert. Natascha setzte zum finalen Schlag an. „Oder heizen sie etwa nicht in ihrem Etablissement, so dass ich die Jacke anbehalten muss?“. Die Schweinsäuglein zuckten nervös hin und her. „Selbstverständlich ist bei uns geheizt, meine Dame, was denken Sie denn...?“. Offenbar war er mit seinem Latein am Ende. „Und was ist mit dem Herrn?“, unternahm er auf mich deutend einen letzten hilflosen Anlauf, unseren Zutritt zur „Unschein-Bar“ doch noch zu vereiteln. „Justiz.“, warf ich ihm mit markiger Stimme an den nicht vorhandenen Hals. „Soll ich Ihnen meinen Dienstausweis zeigen?“. Die Schweinsäuglein blickten nun fast ein wenig eingeschüchtert. „Nein, das wird wohl nicht nötig sein. Bitte, treten Sie ein.“, ließ das Kantengesicht vernehmen, zog gehorsam, wenngleich mit einem verbliebenen Hauch an Widerwillen die Kordel auf die Seite und gab den Durchgang frei. Wir passierten und hörten noch, wie er sich draußen redlich mühte, die grummelnden Massen zu beruhigen. „Meine Herrschaften, ich darf doch bitten. Bewahren Sie Ruhe und haben Sie noch ein wenig Geduld. Jeder bekommt einen Platz.“. Dann klappte die Glastür hinter uns zu und wir waren drin.

„Es gibt eine DIN-Norm für Polizeiuniformen?“, flüsterte ich Natascha ins Ohr, die sich schnurstracks aus der Jacke gepellt hatte und nun in vorschriftsmäßiger Dienstkleidung beeindruckte. Sie schob ihrerseits ihr Gesicht in Richtung meines Ohres. Ich spürte ihre wild gewordene Haarsträhne meine Wange kitzeln, während ich die Luft anhielt, um ihren unbeschreiblich anziehenden Duft nicht zu verlieren. „Ich habe nicht geringste Ahnung.“, raunte sie mir verschwörerisch zu. „Aber ich wette, der Möbelpacker am Eingang ebensowenig.“. Ich konnte mir ein anerkennendes „Sauber.“, nicht verkneifen. Dann geleitete uns eine professionellen Charme versprühende weibliche Bedienung, die kaum älter als wir sein konnte, zielsicher an einen kleinen runden Tisch für zwei Personen am Fenster. Von drinnen konnten wir die grimmigen Blicke der draußen gebliebenen Schlangenmenschen auf uns spüren und so rückten wir die Stühle zurecht, um die Aussicht auf das Innere der edlen Gaststätte zu genießen. Eine wundervolle alte geschnitzte Holztheke, die bis zur Decke reichte und eine stolze Sammlung von teuer aussehenden Hochprozentigen beherbergte, bildete das Zentrum des Raumes. In der Ecke zauberte ein größerer Gaskamin ein heimeliges Ambiente in den Raum, der nicht mehr als etwa 15 Tische unterschiedlicher Größe fasste, allesamt besetzt mit den üblichen städtischen Mittelschichtsbürgern. Selbige nippten in selbstgefälliger Weise lässig an ihren Drinks – meist Wein oder dem unvermeidlichen Aperol - und plauderten gestenreich mit wichtiger Miene, während sie ab und an mit einer kleinen Gabel Carpaccio vom Rind mit Ruccola und Parmesan von blitzend weißen Tellern naschten.

„Warst du schon einmal hier?“, richtete ich die Aufmerksamkeit auf meine Begleitung, die den Kopf schüttelte. „Wo denkst du hin, von meinen Anwärterbezügen kann ich mir das nicht leisten.“. Ich schluckte, woraufhin Natascha lachte. „Keine Sorge, wir legen notfalls zusammen.“. „Vielleicht sollten wir uns eine kleine Cola teilen.“, schlug ich nach einem Blick auf die ausliegende Getränkekarte vor, für die man im „besten Haus am Platze“ immerhin stolze 6,50 € aufrief. „Wenn wir auf das Eis und die Zitrone verzichten, bekommen wir vielleicht einen Nachlass.“, kicherte Natascha. Die junge Dame, die uns in Empfang genommen und zum Platz geleitet hatte, näherte sich mit zwei Speisekarten. „Sie wünschen bestimmt zu speisen?“, mutmaßte sie höflich, und ich nickte ergeben. Der Blick in die Karte war ernüchternd. Das preiswerteste Hauptgericht – Pasta mit Gorgonzolasoße – lag knapp unter 25 €, danach ging es nur noch aufwärts. Ich rechnete im Kopf meine Barschaft durch und kam zu dem Ergebnis, dass es knapp werden könnte aber reichen müsste. „Die spinnen hier doch wohl mit den Preisen.“, moserte Natascha und ihre Entrüstung klang nicht gespielt. Mir blieb nichts übrig, als ihr beizupflichten. „Das sehe ich gar nicht ein, dass ich so einen Wucher unterstütze.“, teilte sie mir mit. „Oder willst du bleiben?“. Ich war nicht sicher, welche Antwort die angemessene war, denn keineswegs wollte ich als Geizhals erscheinen. Natascha nahm mir meine Bedenken. „Ich möchte lieber woanders hin, wenn du nichts dagegen hast. Ich kenne da einen guten Laden mit zivilen Preisen und ohne nervige Einlasskontrollen. Bist du dabei?“. Und ob ich das war. An den verdutzten Gesichtern der Kellnerin, des Kantengesichts und der noch länger gewordenen Warteschlange vorbei zogen wir lachend ab.

„Tascha, große Freude für Besuch bei uns kommen. Und Freund von Tascha sein auch herzlich willkommen.“. Der offenkundig asiatischstämmige Besitzer des Imbisswagens mit dem vielversprechenden Namen „ISS WATT“ - ein gleich in mehrerer Hinsicht beeindruckendes Wortspiel, wie ich befand - schien augenscheinlich erfreut über unser Eintreffen. Und das, obwohl er bereits die zwei draußen aufgebauten Tische zusammengeklappt hatte und sich in Feierabendvorbereitungen befand. „Hallo Freddy, immer wieder gerne.“, schmeichelte Natascha zurück und der gut genährte Asiate erstrahlte wie ein Stadionflutlicht. „Machen euch lecker Chinapfanne oder wollen endlich probieren Nudeln süß-sauer? Sind beste Nudeln süß-sauer in Stadt, ich versprechen hoch und heidig.“, erbot sich der pausbäckige Mann aus dem Land des Lächelns. Was die konkrete Herkunft anbelangte, war ich mir nach unserem mexikanischen Abend nicht mehr ganz sicher, zumal dem vietnamesischen Bevölkerungsteil in unserem Landstrich zahlenmäßig die größte Bedeutung unter den Asiaten zukam. Ich zerbrach mir meinen Kopf darüber nicht länger und bestellte für mich die Nudeln und eine Cola. Natascha bevorzugte die China-Pfanne und nahm ebenfalls eine Cola. Während wir am Tresen lehnend zusahen, wie Freddy geschickt mit zwei kleinen Pfannen voller Nudeln hantierte und und nebenbei zielsicher allerlei Gemüse, Soßen und Gewürze hinzufügte, hakte ich nach. „Freddy ist ein interessanter Name. Aus welcher Region stammt der denn?“. Freddy erteilte bereitwillig

Auskunft. „Haha, Freddy nicht richtiger Name, aber Pol'zei kann nicht aussprechen richtiger Name, deswegen irgendwann alle sagen Freddy. Pol'zei gute Kunden hier, kommen ganz oft zu Freddy, weil wissen, hier beste Nudeln in Stadt. Du Freund von Tascha, können auch sagen Freddy. Ist super Name, jeder versteht.". In den Pfannen kündete ein bedenkliches Brodeln und Zischen sowie eine verstärkte Rauchentwicklung von einer drohenden Überschreitung des Garpunkts. Bei Freddy wirkte alles recht sauber und aufgeräumt, einen Feuerlöscher konnte ich auf die Schnelle allerdings nicht ausmachen. Freddy war jedoch ein Mann vom Fach und rettete die Gerichte im richtigen Moment vor der verkohlten Ungenießbarkeit. Elegant beförderte er gleichzeitig aus beiden Pfannen den Inhalt in zwei Plastikschüsseln. Dann versah er diese mit den klassischen passenden Plastiklöffeln und -gabeln – eine Seltenheit, denn heutzutage wurde praktisch überall nur noch dieses sich zumeist schon während der Benutzung in seine Bestandteile auflösende Bambusbesteck gereicht – und schob den dampfenden Inhalt mit einem Lob heischenden Lächeln zu uns herüber. „Vorsicht, sein heiß, wünschen guten Appetit". Wir pusteten in unser Essen und ließen es uns schmecken. Keine Frage, die Nudeln waren wirklich vorzüglich und der Preis so bedenklich niedrig, dass ich zwar verstand, worum Freddy bei den Polizeischülern beliebt war, jedoch nicht, wie er auf diese Weise kostendeckend arbeiten konnte. „Die Nudeln sind wirklich Oberklasse Freddy, großes Lob", würdigte ich ehrlichen Herzens Freddys Kochkünste. „Absolut.", pflichtete Natascha mir mampfend bei. Unsere Arme berührten sich beim Essen. Ich erwartete, dass Natascha wieder ihre

Komfortzone herstellen würde, aber sie wich nicht einen Millimeter. Ihren Arm zu spüren, selbst durch die Daunenjacke, verschaffte mir ein behagliches Kribbeln in der Magengegend, das sich nicht auf die süß-sauren Nudeln zurückführen ließ. „Für beste Kunde Tascha und Freund von Tascha auf Haus.“, stellte Freddy zwei Plastikbecher vor uns ab, die intensiven Glühweingeruch verströmten. „Das ist aber lieb Freddy, dankeschön.“, flötete Natascha und Freddy bekam vor Freude kleine rote Flecken auf den Pausbäckchen. Ich schloss mich dem Dank an. Wir stießen an. Dass es sich nur um Plastikbecher handelte, war uns einerlei. Das Getränk schmeckte zum Gotterbarmen. Während ich meine Mimik höflich unter Kontrolle hielt, reichte Natascha mit einem an Zahnschmerzen erinnernden Gesichtsausdruck unsere beiden Becher zu Freddy zurück. „Freddy, schmeckt gar nicht, mach mal mit Schuss.“. Freddy war ein unerschütterlicher Vollprofi. „Haha, ja mit Schuss viel besser, werden sehen.“, bestätigte er und füllte aus einer Flasche ohne Etikett mit einem ordentlichen Schwung einer bräunlichen Flüssigkeit die angetrunkenen Becher auf. Tatsächlich erfuhr das Gesöff auf diese Weise eine erstaunliche Aufwertung. Wir aßen zu Ende und ich zahlte mit einem anständigen Trinkgeld. Das Ganze kostete kaum mehr, als man uns für zwei Cola in der „Unschein-Bar“ abgenommen hätte. Nach der wortreichen Verabschiedung von Freddy, die von seiner Seite aus mit der dringenden Bitte verbunden wurde, möglichst bald wieder bei ihm einzukehren, machten wir uns unter Freddys besten Wünschen für einen „erfolgreichen Abend“ auf den Rückweg. Natascha hakte sich bei mir ein und wir schlenderten den unbefestigten Weg hoch zur

Fachhochschule. Unterwegs philosophierten wir über die Preisentwicklung und Freddys wahre Herkunft. Gemeinsam bestaunten wir den abendlichen Himmel und gaben lachend den Sternbildern neue Namen wie „Großer Wodka-Cola", „Kleine Nudelpfanne" oder „Riesiges Kantengesicht". Ich brachte Natascha zu ihrer Unterkunft, wo sie sich mit einer langen Umarmung von mir verabschiedete. Mehr wollte ich nicht. Selbst wenn, hätte ich nicht gefragt, weil ich den Moment nicht verderben mochte. Bald darauf wälzte ich mich auf meinem unbequemen Bett noch eine ganze Weile hin und her, um schließlich doch irgendwann nach Mitternacht hinwegzudämmern.

Ich wachte vollkommen zerschlagen am darauffolgenden Morgen auf, so als hätte ich die Nacht über mit einem gewichtigen Hammer auf Felsungetüme eingeprügelt, um sie in tausende kleinere Brocken zu zerteilen. „Natascha, Natascha, Natascha" dröhnte es durch meinem Schädel wie Restalkohol, der gegen Stirn und Schläfen hämmert und sich konsequent weigert, in Wohlgefallen aufzulösen. Frühstück – „Natascha", Seminar mit der Rothaarigen am Vormittag – „Natascha", Mittagessen – „Natascha", Vortrag des Graukopfs zur IT-Architektur des Landes am Nachmittag – „Natascha". Ich hatte nicht die leiseste Chance, meine Angebetete aus dem Kopf zu verbannen. So fieberte ich also dem Feierabend entgegen. Erst nachdem ich eine halbe Stunde auf dem Kühle verströmenden Sockel der Mauer gesessen hatte, wurde mir klar, was für ein Trottel ich war. Weder waren wir verabredet, noch besaß ich Nataschas Telefonnummer. Ich kannte zwar ihre Studiengruppe und ihr Unterkunftsgebäude, wollte jedoch nicht wie ein aufdringlicher Gockel balzend bei ihren Kollegen nach ihrem Verbleib forschen. Zu allem Überfluss fing es ausgerechnet zu diesem Zeitpunkt an zu regnen. Ich wartete die Stunde ab und begab mich sechs Zigarettenlängen später durchfroren und durchnässt zum Abendessen. Ich betete, dass mein Immunsystem die ungewohnte Attacke verkraften würde, auch wenn ich durch die Motorrad-Schrauberei in Jonas' unbeheizter Garage eine gewisse Abhärtung erfahren hatte.

In der Mensa tummelten sich reichlich Uniformierte, meine Traumprinzessin weilte nicht unter ihnen.

Ich beendete den Tag wie ich ihn begonnen hatte. Nur dass das Hämmern im Kopf satten Magenschmerzen gewichen war, die ich mit einer kleinen Flasche Jägermeister von der Tankstelle zu betäuben suchte. Mit der älteren Kollegin, die ebenfalls an der Fachhochschule übernachtete, sie hieß Renate, schaute ich im Gemeinschaftsfernsehraum noch eine Stunde „Bäuerin sucht Mann". Mich wunderte es nicht, dass die 1,85 Meter große burschikose Kuhmelkerin mit Schwierigkeiten bei der Partnersuche kämpfte. Ihr Charme dürfte sich nur hartgesottenen Masochisten erschlossen haben. Als Renate mit selbstgemachtem Heidelbeerlikör anrückte, empfahl ich mich. Irgendwann gegen drei Uhr morgens schlief ich ein, nachdem ich im Kopf alle denkbaren Konstellationen der Beziehung zwischen Natascha und mir durchgespielt hatte, nur um kurz nach fünf Uhr wieder aufzuwachen. Zu allem Überfluss spürte ich ein Kratzen im Hals und bekam einen heftigen Niesanfall, der der im Nachbarzimmer Baumstämme zerteilenden Renate aber anscheinend nicht den wohlverdienten Schlaf raubte. Am Morgen kehrte der Kopfschmerz zurück. Ich schob ihn auf den Jägermeister. Der Tag konnte lang werden.

Ich beschloss, den Herzschmerz keine Macht über mich gewinnen zu lassen und konzentrierte mich ganz auf die Ausführungen der Rothaarigen, die den Tag komplett gestaltete. Heute standen Tiefenbohrungen an, die selbst so pfiffige Praktiker wie mich auf weitgehend unbekanntes Terrain führten. Ich schrieb eifrig mit und saugte so viele Informationen wie nur irgend möglich in mich auf. Es half. Für den Moment verzog sich der Wirbel um Natascha in meinem Gehirn. Der bohrende Kopfschmerz verwandelte sich in ein kaum noch wahrnehmbares Restbrummen, welches sich leidlich ausblenden ließ. Dem Graukopf fiel an diesem vorletzten Tag nur eine Beobachterrolle zu, die er mit mäßigem Interesse ausfüllte. Mehrfach verschwand er für längere Zeiten, um zu telefonieren. Es erweckte den Anschein, als seien die ministeriellen Verpflichtungen keinesfalls bereit, während der dienstlichen Abwesenheit zu ruhen und sich bis zur Rückkehr des Graukopfs an seinen regulären Arbeitsplatz in der Folgewoche zu gedulden.
Zum Feierabend hin nahm meine Nervosität wieder Fahrt auf. Ich konnte es kaum abwarten, auf meinem Mauervorsprung Posten zu beziehen. Diesmal ließ ich die Zigaretten stecken, stöpselte die Ohrhörer ein und versenkte mich in den von melancholischen Gitarrenriffs getragenen Takt des Songs „Nightstalker“ von *D-A-D* - genau die richtige musi-

kalische Jammerkur für meine angekratzte Seelenverfassung. Ich fühlte mich diesmal zu allem bereit. Kälte, Sturm und Regen wollte ich trotzen. Notfalls würde ich die ganze Nacht auf meine Angebetete warten. Der Sänger setzte mit seiner Reibeisenstimme gerade zur zweiten Strophe an, als Natascha urplötzlich vor mir stand. Und mit einem Schlag befand sich mein kleines Universum wieder im Gleichgewicht.

Bei dem Laden mit dem magisch anmutenden Namen „Schluck-Schlumpf", in den Natascha uns geführt hatte, handelte es sich um eine Art Musikkneipe. Die altbackene Jukebox ragte wie ein grellbunt blinkender, mit einer halbrunden Kuppel versehener Turm neben dem Tresen auf, dessen Boxen einen gefälligen Mix von New Wave, Goth Rock, Hip Hop bis zu Trance in den schummerig beleuchteten Raum warfen. Die Tonwellen brachen sich an schwarzen Deckenbalken und rieselten in erträglicher Lautstärke, die nicht jede Unterhaltung im Keim ersterben ließ, auf die zahlreichen Gäste zurück. Das Publikum war überwiegend jung, die meisten konnten die Dreißig noch nicht überschritten haben. Ganz im Gegensatz zu dem grob behauenen Interieur aus massivem Holz, das fast mittelalterliche Behaglichkeit verströmte. Hinter dem Tresen zapfte der Mann der Inhaberin, ein großer kräftiger Kerl in den späten Dreißigern mit einem rundlichen Gesicht unter den dünnen Bartstoppeln, tschechisches Bier im Akkord. Von den zwei Sorten - Pils und Dunkles – wählten wir das Dunkle, das mit einer süffigen Süße daherkam, die durch eine angenehm malzige Note abgerundet wurde. Die Inhaberin selbst war eine zierliche, überaus quirlige Person mit blondem Kurzhaarschnitt, die sich nach Nataschas Angaben in den Endzwanzigern befand aber für älter durchging. Unter ihrem kurzärmligen Shirt kamen dünne, aber mit klar definiertem Bizeps versehene Arme zum Vorschein. Die Menge an Biergläsern, die sie gekonnt mit ihren Tabletts jonglierte, hatten ihr eine verhärmte Zähigkeit verliehen. Laut Natascha handelte es sich um die Ex-Freundin eines ihrer Brüder. Die Chefin lotste uns in eine gemütliche Ecke mit einer kleinen Sitzbank hinter einem winzigen runden Tisch, auf dem sie sogleich eine Kerze entzündete. Nach dem Servieren der bestellten zwei Biere sowie von zwei Portionen Currywurst mit Pommes – mangels weiterer verfügbarer Gerichte dem einzigen kulinarischen Höhepunkt – entließ sie uns mit einem aufmunternden Zwinkern in traute Zweisamkeit. Die Sitzbank war für zwei Personen ausgelegt, wir rückten zusammen, ohne die zaghaften Ansätze von Berührungsängsten, die vor zwei Tagen noch vorherrschend waren. Natascha trag eine schlichte schwarze Jeans und einen beigen Pullover mit einem recht großzügigen Ausschnitt, nicht zu weit, um aufdringlich zu wirken, jedoch hinreichend offen genug, um Interesse zu erwecken. Als der Träger ihres roten BH‘s zum Vorschein kam, machte Natascha keine Anstalten, den kleinen Ordnungsfehler zu korrigieren. Immer wieder sog ich mich fest an ihrem ebenmäßigen Gesicht und verfolgte die Linie hinunter bis zu ihrem zarten Hals und der freigelegten Schulter. Eine leichte Röte flog auf Nataschas Wangen als sie meinen Blick bemerkte und sie schob mit einer verlegenen Geste die unzähmbare dunkle Haarsträhne über die rotgerandete Brille nach hinten. Unsere Augen berührten sich im

Schatten der flimmernden Kerze auf dem Tisch und unsere Hände streiften sich wie zufällig begegnende flüchtige Bekannte, während die Musik im Hintergrund zu einem nicht identifizierbaren Brei von Tönen zu verschwimmen schien. Natascha verfügte über wundervolle Hände mit feingliedrigen, fast zerbrechlich wirkenden Fingern wie eine Klavierspielerin. Nicht wie jemand, der täglich mit Waffen hantierte und an einer Reckstange Klimmzüge trainierte. Mein Mittelfinger fuhr über Nataschas Handrücken, die im ersten Moment angesichts der unerwarteten Berührung zusammen zuckte, sich aber dann meinem zaghaften Vordringen hingab. Sie rückte so nah heran, dass unsere Beine und Schultern sich nicht nur nahe waren, sondern verlangend aneinander pressten. Ihre Lippen berührten plötzlich meinen Mund. Sie schmeckten wie leicht salziges Karamell und ich bildete mir ein, in meinem Leben noch nie etwas Wundervolleres gekostet zu haben. Wir spürten beide, dass es an der Zeit war, zu gehen.

Die breitflügelige Tür zum Unterkunftsgebäude, in dem sich meine kahle Behausung während der Fortbildungswoche befand, schwang derart geräuschvoll auf, dass ich glaubte, man müsse ihr knarziges Quietschen einschließlich des harten Aufschlags am Stopper noch unten in der Stadt vernehmen können. Die benutzte Schlüsselkarte stopfte ich achtlos zurück in die Hosentasche. Es blieb stockfinster im Vorflur, obwohl ich heftig mit den Armen in der Luft herum ruderte. Der Bewegungsmelder schien seinen Geist aufgegeben zu haben. „Oben oder unten?“, fragte mich Natascha mit angesichts der fortgeschrittenen Stunde gedämpfter

Stimme, während sie sich wieder an meinen Arm hängte und ich deutete mit dem Daumen der freien Hand nach oben, bis mir einfiel, dass sie diese Geste angesichts der Finsternis, die uns umgab, vermutlich gar nicht wahrnehmen konnte. „Hoch", schob ich die benötigte Erklärung nach und zog Natascha mit mir Richtung Treppe. Sie bestätigte das Erreichen selbiger mit einem „Aua" und einem derben Fluch, dem ein Kichern folgte, als sie gegen den unsichtbaren Treppenpfosten stieß. Wir benötigten eine Weile bis wir zum oberen Ende der Treppe gelangt waren. Eine Menge Zeit verbrachten wir damit, auf jeder dritten Stufe gegenseitig nach unseren Lippen zu suchen, um uns sodann feixend und stolpernd weiter herauf zu arbeiten. Anscheinend funktionierte im gesamten Flur kein Licht, und so tasteten wir uns mit der Lampe meines Mobiltelefons bis zur Zimmertür, wo wir – angelehnt an diese – fortfuhren, uns zu küssen. Natascha, die den Reißverschluss ihrer Daunenjacke geöffnet hatte, packte mich am Gürtel meiner Hose und begann, sich dessen Verschluss zu widmen. Dies ließ mich den Mut fassen, unter ihrem Pullover ihren zarten aber trainierten Körper zu erkunden. Meine Hand spürte ihren festen Bauch und ich bemerkte eine wohlige Gänsehaut unter meinen Fingern. Mit der anderen Hand suchte ich nach der Schlüsselkarte, um festzustellen, dass sie sich nicht am erwarteten Platz befand. Widerwillig gab ich meine Position unter Nataschas Pullover preis, um die andere Hosentasche zu überprüfen, ohne, dass sich unsere Lippen auch nur für einen winzigen Moment trennten. Die Schlüsselkarte blieb unauffindbar. Natascha grummelte unwillig, als ich das Problem beichtete. „Leuchte mal auf den Boden, vielleicht ist sie dir

hier herunter gefallen.“, meinte sie dann pragmatisch. Ich tat wie mir geheißen und atmete nach nur einer Sekunde erleichtert auf. Zum Glück war mir das vermaledeite Teil direkt vor der Tür aus der Hosentasche gerutscht. Ich wäre durchgedreht, wenn ich den ganzen Flur nebst Treppenhaus mit dem funzeligen Licht des Telefons hätte durchsuchen müssen. Als ich mich bückte, ging Natascha gleichzeitig mit mir in die Hocke und griff nach Karte. Wir plumpsten gegen die Zimmertür, als ich es unternahm, in dieser Position mit meinen Lippen die ihrigen aufzuspüren. Wenn das so weiterging, würden wir das Bett nicht mehr erreichen. Natascha drückte die Schlüsselkarte gegen den Öffner und es passierte – nichts. Ich probierte es ebenfalls – wieder nichts. Gab es so etwas wie Schicksal? Sollten wir vielleicht einfach nicht zusammen kommen oder hatte es hundsgemeines Karma vorgesehen, dass wir unsere erste gemeinsame Nacht im Gemeinschaftsfernsehraum oder der Teeküche verbrachten?
„Warte mal.“, flüsterte ich in die nur von unserem beschleunigten Atmen durchbrochene Stille. Ich folgte einer schockartig einsetzenden Eingebung, als ich mit dem Lichtstrahl nach der Zimmernummer forschte. Verflixt, wir waren zu weit! Wir standen vor Renates Zimmer. Ich hoffte inständig, dass ein ordentliches Quantum des Heidelbeerlikörs vor dem Zubettgehen ihr einen tiefen Schlaf bescherte. Mein offenstehender Gürtel klimperte verräterisch, während wir uns eng umschlungen bis zum richtigen Eingang an der Wand zurück tasteten. Wir fielen förmlich hinein, als sie sich endlich öffnete. Immer noch untrennbar mit Nataschas Lippen vereint beförderte ich die Tür von innen mit einem Fußtritt in die geschlossene Position. Inzwischen war es mir

egal, ob wir Lärm machten, so berauschend wirkte Nataschas Nähe und das erregende Beben ihres wundervollen Körpers unter meinen forschenden Fingern. Viel Kleidung trugen wir nicht mehr, als wir uns auf das brettharte Bett warfen.

Die Innenjalousien zu schließen hatten wir nicht mehr geschafft und so weckte mich der Schein einer am Gebäude angebrachten Außenlaterne gut eine Dreiviertelstunde vor der gewöhnlichen Aufstehzeit. Natascha lag mit dem Rücken zu mir. Ihr gleichmäßiger Atem und die körperliche Nähe wirkten auf angenehme Weise beruhigend. Ich betrachtete sie eine Weile voller Faszination und mich bedrückte der Gedanke, den Anblick eine ganze Woche lang missen zu müssen. Natascha würde an diesem Wochenende bei ihren Eltern weilen, ein Treffen war also erst am nächsten Freitag wieder möglich. Ich verlor mich einen Moment in ihren ebenmäßigen Zügen und unterdrückte die Versuchung, die allgegenwärtige aufrührerische Haarsträhne nach hinten zu schieben. Aus dem Nachbarzimmer drang nicht das leiseste Geräusch. Renates Heidelbeerlikör schien sedierende Wirkung zu besitzen. Ganz wie ein zierliches schutzsuchendes Wesen lag Nataschas rechter Arm entspannt auf der Decke. Leise strich ich mit meinem Zeigefinger über ihren Unterarm, wanderte hinauf über die Ellenbeuge zu dem schmalen festen Oberarm, um an der köstlichen weißen Schulter, die ebenfalls unter der Decke hervorblitzte, haltzumachen und an deren Rundung zu verweilen. Ich beschloss, den weiteren Aufstieg mit der Zunge zu wagen. Als ich – den unvergleichlichen Karamellgeschmack schmeckend - den Ansatz ihres grazilen Halses erklomm, kündete ein wohliges Knurren davon, dass Natascha wach geworden war. Erschrocken ließ ich von ihr ab. „Weitermachen.“, flüsterte sie, „Nicht aufhören.“. Nichts auf der Welt hätte mich davon abbringen können. Uns blieb noch fast eine Dreiviertelstunde.

XIII. Prüfungen

Zwei Jahre hatte es nun schon keine nennenswerten politischen Proteste mehr gegeben. Irgendwann hörten die Preise auf zu steigen. Sie manifestierten sich einfach auf dem erreichten schmerzhaft hohen Niveau. Der Staat legte eine Vielzahl von Programmen zur Ruhigstellung seiner rebellischen Untertanen auf, um insbesondere Lebensmittelpreise und Energiekosten leidlich stabil zu halten. In der finanziellen Zange befand sich ungeachtet aller Maßnahmenpakete der Regierung die Mittelschicht, die etwas zu verlieren hatte. Diese wurde nach und nach schamlos tröpfchenweise ausgeblutet. Vor allem diejenigen, die über Wohneigentum verfügten oder ein Unternehmen betrieben. Geschickt hielt man die Mehrzahl der vermeintlich Besserverdienenden in einem Zustand drohender Verarmung aber immer sicher über der Leistungsempfängergrenze und damit in der Steuerpflicht. Einige, wie meine Eltern, entschlossen sich, ihr Haus zu verkaufen, um die Steuer- und Abgabenlast zu reduzieren. Die kleinen Betriebe wirtschafteten irgendwie weiter, immer hart am Rande der Insolvenz. Deren Antragstellung ließ sich durch großzügige Fristverlängerungen staatlicherseits ständig aufs Neue hinausschieben, wovon viele aus Scham vor der Pleite notgedrungen Gebrauch machten und auf diese Weise weiter in die Schuldenfalle rutschten. Die andauernde Einwanderung von Menschen aus allen Ländern der Welt, ob nun mit oder ohne Krieg oder Verfolgung, überdies zumeist jener ohne jede Ausbildung und Qualifikation, zeigte sich immer offensichtlicher im Stadtbild. Über die Zahlen wurde jedoch längst nicht mehr berichtet, denn Schweigen verschaffte trügerische Ruhe.

Nachdem eine gesetzliche Impfpflicht im wesentlichen auf die Pflegeberufe und den ohnehin wenig beliebten öffentlichen Dienst beschränkt worden war, gelang es auch auf diesem Kampffeld, den Protest schlussendlich zum Erliegen zu bringen.
In Jonas' Garage philosophierten wir trefflich darüber, weshalb dieser nunmehr begann, wieder aufzuflammen. Vielleicht waren es die vielfältigen Mobilitätseinschränkungen, wie etwa die sonntäglichen Verbote von privaten Fahrten in immer mehr Kreisen und Städten, wovon unsere verhältnismäßig dünn besiedelte Gegend momentan noch verschont blieb. Möglicherweise war es auch die Wiedereinführung der Wehrpflicht und vor allem des Wehrersatzdienstes, um dem Pflegenotstand zu begegnen oder die wachsende Altersarmut. Nicht zu vergessen die gnadenlose Digitalisierung, die immer mehr Ältere von der Teilnahme am gesellschaftlichen Leben abschnitt oder die zunehmende Verunsicherung, da trotz praktisch flächendeckender Überwachung des öffentlichen Raumes die Zahl an Straftaten nicht zurückging, sondern stetig wuchs.
Während Jonas sich in Rage redete und ich nicht umhinkam, ihm ein einer Vielzahl von Punkten zuzustimmen, gab sich Robert bei diesem Thema gewohnt wortkarg. Wobei ich wettete, dass er nicht nur im wesentlichen unsere Ansichten teilte, sondern auch sonst dazu in mancher Hinsicht etwas zu sagen hätte. Allerdings besaß er ein Talent dafür, mit gezielten Griffen in die rhetorische Trickkiste, auf andere Gesprächsinhalte umzulenken.
„Punkto Mobilität – was macht eigentlich deine Führerscheinprüfung?". „Läuft.", erwiderte ich wortkarg und ein

wenig sauer über den nicht uneleganten Ablenkungsversuch. „Ein bisschen genauer geht es wohl nicht? War nicht Freitag deine erste Theoriestunde?“, hakte Robert nach. Da Jonas keine Anstalten unternahm, zur ursprünglichen Diskussion zurückzulenken, sah ich mich gezwungen, weiter auszuführen. „Verschoben.“, antwortete ich in der Hoffnung, das Thema mit meiner Einsilbigkeit abzuwürgen. Dies rief allerdings unerwartet Jonas auf den Plan. „Wieso verschoben? Ich habe doch deinen Fahrlehrer am Samstag gesehen, da lief der putzmunter durch den Supermarkt.“. Nun sahen mich beide fragend an. Der herein schlurfende Dietmar verschaffte mir Bedenkzeit. „Immer noch die große Politik?“, brummelte er und goss Kaffee in seinen mitgebrachten Metallbecher, der so abgewetzt aussah, als habe er bereits den Einmarsch der russischen Armee anno 1945 erlebt. „Klar, Vadda, wir planen schon die Aufgabenverteilung nach der Machtübernahme.“. Dietmar murmelte etwas Unverständliches, was nach einem „sowieso alles sinnlos“ klang und dampfte mit seinem kampferprobten Kaffeebehältnis kopfschüttelnd wieder ab. Nun war es vermutlich so weit, die Sache mit Natascha zu beichten. Der Zauber Nataschas hatte mit einwöchigem Abstand nichts von seiner Wirkmächtigkeit eingebüßt, im Gegenteil. Seine unsichtbaren goldenen Ketten schienen sich mit jedem Tag der Trennung ein wenig mehr um mich zusammen zu schnüren und mir mit sanftem Druck die Luft aus den Eingeweiden zu pressen. Ihretwegen hatte ich den Theorieunterricht sausen lassen, da ich keine Minute des Wochenendes damit verschwenden wollte, mich den physikalischen Grundlagen der Kurvenfahrt zu widmen. Ich hatte Glück, denn ein weiterer Säumiger, offenbar der Sohn einer Bekannten des Fahrlehrers, hatte den Unterricht ebenfalls verpasst. So gab er für uns Nachzügler ausnahmsweise am Donnerstag eine Sonderdoppelstunde. „Genau genommen habe ich den Unterricht vertagt.", begann ich. „Ich habe mit dem Fahrlehrer aber abgesprochen, dass ich ihn übermorgen nachholen kann.", schob ich eilig nach. „Wie heißt sie?", verblüffte mich Robert. Bevor ich antworten konnte, setzte Jonas hinzu: „Etwa die kleine Schwarzhaarige bei euch aus dem Büro?". Anscheinend meinte er Melinda. Nicht zum ersten Mal ging mir durch den Kopf, dass ich mich glücklich schätzen konnte, Robert und Jonas zu meinen Freunden zu zählen. Die Vorstellung, solche ausgeschlafenen Typen als Feinde zu haben, konnte einem Kälteschauer über den Rücken jagen. „Sie heißt Natascha.", gestand ich unter Aufgabe aller weiteren Versuche, Ausflüchte zu finden. „Sie ist einfach unglaublich. Ich habe sie zufällig während der Fortbildungswoche kennengelernt. Sie sieht umwerfend aus. Und Humor hat sie auch, sie ist wirklich witzig. Ihr werdet begeistert sein, wenn ihr sie kennenlernt. Ach ja, sie ist übrigens Kommissarsanwärterin. ". Ich war froh, als alles heraus gesprudelt war. Jonas runzelte die Stirn. „Du willst doch nicht ernsthaft die Bullen hier ins Haus bringen?". Geschockt hob ich den Finger und zu einer wortreichen Erklärung an, als Robert mich am Nacken packte. „Langsam, junger Padawan. Unser kahlköpfiger Freund da drüben versucht gerade, dich mordsmäßig einzuseifen.". Ich schaute in das grinsende Gesicht von Jonas. „Schade, auf die Erklärung wäre ich gespannt gewesen. Klar, kannst du sie mitbringen. Egal, wen du da anschleppst, sie ist willkommen.". Ich nickte und beschloss im selben Moment, dass Nataschas Vorstellung noch etwas Zeit hatte. In einem so frühen Stadium einer sich anbahnenden Beziehung wollte ich ihr diese zwei schrägen Vögel nicht zumuten.

Der Anruf Fräulein Kunzes traf mich nicht ganz unvorbereitet. Ich war auf Ärger gefasst gewesen, nachdem ich den Politunterricht schuldhaft versäumt hatte. Meine Hoffnung auf einen milden Anranzer seitens der Direktorin zerschlug sich. Offenbar war die Aufgabe meiner Maßregelung Frau Wittig-Buhlemann zugefallen, auf deren Dienstzimmer ich mich - dem von Fräulein Kunze übermittelten Befehl gemäß - Punkt 14 Uhr einfinden sollte. So trabte ich fünf Minuten vor der angewiesenen Zeit in die Verwaltung, wo ich die Gelegenheit nutzte, noch kurz bei Isabell vorbei zu schauen. Sie war bereits unterrichtet. „Mach bloß keinen Ärger. Gib deinen Fehler zu und verhalte dich reumütig. Du bist nicht der Erste, dem so ein Termin durchgegangen ist. Deswegen hat noch niemand den Kopf verloren.". Ich nickte ergeben. Allerdings wusste man bei der Geschäftsleiterin nie so genau, wie ein Gespräch ablief. Sie besaß die Fähigkeit, andere bis aufs Blut zu reizen, und ich war nicht von einem Schlage, dies völlig kampflos zu schlucken.
Es kam anders als gedacht. Frau Wittig-Buhlemann gab sich gnädig gestimmt. Sie verfolgte mein Geständnis mit ausdruckslosem Gesicht und ich machte bereits Anstalten, mich nach ihrem huldvollen Nicken taktvoll zu verdrücken, als sie doch noch mit einer Überraschung aufwartete. „Na

schön, Herr Kranagel.“. Meinen Namen hatte sie in der Zwischenzeit immerhin gelernt. „Ich erwarte Ihre schriftliche dienstliche Erklärung zu diesem Vergehen bis morgen Mittag auf meinem Schreibtisch. Diese wird im Anschluss zu Ihrer Personalakte genommen.“. Ich glaubte, mich verhört zu haben. „Aber ich habe doch gerade erklärt, dass es sich um ein Versehen …“, wagte ich einen Einwand. Die Geschäftsleiterin forderte mich mit einer energischen Handbewegung zum Schweigen auf. Die bekannten hektischen roten Flecken begannen sich an der Unterseite des Halses über dem recht großzügigen, mit Rüschen versehenen Ausschnitt einer weißen Bluse zu formieren. „Ich will dazu nichts hören. Morgen 12 Uhr liegt Ihre schriftliche Stellungnahme auf meinem Schreibtisch. Und die politische Bildung ist selbstverständlich in einem gesonderten Termin, der Ihnen noch rechtzeitig bekannt gegeben wird, nachzuholen. Wir haben uns verstanden.“. Mit einer weiteren Handbewegung aus der weißen Bluse, die keinen Widerspruch duldete, durfte ich mich als vorerst als entlassen betrachten.

„Nicht mit Wut schreiben“ lautet ein alter Grundsatz im dienstlichen und privaten Schriftverkehr. Also ließ ich den Tag verstreichen, lenkte mich ab mit Arbeit, abendlicher Lektüre, einem hervorragenden Schluck eines zwölfjährigen ‚Highland Park‘ aus der Bar meines Vaters, um anschließend ganze zwei Stunden mit Natascha zu telefonieren. Im Bett liegend kreisten meine Gedanken dann doch um die am nächsten Tage einzureichende Stellungnahme. Sie sprangen von der einen Formulierung zur nächsten. Die damit einhergehenden Gefühlsaufwallungen ließen mich keine Ruhe finden. Schließlich saß ich zu nächtlicher Stunde vor dem heimischen Laptop und hämmerte wie von Sinnen auf die Tastatur ein, bis der Text endlich meiner Vorstellung entsprach:

Frau Geschäftsleiterin
Justizamtsrätin Wittig-Buhlemann
- im Hause -

Dienstliche Äußerung

Ich gestehe, am gestrigen Tage schuldhaft die monatliche Veranstaltung zur politischen Bildung versäumt zu haben.
Ich bereue mein schwerwiegendes Vergehen, möchte jedoch angesichts nachgenannter Umstände um Milde bei der Bestrafung nachsuchen.
Bei der morgendlichen Sichtung der eilbedürftigen Mitteilungen im Justizinformationssystem wurde mir als erstes der im folgenden wortgetreu wiedergegebene Hinweis der hiesigen Verwaltung präsentiert:
„Mitarbeitende, die Bedarf für einen Tritt haben, können sich diesen bis 15:00 Uhr in der Verwaltung abholen.". Mir schien dies – auch angesichts der kurzen Fristsetzung (schließlich war ich gehalten, eine derart weitreichende Entscheidung binnen weniger Stunden zu fällen) – ein ausgesprochen überdenkenswertes Angebot. Allen Zweiflern zum Trotz erachtete ich gerade das aktuelle Anerbieten als einen schlagenden Beweis für eine Weitsicht in der Führungskultur, wie man sie sich als Beschäftigter nur wünschen kann. Denn dass die Verwaltung angesichts ihrer Arbeitsbelastung nach Wegen und Möglichkeiten sinnt, insoweit hilfsbedürftigen Mitarbeitenden den Aufstieg mit so einfachen Mitteln wie dem unterbreiteten zu erleichtern, deutet darauf hin, dass die dienstliche Fürsorgepflicht nicht nur als leere Worthülse verstanden,

sondern in geeigneter Weise auch durch praktische Umsetzung gelebt wird.
Die individuelle Entscheidung, von der großzügigen Offerte keinen Gebrauch zu machen, habe ich unter Abwägung sämtlicher dafür und dagegen sprechenden Umstände getroffen. Ausschlaggebend war letztlich die Einsicht, anderen Mitarbeitern mit einem erkennbar größeren Bedarf den Vortritt einzuräumen. Gleichwohl berührte mich das von mir neu erfahrene, tiefgehende empathische Verständnis unserer Verwaltung für die Wünsche der Mitarbeitenden dergestalt, dass ich in fahrlässiger Unachtsamkeit die nachfolgende Mitteilung über den anstehenden Termin für die politische Bildung schlechterdings weggeklickt haben muss, ohne ihr angemessene Beachtung zu schenken.
Ich möchte nochmals meinem Bedauern über meine unverantwortliche Säumnis Ausdruck verleihen, bin jedoch zuversichtlich, dass ich durch Teilnahme an der bereits avisierten Nachholveranstaltung die durch mein Fehlen entstandenen Wissenslücken in zuverlässiger Weise werde schließen können.

gez. Kranagel
Justizsekretär

Am nächsten Tag warf ich zwei Minuten vor Abgabeschluss meine Stellungnahme in das bei Fräulein Kunze befindliche Postfach der Geschäftsleiterin. Anschließend empfahl ich mich bei der grauen Vorzimmermaus, die mich überrascht mit großen Augen anstarrte, mit einem fröhlich in den Raum geworfenen „Mahlzeit“ in die Mittagspause. Weiteres hatte ich in der Verwaltung nicht zu besorgen. Die Frist dafür, mir eine der angeschafften metallenen zweistufigen Leitern, im Volksmund ‚Tritt‘ genannt, abzuholen, eine Vorrichtung, die kleineren Beschäftigten ermöglichen sollte, besser an die oberen Aktenregalreihen zu gelangen, war bekanntlich am Vortag abgelaufen.

Paul musste es wirklich nicht gut gehen. Dies schloss ich nicht etwa aus dem zunehmend nachlässigen Bügelzustand seiner Hemden - ich selbst war, was das betraf, auch kein leuchtendes Beispiel. Das Überwachungsnetz, das Paul seit meinem Einzug in unser gemeinsames Büro über mich geworfen hatte, wies mit der Zeit immer größere Lücken auf, bis es schließlich nicht mehr vorhanden war. Sein Desinteresse an meiner Person gipfelte darin, dass er kommentarlos zur Kenntnis nahm, dass ich meine Aktenbearbeitung immer wieder unterbrach, um für die theoretische Führerscheinprüfung zu lernen. Ein Zustand, der noch vor einigen Monaten meine sofortige Zurechtweisung zur Folge gehabt hätte, im Wiederholungsfalle sogar eine Meldung an die Verwaltung wegen Vernachlässigung meiner dienstlichen Verpflichtungen. Inzwischen hatte ich Paul, was die Geschwindigkeit in der Aktenbearbeitung betraf, mindestens

eingeholt, wenn nicht sogar überflügelt. Die daraus resultierenden Freiräume nutzte ich schamlos aus. Einen Teil der gewonnenen Zeit verbrachte ich bei Robert, der einen ähnlich entspannten Umgang mit der Pflichterfüllung pflegte. Natürlich handelte es sich bei Robert um einen ausgefuchsten Profi, der die meisten Sachen allein mit seiner jahrzehntelangen Routine zügig einer Erledigung zuführte, ohne dass irgendwer jemals qualitative Mängel bei seiner Arbeit nachzuweisen imstande gewesen wäre.
Ich hatte Robert und Isabell meine schriftliche Stellungnahme wegen der verpassten Teilnahme am „Politklimbim" zu lesen gegeben. Isabell konnte ein Grinsen nicht verbergen, während sie mir einen Vortrag darüber hielt, dass das Backen kleinerer Brötchen oftmals die klügere Entscheidung sei. Robert reagierte fast genauso, abgesehen davon, dass er noch eine lobende Erwähnung der Größe meiner primären Geschlechtsmerkmale in Anbetracht meines jugendlichen Alters drauflegte. Die Geschäftsleiterin hatte auf meine Provokation bislang nicht reagiert. Allerdings befürchteten Isabell und Robert, dass sie nur auf die richtige Gelegenheit wartete, es mir mit doppelter Wucht heimzuzahlen. Vermutlich war sie die Optionen durchgegangen und hatte sich entschieden, angesichts meines guten Verhältnisses zur Direktorin die Angelegenheit zunächst auf sich beruhen zu lassen. Vielleicht standen aktuell auch dringendere Geschäfte an, als einen unbotmäßigen Subalternen zur Strecke zu bringen.

Natascha hatte ich nicht in meine kleinen Scharmützel mit der Geschäftsleiterin involviert. Unsere Beziehung stand noch am Anfang und ich hatte nach wie vor bei jedem Zusammentreffen anderes im Sinn, als mit ihr meine Probleme zu erörtern. Die meiste Zeit verbrachten wir im Bett, das wir praktisch nur zur schnellen Nahrungsaufnahme bei Freddy, dem asiatischen Nudelmeister, verließen, um anschließend an der unterbrochenen Stelle des Drehbuchs fortzufahren. Natürlich war mir bewusst, dass wir irgendwann anfangen mussten, über die Dinge zu reden, die uns tagtäglich bewegten. Aber wir kosteten diese Phase des gegenseitigen Sich-Erforschens nach Kräften aus, schließlich blieben uns vorerst nur die Wochenenden.

Ehrlich gesagt staunte ich nicht schlecht, als ich den kleinen Sitzungssaal betrat, der als Veranstaltungsraum für die Nachsitzenden der „Politischen Bildung" ausgewiesen worden war. Etwa 20 Personen hockten im Innern des für den Zweck viel zu winzigen Raumes zusammen. Unter ihnen Melinda, die bei meinem Eintreten eine Strickjacke von ihrem Nachbarsitz zog und mich heranwinkte. „Du auch hier?", begrüßte ich sie. Zur Antwort zuckte sie mit den Schultern. Bevor die Unterhaltung in melindatypischer Weise endete – bekanntlich zeigte sie sich selbst Bekannten gegenüber nur begrenzt gesprächig – nahm ich den Faden und die etwas eingestaubten diplomatischen Beziehungen wieder auf. „Warst du krank?". Melinda schüttelte den Kopf. „Ich musste vertretungsweise einen Beratungshilfeantrag in der Zwangsvollstreckung aufnehmen. Von deinem Missgeschick habe ich schon gehört.". Sie grinste verhalten. Es machte also bereits die Runde, dass ich verschuldet gefehlt hatte. „Tja.“, strahlte ich, „Ich werde wohl langsam vergesslich auf meine alten Tage.“. Melinda zeigte keine weitere Gefühlsregung. „Wie gehts deinem Aufpasser?“, erkundigte sie sich stattdessen nach meinem ehemaligen Schatten Paul. Eine junge Richterin schneite herein, bevor ich zu einer Erklärung ansetzen konnte. Ihren Namen wusste ich nicht mehr, nur dass sie zur Zivilabteilung gehörte. Das kleinmädchenhafte Puppengesicht, das von einer blonden Teenager-Kurzhaarfrisur, wie sie gerade in Mode war, umrahmt wurde, wirkte mehr wie das einer Abiturientin als das einer Juristin, die bereits erfolgreich zwei Staatsexamen hinter sich gebracht hatte. Sie musste also mindestens in Melindas und meinem Alter sein. Ihre piepsige Stimme harmonierte mit dem Rest ihres jugendlichen Äußeren. Die Anwälte, mit denen sie in ihren Verhandlungen zu tun bekam, hatten gewiss ihren Spaß. Melinda verdrehte die Augen, um sodann gewohnheitsgemäß unter ihrer schwarzen Haargardine abzutauchen. „Weck mich, wenn es vorbei ist.“, flüsterte sie mir noch zu, bevor sie sich endgültig in ihren Kokon zurückzog. Ich beschloss, dem niedlichen Puppengesicht eine Chance zu gewähren. Vielleicht erwies sie sich als leidlich nett und versüßte uns die kommenden zwei Stunden mit einem anregenden Vortrag zur Erosion des Rechtsstaates infolge misslungener Digitalisierungsversuche. Weiter entfernt hätte ich nicht liegen können mit meiner Prognose. In recht angestrengt dozierender Weise thematisierte sie den Zustand der Demokratien in Europa. Im Norden und Westen des Kontinents schien alles leidlich in Butter. Als Goldstandard von Demokratie und Rechtsstaatlichkeit galt anscheinend Deutschland. Ich nahm das zunächst einmal so auf, obwohl sich spontan Bedenken einstellten. Im Süden sah es bereits vergleichsweise düster aus und gar Erschreckliches kündigte sich aus Richtung Osten an. Das Puppengesicht malte das Bild einer dem aufkommenden Rechtspopulismus geschuldeten zunehmenden staatlichen Dysfunktionalität und Demokratiekrise, ein Zustand, der auch immer wieder auf das musterdemokratische Deutschland überzuschwappen drohte. Melinda quittierte die aus dem Osten heraufbrandende rechte Gefahr mit einer sorgsamen Bearbeitung ihrer ohnehin makellosen Fingernägel mittels einer Nagelfeile. Immerhin blieb sie wach, kein Wunder angesichts der hohen Töne, mit denen das Puppengesicht sich in Rage redete. Nur dem tapferen Widerstand aller aufrechten Demokraten – und dies schien ihr eine Herzensangelegenheit zu sein – sei es zu verdanken, dass in unserem schönen Land der Faschismus noch nicht die Oberhand ... Meine Gedanken begannen abzudriften. Ich saß auf meiner blitzsauber gewienerten rot-weißen Honda und jagte bei schönstem Sonnenschein mitten über eine anheimelnden Schatten spendende Allee. Hinter mir hatte sich Natascha eng an mich gepresst. Ich konnte die beruhigende Nähe ihres schlanken trainierten Körpers spüren. Sanfte Kurven wiegten uns im Takt mal nach links, mal nach rechts, und im Rhythmus der Maschine verschmolzen wir mit der uns umgebenden Natur. Wir fuhren nicht einfach, wir schwebten, nein wir ... „Wehret den Anfängen!“, beendete das Puppengesicht seine Ausführungen. Sie erschien mir plötzlich gar nicht mehr so niedlich wie noch am Anfang ihres Vortrags. Ob es noch Fragen gäbe, merkte sie förmlich an, wobei ihr

Gesicht von der Hoffnung kündete, dass wir fraglos vollständig überzeugt waren von der guten Sache. Ich hatte noch eine. Das Puppengesicht erteilte mir gönnerhaft das Wort, ohne ihren Missmut ob der Verzögerung des Veranstaltungsendes vollständig verbergen zu können. „Wann besuchen wir eigentlich mal wieder unser polnisches Partnergericht?", erkundigte ich mich, wohlwissend, wie es eine Freundschaft mit dem Personalratsvorsitzenden mit sich bringt, dass der Kontakt wegen der „problematischen politischen und rechtsstaatlichen Entwicklungen in Polen" von deutscher Seite aus vor Jahren eingefroren worden war. „Als Gastgeschenk könnten wir ein wenig Demokratieverständnis hübsch einpacken und dem polnischen Reichsgericht feierlich übergeben.", schlug ich vor. Das Aufbruchsgemurmel im Saal erstarrte wie dereinst die deutsch-polnische Partnerschaft. Das Puppengesicht glänzte wie feucht gewordenes Porzellan. Ihre Mimik wechselte zwischen Staunen, Lachen und Nicken in Dauerwiederholungsschleife. Sie wirkte wie eine hängen gebliebene Nadel auf einer alten Schallplatte, nur ohne das nervige Knackgeräusch. Eine Antwort gab sie nicht. Sie staunte weiter, lachte und nickte. Melinda starrte mich mit riesigen Augen von der Seite an, während die Nagelfeile weiter den Daumennagel traktierte und seine ursprünglich perfekte Form verdarb. Als nach einer gefühlten Minute niemand etwas gesagt hatte, begannen die ersten Stühle über den Boden zu schurren. Nach und nach standen alle auf und das Gebrabbel setzte wieder ein. Erst leise, dann in seiner üblichen Lautstärke. Schließlich verteilte es sich auf dem Flur in sämtliche Himmelsrichtungen.

Melinda setzte sich ohne Verabschiedung in Richtung Nachlassabteilung ab, bevor ich sie erwischen konnte. Die Staun-Lach-und-Nick-Puppe blieb – immer noch wortlos - allein im Raum zurück.

„Du weißt, du musst das Zeug nur dann nachkippen, wenn etwas davon ausgelaufen ist.“, frotzelte ich, als Isabell ansetzte, sich eine rosafarbene Flüssigkeit einzuverleiben. Sie hielt inne. „Kühlflüssigkeit.“, deutete ich auf die winzige Glasampulle in ihrer Hand. Isabell wirkte wenig amüsiert und stürzte den Trunk herunter. „Das ist Vitamin B12.“, erläuterte sie dann und deutete auf den Stuhl vor ihrem Schreibtisch. Ich nahm Platz und sah mich, während Isabell die Packung mit vermutlich weiteren Cocktails der genannten Art in einer Schublade des Schreibtischs verstaute, in ihrem Büro um. Obwohl ich häufig hier verweilte, hatte ich noch nie ein Staubkörnchen wahrgenommen. Der Raum sah aus, als würde er jeden Morgen frisch gewienert. Die Tischplatte glänzte wie nach einer vorbildlichen Behandlung mit Möbelpolitur. Ein paar akkurat ausgerichtete Familienbilder wirkten wie gemalt, die abgelegten Aktenvorgänge mustergültig sortiert. Das technische Equipment wies ganz im Gegensatz zu dem meinigen nicht die übliche Patina auf, die entsteht, wenn Staub und fettige Finger einen kaum lösbaren Schmierfilm auf Tastatur und Touchscreen-Bildschirm hinterließen. Die zwei von der Behördenleitung erlaubten Töpfe mit Grünzeug einer mir unbekannten Gattung strahlten frisch und lebendig wie für einen Katalogfototermin hergerichtet. Ganz anders als mein qualvoll dahinsiechender Krüppelkaktus, den ich an den hinteren Rand der

Schrankoberseite verbannt hatte, da ich seinen notleidenden Anblick nicht mehr ertrug. „Macht das schön?“, unterbrach ich die Stille. „Dieses Vitamin B12 meine ich. Also - nicht, dass du es nötig hättest.“. „Ich nehme das mal als Kompliment.“, parierte Isabell mit unterkühlter Gelassenheit. „Tatsächlich soll es gut sein für die Nerven.“. Sie lächelte ein wenig gequält. „Wo wir gerade bei fragwürdigen Komplimenten sind – wie geht es Natascha?“. „Gut.“, antwortete ich, da mir die Lust fehlte, mich mit Isabell über meine Freundin auszutauschen. „Im Moment ist sie allerdings im Stress. Klausurenzeit.“, setzte ich nach, um nicht unhöflich zu wirken. Isabell warf gekonnt eine blonde Haarsträhne hinter das Ohr. Sie sah immer noch unfassbar gut aus. Selbst seitdem ich mit Natascha zusammen war, hatte Isabell in meinen Augen wenig von ihrem Glanz bei unserem Kennenlernen an meinem ersten Tag eingebüßt. „Du hast ja wieder einen gewagten Auftritt hingelegt in der Politischen Bildung.“, wechselte Isabell das Thema, was mich dazu bewog, meine Augen von ihrer straff sitzenden weißen Bluse loszureißen. Ich murmelte eine stille Entschuldigung an Natascha und schwor, nie wieder einen Gedanken an Isabells wohlgeformten Körper zu verschwenden. „Ich will gar nicht wissen, von wem du das schon wieder weißt.“, maulte ich. Dieses verdammte Gericht war ein Laden voller Klatschtanten. „Ich habe den Job nicht, weil ich nicht mitkriege, was hier so läuft.“, konterte Isabell. Damit meine Augen keine erneute Verfehlung begehen konnten, starrte ich auf die im perfekten rechten Winkel zur Tischkante ausgerichtete blitzblanke Tastatur. Na also, es geht doch. Einfach ablenken. „Jedenfalls dürfte Frau Dr. Bagwala nicht übermäßig begeistert von deinem Vorschlag für einen Besuch des polnischen Partnergerichts gewesen sein.“. Jetzt wusste ich wenigstens den Namen der Staun-Lach-und-Nickpuppe, nachdem sie es nicht für nötig befunden hatte, sich vorzustellen. Und eine Doktorin war sie auch noch, welch eine beneidenswerte Karriere für eine Vierzehnjährige. „Ehemaligen Partnergerichts.“, korrigierte ich. „Und außerdem auch noch eine ‚Frau Doktor‘. Großartig. Immer gut, einen Arzt im Haus zu haben.“, unternahm ich den Anlauf, die Unterhaltung in eine andere Richtung zu steuern. „Lenk nicht ab.“, vereitelte Isabell meinen verbalen Fluchtversuch. „Du kannst froh sein, dass sie offenbar gar nicht so genau verstanden hat, welchen Brocken du ihr da vor die Füße geknallt hast. Du redest dich irgendwann um Kopf und Kragen.“. Isabell wirkte besorgt. Ich wiegelte ab. „Wieso? Letztlich habe ich ihr nur ein Fazit ihrer eigenen Ausführungen geliefert und es mit einer praktischen Anregung verbunden. Da ist sie selbst schuld, wenn sie mit den Konsequenzen ihres Geredes nicht klarkommt.“. Isabells Besorgnis wich einem Ausdruck von Verärgerung. „Anton, du bist schlau genug zu wissen, dass es nicht die Frage ist, ob es richtig ist, was du gesagt hast. Richtig oder falsch, Wahrheit oder Lüge, Spaß oder Ernst, Recht oder Unrecht – das sind Kategorien von gestern. Heute kommt es darauf an, nicht aufzufallen. Wenn dein loses Mundwerk an den Falschen gerät, können weder ich noch die Direktorin deinen Kopf aus der Schlinge ziehen.“. Ich saß da mit geöffnetem Mund. Als mir das bewusst wurde, schloss ich ihn wieder, schon allein weil ich nicht wie ein Trottel erscheinen wollte. So ernst hatte mir Isabell angesichts meiner Eskapaden noch nie ins Gewissen geredet. Die Schonungslosigkeit ihrer Einschätzung irritierte mich. Für einen Moment kam in mir das Gefühl auf, dass Isabell noch andere Dinge zusetzten, als meine Großmäuligkeit. Selbst wenn mir eine erneute Blödelei auf der Zunge gelegen hätte, diesmal hätte ich sie herunter geschluckt. „Sei einfach ein bisschen vorsichtiger", endete Isabell. „Mir zuliebe, okay?". Ich nickte. Ob ich mein Versprechen einhalten konnte? Ich wusste es nicht.

Der Aprilregen tanzte energisch auf den blechernen Fensterbänken vor meinem Büro und zeichnete mit gierigen Fingern lange Fäden in den Monate alten Schmutz, der sich wie ein staubiger Schleier auf die Scheiben gelegt hatte. Ich fluchte innerlich, da ich dem Wetterbericht keine Beachtung geschenkt hatte und mit dem Fahrrad zum Gericht gekommen war, das auf diese Weise eine Gratiswäsche erhielt. Das einzig Positive, das ich den wechselnden Launen des Frühlings abgewinnen konnte.
Ich zählte zu denjenigen, deren Konzentration unter dem Einfluss von Musik nicht litt. Eher im Gegenteil verschaffte mir die rhythmische Begleitung eine Art innerer Ausgeglichenheit, die mich beflügelte. Der Regen war durch die Ohrhörer nahezu stumm geschaltet und so summte ich bei dem überhaupt nicht zur Jahreszeit passenden „So Fell Autumn Rain" von *Lake of Tears* vor mich hin, während meine Finger nahezu blind über die Tastatur flogen. Die monotonen Arbeitsschritte in der Elektronischen Akte verschmolzen mühelos mit dem Takt der gefälligen Melodie und verliehen ihnen so auf eigenwillige Weise eine künstlerische Note.

Ein forsches Klopfen unterbrach meinen Fluss, so laut, dass ich kurz zusammen schreckte und sicherheitshalber die Ohrhörer entfernte. Ohne mein „Herein" abzuwarten, polterte Robert ins Zimmer und wiederholte das Klopfen am Türrahmen. „Knock, knock, Neo.". Roberts Einfallsreichtum, was Filmzitate anbelangte, schien begrenzt. Ohne eine Frage abzuwarten, preschte ich mit der Antwort voraus. „Ja, meinetwegen, her mit der verdammten roten Pille.". Robert grinste, während er sich durch das ergraute Kinnbärtchen strich, anscheinend beseelt von dem Gefühl einer durch Wissensvorsprung bedingten Überlegenheit. „Dies, mein selbstsicherer junger Freund, war die falsche Antwort. Bitte mich darum, dich zu erleuchten.". Da ich Roberts Penetranz bei dieser Art von Spielchen zur Genüge kannte, tat ich ihm den Gefallen und bat ihn, seine Weisheit mit mir zu teilen. „Heute wartet auf uns die schwarze Pille. Pechschwarz, wenn du verstehst, was ich meine.". Ich zog die Schultern hoch, da ich nicht den leisesten Schimmer hatte, was seine Andeutung mir sagen sollte. „Du liest immer noch nicht das ‚Schwarze Brett', oder?". Robert schüttelte unter gespieltem Entsetzen und an die Decke gerichteten Augen mit dem Kopf, als ich erneut mit den Schultern zuckte. „Weshalb mit guten alten Gewohnheiten brechen? Meistens kommt ja irgendwer vorbei – in diesem Falle du – der mir den Weg weist.". Robert hob mahnend den Zeigefinger, entschloss sich dann jedoch abzuwinken und forderte mich auf, ihn zu begleiten. Unterwegs erklärte er. „Die Chefin hat zur Vorstellung eines neuen Kollegen eine Dienstversammlung einberufen.". „Ja, toll.", erwiderte ich. „Wenn ich das geahnt hätte, wäre ich mit Sicherheit nicht mitgekommen. Irgendeine Ausrede hätte ich mir schon ausgedacht. Genug zu tun ist schließlich, seit Paul ersatzlos aus der Abteilung befördert wurde.“. Paul war, sehr zu meinem Erstaunen, von einem Tag auf den anderen von der Straf- in die Zivilabteilung umgesetzt worden. Ohne dort jemals ein Büro zu beziehen, denn man hatte ihn direkt ins HomeOffice geschickt. Zu den Gründen hielt sich die Verwaltung bedeckt. Isabell schwieg bei dem Thema beharrlich und Robert, der als Personalratsvorsitzender Bescheid wissen musste, ließ ebenfalls nichts durchsickern. Natürlich brodelte die interne Gerüchteküche. Man mutmaßte, Paul habe wegen seiner Herzprobleme die Pflichtimpfung nicht durchführen lassen, was in der Tat ein plausibler Grund für die beschriebene Vorgehensweise gewesen wäre. Ohne offizielle Bestätigung blieb es bei dem Gerücht. Isabell hatte versprochen, dass an einer personellen Entlastung für mich gearbeitet würde. Vorerst hatte ich nur stundenweise eine Praktikantin überstellt bekommen, die aber lediglich mit einzelnen Hilfsarbeiten betraut werden und Paul somit nicht ersetzen konnte. Ich durfte daher neben Pauls Akten auch seinen Protokolldienst bei Dr. Lahmer übernehmen und die nun seit fast drei Wochen andauernde Doppelbelastung begann mir zuzusetzen. „Ich habe wirklich keine Zeit dafür, der Begrüßung irgendeines Richterfatzkes mit Doktortitel beizuwohnen, während sich bei mir die Aktenberge türmen.“, nörgelte ich daher an Robert gewandt, derweil wir auf den Flur zum Großen Sitzungssaal einbogen. Die einzige Räumlichkeit, die dafür ausgelegt war, die komplette Belegschaft des Amtsgerichts einigermaßen zu fassen. „Es wird dich überraschen, mein Lieber, aber es

ist tatsächlich kein ‚Richterfatzke', wie du in höchst unziemlicher Weise unsere werten Vertreter der rechtsprechenden Gewalt zu betiteln pflegtest. Tatsächlich soll dieses Mal einem Angehörigen des ansonsten weitestgehend namenlosen mittleren Dienstes die ungewöhnliche Ehre der persönlichen Vorstellung durch die Direktorin zuteil werden.". Das überraschte mich, denn die Diensteinführung eines neuen Geschäftsstellenmitarbeiters vollzog sich in der mir bekannten Weise recht unspektakulär durch begrenztes Klinkenputzen in Begleitung Isabells.
Der Saal war bis zum Platzen gefüllt, an eine Sitzgelegenheit im Zuschauerraum nicht zu denken. Viele lehnten mit verschränkten Armen an den Wänden. Ein paar Grüppchen hatten sich hier und da gebildet und waren in angeregte Unterhaltungen vertieft. Andere saßen einfach auf zur Seite geschobenen Tischen. An den Fensterbänken tummelten sich einige vertraute Gesichter, unter anderem Isabell, Melinda und Annegret, weswegen wir uns dorthin schoben und dazu gesellten. Zeit für ausufernde Begrüßungsrituale blieb nicht, denn die Direktorin rauschte in Begleitung der Geschäftsleiterin und des neuen Kollegen in den Saal und mit dem Zuschlagen der großen Flügeltür erstarb auf der Stelle das Gemurmel auf den billigen Plätzen. Während die Direktorin streng nach Protokoll und gewohnt hochprofessionell die Vorstellung übernahm, tanzte leicht versetzt hinter ihr Frau Wittig-Buhlemann aufgeregt von einem Fuß auf den anderen. Hans hieß der neue Kollege, den Nachnamen hatte ich so schnell nicht mitbekommen. 28 Jahre sei er jung und habe aus der schönen Hansestadt Hamburg, wo er in einer

Zivilkammer des dortigen Landgerichts seine ersten beruflichen Sporen verdient habe, zu uns gefunden. Auf der Strafabteilung würde er nun sein neues Aufgabengebiet übernehmen. Ich vermutete, als mein neuer Zimmergenosse. So weit, so unspektakulär. Trotzdem war die Luft im Saal während der kaum zweiminütigen Rede wie elektrisiert. Selbst nachdem die Direktorin die Versammlung für beendet erklärt hatte und unter den besten Wünschen für den Tag in Begleitung der immer noch erkennbar freudig erregten Geschäftsleiterin wieder aus dem Saal entschwunden war, hörte man es förmlich knistern. Bis sich mit der nach und nach erfolgenden Auflösung der Menge die Anspannung legte.
Erst jetzt wurde mir klar, was Robert die ganze Zeit andeuten wollte. Hans war etwas Besonderes. Jedenfalls in der Justiz im Osten der Republik. Denn Hans war schwarz.

Roberts Angebot, die „Schwarze Pille“ mit einem vorzüglichen Cappuccino aus seinem legendären Jura-Kaffeevollautomaten hinunterzuspülen, schlug ich dankend aus. Meine Vorahnung hatte mich nicht getäuscht. Kaum zehn Minuten später erschien Isabell bei mir im Büro, im Schlepptau den „Schwarzen Hans“, wie ich ihn insgeheim nannte, meinen neuen Zimmerkollegen. Sie stellte uns beide förmlich vor. Hans strich sich über den kahlrasierten Schädel, nachdem er mir die Hand gegeben hatte. „Ich muss leider direkt wieder los. Anton, du kümmerst dich bitte um die Einarbeitung unseres Neuzugangs. Hans hat bisher vorwiegend Zivilverfahren bearbeitet, also ein wenig Nachholbedarf im Strafrecht, richtig?“, wandte sie sich zunächst an mich, dann an

Hans. Wir beide nickten. Isabell hatte sich noch nicht ganz aus der Tür gewunden, als sie einen kritischen Blick auf uns beide warf. „Ihr kommt doch klar, Jungs?". Hans und ich sahen uns an und antworteten praktisch zeitgleich. „Klar.". Dann war Isabell aus dem Raum und der ‚Schwarze Hans' und ich standen uns sprachlos gegenüber. Hans ergriff zuerst das Wort. „Mein Platz?". Er deutete auf Pauls verwaisten Schreibtisch. „Ja, richtig. Ich sitze dort.", und wies auf meine Seite, die mit Aktenstapeln nahezu eingemauert war. „Macht Sinn.", erwiderte Hans. „Ordentlich zu tun, wie es ausschaut.". Er wies auf meine gewagten Turmbauten. „Ach was, das ist die übliche Gefechtslage.". Hans sah interessiert auf. „Bundeswehr?". „Zwei Jahre bei der Luft.". „Drei Jahre Marine.", erwiderte Hans. Die nächste halbe Stunde verflog mit dem Austausch von Anekdoten aus unseren Dienstzeiten. Das Gespräch driftete irgendwann zwangsläufig ins Private. Hans entstammte einer Liaison zwischen einer afroamerikanischen Militärangehörigen und einem deutschen Bauingenieur. Die mütterlichen Gene mussten die väterlichen nahezu vollständig verdrängt haben, befand ich, während ich die überaus dunkle Färbung meines neuen Kollegen heimlich musterte. Nach Hans Volljährigkeit brach die seit Jahren zerrüttete Beziehung endgültig auseinander und die Eltern trennten sich. Das Verhältnis zu beiden Elternteilen schien ebenfalls gelockert, mehr verriet er dazu nicht. Nach dem Abitur verpflichtete sich Hans zur Marine, danach machte er die Ausbildung zum Justizfachangestellten, da ihm jede Idee fehlte, welches Studium für ihn geeignet sein könnte. Unsere Lebensläufe ähnelten sich auf verblüffende Weise. Hans Großvater väterlicherseits lebte in einem

Dorf in der Nähe. Nachdem dieser altersbedingte Schwierigkeiten bekam, sich weiter um den Hausstand zu kümmern, wechselte Hans von der Großstadt in unsere ländlich geprägte Gegend und ließ sich an unser Gericht versetzen. „Wollen wir uns jetzt deiner Aktenstapel annehmen? Zeig mir einfach schnell eure Technik, soviel anders als in Hamburg kann das doch nicht sein.“. Ich winkte ab. „Keine Hektik. Gleich ist Mittag. Hier trägt keiner was raus in der Zwischenzeit.“. Hans grinste. „Das nenne ich mal eine klare Ansage. Wollte nur nicht, dass du dich später beschwerst, was für einen Faulpelz du aufs Zimmer gesteckt bekommen hast. Habt ihr hier eine Kantine?“. „Haben wir. Allerdings öffnet die erst in einer Viertelstunde.“. Hans nestelte eine Packung Chesterfield Blue aus der Jackentasche. „Wir könnten vorher noch eine durchziehen. Rauchst du überhaupt?“. Ich nickte. „Abmarsch. Immer mir nachfolgen.“. Auf dem Weg zum Raucherplatz überraschte mich Hans mit einer ungewöhnlichen Frage. „Was mir noch unter den Nägeln brennt – wo ist denn hier der Lokus für Diverse?“. Ich beschrieb ihm den mir aus bekannten Gründen vertrauten Weg, muss dabei jedoch ziemlich entgeistert aus dem Hemd geschaut haben, denn Hans bekam einen heftigen Lachanfall. „Mach dir mal keine falschen Hoffnungen.“, klärte er mich prustend auf. Bevor ich Protest erheben konnte, setzte er hinzu, „Ich wollte nur wissen, wo hier die Ecken liegen, von denen ich Abstand halten muss.“. Wie wir so lässig nebeneinander herschlenderten, überkam mich das untrügliche Gefühl, dass wir gut miteinander zurechtkommen würden.

Dass Natascha das Wochenende bei ihren Eltern zu verbringen gedachte, kam mir bei meinen eigenen Plänen entgegen. Ich wusste, dass sie dort die meiste Zeit mit Klausurvorbereitungen beschäftigt sein würde, ich hätte sie davon nur abgelenkt. So konnte ich das Bestehen meiner theoretischen Fahrschulprüfung mit Robert und Jonas gebührend feiern. Fast war mir das Prüfungsergebnis ein wenig peinlich. Null Fehler deuteten eine Art von Strebertum an, die mir zuwider lief. Andererseits hatte ich eine entscheidende Hürde auf dem Weg zum Mitglied der eingeschworenen Bikergemeinde gemeistert und der Stolz darüber schimmerte mir aus allen Poren.

Robert holte mich mit der Harley zu Hause ab. „Nimm sicherheitshalber eine Zahnbürste mit, ich gehe nicht davon aus, dass ich später noch fahrtauglich sein werde.", empfahl er mir. Mein Frotzeln, dass ich ja gegebenenfalls die Rückfahrt übernehmen könnte, nahm er mit einem spöttischen Nicken zur Kenntnis. „Beim nächsten Mal vielleicht. Und jetzt komm in die Gänge. Jonas wartet nicht gerne, wie du weißt.". Den Rucksack ein letztes Mal zurecht rückend hievte ich mich auf den winzigen Soziusplatz, im Fachjargon „Brötchen" genannt, suchte mir einen sicheren Griff zum Festhalten und schon dampfte Robert los. Das Vibrieren des bulligen Aggregats versetzte meine Wirbelsäule in kribbelnde Schwingungen. Die vertraute Strecke erschien mir auf dem Motorrad wie ein vollständig neues Abenteuer. Ich sog die zum Blühen erwachte Landschaft förmlich in mich auf. Der Sauerstoff des kühlen Fahrtwindes drückte sich an Roberts breitem Rücken vor mir unter dem Visier meines neuen Jethelms vorbei in die Lungen. In mattem Grau flog die Straße unter uns dahin, während Robert routiniert durch die wenigen bekannten Kurven schwang, keinen Moment die Kontrolle über die schwere Maschine schleifen lassend. Wenige Momente später parkten wir vor Jonas Garagenkomplex auf dem Hof. Jonas und Dietmar hockten mit finsteren Mienen in dem kleinen umgebauten Clubraum, beide bereits erkaltete Tassen mit der gemeingefährlich anzuschauenden Filterbrühe vor sich. Wir schienen in ein Streitgespräch geplatzt zu sein, denn Vater und Sohn sahen ärgerlich auf, als wir, die Helme noch in der Hand, grüßend eintraten. Unser Erscheinen schien für Dietmar ein willkommener Anlass zu sein, das Schlachtfeld zu räumen. Er umschloss den Becher mit seiner groben Hand und schob sich schwer atmend mit schwitzigem Gesicht wort- und grußlos an uns vorbei nach draußen. Jonas hob die Hand zum Gruß. „Setzt euch und nehmt euch einen Kaffee. Ich hol uns gleich noch etwas Stärkeres. Ach ja, und ... “, an mich gerichtet, „ ... Glückwunsch zur bestandenen Theorieprüfung.“. Ich nickte. „Worum ging es denn?“, wollte Robert wissen und deutete in Richtung der Tür, aus der Dietmar gerade schnaubend entschwunden war. „Politik.“, meinte Jonas einsilbig. „Was auch sonst.“. Er wirkte immer noch gestresst, fingerte nervös an seinem wenig sorgsam geflochtenen Wikingerbart, bemühte sich aber, uns seine Verärgerung nicht allzu sehr spüren zu lassen. Robert schien nicht geneigt, weiter nachzufragen und warf mir einen strafenden Blick zu als ich es wagte, die Diskussion erneut anzustoßen. „Etwas Spezielles?“. Jonas überlegte einen Moment, bevor er antwortete. Roberts auffällig lautes Klappern mit den Tassen an der Kaffeemaschine gab ihm Zeit, nach den richtigen Worten zu suchen. „Letztlich ist es immer wieder das eine Thema.“, begann er schließlich. „Welchen Sinn hat es, gegen die bestehenden Verhältnisse Widerstand zu leisten?“. „Verstehe.“, antwortete ich. „Aber liegt es nicht auf der Hand, dass sich etwas verändern muss? Und dass man seinen Widerspruch irgendwie nach außen artikulieren sollte, damit man ihn überhaupt wahrnimmt?“. „Eben.“, erwiderte Jonas. „Meine Rede. Aber Vadda will davon nichts wissen. Er ist der Ansicht, die ganze Demonstriererei bringe sowieso nichts. Nach seiner Ansicht muss es richtig knallen oder man lässt es ganz.“. Robert veranstaltete ein Gepolter an der Kaffeemaschine, dass man meinen könnte, er demontiere sie mit einem Vorschlaghammer. „Gewalt ist keine Lösung.“, brummelte er, sich nun doch dem Gespräch zuwendend. Ich pflichtete ihm bei. „Natürlich nicht.“, bestätigte Jonas. „Andererseits muss man zugeben, dass er so ganz unrecht nicht hat. Was haben wir denn erreicht in den letzten Jahren? Alle Krisen haben sich verstetigt und die Politik wurstelt unbeeindruckt vom Protest weiter wie gehabt.“. Robert kam mit zwei gefüllten Tassen an den Tisch und stellte eine davon vor mir ab. Er selbst blieb stehen und starrte in die heiße Flüssigkeit. Das Gefühl, Position beziehen zu müssen, schwappte in mir hoch. „Ich würde jedenfalls mitkommen. Zur Demo, meine ich.“. Jonas nickte anerkennend. „Gut so. Ich hatte gehofft, dass ich auf dich zählen kann.“. Und zu Robert gewandt. „Was ist mit dir?“. Der blies äußerlich ungerührt in seine Tasse. „Ich bin raus. Gibts hier noch etwas Anständiges zu trinken?“. Jonas erhob sich. „Ich hole uns was.“. Als er nach draußen stapfte, um die Hausbar nach einem geeigneten Hochprozentigen zu durchforsten, sah Robert mich nachdenklich an. „Ich habe lange darüber nachgedacht.“, setzte ich zur Erklärung an, aber Robert winkte ab. „Du bist alt genug und musst wissen, was du tust. Ich bitte dich nur um eines: Sei vorsichtig.“. Nach Isabell war Robert nun bereits der Zweite, der mich zur Vorsicht ermahnte. Aber das wenigstens konnte ich ehrlichen Herzens versprechen.

XIV. Dafür oder dagegen

Isabell hatte geweint. Ihre rotgeränderten sanftblauen Augen schimmerten noch feucht, als ich in ihr wie immer mustergültig aufgeräumtes Büro trat. Ich hob zu einer Entschuldigung an und machte Anstalten, mich zu entfernen, aber Isabell bedeutete mir zu bleiben. „Ich bin gerade nicht so gut drauf.", ließ sie mich wissen, ohne dass das Offensichtliche einer Erklärung bedurft hätte. „Kann ich irgendwie helfen?", bot ich an und ich meinte es damit todernst, denn für Isabell hätte ich mich ohne Zögern in jedes Schwert gestürzt. Sie schüttelte den Kopf. „Es ist nur ... es ist alles im Moment zu viel für mich.". Ich hatte die selbstbewusste, knallharte, stets lebenslustige und – nicht zu vergessen - höchst attraktive Isabell noch nie derart zerbrechlich gesehen wie in diesem Moment. „Willst du vielleicht darüber reden?", bekundete ich erneut meine Bereitschaft zur Hilfestellung. „Manchmal hilft es ja schon, es einfach rauszulassen.". Bevor Isabell erneut ablehnen konnte, griff ich zu einem Trick. „Hast du vielleicht ein Glas Wasser für uns? Dann können wir in Ruhe reden.". Während Isabell Wasser mit einem Sprudelautomaten zubereitete, nahm ich an einem kleinen Tisch Platz, der mit zwei bequemen Stühlen bestückt an die Wand gerückt stand und wegen der Platzierung auf Augenhöhe nebeneinander mehr Vertraulichkeit versprach, als ein förmliches Sich-Gegenübersitzen am Schreibtisch. Ich zwang mich, meinen Blick von Isabells Beinen loszureißen, die vorwitzig unter dem kurzen karierten Rock hervorlugten. Isabell kehrte mit einer Glaskaraffe und zwei akkurat polierten Gläsern zurück und während sie einschenkte, brach sie ohne Ankündigung erneut in Tränen aus. Ich widerstand dem

Instinkt, sie in den Arm zu nehmen, unsicher, ob dies angemessen gewesen wäre. Jedenfalls hätte es ein schwer zu erklärendes Bild geboten, wäre jemand plötzlich unangekündigt ins Zimmer geschneit.
Dann sprudelte alles unerwartet aus Isabell heraus. Der kleine Handwerksbetrieb ihres Mannes stand kurz vor der Pleite. Trotz guter Auftragslage fehlten ihm Fachkräfte zur Ausführung der angebotenen Arbeiten. Zudem ließ die Zahlungsmoral der Kunden zunehmend zu wünschen übrig. Wegen gestiegener Preise wurden immer mehr echte oder vermeintliche Mängel geltend gemacht, um die Rechnung gar nicht zahlen zu müssen oder wenigstens einen deutlich niedrigeren Betrag als ursprünglich verlangt. Der Hauskredit musste derweil bedient werden. Wegen der Außenstände geriet die Rückzahlung der Raten ins Stocken. Die Bank, die das Darlehen gewährt hatte, begann Druck zu machen und drohte mit Zwangsversteigerung. Zudem war das Schulgeld für die Privatschule, auf die die Kinder der beiden gingen, erhöht worden. Isabells Verbeamtungsantrag lag derweil immer noch unbearbeitet beim Oberlandesgericht, und das trotz vorschriftsmäßig nachgeholter Impfung und umgehender Einreichung des dafür erteilten Zertifikats. Überdies war der zuständige Referent beim OLG auf die Idee verfallen, dass Isabells Stelle als Geschäftsstellenleiterin vor Besetzung hätte ausgeschrieben werden müssen. Obwohl sie die Aufgaben seit mehr als drei Jahren unbeanstandet wahrnahm, sollte die Ausschreibung nun nachgeholt werden. Sie würde sich also erneut bewerben und gegen mögliche Konkurrenten durchsetzen müssen.

All dies hatte sich wohl seit Wochen aufgestaut und brachte die Fassade der perfekten, stets störungsfrei funktionierenden Isabell zum Bröckeln. Ich hörte schweigend zu . Den enormen Druck, unter dem Isabell stehen musste, hatte sie lange Zeit verborgen, selbst vor ihren Freunden. Vermutlich war ich der Erste, dem sie sich öffnete.
Wir beide bemerkten Fräulein Kunze erst, als diese bereits im Raum stand, eine rote Umlaufmappe wie ein Gebetsbuch vor sich haltend, die Umschlagfarbe für besonders eilbedürftige Verwaltungsvorgänge. Fräulein Kunze räusperte sich, so als sei ihr bewusst, ein Gespräch gestört zu haben, dies jedoch aus Gründen unwiderlegbarer Alternativlosigkeit, bevor sie Isabell den Vorgang reichte. „Eine wichtige Mitteilung der Direktorin an die Mitarbeitenden. Bitte heute noch zur Bekanntgabe im internen Justizinformationssystem einstellen.". Dann rauschte die graue Vorzimmermaus wieder ab, grußlos wie sie gekommen war. „Herrjeh, was gibt es denn schon wieder dringendes aus der Etappe?", wollte ich wissen, während Isabell sich bereits in den Inhalt der roten Mappe vertieft hatte. Wie sie konzentriert las, wirkte sie wieder wie ganz die Alte. Mit ärgerlichem Ausdruck schob sie mir das Blatt mit dem Briefkopf der Direktorin des Amtsgerichts zu. „Lies selbst. Du wirst begeistert sein.". Nach den ersten Zeilen ging mir ein Licht auf, was Isabell damit meinte.

„Liebe Kolleginnen und Kollegen,

die Demokratiefeinde der verschwörungsgläubigen Freigeister-Bewegung und der neofaschistischen Heimwärts-Aktionsfront planen am kommenden Montag um 16 Uhr erstmalig einen gemeinsamen Aufmarsch auf dem historischen Marktplatz unserer schönen Heimatstadt - vorgeblich für Freiheit und bezahlbare Wohnraum- und Verbraucherpreise.

Der öffentliche Dienst unseres Landes ist aufgerufen, sich diesen in Wahrheit gegen die freiheitlich-demokratische Grundordnung und den Rechtsstaat gerichteten Bestrebungen energisch entgegenzustellen.

Gewerkschaften und zivilgesellschaftliche Akteure haben zu einer Gegendemonstration ab 15:30 Uhr auf dem Kleinen Rathausplatz aufgerufen. Die friedliebende Veranstaltung trägt das Motto: "Gegen rechtsextreme Bündnisse - unsere Demokratie bleibt unantastbar!".
Gemäß Erlass des Justizministeriums vom 02. April wird allen freiwilligen Teilnehmenden der Justiz an der Gegendemonstration Dienstbefreiung ohne besonderen Antrag gewährt.

Ich rechne mit Ihrem zahlreichen Erscheinen.

Dr. Teckelsberg
Direktorin des Amtsgerichts"

Mit einer Spur erkennbar kindlichen Trotzes in ihrer Stimme verkündete Isabell: „Die können mich mal. Und zwar allesamt. Ich habe endgültig die Nase voll. Auf gar keinen Fall werde ich da hingehen.“. Ich ahnte, dass ich mich nun sehr weit aus dem Fenster lehnte. „Das habe ich auch nicht vor. Wenn ich irgendwo hingehe, dann auf die richtige Veranstaltung. Und die beginnt um vier.“. Isabell war, das hätte mir klar sein müssen, immer für eine Überraschung gut. „Dann sind wir jetzt schon mal zu zweit.“, lautete ihr unaufgeregtes Fazit. Ich nickte. Der gemeinsame Plan stand.

Ob das sich hartnäckig haltende Gerücht stimmte, dass Spinnen ein Indiz für ein gesundes Raumklima seien, konnte ich nicht bestätigen. Wenn dem so wäre, müsste jedenfalls zwischen Büroschrank und Blechregal, wo ich vor Monaten einen Schirm gebunkert hatte, eine ausgesprochen heilsame Atmosphäre herrschen. Jedenfalls deutete der eingewebte Zustand, in dem ich selbigen vorfand, eben darauf hin. Widerwillig streifte ich den Pelz notdürftig über dem Papierkorb ab. Mit dem zweifelhaften Erfolg, den Schirm zwar von seinem Kleid befreit zu haben, das klebrige Geflecht nunmehr allerdings zwischen den Fingern zu spüren. Der fortgeschrittene April an jenem Montagnachmittag hätte dem konspirativen Charakter unseres Vorhabens kaum besser Rechnung tragen können. Derbe Böen ließen Regenfälle der unerquicklichen Art über das bereits am frühen Nachmittag in beklemmende Dunkelheit getauchte Land branden. Ein Wetter, das jeden mit gesundem Menschenverstand Ausgestatteten von der Teilnahme an Außenveranstaltungen ferngehalten hätte. Gleichwohl regte sich gegen drei Uhr dieses Nachmittags eine gewisse geschäftige Betriebsamkeit auf den Fluren. Die Massen sammelten sich gehorsam - wenn auch keinesfalls vollständig - zum kollektiven Abrücken in Richtung des Kleinen Rathausplatzes, auf dem die angekündigte Gegendemonstration zur Rettung der Verfassung vor dem schändlichen Zugriff der ewig Gestrigen abgehalten werden sollte. Ich hatte mit niemandem darüber gesprochen, welche Pläne Isabell und ich verfolgten. Die Zeiten waren für derartige offenherzige Bekundungen nicht geschaffen. Hans saß mit Dr. Lahmer in der Verhandlung, hatte also gute dienstliche Gründe, dem als „freiwillig" deklarierten Götzendienst fernzubleiben. Selbiges galt für Erik, den unaufschiebbare Wachtmeistergeschäfte von außerdienstlichen Aktivitäten zur Verteidigung des Rechtsstaats abhielten. Melinda mochte ich angesichts ihres fluchtartigen Abgangs nach der Veranstaltung mit der Staun-Lach-und-Nickpuppe nicht fragen und Robert hatte seine Meinung zu dem Thema bereits bei unserem Treffen mit Jonas unmissverständlich kundgetan. So blieben Isabell und ich, die sich gegen das obrigkeitliche Ansinnen verschworen hatten. Als das Gewimmel auf den Gängen zur Ruhe kam, holte ich wie verabredet Isabell aus ihrem Büro ab, die mich dort bereits in eine dicke Wetterjacke gehüllt erwartete. In den Anschein der Rechtsmäßigkeit gewandet eilten wir aus dem Gebäude, ohne Lotti große Beachtung zu schenken, die uns aus ihrer Kommandozentrale in der Vorhalle zuwinkte. Sie hielt uns vermutlich für Nachzügler, die sich eiligen Schrittes bemüht sahen, den Anschluss zur Herde wiederherzustellen. Wir arbeiteten uns schweigend Richtung Marktplatz voran. Die Witterung forderte den

Höchsteinsatz meiner Person beim Festhalten des arg gebeutelten Schirms und hätte ohnehin jede Unterhaltung zur Qual geraten lassen. Insgeheim war ich froh, nicht allein gehen zu müssen. Ich wäre mir wohl seltsam verloren in dieser ungewohnten Situation vorgekommen und vermutete, dass es Isabell ähnlich ging. Diese hatte sich bei mir untergehakt und ihre Nähe verschaffte mir ein angenehmes Gefühl der Vertrautheit, die mich trotz des widrigen Wetters und meiner mit Sorgfalt gewählten Kleidung wie in eine zusätzliche wärmende Decke hüllte und mich mit Zuversicht speiste. Ich hatte am gestrigen Abend in einem fast zweistündigen Videotelefonat mit Natascha nichts von meinem Vorhaben erwähnt. In dem andauernden Stadium heißer Verliebtheit wollte ich sie mit meinen wenig gesellschaftstauglichen Insubordinationen weder verunsichern noch belasten. Ein weiteres Thema sparte ich ohnehin aus. Zwar glaubte ich die Gefühle jungenhafter Schwärmerei für Isabell überwunden zu haben. Andererseits verband mich mit ihr eine Freundschaft, die – so glaubte ich jedenfalls – überhaupt nur funktionierte, weil auch eine gewisse körperliche Anziehung zwischen uns bestand. Ich vertrat ohnehin die Auffassung, dass dies für sämtliche Freundschaften zwischen den einander zugewandten Geschlechtern galt. Allerdings würde ich mich hüten, derartige philosophische Betrachtungen in Gegenwart Nataschas anzustellen, die solche Art Feuerspielereien möglicherweise für ausreichend erachtete, um mich unter zweckwidriger Verwendung ihrer grobstolligen Polizeistiefel mit einem kräftigen Tritt aus ihrem Leben zu befördern.

„Sieh mal, wie viele schon da sind.“, riss mich Isabell aus meinem Gedankenkarussell. Ihr klammernder Griff um meinen Oberarm verstärkte sich. „Mann, hast du Muckis.“, bemerkte sie anerkennend. Mein Körper straffte sich unwillkürlich angesichts des unerwarteten Lobes und ich hoffte zugleich inständig, dass meine aufwallende Gesichtsverfärbung an dem verhangenen Nachmittag nicht weiter auffiel. „Das sind die gehaltvollen Akten von Dr. Lahmer.“, entschärfte ich die unter dem Schirm aufkommende Verlegenheit. „Da bleibt man zwangsläufig im Training.“. Isabell sah mich mit einem merkwürdigen Lächeln von der Seite an, sagte aber nichts und lenkte meine Aufmerksamkeit auf das Fahnenmeer vor uns. „Der Wahnsinn, sieh mal. Davon kenne ich ein paar gar nicht.“. In das erwartete Schwarz-Rot-Gold mischten sich die Stadt- und Landesfarben; die blaue Fahne mit der weißen Friedenstaube fehlte ebenso wenig wie das kaisergetreue Schwarz-Weiß-Rot. Auf der anderen Seite des Platzes fand sich eine Ansammlung Jüngerer bis etwa Gleichaltriger, die mit stoischem Stolz das Symbol der Heimwärtsbewegung präsentierten. Es reizte mich, die Bekanntschaft der Leute zu suchen, mit denen Robert ein fragiles Verhältnis verband. Eines, von dem er sich zwar offiziell und institutionell entkoppelt hatte, das aber – wie das Symbol auf einem seiner silbernen Ringe bewies – den Platz in seinem Herzen keinesfalls verloren hatte.
Ich befand, dass ein Abenteuer pro Tag genügen musste. Zudem wollte ich nach Jonas Ausschau halten, wobei mir angesichts des Gewusels auf dem Platz wenig Hoffnung verblieb, ihn ausfindig machen zu können.

Ein Mann um die sechzig mit grün-gelber Wetterjacke und Schiebermütze – vermutlich der Versammlungsleiter – eröffnete die Veranstaltung. Eine etwa gleichaltrige Dame mit einem vom Wind aufgeblähten müllsackähnlichen hellblauen Regenumhang versuchte, ihm mit einem winzigen Schirm ein wenig Schutz vor den Regengüssen zu bieten, die gnadenlos über den Platz peitschten. Mit langen Reden hielt der Mann sich nicht auf. Trotz des unterstützenden Megafons war er ohnehin kaum zu verstehen. Nach Ankündigung der Demonstrationsroute und einiger Formalien, die vorrangig die zahlreichen Ordner mit auffälligen weißen Armbinden betrafen, setzte sich der Zug mehr oder weniger geordnet in Bewegung, Isabell und ich mittendrin.
Jonas war nirgendwo zu entdecken. Wir hatten die Übersicht ein wenig verloren und versuchten einfach, mit dem Strom zu schwimmen. Quälend langsam und dichtgedrängt passierten wir eine winzige Seitenstraße, die - wäre man ihr bis zum Ende gefolgt - auf den Kleinen Rathausplatz mündete, wo die Gegendemonstranten sich gut hörbar formierten. Der Gedanke, dass dort irgendwo unsere Leute stehen mussten, vielleicht nicht einmal 80 Meter entfernt, behagte mir überhaupt nicht. Auch Isabell schien die Vorstellung einer Begegnung mit Kollegen auf der anderen Seite wenig zu gefallen, denn sie zog sich den Kragen der Jacke noch höher, als sie dies des schneidend frischen Windes wegen bereits getan hatte.
„Frieden, Freiheit, Selbstbestimmung!“, rief ein Mann hinter uns, der eine riesige Bassbox auf dem Rücken trug. In Abständen wiederholte er die immer gleiche Wortfolge und immer mehr der uns Umgebenden stimmten mit ein. Mir

schien dies ein sehr kleiner, wenngleich vertretbarer gemeinsamer Nenner zu sein. Endlich gelangten wir aus der Seitengasse heraus auf eine Hauptstraße. Mit jedem Meter Entfernung vom Kleinen Rathausplatz löste sich die drückende Last der Gefahr einer Entdeckung von meinen Schultern. Irgendwann rief auch ich „Frieden, Freiheit, Selbstbestimmung!". Ich hörte nicht, ob Isabell es mir gleichtat, aber das war auch nicht wichtig. Nur dass sie dabei war, zählte. Ich schrie nun gemeinsam mit dem ganzen Zug im Chor die Parolen. Einfach um die heraufziehende Kälte zu vertreiben, weil ich Jonas nicht fand und schließlich, weil ich aus diesem Grunde hergekommen war: Nicht das von mir Erwartete zu tun, sondern das Richtige.
Endlos lang zogen wir durch die breiten Straßen der Innenstadt, den Flaggen nach, die klatschnass und schlaff an ihren Befestigungen hingen.
Irgendwann hörte es auf zu regnen. Kerzen wurden angezündet, Feuerzeuge blitzten auf. Musik spielte direkt vor uns aus der Bassbox des Mannes, der zu Beginn hinter uns gelaufen war und „Frieden, Freiheit, Selbstbestimmung!" skandiert hatte. Ich kannte nichts davon, bis auf ein Lied von *Eisbrecher* - „1000 Narben". Als der harte Bass mein Zwerchfell vibrieren ließ, überfiel mich ein Schaudern. Für einen kurzen Moment war mir, als wenn eine unsichtbare, sich langsam zusammen pressende Hand mir die Luft zum Atmen raubte.
Wie durch ein Tor aus einer anderen Welt getreten stand Melinda urplötzlich neben uns, völlig aufgeweicht in ihrer viel zu dünnen schwarzen Sommerjacke. Die dunklen Haare klebten an ihrem kreidebleichen Antlitz wie Spinnenfäden

und sie bibberte vor Kälte. Wir mussten nichts sagen. Wir nickten uns einfach zu und Isabell reichte ihr den freien Arm. Untergehakt glitten wir zusammen durch den Trubel, die tiefen Pfützen missachtend, die das Aprilinferno auf den Wegen hinterlassen hatte. Wir folgten den Lichtern, den Fahnen, den Klängen der Musik und den wieder einsetzenden Rufen und ließen uns dem Ende des Tages entgegen treiben, nicht bereit, uns nur einen Augenblick lang loszulassen.

Robert verabscheute es, mit dem Fahrrad zu fahren, fast noch mehr als er es hasste, den Bus oder ein anderes öffentliches Verkehrsmittel nutzen zu müssen. Wenn er nicht die Harley nehmen konnte, etwa wegen sintflutartiger Regenfälle, griff er konsequent zum Auto als Fortbewegungsmittel. Ich hatte Robert einmal auf einem klapprigen pinkfarbenen Damenrad mit Gepäckkorb und Plastikblumenstrauß am Lenker auf dem Innenhof gestellt. Mein etwas geringschätziges Lächeln quittierte er mit einem Blick, der mich um meine oberen Schneidezähne fürchten ließ. Wie Robert mir später erzählte, hatte sich an jenem geschichtsträchtigen Morgen der ungewollten Radnutzung das Rolltor seiner Garage wegen eines technischen Defekts nicht öffnen lassen. So stand ihm nur der auf streng feminin getunte Drahtesel seiner Tochter zur Verfügung, um zur Arbeit zu gelangen. Bei dieser Ausnahme war es meines Wissens geblieben.
Auch heute fehlte Robert in unserer illustren kleinen Fahrgemeinschaft. Mit dem „Schwarzen Hans“ und Melinda im Schlepptau radelte ich in Richtung eines kleinen Ortes in

Stadtnähe, der für unser betriebliches Frühjahrsfest vorgesehen war. Der Begriff Frühjahrsfest schien mir wie eine unangebrachte Schönfärberei, denn uns erwartete kein munteres Zechen in idyllischer Freiluftgastronomie. Vielmehr ein zünftiges Sportfest, bei dem wir unsere verweichlichten öffentlich bediensteten Körper stählen durften, um zugleich einen – wie die Direktorin es trefflich umschrieben hatte – „aktiven Beitrag zur Stärkung des Teamgeistes aller Beschäftigten des Amtsgerichts“ zu leisten. Wie von solchen Maßnahmen nicht anders zu erwarten, erfolgte die Teilnahme selbstredend „freiwillig“. Was nichts anderes bedeutete, als dass jeder, der nicht dringende dienstliche Verpflichtungen vorzuweisen imstande war, gefälligst anzutreten hatte, wollte er sich nicht dem subtilen Zorn der Obrigkeit preisgeben.
Melinda machte in ihren flaschengrünen Sportleggins, kombiniert mit einem langarmigen eng geschnittenen schwarzen Funktionsshirt nebst einem Paar schnieker schneeweißer Adidas-Treter eine fabelhafte Figur. Auch Hans, der im hanseatisch blau-weißen professionellen Under-Armour-Kampfdress antrat, konnte sich leidlich sehen lassen. Ich kam mir in meinem ausgewaschenen Jogginganzug undefinierbarer Farbe mit teilweise abgewetztem Nike-Logo aus Abiturzeiten dagegen reichlich „underdressed“ vor, glaubte jedoch, sportlich fit genug zu sein, um damit den leicht schäbigen Gesamteindruck im Ergebnis kompensieren zu können. Hans hatte bereits ein paar Kilometer in den Beinen. Eine knappe halbe Stunde benötigte er mit dem Rad von dem Dorf, in dem er im Hause seines Großvaters lebte, bis zur Wohnung meiner Eltern. Dann holten wir Melinda

aus ihrer nur fünf Minuten von mir entfernten winzigen Mietwohnung ab, um uns auf die im gemütlichen Trettempo zirka 40 Minuten dauernde Anfahrtsreise zu begeben. Nachdem der „Schwarze Hans“ und ich begonnen hatten, alte Militärgeschichten aufzuwärmen, ließ sich Melinda, offenkundig gelangweilt, zehn Meter hinter uns zurückfallen, um sich melindatypischen Dingen zuzuwenden. Mit anderen Worten leicht verpeilt aus der Stadt hinaus durch die samtweiche Frühlingslandschaft zu rollen. Ab und zu warf ich einen Blick nach hinten, ob sie vielleicht zurückblieb. Unter der im Fahrtwind wogenden Wolke aus dichtem schwarzen Haar waren trotz der Tagträumereien, in die sie versunken schien, ihre Antennen jedoch stabil auf den vor ihr liegenden Weg ausgerichtet, auf dem sie uns beharrlich und zielsicher folgte.
Wir lagen mit unserer Ankunftszeit im guten Mittelfeld. Isabell und Jeanette waren schon eine gute Stunde zuvor angelandet, um ein paar Vorbereitungen für die gerichtsinternen Wettkämpfe zu treffen. Überhaupt verdankten wir das Recht zur Bespielung des Sportplatzes und die Ausrüstung, die uns zu Vernutzungszwecken zur Verfügung gestellt wurde, in erster Linie Jeanette und ihren hervorragenden Kontakten zum örtlichen Sportverein. Während Isabell mit einem Arm voller mannsgroßer Kartoffelsäcke über den Platz lief - eine nicht wegzudenkende Voraussetzung für jeden gelungenen Wettbewerb im sackhüpfenden Eierlaufen - spannte Jeanette im vertrauten Zusammenwirken mit Robert, der ebenfalls ein wenig früher eingetroffen war, das Netz auf dem mit Sand aufgeschütteten Beachvolleyballfeld auf.

Nach und nach tröpfelten die Massen ein. Sie versammelten sich schließlich nach den üblichen steifen Begrüßungsritualen, gefolgt von neckischem Smalltalk und geziertem Gekicher über die ungewöhnliche Sportkonfektion, um die Direktorin. Diese hob, in schickes dreistreifiges Grau gehüllt - ich vermutete eine Leihgabe der dienstlich entschuldigten Fräulein Kunze - zur ihrer unvermeidlichen Motivationssrede an. Neben ihr hatte sich Frau Wittig-Buhlemann – gewandet in einen etwas zu knapp geschnittenen knallroten Sportdress, der ihre Problemzonen geschickt betonte – positioniert. In den Händen hielt sie an lustigen bunten Bändchen eine Reihe von in der leichten Brise sanft blechern aneinander klingenden Medaillen, die den obsiegenden Teilnehmern der amtsgerichtlichen Hungerspiele winkten.
In die Gruppen für die verschiedenen zugelassenen Disziplinen hatte man sich vor ein paar Wochen bereits eintragen müssen. Zur Auswahl stand beispielsweise Tauziehen, zu dem sich unter anderem Robert bereitgefunden hatte. „Dann ist der Unsinn immerhin schnell vorbei.“, lautete die nicht ganz abwegige Begründung für seine Wahl. Erik machte sich für den Kampf am Seil bereits mit Liegestützen warm, wobei Helmut ihm mit kaum verhohlener Geringschätzung von einer Bank am Rande des Spielfeldes aus zusah. Isabell und Melinda verdrückten sich in Richtung der Ecke, die zur Austragung des olympischen Eiersacklaufhüpfens vorbereitet war. Ich kam nicht umhin, einen Blick auf Isabells weiße Sporttights und das ebenfalls in weiß gehaltene bauchfreie Oberteil zu erhaschen, ein Anblick, der jede anwesende Konkurrenz auf die preiswerten Plätze verwies.

Ein kleines Fußballfeld war für die ewigen Freunde des runden Leders abgesteckt. Dr. Lahmer, in feinste lila Ballonseide der frühen Neunziger gehüllt, pellte sich aus seiner Fallschirmkluft und entblößte dabei stolz seine strammen Waden aus balltretenden Studentenzeiten, die den Rest des erschlafften Körpers Lügen zu strafen schienen. Kathy wandelte mit der Staun-Lach-und-Nickpuppe quer über den Platz zur Weitsprunggrube. Mögen beide auf ewig im Treibsand ihrer moralinsauren Aura versinken!
In Begleitung von Hans trödelte ich zum Volleyballfeld, wo wir auf Frau Wittig-Buhlemann, Jeanette, Carolin und Lotti trafen. Ein älterer Betreuungsrichter mit dem Namen Gutendorfer, ein Freund der Geschäftsleiterin, soweit mir bekannt war, und eine strubbelköpfige Rechtspflegerin aus der Zwangsversteigerung mit dem Vornamen Britta komplettierten die Auswahl. „Nun kommen Sie mal, Herr Kranagel, Sie sind hier nicht bei der Arbeit.", scherzte Frau Geschäftsleiterin, nicht ohne den leicht feindseligen Unterton vollständig vermeiden zu können. Ich fragte mich ernsthaft, weshalb sie den zeitgleich mit mir eintreffenden Hans ungerügt ließ. Eine Ahnung diesbezüglich hatte ich natürlich, aber ich beabsichtigte nicht, das Thema zu vertiefen.
Ich selbst hatte zu meinen Schulzeiten Volleyball gespielt, nie wirklich professionell, aber immerhin in der Auswahlmannschaft des Gymnasiums und nicht ganz ohne Erfolg bei Wettkämpfen auf dieser untersten Leistungsebene. Die Auswahlentscheidung war mir daher nicht schwergefallen. Ob die anderen Teilnehmer auf vergleichbare Erfahrungen zurückzugreifen vermochten, entzog sich meiner Kenntnis. Die Mannschaften waren schnell ausgelost. Ich trat mit

Hans, Lotti und Britta gegen Jeanette, Carolin, den Richter und die Geschäftsleiterin an. Frau Dr. Teckelsberg – die Last der Gesamtverantwortung tragend – erklärte sich wohlwollend zur Übernahme des ehrenvollen Amts des Schiedsrichters bereit.

„Wer ist eigentlich die süße Blondine?", raunte Hans mir halblaut zu, während wir auf unsere Feldpositionen rückten. Mir fiel außer Isabell niemand ein, der in diese Kategorie passte. Hans kannte Isabell, konnte sie daher nicht gemeint haben. Nicht weit entfernt von uns verteilte selbige am Rande der Sackhüpfbahn gerade Eier auf die Löffel der bereits in ihren Kartoffelsäcken steckenden Mitspieler.

„Die Wittig-Buhlemann? Na, wirklich blond ist die aber nicht. Vielleicht früher einmal.", spöttelte ich und Hans sah mich irritiert an. „Mann, ich meine die Kleine da drüben in weißen Shorts, die mit den Riesen... du weißt schon.". Herrje, Hans hatte allen Ernstes einen Blick auf Carolin geworfen! Mein Fall war sie nicht. Allein das ewige Kaugummigemümmel erregte stets leichten Widerwillen bei mir. Carolins recht leger am Körper sitzendes Crop-Top hatte Mühe, im Stillstand ihre in der Tat beeindruckende aber mich gleichsam wenig aufregende Üppigkeit bedeckt zu halten. Ich hegte Zweifel, dass dieser Zustand der geringsten Bewegung standhalten würde. Offenbar hatte Hans mit Kennerblick die Situation sofort erfasst. „Du meinst Carolin? Die arbeitet in der Betreuung. Ist lose mit Melinda befreundet. Hast du da etwa Interesse?". Eingehende Betrachtungen zu Carolins Vorzügen wurden jedoch abrupt von der Direktorin unterbrochen. Sie trötete gekonnt mit einer

Vuvuzela zum Spielbeginn, ein ungewöhnliches Instrument, das sie wohl aus dem Musikalienspind ihres Sohnes entwendet haben mochte.
Die hoffnungslose Unterlegenheit des gegnerischen Teams zeigte sich schnell. Unser Schwachpunkt war zweifellos Lotti, was sie mit altersgerecht hohem Einsatz und Humor auszugleichen suchte. Die ehrgeizig anmutende Britta schlug sich äußerst wacker und Hans und ich hielten den Feind gekonnt auf Trab. Hans musste im Verein aktiv sein. Er bewies weit überdurchschnittlich taktisches und technisches Geschick und spielte für mich offensichtlich mit maximal einem Drittel seiner Kraft. So gaben wir der äußerst agilen Jeanette ein paar Punkte ab. Die Geschäftsleiterin und Herr Gutendorfer offenbarten annehmbares Freizeitniveau. Carolin allerdings erwies sich als gnadenlos untalentiert. Warum sie sich für Volleyball entschieden hatte, würde wohl ihr Geheimnis bleiben. Vielleicht hatte sie gemeint, dass man den Ball ab und zu einmal zufällig erwischen müsste. Frau Geschäftsleiterin wirkte angesichts des Carolin zu verdankenden stetig anwachsenden Rückstands zunächst ungnädig, später immer aufgebrachter. Wie so oft fehlte ihr das notwendige Maß an Gelassenheit in einer angespannten Situation. Carolin wurde immer kleinlauter und machte Anstalten, nach einem erneuten Donnerwetter von Frau Wittig-Buhlemann das Handtuch zu werfen. Im letzten Moment überlegte sie es sich noch einmal - wahrscheinlich angesichts eventuell drohender Konsequenzen. Obwohl mir Carolin nicht übermäßig sympathisch war, tat sie mir leid. Letztlich hatte sie sich mir gegenüber immer freundlich gezeigt, selbst nach der damaligen Entgleisung

Kathys. So eine unfaire Behandlung verdiente sie trotz ihrer sportlichen Minderleistung nicht. Schließlich handelte es sich um ein gerichtliches Sportfest, bei dem Spaß und Teamgeist im Vordergrund stehen sollten. Lotti brummelte ein kaum wahrnehmbares „Nun ist es langsam aber gut.“, in eine erneute Schimpfkanonade der Geschäftsleiterin. Die Direktorin schien mit dem Punktezählen und der Bedienung ihres Blasinstruments bereits hinreichend gefordert und griff nicht ein. Hans schäumte vor Wut. Ich sah ihm an, dass er sich nur mit Mühe beherrschte. „Man müsste die Gewitterhexe wegschießen.“, zischte ich Hans ins Ohr und der nahm den Ball erstaunlicherweise ohne Zögern auf. „Du sorgst für eine anständige Vorlage, ich ziehe einmal voll durch.“, flüsterte er verschwörerisch zurück. Wir sahen uns um, aber Lotti und Britta schwätzten und warteten auf den Aufschlag Jeanettes. Ich versemmelte die Vorlage, indem ich den Ball ins Netz beförderte. Innerlich fluchend schwor ich mir, mich zu konzentrieren. Carolin standen die Tränen in den Augen, was mir zusätzlichen Auftrieb verschaffte. Ich nickte Hans unauffällig zu. Erneuter Aufschlag von Jeanette. Britta gelangte an den Ball, baggerte ihn in eine für unser Vorhaben annehmbare Höhe. Ich pritschte ihn in eine optimale Schmetterposition für Hans. Hans zog durch.
Ich weiß nicht mehr genau, wie es passiert war. Vielleicht wurde Carolin vom Ehrgeiz gepackt oder sie wollte sich wenigstens durch vorbildlichen Einsatz weitere Standpauken der Geschäftsleiterin ersparen. Sie konnte nur ein oder zwei Schritte vorgesprungen sein und geriet so in die unerbittliche Schusslinie von Hans‘ Schmettergeschoss. Der Ball traf

die ahnungslose Carolin mit der Geschwindigkeit einer Kanonenkugel mittig an der Stirn und hob sie von den Beinen. Ein quietschrosaner Kaugummi flog durch die Luft und landete zum gleichen Zeitpunkt wie Carolin im Sand. Die Geschäftsleiterin stolperte vor Schreck rückwärts als die Direktorin aufgeregt in ihre Vuvuzela blies. Sie wäre wohl ebenfalls zu Boden gegangen, hätte Jeanette sie nicht geistesgegenwärtig an den Armen gepackt und so vor einem Sturz bewahrt. Hans schlüpfte in Windeseile unter dem Netz hindurch und fächerte Carolin Luft mit seinem verschwitzten Sportshirt zu, das er sich spontan auf dem Weg über den Kopf gezogen hatte. Inzwischen versammelten sich eine ganze Reihe von Leuten am Volleyballfeld, um ihre Sensationsgier zu füttern. Lediglich beim Fußball bemerkte man im Freudentaumel angesichts eines von Dr. Lahmer gerade heldenhaft erkämpften Tores von all der Aufregung nichts.
Carolin schaute noch etwas verdattert, genoss aber zunehmend die allgemeine Aufmerksamkeit, die sich um sie zu ranken begann. Ihr Top war über eine Schulter gerutscht. Hans – ganz Gentleman – legte ihr fürsorglich sein Shirt über die drohende Entblößung. Ich war mir ziemlich sicher, dass Carolin das Aufstehen auch ohne Hans' hilfreiche Hände möglich gewesen wäre. Ungeachtet dessen stützte sie sich mit dem Arm auf seinen kräftigen Schultern ab und ließ sich von ihm zu einer nahegelegenen Sitzbank geleiten.
Weshalb sie ihren Attentäter dabei unentwegt ungeniert anhimmelte? Warum sie angesichts eines Kopftreffers humpelte? Ich weiß es nicht.

Sicher war nur, dass Hans Melinda und mich nicht auf der Rückfahrt begleiten würde. Seine Pläne hatten sich gerade geändert.

Ich traf Jonas vor der Demonstration am verabredeten Treffpunkt. Weder Isabell noch Melinda hatte ich über die von mir beabsichtigte Wiederholung des Abenteuers in Kenntnis gesetzt. Die Frauen beschwiegen das Thema ohnehin, so als hätte unser gemeinsamer Akt des trotzigen Aufbegehrens gar nicht stattgefunden, was mir zupass kam, da Jonas mich einigen Leuten vorstellen wollte. Von der Idee, sogleich mit einigen Protagonisten der Freigeisterbewegung bekannt gemacht zu werden, durfte ich mich schnell verabschieden. Jonas wurde nur eine Straßenecke weiter von einem Pulk verwegen aussehender Gestalten überschwänglich willkommen geheißen, die ich dem äußeren Anschein nach der Motorradfahrerszene zuordnete. Er schien bekannt zu sein wie ein bunter Hund, jedenfalls vollzog sich das Willkommensritual in behäbiger Gemütlichkeit. Von mir nahm man praktisch keine Notiz. Ein mäßig interessiertes Kopfnicken in meine Richtung war die Art von Aufmerksamkeit, die mir bestenfalls zuteil wurde. Die nach Jonas' Begrüßung sofort wieder ineinander verschränkten Arme wurden für mich in keinem Fall wieder gelöst. Ich befand mich im Anhang von Jonas, das schien immerhin zu genügen, mich nicht vom Platz zu jagen. Letztlich deckte sich dieses Erleben mit dem, was mir Jonas und Robert bereits über die Szene berichtet hatten. Man musste vorgestellt werden, dann immer wieder auftauchen, zu Ausfahrten,

Stammtischen, Partys und sonstigen Treffen, bis man irgendwann akzeptiert wurde. Was das anbelangte, stand mir – abgesehen vom Bestehen der praktischen Fahrprüfung – anscheinend noch ein weiter Weg bevor. Der Altersdurchschnitt unter den Motorradfahrern lang deutlich über 40. Jonas war einer der jüngeren unter ihnen. Ich suchte ein Schwätzchen mit einem der wenigen unter 30jährigen. Der Typ wirkte recht freundlich, ein milchbubiger Vertreter mit kurzrasiertem Schopf und undefinierbaren Halstattoos, der nicht ganz so abgehoben gegenüber Neulingen zu sein schien wie die überwiegend älteren Semester. Wie ich aus unserer Unterhaltung heraushörte, handelte es sich bei ihm um eine Art Anwärter eines regionalen Motorradclubs. Jedenfalls fielen ihm vor Erlangung der von ihm erstrebten ehrenwerten Vollmitgliedschaft so einige unappetitliche Aufgaben zu. So etwa das Reinigen der Clubhaustoilette, Bardienst inklusive der Beseitigung der üblichen Hinterlassenschaften nach wilden Zechgelagen und diverse Fahrleistungen – vorwiegend zu nächtlicher Stunde - für die Vollmitglieder zu ihren legalen oder fragwürdigen Geschäften. Für mich wurde schnell klar, dass mir dergleichen Ambitionen abgingen. Keine Männerfreundschaft auf der Welt könnte mich veranlassen, die Putzkraft für blasierte alternde Wichtigtuer zu mimen, die Schwierigkeiten hatten, ohne Steigbügelhalter den mehrfach gepolsterten beheizbaren Sitz ihrer hubraumstarken Zweiradkarosse zu erklimmen. Mein Bedarf an Frondiensten dieser Art war durch die Bundeswehr bis an mein Lebensende gedeckt.
Wir schlenderten mit der Gruppe zum Aufmarschplatz, wo sich unsere Wege trennten. Jonas zog mich durch die sich

sammelnde Menge nach vorn zu der dort aufgebauten kleinen Tribüne. Meine Schweigsamkeit erweckte seinen Argwohn. Ich schilderte ihm meine Enttäuschung über die wenig herzliche Aufnahme in die Gemeinde der Zweiradenthusiasten. „Wenn du das erste Mal mit den Leuten gefahren bist, ändert sich das. Hab etwas Geduld. Zu den *Lost Boys* hast du ja bereits Kontakt aufgenommen.“. Die einzigen „Lost Boys“, die ich kannte, waren die aus einem Lied von *The 69 Eyes*, einer ziemlich guten Goth-Rockband. Jonas klärte mich auf. „Der Typ, mit dem du dich unterhalten hast, ist Prospect bei den Lost Boys, einem MC aus der Gegend. Alles Harley-Fahrer. Etwas anderes ist bei denen gar nicht gestattet, wenn man Mitglied werden will. Ich habe ein paar Mal deren Klubhaus-Partys besucht. Da geht richtig die Post ab, mit Band und Tänzerinnen und Schwein am Spieß und solchen Sachen. Die machen einmal im Jahr im September eine Ausfahrt, bei der auch Gäste zugelassen sind. Markenoffen, wenn du verstehst. Nicht, dass das für mich ein Problem wäre. Wenn wir das nächste Mal zusammen dort hinfahren, darfst du mit deinem Reiskoffer auch antreten.“. Jonas verwendete nicht das erste Mal diese abwertende Bezeichnung für meine mit buntem Plastik verkleidete Honda. „Joghurtbecher“ war ein weiteres Schimpfwort für alles, an dem nicht reichlich Eisen um noch mehr Hubraum verbaut worden war. Bisher hatte mich das noch nie gestört. Aber das Gefühl, bei irgendeinem Treffen nur geduldet und nicht tatsächlich willkommen zu sein, widerstrebte mir. „Wir werden sehen.“, gab ich geheimnisvoll zurück.

Aber Jonas hörte nur noch mit halbem Ohr hin. Er hielt bereits Ausschau nach seinem Bekannten bei den Freigeistern, den er mir unbedingt vorstellen wollte und den er in der Nähe der Tribüne vermutete. Eine etwas ältere Dame, die mich sofort von der Art ein wenig an Lotti erinnerte, hob gerade einen offenen Pappkarton mit Flyern aus einem Transporter. Jonas nahm ihr beherzt die Last ab. „Ach Jonas, mein Junge, wie nett, dass du einer alten Frau unter die Arme greifst.“, empfing sie ihn herzlich und Jonas erwiderte scherzend, „Nur die Last, meine Schöne. Mit dem Unter-die-Arme-Greifen halte ich mich zurück. Nicht dass es Ärger mit dem guten Thomas gibt.“. „Davon kannst du ausgehen. Hier greift nur einer meiner Kristin unter die Arme und das bin ich!“, machte eine Stimme aus dem Innern des Transporters kommend auf sich aufmerksam. Wenige Augenblicke später stieg der Mann, dem sie gehörte, aus der Schiebetür des geräumigen Fahrzeugs und schloss Jonas in die Arme, der zu diesem Zwecke den Karton an mich weiterreichte. „Stell doch die Flyer einfach dort auf den kleinen Tisch neben der Tribüne, mein Junge.“, ermunterte mich Kristin. Nachdem ich diese unkomplizierte Aufgabe verantwortungsvoll gelöst hatte, schloss sie mich zu meiner Überraschung in die Arme. „Ich bin Kristin.“, stellte sie sich dabei förmlich vor. „Und dieser gutaussehende Mann neben mir ist mein phantastischer Ehegatte Thomas.“. Thomas kam näher und reichte mir die Hand. „Wenn mich nicht alles täuscht, musst du, da du hier in Jonas‘ Begleitung erscheinst, wohl Anton sein.“. Ich nickte und ergriff die Hand. „Richtig. Ich bin Anton. Anton Kranagel.“. „Kaufbold, Thomas Kaufbold. Sag ruhig Thomas. Freunde von Jonas sind auch meine Freunde. Herzlich willkommen beim Widerstand, Anton.“. Nun erkannte ich den Mann. Es war der Redner von der ersten Veranstaltung, die ich mit Isabell besucht hatte. Ohne seine gelbgrüne Wetterjacke und die Schiebermütze sah er völlig verändert aus. Dann war Kristin vermutlich die seinerzeit in ein Regencape gehüllte Frau, die ihn erfolglos mit einem Schirm vor den Wetterunbilden zu beschützen suchte. Ich war von der Vertrautheit, mit der ich empfangen wurde, ein wenig überwältigt. Nach der unterkühlten Begrüßung durch die Bikerfraktion hatte ich mit wenig Herzlichkeit gerechnet. „Du musst wissen...“, unterbrach Thomas meine offenkundige Überraschung darüber, dass ich ihm bereits namentlich bekannt war, „... Jonas ist einer der alten Kämpfer hier. Er hat bisher selten jemanden mitgebracht, aber wir wissen, wenn er es tut, ist es jemand Besonderes.“. Ich fühlte mich geschmeichelt und gehalten, mich zu erklären. „Also eigentlich bin ich ...“. Jonas fuhr mir in die Parade. „Eigentlich wollten wir fragen, ob wir noch irgendwo mit anpacken können. Es geht ja nicht an, dass ihr hier den Laden ganz alleine schmeißt.“. „Ihr könnt uns gerne noch helfen, die restlichen Flyer auszuladen. Die Verteiler holen sie sich dann selbst ab. Sonst ist für euch nicht viel zu tun. Die Ordner sind auch komplett. Mischt euch ruhig unters Volk. Wir sehen uns auf jeden Fall später, wenn die Veranstaltung zu Ende ist.“. Thomas reichte mir eine Visitenkarte. Sein Name, der Name einer Webseite und eine Mailadresse waren darauf vermerkt. „Falls du mich erreichen willst, einfach eine Mail schicken. Und unter der Internetadresse findest du die Termine für unsere monatlichen Stammtische. Komm einfach mal vorbei. Getränke sind gratis. Wir freuen uns immer, wenn neue Leute dazustoßen. Noch dazu jüngere, die die

Fackel weitertragen können, die uns Alten langsam zu schwer wird.". Thomas und Kristin machten einen netten Eindruck, auch wenn sie in der Tat der Alterskohorte meiner Eltern angehörten. Andererseits erschien mir das Gerede von Kämpfern, Fackeln und Widerstand reichlich aufgeblasen. Noch schlimmer, es roch nach Vereinnahmung. Wenn ich etwas verabscheute, war es, in eine Schublade gesteckt zu werden. Gleichwohl verspürte ich das Bedürfnis, noch mehr der Leute kennenzulernen, die von einem Drang nach Veränderung angetrieben wurden. Ich nickte dankend und steckte die Karte sorgfältig in mein Portemonnaie. Trotz alledem war ich nicht sicher, ob ich Thomas' Angebot annehmen würde.

XV. Wie mir ein Licht ausging

Über Pfingsten erhellte Natascha die Düsterheit in meinem Herzen, die sich nach wie vor in ihrer Abwesenheit dort einnistete. Nun endlich kam es zu dem schon länger geplanten, aber aus unterschiedlichen Gründen immer wieder verschobenen Besuch bei mir zu Hause, wo ich gedachte, meine Traumprinzessin meinen Eltern vorzustellen. Die Aufgeregtheit, die meine Mutter bei den Vorbereitungen für den erwarteten Gast verbreitete, fiel entsprechend aus. Mein Vater versuchte, die leicht gereizte Stimmung angesichts der nach dem dritten Versuch immer noch nicht perfekten Ausrichtung des Kaffeegedecks herunter zu kühlen, mit nur mäßigem Erfolg. Als endlich die voreingestellte Musiksequenz des digitalen Türgongs erklang, kroch die Melodie wie ein Erlösung bringender Zauber durch die Wohnung und nahm sie in Beschlag. Bevor ich Nataschas Bild über die Kamera der Videoanlage im Eingangsbereich des Hauses auf dem kleinen Kontrollmonitor identifizierte, betätigte ich den daneben liegenden Taster für den elektronischen Türöffner. Wenige Momente später stand sie an der Wohnungstür. In ihrem schlichten schwarzen Shirt, einer figurbetonten grauen Jeans und Turnschuhen, sah sie überwältigend aus. Die mitgebrachte kleine Reisetasche entriss ich ihr förmlich. Als wir uns in den Armen lagen, hätte ich fast den Anlass ihres Besuches vergessen. Erst das verhaltene Räuspern meines Vaters rief mir die förmliche Verpflichtung zu einer Vorstellung zurück ins Gedächtnis. Widerwillig löste ich meine Lippen von denen Nataschas. Diese schob mit einer behutsamen Geste die dunkelbraune Haarsträhne hinter ihre Brille. Eine unschuldige und zugleich magische Bewegung, die meinen Vater auf der Stelle in einen butterweichen Klumpen Fleisch verwandelte. Er hätte sie, wäre ich nicht halb im Weg gewesen, vermutlich höchstpersönlich über die Türschwelle in die Wohnung getragen. Bei meiner Mutter schien die Magie Nataschas dagegen zu verpuffen. Die Begrüßung fiel für meine Begriffe ein wenig lauwarm aus. Eine – wenn auch kaum spürbare - Woge von Ablehnung, die ich mir in diesem Moment nicht erklären konnte und die Natascha verschrecken musste. Erst später verstand ich, dass dies die typische Reaktion einer Mutter war, die begriffen hatte, dass ihr Platz im Leben des Sohnes nun eingenommen wurde von der Liebe, die er für sein Leben gefunden hatte. Dass das Band zu den Eltern sich damit zwangsläufig lockerte, auch wenn es für immer fortbestehen würde. Mein Vater dagegen schwoll an vor Freude, wenn Natascha während der zahlreichen von ihm im verbalen Sperrfeuer vorgetragenen Anekdoten ihr natürliches klares Lachen in den Raum sandte und sie an der einen oder anderen Stelle mit treffsicheren Anmerkungen würzte. Wäre mein Vater 25 Jahre jünger gewesen, ich hätte überlegt, ihn zum Duell zu fordern, so sehr strahlte er zu Natascha herüber, die seine offenkundige Begeisterung für ihre Person mit scheuem aber charmantem Lächeln zur Kenntnis nahm. Als Natascha meiner Mutter folgte, um ihr ein wenig in der Küche zur Hand zu gehen, vielleicht auch, um die zuvor an der Tür aufgekommenen dunklen Schwingungen zu glätten, erkannte ich aber, dass der Stolz auf mich es war, der ihn fast platzen ließ. Mit plötzlich ernster Miene beugte er sich zu mir herüber. „Sieh zu, dass du das nicht vermasselst, mein Sohn. So eine findest du nur einmal im Leben.". Ich sollte bald eine Ahnung davon bekommen, was er damit meinte.

Fast hätte ich die Fahrprüfung verpatzt. Fast. Ich wählte die Anfahrgeschwindigkeit bei der Ausweichübung vielleicht 3 oder 4 km/h zu gering und glaubte den letzten der das Hindernis symbolisierenden aufgestellten kleinen Kegel bereits kippen zu spüren. Der elegante Schlenker beim Wiedereinscheren auf die dem Bremsen vorausgegangene Fahrspur konnte nicht über die mehr als holprige Anfahrt hinwegtäuschen. Wie durch ein Wunder blieb der Kegel an seinem Platz. Der Prüfer kam zu mir, nachdem ich gewendet hatte, und fragte mich nach meiner eigenen Bewertung der Übungen. Ich schilderte ihm das beschriebene Problem, verschwieg auch nicht den Wackler zuvor beim langsamen Slalom. Denn nur durch ein beherztes Drücken der schweren Chopper konnte ich einen Fall des letzten Kegels, den ich um eine Winzigkeit zu spät zu umschiffen angesetzt hatte, im letzten Moment verhindern. Der Prüfer, ein drahtiger kleiner Mann mit Halbglatze und stechenden blauen Augen hörte mit bedächtigem Nicken meinen selbstkritischen Ausführungen zu, um sie sodann vernichtend zu kommentieren: „Keine Ahnung, was Sie da erzählen. Für mich sah das alles sehr ordentlich aus.". Anscheinend war ich an einen Spaßvogel geraten, der sich an den ängstlichen Selbstbezichtigungen seiner Prüflinge weidete. So ein Spinner! Ich atmete innerlich auf. Jetzt noch die Rückfahrt, dann war diese Hürde endlich genommen. Nur lächerliche vier, höchstens fünf Kilometer. Was konnte da schon Weltbewegendes passieren? Etwa 200 Meter nach dem Aufbruch vom

Übungsplatz hörte ich ein wildes Toben des Fahrlehrers hinter mir. „Links habe ich gesagt, links, nicht rechts!". Verdammt! Ich hatte mich aus purer Gewohnheit rechts eingeordnet und nur mit halbem Ohr auf die Anweisungen des Prüfers, die der Fahrlehrer wie gewohnt über Funk an mich weitergab, gehört. Ich machte Anstalten auf die linke Spur hinüber zu wechseln. „Rechts bleiben und den weiteren Anweisungen folgen!", bellte es aus dem Helmlautsprecher. Ich rechnete jeden Moment damit, dass die Prüfung für abgebrochen erklärt wurde und ich in ein paar Wochen noch einmal antreten durfte. Vermutlich wäre dann der Sommer fast vorbei, falls mir nicht beim Slalom oder den Ausweichübungen ein nicht mehr korrigierbarer Fehler unterlief. Ich wurde ein wenig durch das in der Nähe befindliche Wohngebiet gescheucht. Eine hässliche Plattenbausiedlung mit wenig anheimelnden Grünflächen, dafür reichlich verwahrlost anmutenden Betonblöcken, deren 25 Jahre alte Anstriche bedenklich abzublättern begannen. Die Gestalten, die zwischen den Bausünden herumschlichen verschmolzen mit der leidenschaftslosen Architektur zu einem Bild des Elends. Ich hatte meine Konzentration anderen Prioritäten als dem Verfall dieses sozialen Brennpunktes zu widmen. Links abbiegen, rechts abbiegen, wenden, eine Menge „Rechts-vor-links"-Vorfahrtsregeln und Fußgängervorränge, die es zu beachten galt. Schließlich die Rückfahrt zur Tankstelle, von der aus wir gestartet waren. „Motorrad gesichert abstellen und zum Wagen kommen!", befahl mein Fahrlehrer. Ich rüttelte mit zittrigen Händen an dem hakeligen Verschluss des Jahre vor meiner Geburt im fernen Japan zusammengeschraubten Metallklotzes, der letztlich, als ich fast aufgeben wollte, einrastete. Mit wackeligen Beinen, den Helm unter dem Arm, stelzte ich in den klobigen Schutzstiefeln zum Fahrzeug des Fahrlehrers. Im Fond saß der Prüfer und tippte an einem Notebook kryptische Vermerke in ein Formular, neben ihm ein winziger kabelloser Drucker. Der Rückenprotektor in meiner Lederjacke fühlte sich an, als bestünde er aus Stahlbeton. Der Prüfer blickte auf, als ich in Erwartung der Bestätigung meines Totalversagens näher trat. „Sie arbeiten wohl in einem Beruf, in dem Sie nicht darauf hören müssen, was andere sagen?“. Ich versicherte ihm meine dienende Funktion und dass ich die Funkübertragung vor lauter Aufregung schlicht missverstanden hätte. Er nickte wohlwollend. „Das kann schon mal vorkommen. Sie haben bestanden. Meinen Glückwunsch.“. Ich hörte kaum noch hin, als er hinzufügte: „Nebenbei bemerkt - alle Achtung. Den langsamen Slalom mit einer Chopper so sauber zu fahren, das hätte wohl nicht einmal ich geschafft.“. Er schien wohl doch netter, als ich ursprünglich angenommen hatte. Auch mein Fahrlehrer brummelte nun eine Art Glückwunsch. Es hätte aber auch eine Aufforderung, sich auf der Stelle zu erhängen, sein können. Der genaue Wortlaut des mühsam zwischen den Zähnen heraus gepressten Einzeilers blieb unverständlich. Ein Mann vieler Worte war er schon während der Ausbildung nie gewesen. Immerhin hatte er mich durch die Prüfung gebracht. Den vor Ort ausgedruckten vorläufigen Führerschein in den Händen hatte ich es nunmehr eilig, nach Hause zu kommen, mich direkt ins Auto zu setzen und zu Jonas zu fahren. Meine Honda wartete auf den ersten Ausritt außerhalb des Grundstücks.

Im Nachhinein musste man wohl konstatieren, dass ich selbst schuld daran war, in der Betreuungsabteilung vertreten zu dürfen. Isabell blieb keine andere Wahl und die Entscheidung für meine Person ihre einzig vernünftige Option. Alles hatte mit der der Mittagspause innewohnenden Eigenschaft begonnen, sich nicht bloß Nahrung einzuverleiben, sondern in den knapp bemessenen 30 Minuten gebührend der Pflege seiner Sozialkontakte zu widmen. Robert fiel aus, er tummelte sich auf einer überregionalen Grundbuchtagung beim Oberlandesgericht. Isabell ebenso, sie traktierte sich mit irgendeiner fragwürdigen Diät, deren Zweck mir schleierhaft blieb, denn ihre Figur ließ sich im schlechtesten Fall als makellos bezeichnen. Erik fiel krankheitsbedingt weg, nachdem ihm Helmut aus Unachtsamkeit mit einem Aktenwagen über den Fuß gefahren war. Und Hans hatte neuerdings in jeder freien Minute Carolin auf dem Schoß – und diese Feststellung war im Wortsinne zu verstehen. Blieb Melinda. Sie elektronisch zu kontaktieren, hatte sich in der Vergangenheit nicht bewährt. Melinda verstand sich in der Kunst, derartige Versuche einer Kontaktanbahnung, Anrufe eingeschlossen, schlicht zu ignorieren. Das persönliche Aufsuchen und ihr gepflegt auf den Wecker zu fallen, bis sie irgendwann nachgab, versprach dagegen eine gewisse Aussicht auf Erfolg. Kurzum, ich begab mich fußläufig in Richtung Nachlassabteilung. Ein Weg, der mich nicht zwingend auf der kürzesten aber - mit Blick auf die Zahl zu passierender Zugangsbeschränkungen - auf seiner schnellsten Routenvariante durch die Betreuungsabteilung führte. Ganz am Ende des langgestreckten Flures kam mir Annegret entgegen, in einem, wie ich befand, der Wirklichkeit entrückten

Zustand. Annegret lief nicht einfach über den Korridor. Sie bewegte sich im Zeitlupentempo, mit der rechten Hand an der Wand abgestützt, ein seltsames Bild des Elends, das durch den gequälten Ausdruck auf ihrem Gesicht weitere Nahrung erhielt. Es erweckte den Anschein, als kämpfte sich Annegret durch Watte oder besser noch durch Stahlwolle, wobei ihre Hand auf absonderliche Weise mit der Wand unauflösbar verwoben blieb und auf dieser eine unsichtbare Spur von Verzweiflung zeichnete. Plötzlich verschwand Annegret, und ich glaubte bereits, sie sei in der baulich hinter dem Vorsprung gelegenen Toilette verschwunden, als sie nur wenige Momente später – immer noch die Hand an der Wand - direkt vor mir auftauchte, wobei wir fast zusammengeprallt wären. „Annegret, hallo, alles klar bei dir?“, erkundigte ich mich. Sie sah mich gedankenverloren an. Ich war nicht sicher, ob Annegret mich verstanden oder überhaupt erkannt hatte und wiederholte daher meine Frage. Da eine Antwort ausblieb, begann ich mir Gedanken zu machen, wie ich weiter mit der Situation umgehen sollte. Schließlich schien meine Ansprache doch zu verfangen. „Mir geht es nicht gut.“, antwortete sie, eine Offenkundigkeit, die keiner weiteren Beweiserhebung bedurfte. “Warum fährst du denn nicht nach Hause, wenn es dir schlecht geht?“. Mehr fiel mir nicht ein zur naheliegenden Unterstützung. „Das geht nicht, wir sind doch so schlecht besetzt.“, wandte nun Annegret ein. Eine solche Antwort ließ sich nur auf ihren desolaten Zustand zurückführen, denn welche Hilfestellung bei der Aufgabenerfüllung konnte sie in ihrer Verfassung wohl bieten. “Wie bist du denn hier? Mit dem Auto?“, forschte ich nach. „Ich komme doch immer mit dem Bus.", erklärte Annegret. „Du packst jetzt deine Sachen und fährst nach Hause.", bestimmte ich. „Ja geht das denn?", unternahm Annegret einen zaghaften Versuch, sich meinem Ratschlag zu widersetzen. „Und ob das geht. Du bist krank, das sieht ein Blinder mit Krückstock. Du musst nach Hause und dich ausruhen. Schaffst du es allein zum Bus?". Annegret nickte. „Es sind ja nur zwei Stationen.", meinte sie. Ich betrachtete sie kritisch, entschied dann aber, dass es funktionieren müsste. „Gut, dann ab mit dir nach Hause. Ich melde dich krank bei Isabell.". Annegret fügte sich. „Ja gut, dann gehe ich jetzt.". Sie drehte sich um und lief zurück, diesmal mit der linken Hand an der Wand. Nachdenklich sah ich ihr hinterher, bis sie in ihrer Bürotür verschwunden war. Dann machte ich mich auf den Weg zu Isabell.

Meine selbstlose Rettung Annegrets fand bei Isabell keinen allzu großen Anklang. „Sag mal, du kannst doch nicht einfach irgendwelche Mitarbeiter nach Hause schicken.". Mir fehlte die Bereitschaft, Reue zu zeigen. „Wieso denn bitteschön nicht? Wenn es ihr nicht gut geht. Schnellere anderweitige Abhilfe war unmöglich. Es handelte sich quasi um eine Gefechtsentscheidung.". Isabell schüttelte verständnislos den Kopf. „Anton, stell dich nicht dumm. Wenn Annegret Bus fahren kann, dann schafft sie auch eine telefonische Krankmeldung bei mir oder Kathy, ihrer Gruppenleiterin, die im übrigen nur ein Zimmer weiter sitzt.". Ich hob zum Protest an, doch Isabell schnitt mir das Wort ab. „Und komm mir nicht mit diesem Bundeswehrkauderwelsch. Solange in der Betreuungsabteilung nicht scharf geschossen wird, gelten zivile Regeln und keine fürs Gefecht.“. Ich gab mich geschlagen und zuckte mit den Schultern. „Schön und gut, aber macht sich hier außer mir keiner Gedanken, was mit Annegret überhaupt los ist? Ich meine, die war komplett neben der Spur, das muss doch noch irgendjemandem aufgefallen sein.“. Isabell runzelte die Stirn. „Also, ich trage Annegret erst mal ab heute Mittag als krankgemeldet aus. Das lässt sich jetzt sowieso nicht mehr ändern.“, meinte sie dann, was bereits deutlich versöhnlicher klang. Isabell grübelte einen Moment, bevor sie fortfuhr. „Eigentlich geht dich das nichts an. Aber wo du ohnehin mit den Folgen konfrontiert wurdest, hast du, finde ich, ein Recht zu wissen, was los ist.“. Ich schob die Hände leger in die Hosentaschen und lehnte mich interessiert gegen den blitzblanken Schrank, der sofort bedenklich zu wackeln begann, so dass ich an den Türrahmen auswich. „Du kennst Richter Gutendorfer?“. Ich nickte. Der volleyballspielende Freund der Geschäftsleiterin war mir durchaus in Erinnerung. Für die geschundene Carolin hatte er beim Sportfest nicht den kleinsten Finger gekrümmt, und das, obwohl sie immerhin zu seiner Abteilung gehörte. Isabell fuhr fort. „Annegret ist seit etwa drei Monaten seine Geschäftsstelle. Die vorherige wurde ans Landesarbeitsgericht versetzt.“. Ich erinnerte mich dunkel an eine Stephanie mit unbekanntem Nachnamen. Kontakt hatte ich zu ihr nie gehabt. Man kannte sich eben vom sehen und grüßte sich auf Verdacht. „Richter Gutendorfer war darüber stocksauer und hat einen Aufstand bei der Direktorin geprobt.“, setzte Isabell ihren Bericht fort. „Mit Annegret könne er nicht zusammenarbeiten, die sei unfähig. Seit ein paar Wochen eskaliert die Situation. Annegret und Richter Gutendorfer schreiben sich gegenseitig in die Akten, wer ihrer Ansicht nach welche Fehler gemacht hat. Alle Versuche einer Schlichtung bei der Direktorin scheiterten, weil der werte Herr Richter ständig dienstlich unabkömmlich war. Allerdings nicht so eingespannt, dass er nicht täglich mit seinem winzigen Rucksäckchen, in dem er mit Sicherheit keine Akten transportiert, die über die Größe einer dreifach gefalteten Briefmarke hinausgehen, täglich Punkt 14 Uhr das Gericht verlassen könnte.". Isabell schluckte, bevor sie weitersprach. „Annegret leidet unter der jetzigen Situation. Sie möchte in eine andere Abteilung, aber die Direktorin hat einer Umsetzung nicht zugestimmt. Sie will erst mit den Beteiligten reden. Vermutlich gabs gerade wieder Kante von Richter Gutendorfer, dass Annegret so fertig war.". In Isabells keimfreiem Raum schien die Luft gefroren zu sein. Ich probierte es mit einem Befreiungsschlag. „Spitz betrachtet wird dann in der Betreuung ja tatsächlich scharf geschossen. Jedenfalls in übertragenem Sinne, was den Konflikt zwischen Annegret und diesem Richter anbelangt. Ich berufe mich daher erneut auf das Vorliegen einer Gefechtslage als Rechtfertigungsgrund für mein besonnenes umgehendes Handeln.". Isabell starrte mich an und wir brachen fast gleichzeitig in Lachen aus. Die Luft erwärmte sich bereits wieder, als ich Isabell erneut zum Mittagessen einlud. „Sag mal, hast du nicht zugehört? Ich gehe heute nicht essen. Das sagte ich dir bereits vor einer guten halbe Stunde, den Grund eingeschlossen.". Ich grinste. „Ich dachte, du hast es dir vielleicht anders überlegt. Aber viel Glück bei deiner Hungerkur. Du hast sie nötig.". Ich war bereits fast aus der Tür, als die leere

Umlaufmappe, die Isabell nach mir geschleudert hatte, gegen den Rahmen klatschte.
Als ich zurück in mein Büro gelangte, erwartete mich eine Nachricht Melindas. Ob wir gemeinsam zum Mittag die Kantine aufsuchen wollten? Heute war ein höchst merkwürdiger Tag.

Der neuzeitliche Held hoffte umsonst auf Ruhm und Ehre. Im Gegenteil – sein Einsatz wurde belohnt mit einer weiteren Schippe Mühsal, und auch dafür erntete er in den seltensten Fällen Lob und Anerkennung. Dank meiner Intervention Annegret betreffend hatte ich das personelle Loch in der Betreuungsabteilung vertieft. Die Strafabteilung hingegen war, was das betraf, derzeit recht ordentlich aufgestellt So verwunderte es wenig, dass Isabell schon kurz nach der Mittagspause bei Hans und mir im Büro erschien und uns mit der Übernahme von Vertretungsleistungen für die gebeutelte Betreuungsabteilung konfrontierte. Die Wahl, die sie uns ließ, bestand einzig und allein darin, die Entscheidung, wer von beiden in den vergifteten Apfel beißen sollte, uns zu überlassen. „Ich!“, erklärten Hans und ich im Chor mit nahezu atemberaubender Synchronizität. Isabell schien gerührt ob unserer überwältigenden Dienstauffassung, verlangte aber an Ort und Stelle eine Einigung. Die Motivation von Hans lag auf der Hand: Mit Carolin ein Büro zu teilen – und sei es nur zu dienstlichen Zwecken – entsprach genau seiner Vorstellung von einem gelungenen Arbeitstag. Isabell hielt allerdings meine Begründung für stichhaltiger. Hans hatte sich gerade erst in den Strafsachen

eingearbeitet und verfügte über keine Erfahrungen im Betreuungsrecht, während ich diese bereits vorweisen konnte. Sehr zum Verdruss von Hans fiel also die Entscheidung schlussendlich auf mich.
Kathy, der ich am Folgetag meine Aufwartung machte, quittierte Isabells Auswahl mit professionell unterkühlter Höflichkeit. Ich hatte einen übleren Empfang erwartet und war zuversichtlich gestimmt. Als ich in Carolins Büro trat, erschloss sich mir allerdings der Grund für Kathys Entgegenkommen. Die Aktenberge, die sich dort schon längere Zeit vor Annegrets Ausfall aufgetürmt haben mussten, hatten sie wohl alle alten Vorbehalte gegen meine Person zurückstellen lassen.
Carolin wirkte genervt, gab sich aber alle Mühe, mich dies nicht merken zu lassen. Überhaupt hatte sich unser Verhältnis seit dem Sportfest verbessert. Vermutlich trug auch der Einfluss von Hans dazu bei, dass ich bei ihr in die Liste der erträglichen Personen aufgenommen worden war. Das wiederum erhöhte meine Bereitschaft, über ein paar von Carolins Defiziten hinwegzusehen, den ständigen Anblick diverser farbiger Kaugummiblasen eingeschlossen.
Nach drei Tagen waren die Aktentürme sichtbar geschmolzen. Inzwischen konnte ich Carolin auf ihrer Hälfte des Großraumbüros wieder sehen, ohne aus einem alle paar Minuten hörbaren lautstarken Schimpfen Rückschlüsse auf ihre Anwesenheit ziehen zu müssen. Als es klopfte, warf sie einen flehentlichen Blick in meine Richtung. „Kannst du mal das Publikum übernehmen, ich hänge hier fest in einer Sache, die ich sonst nie fertig kriege, wenn ich ständig unterbrechen muss.“. Ich nickte. „Kein Problem.“. Der Besuch

wartete die Aufforderung einzutreten, nicht ab. Zwei stoppelhaarige Herren um die vierzig mit einem kaum wahrnehmbaren Altersunterschied von höchstens fünf Jahren, die der Geruch von Polizei umwehte, hatten sich kraft Amtsautorität selbst hinein gebeten. Die beiden füllten mit ihrem Ego, das nur auf dem Boden permanenter selbstverständlicher Erfüllung aller eigenen Bedürfnisse durch andere gedeiht, die Raumluft. „Ja bitte?“, eröffnete ich die Partie in der Absicht, es den Erfolgsverwöhnten nicht zu einfach zu machen. „Ministerium des Innern.“, bequemte sich der Jüngere zu einer halbgaren Vorstellung. „Wir benötigen Einsicht in das psychiatrische Gutachten der Betreuungssache Jan Sywrotzki.“, ergänzte der Ältere. Der Polizeigeruch war zwar immer noch nicht verflogen, die Vorstellung ‚Ministerium des Innern‘ erschien mir jedoch ungewöhnlich genug. „Können Sie sich ausweisen?“, hakte ich daher forsch nach. Auf diese Frage war man anscheinend vorbereitet. Beide zückten zeitgleich ihre Dienstausweise. Mein Verdacht bestätigte sich. Die zwei Herzchen gehörten zum Inlandsgeheimdienst, ihre polizeiliche Attitüde deutete vermutlich nur auf den Stallgeruch ihres ursprünglich erlernten Handwerks. Mit einem dahingeworfenen „Moment.“, hielt ich die Angelegenheit in der Schwebe und begab mich zu Carolin, die sich wenig begeistert über die erzwungene Unterbrechung der für sie ungewohnten Denkleistungen zeigte. „Was denn?“, fragte sie unwirsch. „Schlapphü..., äh, ich meine natürlich Geheimdienst.“, deutete ich auf die zwei betont unscheinbar gekleideten Gestalten, die gerade damit Aufmerksamkeit erregten. „Dürfen die in die Akten sehen?“. Carolin wirkte leicht überfordert. „Ja, äh, ich meine, ich weiß nicht

genau. Glaub schon, irgendetwas gab es da.“. Sie zögerte. „Frag doch sicherheitshalber lieber Kathy.“. Das war nun gar nicht nach meinem Geschmack aber wohl nicht zu ändern. Ich wollte nicht das Risiko tragen, eine Auskunft zu gewähren oder zu verweigern, ohne die genaue Rechtsgrundlage zu kennen und ich hatte nicht die Zeit, selbst die Gesetzeslage zu prüfen. Der Ältere blickte bereits ungeduldig auf die Uhr, der Jüngere übte sich in der Zurschaustellung seines Pokergesichts.
Kathy reagierte besonnen, als ich ihr den Fall vortrug. Keine 15 Sekunden nach meinem Anruf stand sie in der Geschäftsstelle. „Ich übernehme das.“, teilte sie mir lapidar mit und an die Schlapphüte gewandt. „Kommen Sie bitte in mein Büro. Ich kümmere mich sofort um Ihr Anliegen.“. Die beiden folgten ihr grußlos. Trotz aller Dienstbeflissenheit meinte ich, bei Kathy für einen winzigen Moment das Anklingen eines Widerwillens bemerkt zu haben. Vielleicht täuschte ich mich auch.
Ich hatte nicht den leisesten Schimmer, wer Jan Sywrotzki war und was er nach Auffassung der staatlichen Geheimdienstleister angestellt haben mochte, was diese nunmehr veranlasste, ihn und seine Krankengeschichte auszuforschen. Ich hatte genug gehört und gesehen und befand, dass es an der Zeit war zu handeln. Am Abend schrieb ich Thomas Kaufbold eine Mail, mit der ich mich zum nächsten Stammtisch der Freigeister anmeldete.

Ich muss etwa 15 Jahre alt gewesen sein, als *Hope Sandoval* unerwartet in mein Leben einbrach. Das Video der kaum bekannten Band *Mazzy Star* war bereits damals über 20 Jahre alt. Wie Hope, die ich für eine lange Zeit als das wundervollste Wesen des Universums betrachtete, ihr „Fade Into You“ ins Mikrofon hauchte, versetzte meine heile Welt für Monate in seltsame bis dato unbekannte Schwingungen. Ihre naive Schönheit und ihre sanfte Stimme, eingebunden in eine schlichte eingängige Tonfolge, verwandelten jedes Stück Wüste in eine schattenspendende Oase und bauten goldene Schlösser ins bloße Nichts. Manche hielten Hope deshalb für eine dunkle Nymphe, die diejenigen, die sich in ihrer betörenden Anmut verloren und ihrem lieblichen Säuseln lauschten, in einen schwarzen Sog hineinzog, der sie nie wieder preisgab.

Für mich allerdings war Hope vollkommen und rein. Ich verfiel ihrer mystischen Energie und gab mich ihrem Tanz hin, bis sie – für einen Teenager nicht unüblich – irgendwann verblasste und anderen abenteuerlichen Dingen Raum gab, die das Leben so überreichlich bereitstellte und die gekostet werden wollten.

Mit Natascha hatte mein eigenes Zauberwesen körperliche Gestalt angenommen und Hope in die Schublade verträumter Jugenderinnerungen verbannt. Wie wir nahe nebeneinander auf dem Bett in ihrem Wohnheim saßen, unsere Oberschenkel gegeneinanderstießen, sich unsere Ellenbogen wie selbstverständlich trafen, trat ein Stück Magie in die reale Welt. Jede dieser zufällig anmutenden Berührungen erzeugte ein elektrisierendes Knistern, das mich selbst nach den drei Monaten, die wir uns nun kannten, in seinen Bann zog.

Ich sprach über meine Fahrprüfung und davon, wie ich Annegret im letzten Moment von der Wand des Flures der Betreuungsabteilung erlöst hatte. Manchmal legte Natascha, während sie mir zuhörte, ihren Kopf auf meine Schulter und ich konnte ihr weiches Haar auf meinem Gesicht spüren. Ab und zu entfuhr ihr ein Kichern, sobald es mir gelang, eine Pointe besonders treffsicher zu platzieren. Wenn sich dann wie zur Belohnung für meine kunstvolle Erzählweise unsere Lippen trafen, ließ mich der unvergleichliche Geschmack von salzig-süßem Karamell fast vergessen, wo ich mit meiner Geschichte fortzufahren hatte.
In dieser vereinnahmenden Stimmung köstlicher Unbeschwertheit entfuhren mir nach und nach Dinge, über die ich mit Natascha bislang nie geredet hatte. Ich sprach über meinen Freund Robert und wie ihn seine Kontakte zur Heimwärts-Bewegung die Karriere gekostet hatten. Über meine nicht enden wollenden Konfrontationen mit der Geschäftsleiterin. Wie sehr mich die „Politische Bildung" nervte und die Halbwahrheiten, die man uns dort auftischte. Wie ich mit Isabell auf der Freigeister-Demo gelandet war und wir bei strömendem Regen im Chor „Frieden! Freiheit! Selbstbestimmung!" gerufen und uns dabei gut gefühlt hatten. Wie Jonas mir Thomas Kaufbold vorstellte, einen der Hauptprotagonisten der regionalen Freigeister-Szene. Wie ich Hierarchien im allgemeinen verabscheute, unfähige Führungskräfte, die nur das Amt aber nicht führen wollten, im besonderen. Und wie mich das System, dem zu dienen ich mich mit feierlichem Eid verpflichtet hatte, mich mit seinen Bevormundungen, Gängelungen, geheucheltem

Zusammenhalt und sinnlosen Regeln immer mehr innerlich auffraß.
Ich spürte die Kälte nicht kommen. Sie war einfach da, von einem Moment auf den anderen. Ich bekam keine Gelegenheit mehr, nach der Ursache zu forschen. Natascha sah mich mit versteinerter Miene an, nein genau genommen blickte sie durch mich hindurch, so schien es mir jedenfalls. „Ist dir eigentlich klar, dass du nicht allein auf der Welt bist?“. Zu schockiert, um mit der Geschwindigkeit der plötzlich einschlagenden Veränderung zu reisen, schwieg ich. „Ich meine, weißt du überhaupt, dass du mich in Teufels Küche bringst? Ich bin hier im zweiten Jahr, ackere wie ein Ochse, um durch die Klausuren zu kommen und du machst derweil auf Widerstandskämpfer? Weißt du, dass hier zu Weihnachten letztes Jahr zwei Leute meines Jahrgangs aus dem Polizeidienst geworfen wurden, nur weil sie in den sozialen Medien ein paar Beiträge deiner Freigeister geteilt haben? Die waren noch nicht mal auf einer Demo! Bist du echt so naiv, dass du glaubst, die lassen mich ungeschoren, wenn sie herausfinden, dass mein Freund bei diesen Typen ein und aus geht?“. Ich wollte nach Nataschas Hand greifen, mich erklären, ihr sagen, was Freiheit für mich bedeutet, was ich meinem Gewissen zu schulden glaubte, dass ich sie liebte und ihr niemals schaden könnte, aber sie entzog sich mir. Natascha war immer noch nah, so unfassbar nah, aber der Boden unter meinen Füßen zerfiel plötzlich zu Treibsand und zog mich zu sich hinunter. Ein scheußlicher Geschmack von Abermillionen winziger Körner brannte mir auf der Zunge und machte das Sprechen zur Unmöglichkeit.

Mit einem Mal fand ich mich vor der Tür des Wohnheims wieder. Tief in meinem Inneren hörte ich noch den Ton der Melodie, die Natascha und mich immer verbunden hatte. Als ich mit einem Kloß aus Sand im Hals wie im Traum zu meinem Auto rannte und schließlich auf den Fahrersitz sank, war unsere Musik plötzlich verstummt, als ob es sie nie gegeben hätte.

Isabell durchschaute auf der Stelle den Grund für meine angeschlagene Gemütsverfassung und Sekunden später hielt sie mich fest umarmt. Als sie dann noch erwähnte, dass nur jemand, der auch Leid erfahren habe, zu wahrhaftiger Liebe imstande sei, hätte ich tatsächlich fast losgeheult und flüchtete unter dem Vorwand dringender dienstlicher Erfordernisse aus ihrem Büro. Dort versuchte Hans mich mit theaterreifen Vorstellungen seiner Grimassenkunst abzulenken. Unter anderen Umständen hätte ich mich vor Lachen unter dem Tisch gebogen, blieb ihm aber heute den erwarteten Applaus schuldig. Nach einer Weile stellte er seine Bemühungen ein und verzog sich hinter die zwei Bildschirme auf seiner Büroseite. Zu allem Überfluss lief mir am Nachmittag Melinda über den Weg. Offenbar funktionierte die Flüsterkette Hans – Carolin – Melinda nach wie vor ausgezeichnet, denn sie schenkte mir aus sicherer Entfernung einen mitleidsvollen Blick, der noch einen anderen Ausdruck enthielt, auf den ich mir keinen Reim machen konnte. Für einen Moment glaubte ich, Melinda wollte mir wie Isabell um den Hals fallen. Aber das verräterische Zucken, das eine solche Gefühlsregung andeutete, wechselte mitten in der Bewegung, mündete in eine unerwartet steife Drehung und

Melinda stob auf gewohnte Weise davon, ohne ein Wort zu verlieren.

Ich war froh, als endlich Wochenende war und zog mich in mein Schneckenhaus der elterlichen Wohnung zurück, die ich – wenigstens am Samstag - ganz für mich allein hatte. Meine Eltern fuhren mit einem befreundeten Pärchen in ein Ostseebad, um sich dort Badefreuden und anderen Vergnügungen, vermutlich solchen kulinarischer Natur, hinzugeben. Allerdings überließ man mich nicht einfach mir selbst. Meine Mutter rang mir vor Aufbruch den Schwur ab, mich nicht von der ein Meter hohen Balkonbrüstung aus dem Erdgeschoss zu stürzen. Mein Vater unterbrach das Posen in seinen neuen Badeshorts vor dem Flurspiegel und legte mir mitfühlend die Hand auf die Schulter, womit er mir wortlos versicherte, dass wir Männer nunmehr zusammenhalten müssten. Als die Wohnungstür ins Schloss fiel, verdrückte ich mich auf mein Zimmer und versüßte meinen Kummer mit Herzschmerzmusik. Nach der etwa fünfzehnten Wiederholung des über 30 Jahre alten *Selig*-Songs „Ohne dich" befand ich mich in der richtigen Stimmung für einen anständigen Vollrausch. Während ich vor der Bar meines Vaters grübelte, welche Flasche er wohl am wenigsten vermissen würde, läutete es. Nachdem die einprogrammierte Melodie zum dritten Mal anschlug, gelangte ich zu der Erkenntnis, dass der penetrante Besucher sich nicht ohne weiteres entmutigen lassen würde und schleppte mich zur Tür. Die zwei verwegenen Gestalten, die sich im Halbdunkel des Flures an die gegenüberliegende Wand lümmelten, benötigte ich gerade überhaupt nicht für mein Vorhaben. Bevor sie Gelegenheit erhielten, die nervtötende Melodie der Klingel erneut auszulösen, was mich möglicherweise dazu verführt hätte, die Anlage mit einem Hammer zu bearbeiten, öffnete ich. „Wer hat euch denn durch die Haustür gelassen?", maulte ich zur Begrüßung die ungebetenen Gäste an. Jonas lachte. „Eine Nachbarin war so freundlich. Sie konnte unserem Charme wohl nicht widerstehen.". Trotz des spärlich beleuchteten Flures machte sich Jonas nicht die Mühe, seine Sonnenbrille abzusetzen. Robert hatte seine nach oben über die Stirn geschoben, wo sie ihren Dienst als Haarreif verrichtete, der seine grauen Zottel im Zaum hielt. „Wirf dich in dein schickes Leder und bring den Knitterfreien mit.", begrüßte er mich ohne Umschweife. „Wir machen eine Ausfahrt.". Ich zeigte wenig Dankbarkeit für die Absicht, meine Pläne für ein einsames Besäufnis zu durchkreuzen. Eine Nachbarin musterte uns misstrauisch, bevor sie sich an die Wand gepresst wortlos an uns vorbei drückte. Vielleicht vermutete sie gerade eine in der Durchführung begriffene Schutzgelderpressung oder eine andere Form krimineller Aktivität, in welche sie keineswegs hineingeraten wollte. Bevor ich meinen Unwillen zur Teilnahme an einer Ausfahrt kundtun konnte, erklärte Robert: „Fünf Minuten. Wir warten unten bei dem Böcken.". Jonas hob zur Bekräftigung den Zeigefinger, dann überließen die beiden mich meinen Vorbereitungen. Schnell verwarf ich den kurz aufkommenden Gedanken, einfach die Tür zu schließen, mir die Flasche ‚Don Papa' zu schnappen, die ich bereits mit Wohlgefallen in den Blick genommen hatte und mein Selbstmitleid sodann in Alkohol begleitet von trauriger Musik zu ertränken. Intuitiv wusste ich, dass Robert und Jonas

mich nicht aus ihren Klauen lassen und notfalls die Tür eintreten würden, um mich zwangsweise zu beglücken. Widerstand war zwecklos. Also streifte ich zähneknirschend meine Motorradkluft über, schnappte Helm und Handschuhe und fügte mich in das Unvermeidliche.
„Und, wo solls hingehen?“, fragte ich – unten angekommen - in dem Bemühen, mein Desinteresse so gut wie möglich zu verbergen. „Hausrunde.“, bequemte sich Jonas zu einer mehr als mageren Auskunft. „Ein bisschen konkreter gehts nicht?“. Der ‚Don Papa‘ winkte immer noch mit einem vollmundigen bequemen Rausch. „Lass dich überraschen.“. Jonas gab sich weiter geheimnisvoll und Robert signalisierte bereits Abfahrbereitschaft, als er seinen Helm festzog. „Wir fahren Sandwich.“, legte er sodann fest. „Ich vorne, Jonas hinten, du in der Mitte. Wir sind zwar keine Kolonne, aber eine Gruppe. Und eine disziplinierte Gruppe, egal wie klein sie ist, fährt immer wie?“. „Versetzt hintereinander“, kam es wie aus der Pistole geschossen von mir zurück. „Brav.“, bestätigte Robert und an Jonas gewandt, „Unser junger Freund hört zu, wenn wir uns unterhalten.“. Und wieder an mich gerichtet, „Und was machen wir in Kurven?“. „Auseinanderziehen.“. „Perfekt.“, lobte Robert. „Genauso machen wir das. Alle Mann aufsitzen.“. Lustlos schwang ich mich auf den Sitz der Honda. Als ich den Schlüssel umdrehen wollte, fiel mir auf, dass ich die Handschuhe noch nicht angezogen hatte. Meine Gedanken kreisten wirklich in einer anderen Dimension. Die Peinlichkeit ging unter in dem Bullern der Harleys. Nachdem ich meine Handschuhe endlich übergestreift hatte und die Honda ansprang, wobei ich bei dem Lärm von vorn und hinten zuerst nicht sicher war, dass sie wirklich

lief, gab ich Robert, der bereits Unwillen ob der Verzögerung bekundend in den Rückspiegel blickte, mit der Hand ein Zeichen und es ging los. Robert schlug den schnellsten Weg heraus aus der Stadt ein. Meine Sorge, mit der Enduro bei den stärker motorisierten Harleys nicht mithalten zu können, erwies sich als grundlos. Robert legte ein entspanntes Tempo vor, der Tacho zeigte nie mehr als 90 km/h, so dass ich keine Last hatte, zu folgen. Nachdem wir erst ein Stück in Richtung des Gehöftes von Jonas gefahren waren und ich schon glaubte, die Ausfahrt ende bei einem schwerverdaulichen Filterkaffee in seiner Garage, schwenkte Robert überraschend nach rechts ab. Ab hier musste ich mich wirklich konzentrieren, da ich die Strecke nicht kannte. Robert führte uns über kleine verschlungene Wege in umwaldetes Terrain. Die hohen Baumwipfel überschatteten die kaum frequentierten Straßen über lange Zeit, um dann wieder sonnendurchfluteten Feldern zu weichen, die sich – von winzigen Ortsschaften mit ihren altmodischen roten Backsteinhäusern durchbrochen - am Horizont verloren. In der Folge tauchten wir ab in ein Gewirr unzähliger verwinkelter Alleen, die trotz ihres vorzeigbaren Erhaltungszustands meine volle Aufmerksamkeit forderten. Nach einer Weile allerdings fing ich an, die Kurven nicht mehr technisch mit dem Kopf vorauszuplanen. Ich begann sie zu fühlen, so als wenn unser kleiner Verband zu einer Einheit verschmolzen wäre. Im Kopf summte ich die Melodie von „The Forest", nicht das Orginal von *The Cure,* sondern die schnellere rockigere Coverversion von *Waltari.* Die Route war zweifellos überwältigend. Ich hatte nicht geglaubt, dass sich nur wenige Kilometer hinter der Stadt derart bezaubernde Landstriche finden ließen. Wir mochten etwa eine Dreiviertelstunde unterwegs gewesen sein, als Robert an einen idyllisch gelegenen See abbog. Direkt an dem kleinen Gewässer befand sich ein schmaler Parkplatz, auf dem nur wenige Fahrzeuge abgestellt waren. Es war also reichlich Platz und wir mussten nicht lange nach einer passenden Lücke suchen. Ich achtete darauf, es Robert und Jonas gleichzutun, die ihre Maschinen zunächst leicht quer stellten, um sich sodann rückwärts in eine abfahrbereite Parkposition zu schieben. Auf der hochbeinigen Enduro kein leichtes Unterfangen aber dank vom Radfahren gut trainierter Wadenmuskulatur schaffbar. Wir stiegen von den Sitzen und hängten die Helme über die Spiegel. „Und?", erkundigte sich Robert. „Der Wahnsinn!", platzte es aus mir heraus. „Die Strecke ist unglaublich!". „Meine Rede, es wird ihm gefallen.", steuerte Jonas sein Fazit bei. Am Rande des Parkplatzes residierte „Aalfreds Fischbrötchen – die besten im Land" in einer ansehnlich zusammengezimmerten Holzhütte. Das Wortspiel weckte sofort die Assoziation an Freddys „Iss Watt" und beendete die Minuten, die ich es geschafft hatte, einmal nicht an Natascha zu denken. Ich würgte den Kloß herunter. „Kann Aalfred was?", erkundigte ich mich, nicht zuletzt, um mich – und sei es auch nur mittels einer Debatte über die Qualität von Fischbrötchen – aus dem sich gerade wieder quälend zu drehen beginnenden Gedankenkarussell zu befreien. „Und ob.", lautete Roberts Urteil. „Mahlzeit, Alfred.", rief er in die Baude. Alfred, der Besitzer, zünftig in Fischerhemd und knöchellange Gummischürze gewandet, erschien aus dem hinteren Teil seines Etablissements, das vermeintlich als Küche fungierte. „Da brat‘ mir doch einer nen Aal! Alte Bekannte. Robert und Jonas, schau mal an. Und diesmal wohl Bikernachwuchs dabei?“. Alfred deutete auf mich. „Anton.“, stellte ich mich selbst vor. „Gut, gut, Kollegen. Dreimal Räucheraal auf Brötchen, vermute ich?“. „Mach mal.“, erwiderte Jonas, der zur Feier der bevorstehenden Nahrungsaufnahme seine Sonnenbrille, dem Beispiel Roberts folgend, auf die Stirn geschoben hatte, nur dass sie auf seinem frisch rasierten Schädel keine haarbändigende Funktion erfüllte. Drei Minuten später saßen wir mampfend an einem der aus grobem Holz geschlagenen Tische auf daran angebrachten lehnenlosen, von der Sommersonne vorgewärmten Bänken und ließen uns die „besten im Land“ erhältlichen Räucheraalbrötchen schmecken. Aalfred versprach nicht zu viel. Nach meiner unmaßgeblichen Räucherfischerfahrung war mir Besseres bislang noch nie serviert worden. „Das hast du übrigens gut hingekriegt mit der Fahrerei.“, lobte Jonas. „Von hinten sah das alles schon ganz ordentlich aus.“. Bevor ich dank stolzgeschwellter Brust einen Wachstumsschub bekam, dämpfte Robert jeden aufkommenden Dünkel meinerseits. „Du kommst in den Linkskurven zu weit raus.“, rügte er. „Fahr bis in den Scheitelpunkt und lass dich dann erst nach links kippen, sonst verpasst dir der Gegenverkehr eine Frisur wie unserem kurzhaarigen Freund hier.“, wobei er Jonas rasierte Platte tätschelte, der feixend versuchte, sich der unerwarteten Liebkosung zu entziehen. Wir tupften gerade mit Papierservietten das Fett von den Fingern und spülten die Kehlen mit alkoholfreiem Bier, um den Aal artgerecht schwimmen zu lassen, als eine Motorradgruppe knatternd auf den Platz einbog. Der „Lost Boys MC" war es nicht, der Klang der Harleys wäre unverwechselbar gewesen. „Nach der gewagten bis praktisch nicht vorhandenen Formation zu urteilen, könnte das die Trümmertruppe von Hannes sein.", meinte Robert und Jonas pflichtete ihm mit einem lapidaren Kopfnicken bei. „Die können immer noch nicht einparken.", konstatierte er dann die weitestgehend fehlgehenden Bemühungen der etwa 15 Frauen und Männer starken Gruppe, ihre Maschinen in halbwegs zusammenhängende Parkpositionen zu führen. In der Tat erschien mir der Auftritt der Ankömmlinge ebenfalls chaotisch, aber ich hütete mich, als Neuling mit vorwitzigen Bemerkungen aufzuwarten.

Die einzelnen Mitglieder des Trupps kleckerten einzeln oder pärchenweise heran. Es folgten die üblichen Begrüßungsrituale, die mich diesmal einschlossen. Auffällig war, dass man Robert eher mit zurückhaltendem Respekt begegnete, während Jonas deutlich mehr Herzlichkeit zuteil wurde. Die in der Gruppe mitfahrenden Frauen übertrafen sich in auffälliger Weise mit dem Versprühen ihres Charmes in seiner Gegenwart. Gesine würde vermutlich angesichts der Balzerei der Damenwelt mit den Zähnen knirschen – oder sie war sich ihrer Sache sehr sicher. Hannes, der ein paar Jahre jünger als Robert sein musste, wirkte mit seinem gelichteten Haar und den fast bis an die Oberlippe reichenden Augenringen deutlich gezeichnet vom Leben. Er überspielte dies aber mit besonders kernigem Auftreten und einer gewaltigen schallenden Stimme, deren Bass Alfred um seine Bretterbude fürchten lassen musste. Nachdem er überschwänglich in Megaphonlautstärke Robert und Jonas seinen Gruß entboten hatte, wandte er mir seine Aufmerksamkeit zu. „Und du bist?“. Ich stellte mich höflich vor. „Ah, Nachwuchs, oder?“, was ich bestätigte. „Was fährst du?“. „Eine Honda CRF 250 Enduro.“, antwortete ich wahrheitsgemäß in der Annahme, dass ich mit einer Maschine unter 1000 Kubikzentimetern vermutlich gerade durch das Raster ernstzunehmender Motorradfahrer gerutscht war. Hannes bewies mir jedoch das Gegenteil. „Gute Wahl für den Anfang. Meine Tochter Luisa fährt auch so eine. Sie steigt gerade ab.“. Ich folgte mit meinem Blick Hannes Arm, der in Richtung Parkplatz wies. Eine in eine weiße Lederkombi mit roten Applikationen gekleidete Blondine schob gerade ihren weißen Helm auf den Spiegel einer nagelneu erscheinenden, blitzblank gewienerten Honda. Meine Enduro sah dagegen angesichts dessen, dass sie unter dem Balkonvorsprung abgestellt und damit der Witterung weitgehend schutzlos preisgegeben war, inzwischen weit weniger vorzeigbar aus als zu der Zeit, als Jonas mir die Maschine erstmalig präsentierte. Luisa selbst war bildhübsch. Der lang gehaltene Scheitel ihres ansonsten kurzgeschnittenen Haares fiel über ein anmutiges Gesicht mit strahlend blauen Augen, die denen Isabells ähnelten. Wir wurden vorgestellt. Sie war 19, gerade mit der Schule fertig und stand in den Startlöchern für ein Informatikstudium. Zu Luisas blendendem Aussehen gesellte sich eine angenehme Bodenständigkeit, getrübt von dem bei Bikern regelmäßig anzutreffenden Hang zur Arroganz, welcher bei ihr allerdings geschickt verpackt in selbstbewuss-

tem Charme daher kam. Zufällig saßen wir später nebeneinander. Mehr als ein paar spröde Sätze in einer vor sich hin stolpernden Unterhaltung über Belanglosigkeiten kamen mir nicht über die Lippen. Ich war nicht bereit für irgendeine andere Frau als Natascha. Vermutlich würde ich es nie wieder sein. Na gut, sagen wir mal, nicht für eine lange, sehr lange Zeit. Als Luisa den Reißverschluss ihrer Jacke aufzog, kam eine Silberkette zum Vorschein, an der sich ein Anhänger mit einem vertrauten Zeichen fand. Dasselbe, das einen von Roberts Silberringen schmückte. Sieh an, dachte ich bei mir, der kleine Blondschopf spielt offenbar gerne mit den bösen Jungs! Jonas klopfte mir aufmunternd auf die Schultern und Robert nickte lächelnd zu mir herüber. Einen Moment schoss mir der Gedanke ein, dass meine Freunde dies alles hier arrangiert haben könnten, um mich von Natascha abzulenken. Letztlich scherte mich das nicht. Natascha und ich waren ja nicht offiziell getrennt. Nichts war entschieden. Nichts war endgültig.
Es war genau jener Augenblick dieses verschworenen Beisammenseins an Aalfreds Fischbrötchenbude, in dem ich beschloss, aus meinem Tal der Tränen herauszukrabbeln und endlich das Notwendige zu tun. Zu kämpfen.

Kurz vor unserem Zerwürfnis hatten Natascha und ich den Entschluss gefasst, zukünftig weniger zu rauchen. Ich klammerte mich an diesen letzten gemeinsamen Plan wie an ein einsames Stück Treibholz mitten auf dem Ozean, bevor ich mich gleich einem alten Song von *Nationalgalerie* wie Tütensuppe einfach darin auflöste. Inzwischen konnte ich den ausufernden Konsum auf ein oder zwei Tabakerzeugnisse

am Tag reduzieren, was einen ziemlichen Fortschritt darstellte. Zum Schluss hatte ich fast eine Schachtel täglich niedergemacht. Das ging nicht nur ins Geld, sondern begann, trotz meiner beharrlichen Radfahrerei bei Wind und Wetter, die Kondition beim Treppensteigen und anderen körperlichen Herausforderungen spürbar zu beeinträchtigen.
Meine Versuche der medialen Kontaktaufnahme zu Natascha verliefen bislang wenig erfolgversprechend. Entweder reagierte sie gar nicht auf meine Nachrichten oder nach Stunden oder gar Tagen trudelten so vielsagende Reaktionen ein wie „Okay.“, „Aha.“ oder „Wenn du meinst.“. Letztlich allesamt Akte verbaler Kommunikationsverweigerung und mithin Zurückweisungen, die fast noch schwerer zu ertragen waren, als es ein ausdauerndes Schweigen ihrerseits gewesen wäre.
Die Direktorin mahnte zur Eile, obwohl es ihr nach meiner Erfahrung gleichgültig war, ob sie pünktlich zum anstehenden Termin wieder im Sitzungssaal erschien oder eine sportliche Viertelstunde später. Meine erste von maximal zwei Tageszigaretten landete zur Hälfte aufgeraucht in dem als Behelfsaschenbecher fungierenden Blecheimer. Ich eilte Frau Direktorin flinken Fußes nach, um zeitgleich mit ihr in den Saal zurückzukehren. Alles andere wäre einer Disziplinlosigkeit gleichgekommen, die bei mir einen schalen Beigeschmack hinterlassen hätte. Im letzten Drehkreuz blieb ich mit meiner neuen gekauften Robe hängen. Ein verdächtiges Knacken deutete darauf hin, dass eine Naht ihrer Belastungsgrenze nahe gekommen war. Bevor ich einen Alarm auslöste, befreite ich mich im letzten Moment mit einer ge-

schmeidigen Drehbewegung aus der den Durchgang behindernden Falle. Die alte Leihrobe hatte ich reinigen lassen und sie zu Hause noch einmal von Hand persönlich aufgebügelt. Das bewahrte mich nicht davor, dass Fräulein Kunze sie bei meiner Rückgabe im Vorzimmer mit spitzen Fingern wie eine Handgranate inspizierte, bei der der Sicherungssplint entfernt worden war, um sie sodann auf einen Bügel zu befördern und im Schrank für den nächsten robenlosen Neuankömmling zu deponieren. Mit einem gnädigen Kopfnicken entließ sie mich sodann aus der Verantwortung für die großzügige Leihgabe des Landes.

Wir genossen heute einen „Eierdieb"-Sitzungstag. Kleine Delikte im 30-Minuten-Takt terminiert, mit einer Reihe kurzer Pausen, wenn der Angeklagte auch zehn Minuten nach angesetztem Verhandlungsbeginn noch nicht erschienen war. In den meisten Fällen hatte dies die Anordnung seiner polizeilichen Vorführung zum neuen Termin zur Folge, wenn man nicht dem Antrag der Staatsanwaltschaft gemäß im schriftlichen Strafbefehlsverfahren eine Geldstrafe gegen den säumigen Übeltäter verhängte.

Staatsanwalt Schneider sprang pflichtschuldig von seinem Stuhl auf, als das hohe Gericht in Gestalt der Direktorin gefolgt von meiner Wenigkeit als weitgehend bedeutungsloses Anhängsel, das ich als Protokolldroide darstellte, den Sitzungsaal betrat und zu den vorderen erhöht liegenden Plätzen schwebte. Auf der anderen Seite erhoben sich Rechtsanwalt Bredemann als Verteidiger und seine Mandantin, zügig aber mit weniger musterschülerhaft vorgetragener Eilfertigkeit als sie der Sitzungsvertreter der Staatsanwaltschaft an

den Tag legte. Eine huldvollen Geste der Direktorin gestattete den Verfahrensbeteiligten, ihre Plätze wieder einzunehmen. Die ältere Dame auf der Anklagebank wirkte einen Moment verunsichert über das ihr abverlangte Verhalten. Rechtsanwalt Bredemann übersetzte ihr flüsternd den gerichtlichen Wink und erleichtert ließ sie sich auf ihren Platz fallen.
Während ich das aktuelle Verfahren auf dem Bildschirm vor mir öffnete, rief Frau Dr. Teckelsberg die Strafsache auf und beorderte über die Wechselsprechanlage die Beteiligten in den Sitzungssaal. Der einzige geladene Zeuge, der draußen gewartet hatte, schlurfte herein. Ein verlottert wirkender Ladendetektiv, mit halblangen ungepflegten Haaren, der seine einzige Bedeutung im Leben aus einem zerknitterten hellblauen Hemd mit dem aufgedruckten Logo eines Sicherheitsdienstes zog. Die Oma auf der Anklagebank zuckte nervös zusammen angesichts der schmierigen Gestalt, die sie beim Diebstahl ertappt und zur Anzeige gebracht hatte. Die Direktorin stellte die Anwesenheit der Verfahrensbeteiligten fest, belehrte den Zeugen über seine Wahrheitspflicht, die er - mit der Routine der Gerichtserfahrung ausgestattet - bekräftigte verstanden zu haben, und sandte ihn sodann bis zu seiner eventuellen Vernehmung wieder hinaus. All dies hatte ich sorgfältig in das Protokoll aufzunehmen, ein paar Klicks hielten die Formalien beweissicher für die Ewigkeit – oder jedenfalls bis zu ihrer Löschung in ein paar Jahren - gespeichert in elektronischer Form fest.
Nun schlug die Stunde des Staatsanwalts. Als nächstes wurde die Anklage verlesen. Diese wenigen Minuten gehörten Ulf Schneider, und er nutzte sie weidlich. Getragen von

professioneller Betonung und begleitet von mahnender Gestik beschrieb er – zum Zwecke der Verlesung stehend - zunächst die rechtliche Einordnung des Vergehens der Angeklagten als Diebstahl einer geringwertigen Sache. Sodann begann er, den Hergang selbst zu schildern, wie nämlich selbige sich durch das Verstecken unter ihrer Bekleidung der sorgsam in Plastik eingeschweißten 200 Gramm Schinken bemächtigte, um sie später durch den Kassenbereich zu transportieren, ohne den Kaufpreis von 6,99 € dafür zu entrichten. Dem engagierten Vortrag Staatsanwalt Schneiders nach musste es sich um eine fiese Schurkerei unglaublichen Ausmaßes handeln. Ich für meinen Teil befand, dass die eigentliche Unerhörtheit des Vorgangs in dem in der Tat stattlichen Preis für diese lächerliche Menge geräucherter, vermutlich hauchdünner und zudem minderwertiger Fleischscheibchen zu suchen war. Da ich aber natürlich nichts dazu zu melden hatte, beschränkte ich mich auf meine schlichte Pflichterfüllung, das Verlesen der Anklageschrift ordnungsgemäß im Protokoll zu vermerken.
Frau Dr. Teckelsberg bedankte sich bei dem Staatsanwalt. Dieser ließ sich wie nach einem 8-Stunden-Tag auf der Baustelle erschöpft zurück auf seinen gepolsterten Sitzplatz gleiten, ohne einen Moment seine strenge Dienstmiene abzulegen, mit der er fortfuhr, der Angeklagten seine persönliche Missbilligung für ihr Fehlverhalten kundzutun.
Als nächstes wurde die Oma über ihr Recht zu schweigen, also zur Sache keine Angaben zu machen, belehrt, eine bedeutsame Formalie, ohne die das Protokoll keineswegs auskam. Die Direktorin vergewisserte sich mit Blick zu mir, ob ich das Häkchen an der richtigen Stelle gesetzt hatte, und

fuhr erst fort, nachdem ich ihr dies mit einem Kopfnicken bestätigt hatte. Rechtsanwalt Bredemann bekundete, dass die Angeklagte ihn gebeten habe, eine geständige Erklärung für sie abzugeben und sie überdies zur Beantwortung von Fragen seitens des Gerichts bereit sei. Zunächst jedoch ergriff Frau Dr. Teckelsberg noch einmal die verfahrensleitende fürsorgliche Initiative als Vorsitzende des Prozesses. „Sagen Sie, Herr Verteidiger, ist Ihnen dort drüben nicht zu warm? Die Sommersonne gibt sich heute doch recht unbarmherzig. Wir wollen ja keine Revisionsgründe schaffen, indem wir die Angeklagte bei unzumutbaren Temperaturen befragen, nicht wahr?". Die Direktorin kicherte über ihren eigenen Scherz, hatte in der Sache selbst jedoch zweifellos recht. Die Lüftung war zwar bereits angelaufen, allerdings schon vor Verlesung der Anklageschrift hatte sich die Sonne hinter den Scheiben bemerkbar gemacht und nach und nach den am Fenster liegenden Bereich der Anklagebank erfasst, der sich vermutlich zügig aufheizte. Rechtsanwalt Bredemann bestätigte die zunehmende Wärmeeinwirkung und Frau Dr. Teckelsberg betätigte die von ihrem Platz aus steuerbaren Außenrollläden, die geräuschvoll herunterrasselten. Damit erhielten die lichtempfindlichen Sensoren im Saal das Signal, den sich verdunkelnden Raum in unangenehm gleißendes Kunstlicht zu tauchen, das den Ausschluss der Tageshelligkeit zu kompensieren suchte. Nachdem die Verhandlungsbedingungen von der Direktorin nunmehr als zufriedenstellend eingeschätzt worden waren, erteilte sie dem Verteidiger wieder das Wort.
Rechtsanwalt Bredemann, von dem ich wusste, dass er mit Britta, der Rechtspflegerin, die unser Volleyballteam auf

dem Sportfest komplettiert hatte, verehelicht war, fasste sich kurz. Die Angeklagte räume den Vorwurf vollumfänglich ein. Sie habe der Versuchung nicht widerstehen können, den teuren Schinken einzustecken, da sie sich mit ihrer schmalen Rente so preisintensive Lebensmittel nicht leisten könnte, führte er aus. Ich schrieb eifrig mit, denn für diese Ausführungen standen keine auswählbaren Textbausteine zur Verfügung.
Die ältere Dame nickte ehrfürchtig zu allem und wollte auf Frage der Direktorin nichts mehr hinzufügen. Da angesichts des Geständnisses auch Staatsanwalt Schneider keine Fragen mehr einfielen, kam man überein, auf die zeugenschaftliche Vernehmung des Ladendetektivs zu verzichten. Der Schmierlappen wurde hereingerufen und von der Direktorin aus seiner Pflicht entlassen. Er entfernte sich grußlos und ohne die Staatskasse mit den Auslagen für sein Erscheinen zu belasten. Die Oma sackte erleichtert in sich zusammen, als er den Saal verließ.
Die Direktorin vernahm diese nun zu ihren persönlichen Verhältnissen, die erwartungsgemäß bescheiden ausfielen. Wie der Bundeszentralregisterauszug belegte, war sie bereits zweimal wegen Diebstahls geringwertiger Sachen aufgefallen und hatte im Strafbefehlsverfahren kleine Geldstrafen erhalten. Das war vermutlich Grund genug für die Staatsanwaltschaft gewesen, ihr mit dem Eindruck der Hauptverhandlung die Wehrhaftigkeit des Rechtsstaates gegen unbelehrbare Straftäter nachhaltig vor Augen zu führen. Ein Antrag Rechtsanwalt Bredemanns, das Verfahren mit Blick auf den geringen Wert des zurückgegebenen Stehlguts

angesichts des Geständnisses der erkennbar von der Hauptverhandlung beeindruckten und zudem bereits 69-jährigen Angeklagten einstellen, scheiterte an der mangelnden Zustimmung des Staatsanwalts.
Da keiner der Verfahrensbeteiligten sonst noch Anträge zu stellen hatte, machte Staatsanwalt Schneider Anstalten, sein Plädoyer zu beginnen. Kaum hatte er sich von seinem Platz erhoben, erlosch mit einem Schlag das Licht im Saal und die Lüftung verstummte. Die Convertibles liefen im Akkubetrieb weiter, zeigten aber den Verlust der Netzverbindung an. Außer dem Notlicht über dem Eingang schoben sich nur winzige Streifen Lichts seitlich an den Rollläden vorbei und erlaubten es gerade so, die Hand vor Augen zu erahnen. Wir saßen im Finstern. „Ein Stromausfall.", konstatierte die Direktorin weise und etwas weniger abgeklärt, „Ja, was machen wir denn da?". „Vielleicht lassen sich die Rollläden öffnen, dann könnten wir wenigstens etwas sehen.", schlug Rechtsanwalt Bredemann vor. Die Direktorin probierte die Schalter, allerdings ohne Erfolg. Die Rollläden blieben stur in der geschlossenen Position. „Ich rufe mal die Wachtmeisterei an, vielleicht wissen die, wie man die Dinger notöffnet.", beschloss sie, wurde aber durch das schweigende Telefon belehrt, dass auch dieses sich ohne funktionierendes Netzwerk seiner Verwendung entzog. „Da muss ich wohl persönlich in die Wachtmeisterei.", stöhnte die Direktorin, aber Staatsanwalt Schneider bewies seine umfassende Kenntnis der justiziellen Hierarchie. „Das kann doch der Protokollant übernehmen, er hat ohnehin jetzt nichts zu tun.". „Ja, Herr Kranagel, wenn Sie wohl so freundlich wären.". Anders als der

Staatsanwalt ließ die Direktorin auch in dieser reichlich unbehaglichen Situation die Regeln der Höflichkeit nicht außer Acht. „Klar.“, erwiderte ich ins Dunkle hinein und erhob mich, „Ich frag mal nach.“. Dem Notlicht über dem Eingang folgend tastete ich mich an der Wand hinter dem Sitz des Staatsanwalts entlang und schlüpfte durch die Tür. Auch der Seitenflur, der den Saal beherbergte, lag im Halbdunkel. Im Hauptflur wurde es besser. Die Mitarbeiter hatten die Büros geöffnet, so dass Tageslicht hineinströmte. Überall standen Grüppchen ratlos herum und ich eilte mitten durch das muntere Schwatzen zur Wachtmeisterei, wo ich zum Glück auf Erik traf und ihm das Problem schilderte. „Verstehe. Das krieg ich gelöst. Null Problemo.“. Er griff nach einem kleinen Werkzeugkoffer und bahnte sich mit mir gemeinsam den Weg zurück zum Sitzungssaal.
Uns empfing eine Mauer mürrischen Schweigens. Als die Direktorin Erik unter der Stirnlampe erkannte, mit der er wie ein Alien durch einen Supermarkt marschierte, hellte sich ihre Miene, soweit man das erkennen konnte, auf. „Oho, da naht Rettung.“. Erik blieb verhalten optimistisch. „Erst mal schauen, Technik hat immer ihre Tücken.“. Er machte sich bereits an einem kleinen Kasten zu schaffen, der - hinter der Innenjalousie verborgen - Licht ins Dunkel zaubern sollte. Man hörte Erik ein wenig in seiner mitgebrachten Werkzeugkiste kramen. Nach ein paar ungenierten Flüchen gab der Öffnungsmechanismus des Kastens seinen Widerstand auf. Wenige Sekunden später surrte der rechte von zwei Außenrollläden anstandslos nach oben und es wurde wieder hell im Saal. „Bravo, bravo!“, klatschte die Direktorin. „Wie hat er das denn so schnell hinbekommen?“.

„Null Problemo, wenn man weiß, wo man suchen muss.", prahlte Erik, sein Werkzeug bereits wieder verstauend. „Die Notöffnung läuft im Akkubetrieb. Nur eben mit dem Schalter am Fenster. Den muss man kennen.", erläuterte er. „Fein, fein.", lobte ihn Frau Dr. Teckelsberg. „Und nun noch die andere Seite.". Erik zuckte mit den Schultern. „Links geht nicht.". „Ja wieso das denn nicht? Rechts konnte er doch auch, warum nicht links?". Erik lachte. „Weil die Strategen nur eine Notöffnung für rechts vorgesehen haben, darum. Aus Kostengründen, verstehen Sie?". Erik stand bereits in der Tür, die abgeschaltete Stirnlampe noch auf dem Kopf wie ein Höhlenforscher auf dem Weg zum Feierabendpils. „Schönen Gruß ans Finanzministerium.". Mit diesen Worten entschwand Erik und überließ die mit geöffneten Mündern staunenden Verfahrensbeteiligten ihren prozessualen Pflichten.

Während ich innerlich feixte über Eriks Auftritt einschließlich seines fulminanten Abgangs, hatte die Direktorin eine Entscheidung getroffen. „Die Hauptverhandlung wird unterbrochen, bis der Strom wieder eingeschaltet ist.", verkündete sie und mit einem Blick auf die Uhr, „Der Termin wird fortgesetzt am heutigen Tage um 11.30 Uhr. Herr Kranagel, Sie verbleiben im Sitzungssaal?". Das waren 40 Minuten. Ich nickte. Vermutlich würden Verfahrensbeteiligte der später terminierten Sachen auflaufen, die ich ohnehin über die Verzögerungen informieren musste. Die Direktorin fuhr fort mit ihren organisatorischen Überlegungen. „Herr Staatsanwalt, Herr Verteidiger, Sie sind eingeladen, mich in mein Büro zu begleiten. Das Vorzimmer hält normalerweise im-

mer eine Thermoskanne heißen Kaffees bereit. Die Angeklagte bleibt hier im Sitzungssaal?". Die Oma nickte ergeben. Was blieb ihr übrig, als dem Aufschub der Entscheidung über ihr Verderben Absolution zu erteilen? Dann entschwebte die Juristenschar in die wohlverdiente Kaffeepause.
Die Angeklagte verabschiedete sich nach ein paar Minuten aus der Realität und fokussierte sich auf einen imaginären Punkt an der Wand hinter dem Tisch des Staatsanwalts. Nach ein oder zwei Versuchen sie aufzuheitern, gab ich auf und versenkte mich in die Vorbereitung eines Protokolls auf klassischem Papier, falls die Direktorin auf die Idee verfallen würde, den Prozess ohne Strom fortzusetzen.
Mit einem Schlag flackerte die Deckenbeleuchtung auf und die Lüftung sprang an. Der Strom war so plötzlich wiedergekommen wie er verschwunden war. Die Convertibles verbanden sich mit dem Netz, den zweiten Rollladen beließ ich unten, um die gebeutelte Angeklagte nicht doch noch versehentlich zu grillen. Meine Papiervorbereitungen wollte ich nicht voreilig der Tonne überantworten. Wer weiß, wie instabil das Stromnetz sich im weiteren präsentieren würde. Ich blickte auf die Uhr. Gut 25 Minuten blieben mir, um Staatsanwalt Ulf Schneider eine Lektion über die Grenzen volljuristischer Überlegenheit zu erteilen.

Nachdem Staatsanwalt Schneider auf Verhängung einer 3-monatigen Freiheitsstrafe – selbstverständlich zur Bewährung ausgesetzt, man war ja kein Unmensch – plädierte, Rechtsanwalt Bredemann mit Engelszunge um eine milde Strafe – jedenfalls nicht mehr als 30 Tagessätze – für seine

Mandantin gebeten und die Direktorin schließlich, wie nicht unüblich, eine in der Mitte der Anträge liegende Geldstrafe von 60 Tagessätzen gegen die Oma im Namen des Volkes verkündet hatte, war diese nach Verzicht auf Rechtsmittel still weinend aus dem Saal geschlichen. Dass es sich um Freudentränen über die gnädige Strafe Frau Dr. Teckelsbergs handelte, bezweifelte ich.
Die nächsten zwei Sachen wurden auf einen neuen Termin in zwei Wochen verlegt, da andernfalls die Mittagspause entfallen wäre. Die lapidare Feststellung der Direktorin, „Hunger macht böse.“, genügte als hinreichende Begründung für diese zur Erhaltung der gerichtlichen Gewogenheit notwendigen Verhandlungsaufschübe.
Nachdem wir unsere leiblichen Bedürfnisse hinreichend gestillt hatten, kamen wir gegen 13 Uhr zum nächsten Termin zusammen, eine Betrugsstraftat zum Nachteil der Bundesagentur für Arbeit stand auf dem Zettel. Der gerichtserfahrene Angeklagte verzichtete auf einen Rechtsbeistand und Staatsanwalt Schneider erhob im gewohnten Duktus die öffentliche Klage durch Verlesung der Anklageschrift.
Weit kam er nicht, denn als er mit elegantem Fingerstrich über den Touchscreen Blatt zwei des Pamphlets aufrief, geriet sein bislang vorbildlich eloquenter Vortrag unerwartet ins Stocken. „Äh.“, ein Wisch zurück und wieder vor und ein erneutes „Äh.“, stellten die Geduld der Direktorin auf die Probe. „Also bitte, Herr Staatsanwalt, was braucht er denn da so lange?“. „Ja, äh, ich weiß auch nicht genau, also heute morgen war alles noch normal.“. „Ja, was ist denn nicht normal? Wir wollen vorankommen. Nun mach er mal hin,

hopp-hopp.", reagierte die Direktorin unwirsch, was Staatsanwalt Schneider veranlasste, weitere hilflose Wischversuche über den Bildschirm zu unternehmen, um sodann zum eifrigen Schütteln der gebeutelten Technik überzugehen. „Ja was treibt er denn da, wieso kann er denn nicht weiterlesen?". Staatsanwalt Schneider zuckte mit den Schultern, seine Gesichtsfarbe wechselte von weiß zu rot und wieder zurück. Trotz seines privilegierten Sitzes auf der Schattenseite konnte man die Schweißbildung unter der gedienten Robe förmlich riechen. Der Angeklagte verfolgte die Entwicklungen oder vielmehr den unerwarteten Stillstand seines Prozesses mit einem hoffnungsvollen Grinsen. Vielleicht glaubte er, dass die Vorwürfe gegen ihn wie von Zauberhand entfallen waren. „Hier steht nur irgendein Strichsalat, ich weiß auch nicht weiter.", klagte Staatsanwalt Schneider. „Also bei mir ist alles gut lesbar.", stellte die Direktorin fest. „Wie sieht es bei Ihnen aus, Herr Kranagel?". Mit einem Daumen nach oben zeigte ich an, dass sich auch der Lesbarkeit meines elektronischen Anklageexemplars keine Hindernisse entgegen stellten. „Sehen Sie doch, Frau Vorsitzende.", präsentierte Staatsanwalt Schneider die Ansammlung von kryptischen Zeichen auf Blatt zwei seiner Anklageversion. „Weiß irgend jemand, was das sein soll?".
Im Geiste dankte ich der Rothaarigen, die uns auf der IT-Fortbildung, ohne die ich Natascha nie kennengelernt hätte, so fachkundig in die Geheimnisse der Elektronischen Akte eingeweiht hatte. Ein paar gezielte Fragen mittlerer Art und Güte meinerseits hatten sie vielleicht zu der Annahme verleitet, ich könnte ein gesteigertes Interesse an einer Abordnung in die IT-Abteilung beim Justizministerium besitzen.

So saßen wir einträchtig in manchen Pausen zusammen, wo sie mir weit mehr zeigte und erzählte, als es das Seminarprogramm vorsah. Ich lernte eine Menge darüber, wer wie mit wem vernetzt war, von Zugriffsrechten und ihrer Änderung oder Umgehung durch ein paar Hintertüren. Ich hatte aufmerksam zugehört Es konnte schließlich nie schaden, ein wenig mehr zu wissen als die meisten anderen. Schade, dass es zu einer Abordnung wohl nie kommen würde.
„Koreanisch.", wäre daher die korrekte Antwort auf Staatsanwalt Schneiders Frage gewesen, die ich allerdings wohlweislich für mich behielt. Also jedenfalls, was ein Online-Übersetzungsprogramm, welches ich verwendet hatte, dafür hielt. Als cleveres Kerlchen mit zwei Staatsexamen im Gepäck würde er dies sicher selbst zeitnah ermitteln können. Aber wohl nicht mehr vor der Raucherpause, die Frau Dr. Teckelsberg nun dringend benötigte und mich zu ihrer Gesellschaft auserkor. Staatsanwalt Schneider war gerade zu beschäftigt, um uns zu begleiten.

XVI. Tag X

Als ich mich aus meiner Bettdecke aus staubigen Plastiksäcken schälte, fühlte ich mich alles andere als vom Schlaf erfrischt. Ich schlotterte trotz der auch am Morgen noch bulligen Hitze auf dem Dachboden, so als hätte man mich in eine Badewanne mit Eiswürfeln gesteckt und darin vergessen. Jeanette hatte gegen Kälte eine einfache Übung beschrieben: Tief einatmen, dabei alle Muskeln anspannen, Luft anhalten, dann beim langen Ausatmen wieder entspannen. Ich probierte es – und es half tatsächlich. Der innere Frost begann der Kälte von Entschlossenheit zu weichen. Ich warf einen letzten prüfenden Blick auf mein Meisterwerk, das ich geschaffen hatte. Die Bombe, in dem sich handwerkliches Geschick, Geduld und die düsteren Abgründe des Erfindungsgeistes des Menschen zu einer unheilvollen Kombination verwoben. Es war kurz vor 6 Uhr, kurz vor Sonnenaufgang. Die Helligkeit hatte bereits begonnen, der Nacht ihre letzten Posten abzujagen. Meine Taschenlampe benötigte ich nicht mehr. Um 06:30 Uhr würden die ersten Wachtmeister ihren Dienst antreten und beginnen, das Gebäude aus dem Schlaf zu rütteln. Bis dahin musste ich noch ein paar Dinge erledigen.

Den großen Sitzungssaal des Landgerichts konnte ich durch die Vordertür nicht betreten. Auf meiner Zugangsapp war die Berechtigung dafür nicht freigeschaltet und selbst wenn, hätte ich mit meinem Zutritt um diese Zeit eine elektronische Spur gelegt, die direkt zu meiner Person führen würde. Der Vorteil, sich im Gebäude auszukennen, bestand in dem Wissen um gewisse Hintertüren. Denn vom ungesicherten

Dachgeschoss führte eine winzige, praktisch nicht mehr genutzte Treppe ins Beratungszimmer, welches mit dem Sitzungssaal unmittelbar durch eine unverschlossene Tür verbunden war. Diese bauliche Besonderheit, verbunden mit der Nachlässigkeit, einen vorhandenen - wenn auch versteckten - Zugang ungesichert zu lassen, verschafften mir eine elegante und für niemanden nachvollziehbare Eintrittsmöglichkeit. Außerhalb der Dienstzeit wurden die Kameras im Saal abgeschaltet. Neuerdings liefen sie nach einer Gesetzesänderung sogar während der Verhandlungen. Wie man der medialen Vermarktung dieser ungewöhnlichen Vertraulichkeitsverletzung entnehmen durfte, geschah dies ausschließlich aus Sicherheitsgründen.

Ich deponierte die Bombe in einem winzigen Schränkchen unter dem Richtertisch, dessen Zweck sich mir nicht erschloss. Vielleicht diente es früher einmal der Aufbewahrung von Papierformularen, die man dank elektronischer Unterstützung heute nicht mehr benötigte. Aufgrund der Staubschicht im Innern – außen wurde es natürlich jeden Freitag beim Putzdienst gründlich gereinigt – gab es für die Richter offenbar keine aktuell sich aufdrängende Verwendung für das Möbelstück, so dass ich die Bombe an dieser Stelle für gut aufgehoben hielt.

Nun blieb nur noch übrig, alle Spuren so gut wie möglich zu verwischen. Nach der Rückkehr auf den Dachboden warf ich die Plastikmüllsäcke hinter die Schränke. Die Baupläne aus dem Darknet jagte ich durch den Schredder in einem Kopierraum. Viel Spaß beim Zusammensetzen! Blieben das Werkzeug und die Reste des Materials, die ich zum Bombenbau verwendet hatte. Ich plante nicht, damit das Gebäude

zu verlassen. Den Schlüssel für das mir bekannte Lager im Kellergeschoss mit dem Plastikschildchen „KG – Lager IV“ hatte ich Erik unter dem Vorwand abschwatzen können, eine geeignete Malerrolle für die Renovierung meines Zimmers zu benötigen. Erik reagierte wie gehofft. „Null Problemo. Du weißt, wo das Zeug liegt. Such dir raus, was du brauchst. Die Sachen fliegen sowieso irgendwann mal weg, wenn einer von uns die Zeit dafür findet.“. Mit diesen Worten drückte er mir den Schlüssel in die Hand, verbunden mit der Mahnung, ihn irgendwann die Tage zurückzubringen. Ich entsorgte alles in den vielen verstaubten Kisten und Regalen unter Haufen altem Krempels. Als ich mich anschickte, das Licht zu löschen, kam mir ein Einfall und ich ging noch einmal zurück. In einem der Regale, neben einem milchig-trüben Glas mit einem Bodensatz einer undefinierbaren Flüssigkeit, in dem ein paar ausgefranste Pinsel ihrem Ende entgegen trockneten, lag eine leidlich brauchbare Farbrolle. Diese nahm ich an mich, um meiner Geschichte gegenüber Erik Glaubwürdigkeit zu verleihen. Soviel war ich ihm schließlich schuldig.
Als ich in einem unbeobachteten Moment von innen meine Smartwatch mit der Justizapp gegen den Scanner des Drehkreuzes am Mitarbeitereingang hielt, um einzuchecken, wäre mir fast Lotti noch im letzten Moment in die Quere gekommen. „Na, min Jung, du siehst aber schwer gestresst aus. Viel zu tun bei euch in der Strafe?“. „Grüß dich Lotti! Was muss, das muss. Du weißt ja – der Beamte ist quasi immer im Dienst, selbst wenn er ruht.“, parierte ich, in der Hoffnung, dass sie meine sportlichen Verrenkungen an der Zugangssperre nicht bemerkt oder fehlinterpretiert hatte.

Dem schien so zu sein, denn sie entließ mich mit einem mitleidigen Abwinken. „Na denn tu mal, was du tun musst, du Musterbeamter.“, und ich sah zu, dass ich Land gewann. Auf den Weg in mein Büro summte ich den Song „I‘am the Virus“ von *Killing Joke* vor mich her.

Den Vormittag bemühte ich mich um Unauffälligkeit. Ich tobte mich ein letztes Mal aus auf dem Aktenschlachtfeld, schlauchte bei Robert einen Cappuccino, flirtete schelmisch-dezent mit Isabell, präsentierte dem erstaunten Hans während der Raucherpause die verdorrten Überreste der Anpflanzungen auf dem vormals schönsten Gerichtshof des Landes und kassierte wie vorhergesehen eine telefonische Abfuhr von Melinda für meine Einladung zu einem gemeinsamen Mittagessen. Alles lief mit schleppender Gewohnheit, einer nahezu knochenzermahlenden Routine, fast so, als wüsste ich nicht, dass ich nach meinem Gang nach draußen in die Mittagspause das Gericht nie wieder würde betreten können.

Helmut schaute nur kurz auf, als ich die vertraute Architektur der Vorhalle mit einem Anflug von Wehmut durchquerte und zum Gruß in Richtung der Pforte hinüber winkte. Wir waren in all den Monaten nicht warm geworden. Ein kaum wahrnehmbares Kopfnicken seinerseits als Erwiderung meines Grußes konnte wegen der leicht spiegelnden Scheibe genauso gut meiner Einbildung entsprungen sein. Die gewaltige Eingangstür schwang knarrend auf und ich war draußen. Vom altehrwürdigen Gerichtsgebäude ein letztes Mal die beeindruckende Freitreppe hinunter zu schreiten, ohne den Geschmack einer Zigarette auf der Zunge zu spüren, wäre mir schwer gefallen. Einen Augenblick, um den geschäftigen Trubel der Mittagszeit um mich herum aufzusaugen, gönnte ich mir, bevor ich der Flamme des Feuerzeugs gestattete, den lieblos industriell gerollten Tabak zu entzünden. Entgegen meiner Gewohnheit inhalierte ich den ersten Zug, und einem lang erprobten Ritual gleich ließ ich den Rauch langsam und mit geschlossenen Augen durch meine Lippen gleiten, bevor ich die Zigarette in das dafür vorgesehene Behältnis neben der Tür warf. Ich machte mir nicht die Mühe, sie auszudrücken. Irgendwann würde sie von selbst auf der metallenen Ablage verglimmen und die letzte Spur sein, die ich hier zurückließ. Es war zugleich meine letzte Zigarette. Für mich stand fest, dass mit dem Verlassen meiner Arbeitsstätte gleichsam dieses Kapitel enden würde, zwei Laster, die man mit einem Handstreich erlegte.

Als der zwölfte Glockenschlag der nahegelegenen Kirche verklang, ging ich, ohne noch einmal zurückzublicken.

Ich hatte mir eine Viertelstunde Puffer gelassen, Zeit für Eventualitäten, ein plötzliches Aufgehaltenwerden, eine eilig zu erledigende Verpflichtung, der ich nachkommen musste, um keine Aufmerksamkeit zu erregen. Genau um 12:15 Uhr würde in der Zentrale der Anruf mit der Bombendrohung eingehen und den Notfallplan für diese Fälle auslösen. Die elektronische Stimme mit der Ansage liefe pünktlich zur geplanten mitteleuropäischen Zeit irgendwo aus Thailand, Kanada oder Japan auf. Nichts würde auf meine Urheberschaft hindeuten. Dies technisch zu lösen, war mindestens so problematisch gewesen, wie die Beschaffung der

Baupläne und des spezielleren Zubehörs für mein Meisterwerk aus dem Darknet. Unumgängliche Schutzmaßnahmen, wollte ich das Gericht nicht zeitnah wieder betreten wollen, diesmal vorgeführt aus der Untersuchungshaft über den Hintereingang. Wenn ich aus meiner Mittagspause käme, würde hier, wenn alles nach Plan lief, bereits hektische Betriebsamkeit herrschen. Denn um keinen Verdacht zu erregen, musste ich noch einmal zurückkehren, jedenfalls bis zur Sammelstelle am Rande des großen Vorplatzes, wo die namentliche Erfassung der eiligst evakuierten Mitarbeiter stattfinden würde. Bis dahin blieben mir noch lange 28 Minuten.

Natascha war immer noch in meinem Kopf. Daran hatten selbst die letzten Wochen nichts geändert, in denen ich mich in die Planung und Ausführung meines Bombenprojekts stürzte. Ich ließ unsere Nachrichtenverbindung nicht abreißen, auch wenn die Antworten nach wie vor sporadisch eintrudelten und selten über einen Zweizeiler hinausreichten. Es war wie eine zähe, wenngleich hilflos anmutende Demonstration meiner ernsthaften Absicht, Natascha nicht ohne jede Gegenwehr ziehen zu lassen. Solange diese letzte Linie hielt, sei sie auch noch so wenig substantiell, gab es Hoffnung. Jedenfalls redete ich mir das ein, wenn Nataschas Satzfragmente ausnahmsweise Spuren von mehr als höflich verpacktem Desinteresse zu bieten schienen.
Eine Melodie herannahender Sirenen unterbrach meine melancholischen Betrachtungen zu dem wenig hoffnungsvollen Stand meiner Beziehung und drängten mich zurück in die Wirklichkeit. Wenn es nur den Moment eines Zweifels

gegeben haben mochte, dass mein Tun mit Konsequenzen verbunden war, so wurden sie von jenem nervenzerfetzenden Geräusch überlagert, welches sich mit unwiderruflicher Gnadenlosigkeit in Richtung des Gerichtsgebäudes bewegte. Vermutlich würde es in dieser Situation kaum auffallen, wenn ich mit einer erträglichen Verspätung aus der Mittagspause zurück kehrte, doch ich wollte jedes Risiko, Aufsehen zu erregen, ausschließen und sputete mich.
Der in der gleißenden Augustsonne dampfende Vorplatz war in ein Meer aus Blaulichtern getaucht, die den Anschein erweckten, sich aufgeregt flackernd minütlich zu vermehren. Einsatzkräfte waren dabei, die Zuwege abzusperren. Ein Polizeibeamter ließ mich durch die Kette schlüpfen, nachdem ich ihm meinen Dienstausweis gezeigt hatte. Isabell bewegte sich in einer gelben Warnweste durch die sich an der Sammelstelle aufgeregt schwatzende und gestikulierende Menschenschar und versuchte, auf mitgeführten Listen die Übersicht über die Anwesenheit der aus dem Gebäude Evakuierten zu gewinnen. Von der Direktorin gab es keine Spur. Die Geschäftsleiterin unternahm mit Dr. Lahmer den Versuch, eine Art Ordnung herzustellen. Ein scheiterndes Unterfangen, da die meisten das Ganze offenbar für eine Übung hielten und wenig Neigung zeigten, sich den Anweisungen der Verantwortlichen zu unterwerfen. Dr. Lahmer schüttelte entnervt ein Megaphon, um es zur Mitarbeit zu bewegen. Am Ohr hielt er ein Telefon - die Technik erwies sich zum wiederholten Male als nicht auf seiner Seite stehend. „Gott sei Dank.“, begrüßte mich Isabell, der die Zeit für ausschweifende Höflichkeiten fehlten. „Du warst noch offen.“. Sie hakte auf einer Liste meinen Namen ab, bevor sie

weitereilte, um ihre Erfassung fortzusetzen. Ich entdeckte in dem Durcheinander Melinda, Hans und Carolin auf einer Bordsteinkante hockend. Melinda starrte mit abwesendem Blick auf ihre weißen Turnschuhe, die ein unsichtbares Muster auf den brüchigen Asphalt vor sich zeichneten. Carolin saß zitternd da, wohl unter Schock stehend, während Hans sich mühte, beiden irgendwie Aufmerksamkeit zukommen zu lassen. Mir versetzte es einen Stich in der Magengegend. In meinem ganzen großartigen Plan hatte ich zu keiner Zeit in Erwägung gezogen, wie traumatisierend ein solches Ereignis wirken musste und die nachträgliche Erkenntnis lastete schwer auf mir.
Viel Zeit zum Nachdenken bekam ich nicht. „Alles klar bei dir?", erreichte mich die Ansprache. Verbunden mit einem derben Hieb auf die Schulter ein untrügliches Indiz, dass Robert mich in dem Chaos aufgespürt hatte. „Endlich mal was los hier.", kommentierte er das Geschehen und mir fiel nichts weiter ein, als stumm zu nicken. „Bombenräumkommando.", erklärte Robert und wies auf ein graues gepanzertes Fahrzeug, das gerade vor wenigen Minuten eingetroffen war. „Die wollen wohl echt dieses erhabene Gebäude zu den 72 Jungfrauen ins Paradies jagen. Meine Urlaubsposter sind verloren.". Roberts Sarkasmus konnte nicht davon ablenken, dass auch seine Mimik deutliche Anzeichen von Anspannung aufwies. „Die werden uns gleich irgendwann nach Hause schicken.", prognostizierte er. „Wir können uns anschließend gerne bei Jonas treffen. Psychologische Verarbeitung durch Gesprächstherapie beim Bier, du verstehst.". Er lachte kurz auf, aber sein Humor wirkte nicht echt und de-

platziert angesichts der Situation. Ich zuckte mit den Schultern. „Mal sehen.“, mehr brachte ich nicht heraus. „Gut, gut. Ich schau mal nach, wo Jeanette steckt.“. Mit diesen Worten schob Robert sich zurück in die Menge.
Ich glaubte Melinda und Carolin bei Hans vorerst in guten Händen und scannte meine Umgegend, um Isabell aufzuspüren, der ich ein paar Einzelheiten zum weiter geplanten Ablauf zu entlocken gedachte. Ich musste mich nicht lange mühen, denn sie steuerte bereits schnurstracks auf mich zu. „Ich drehe durch, es fehlen immer noch drei. Hast du Robert gesehen?“. „Klar, wir haben vor einer Minute kurz geredet.“, entgegnete ich wahrheitsgemäß. Isabell blickte mich skeptisch an. „Du verschaukelst mich jetzt nicht, oder? Das ist nicht die Zeit für irgendwelchen Quatsch. Bist du dir sicher?“. „Ich schwöre bei der heiligen Justitia, wir haben eben noch miteinander gesprochen und uns für später verabredet. Der ist hier irgendwo und schaut nach Jeanette.“. Isabell nickte erleichtert und strich Robert von der Liste. „Bleiben noch zwei. Kathy und Frau Dr. Bagwala. Wahrscheinlich sind sie verspätet in die Mittagspause gegangen und noch nicht zurück. Solange herrscht hier Alarmzustand. Außerdem will die Polizei eine Liste aller Anwesenden von heute und Auskunft, wo sie geblieben sind.“. „Wann können die anderen denn gehen? Ich meine, was sollen wir denn noch hier, der Einsatz dauert bestimmt Stunden bei einer Bombendrohung.“. Isabell schaute auf. „Woher weißt du das mit der Bombendrohung? Davon war bislang überhaupt nicht die Rede.“. „Bombenräumkommando.“, konterte ich selbstbewusst und zeigte in Richtung des grauen Fahrzeugs, auf dessen Anwesenheit mich Robert aufmerksam gemacht

hatte. „Die sind wohl kaum wegen einer glimmenden Zigarette auf der Diversen-Toilette angerückt.“. „Ach so, ja, du hast recht. Oh Mann, ich bin völlig durch den Wind. Habe bestimmt schon zwanzig Mal versucht, Kathy anzurufen, aber die geht einfach nicht ran.“. Ich nickte verständnisvoll. „Aber was ist nun mit dem Nach-Hause-Schicken?“, hakte ich nach. Isabell zuckte mit den Schultern. Das kristallklare Blau in den Augen hatte sich mit einem trüben Grauschleier überzogen, vielleicht war es auch nur, weil sie blinzelte, als sie mir antwortete. „Ich weiß nicht, aber ich schätze die Geschäftsleiterin macht später eine Ansage. Die Direktorin ist heute morgen zu einer Besprechung im Oberlandesgericht gefahren. Dr. Lahmer probiert die ganze Zeit, die Bagwala telefonisch zu erwischen. Vielleicht erreiche ich in der Zwischenzeit Kathy.“. Mit dem Mobiltelefon bereits am Ohr entschwand Isabell aus meinem Blickfeld.

Mir blieb nichts weiter übrig, als auszuharren, bis die offizielle Genehmigung zum Abrücken nach Hause erteilt würde. Ob ich ohne Personalienfeststellung wieder durch die polizeiliche Absperrung gelangt wäre, schien ohnehin fraglich. Wie die anderen war ich verschwitzt von der erbarmungslosen Mittagssonne, die den Platz beherrschte. Stress und die um mich quirlenden Menschen taten ihr übriges. Ich schickte mich gerade an, nun doch nach Melinda zu sehen, als ein Polizeisprecher über Lautsprecher durchsagte, dass der gesamte Vorplatz zu räumen sei. Dies veranlasste schließlich die Geschäftsleiterin zu der von allen ersehnten Durchsage. „Hallo, hallo, bitte herhören, hallo, so hören Sie doch mal her! Alle Angehörigen des Amtsgerichts begeben sich umgehend nach Hause. Wir haben eine Bombendrohung im Gerichtsgebäude. So hören Sie doch bitte zu!". Hals und Gesicht von Frau Wittig-Buhlemann waren von hektischen roten Flecken überzogen. Sie wirkte massiv überfordert, erkennbar mehr als sonst, was eine fast ins Surreale abdriftende Steigerung darstellte. Und wieder quäkte die sich überschlagende Stimme der Geschäftsleiterin über den Platz. „Ich wiederhole: Bitte gehen oder fahren Sie sofort nach Hause. Der Dienst für den Rest des Tages fällt aus. Ende der Durchsage.". Die Polizei wiederholte ihre Aufforderung zur Räumung des Platzes. Ich ahnte, dass man die Bombe gefunden und für echt befunden hatte. „Ich habe sie, ich habe sie am Telefon!", hörte ich Dr. Lahmer rufen. Katy und ihre neue Busenfreundin, die Staun-Lach-und-Nickpuppe waren anscheinend gesund und putzmunter aufgefunden worden. Ich warf einen Blick auf meine Smartwatch, die 13:02 Uhr anzeigte. Mein Plan hatte funktioniert. Zeit zu verschwinden.

„Aber Sie müssen jetzt auch wie alle anderen den Platz verlassen, Herr Kranagel.", hörte ich Frau Wittig-Buhlemann mir nachrufen. Ich ließ sie und ihr in der Hand baumelndes Megaphon einfach stehen, ohne sie eines Blickes zu würdigen. Gegen den Strom der zu dem von der Polizei freigehaltenen Durchlass strebenden Menge peilte ich die Richtung an, die noch eine unerledigte Sache bereit hielt. Robert und Isabell würden allein klarkommen, Erik, den ich nicht mehr gesehen hatte, sowieso, da gab es für mich nichts weiter zu tun. Ich entdeckte Hans mit Carolin im Arm. Melinda saß immer noch auf der Bordsteinkante und ließ sich offenbar nicht zum Mitkommen zu bewegen. „Wir dringen nicht durch, kannst du sie vielleicht irgendwie erreichen?“, wandte Hans sich mir kopfschüttelnd zu, als ich mich genähert hatte. „Ich probiere es.“, nickte ich. „Geht, bevor es Ärger gibt.“. Die beiden verschwanden in der sich langsam auflösenden Masse. Eine Gruppe von behelmten Beamten näherte sich in schwarzer Montur und Kampfeshaltung, um dem Räumungsbegehren durch ihre Präsenz Ausdruck zu verleihen. Ich ging vor Melinda in die Hocke. Ihr dichtes schwarzes Haar verbarg ihr Gesicht, die Arme hielten die Knie umschlungen und ihre weißen Turnschuhe stießen an den Zehenspitzen zusammen, ohne dass die Fersen den Boden berührten. „He, na du.“, sprach ich in den undurchdringlichen Vorhang. „Willst du mal etwas echt Witziges sehen?“. Zwei fragende Augen tauchten hinter dem Vorhang auf, der Rest des Körpers verharrte in seiner Schockstarre. „Sieh mal dort.“, zeigte ich in Richtung des Pulks blinkender Blaulichter und der sie umquirlenden Schar öffentlich Bediensteter. Tatsächlich wanderten Melindas Augen meinem Finger nach zu dem ungewohnten Getümmel. „Die sind alle deinetwegen gekommen.“. Melindas Blick schweifte zu mir. „So ein Blödsinn.“, klang es gedämpft durch den Vorhang. „Die sind wegen der Bombe hier.“. Das war ein Anfang, immerhin sprach sie wieder. „Ursprünglich vielleicht.“, gab ich zu bedenken. „Aber wenn wir uns jetzt nicht aus dem Staub machen, kümmern die sich nur noch um uns.“. Der Schleier lüftete sich, als Melinda fragte. „Bringst du mich nach Hause?“. „Klar. Ich bin mit dem Auto da und kann dich absetzen. Du müsstest dich dazu allerdings kurz bewegen, es sei denn, du willst von den drei bärbeißigen Bullen dort drüben getragen werden.". Das genügte zur Motivation. Die Beamten drehten auf dem Fuße um, als sie sahen, dass die Situation geklärt war. Nur wenige Momente später gelangten wir ohne aufgehalten zu werden aus dem Kessel.

Zehn Minuten später schlichen wir im Schneckentempo in meinem Fiesta durch die teilweise abgeriegelte Innenstadt in Richtung unserer Wohnungen. Das Auto zu waschen hatte ich mich immer noch nicht überwinden können. Vielleicht hielt mich die Furcht zurück, das altgediente Fahrzeug könnte nach Entfernung der Patina in sich zusammenfallen. Melinda schwieg und starrte aus dem Fenster. Ich hatte damit zu tun, mein eigenes Gedankenkreiseln zur Ruhe zu bringen. Erst als wir nach einer gefühlten Ewigkeit in unser Wohngebiet abbogen, dieses mit buntem Beton gefüllte Dorf in Vorstadtlage mit seinen wenigen verbliebenen grünen Streifen, die den deprimierenden Wüstencharakter eher unterstrichen, als ihm den hoffnungsvollen Hauch einer Oase zu verleihen, brach ich die Stille. „Was machst du jetzt?", fragte ich. Melinda zog die Schultern hoch. „Weiß nicht, ich glaube, ich will mich nur noch in die Badewanne legen.", antwortete sie. Als wir an ihrer Wohnung angelangt waren, spielte Melinda eine Weile mit der einen Hand an ihren Haarspitzen, während sie zeitgleich mit den Fingern der anderen den Hebel der Fahrzeugtür massierte. „Willst du vielleicht ...", es folgte eine zögerliche Pause, begleitet von einem bedächtigen Kauen auf der Unterlippe, „ ... mit raufkommen?". Das war jetzt doch überraschend. Ich schluckte, ohne dass mir zunächst eine Erwiderung gelang. Vor ein paar Monaten, vor Natascha, hätte ich vermutlich nicht lange nachgedacht und die Gelegenheit, derer sich für mich nicht viele boten, ergriffen. Melinda war süß und clever. Ihre schüchterne Schweigsamkeit, begleitet von dieser etwas düsteren und leicht verpeilten Aura hätten durchaus einen gewissen Reiz auf mich ausgeübt. Aber ich fühlte mich an Natascha gebunden, und keinesfalls würde ich in dieser Phase der Dissonanz zwischen uns, einen Seitensprung begehen. Abgesehen davon, dass ich Zweifel hatte, überhaupt jemals wieder an irgendeiner anderen Frau Gefallen finden zu können. „Ja..., ich meine, tut mir leid. Ich habe Robert versprochen, dass ich nachher mit ihm ..., weißt du...?“, stammelte ich eine Notlüge heraus in der Hoffnung, den Spagat zwischen höflicher Ablehnung und Verletzung irgendwie zu meistern. Melinda reagierte gelassener als erwartet. „Okay. Wir sehen uns dann.“. Während ich nickte und über eine Antwort nachsann, klappte die Autotür zu und Melinda war in ihrem Hauseingang verschwunden.

XVII. Schlussmelodie

Ganze vier Wochen hatte es gedauert, bis auf meinen Antrag mein Beamtenverhältnis sein verdientes Ende fand. Das Land hing nicht an denen, die gehen wollten. Dass ich noch in der Probezeit war, verschlankte lediglich das Verfahren. „Reisende soll man nicht aufhalten.“, hatte Robert, der es als Personalratsvorsitzender wissen musste, vor Monaten einmal diesen ungeschriebenen Grundsatz der Verwaltung erklärt, der zum damaligen Zeitpunkt für mich keinerlei Rolle spielte. Als Grund hatte ich meine nachhaltige Traumatisierung wegen der Bombendrohung vorgeschoben. Das Angebot der Direktorin, die mich zwei Tage nach meinem Gesuch auf Entlassung anrief und mit Engelszungen versuchte, mich zu einer längeren Krankschreibung oder einer Umsetzung ins Home Office zu überreden, schlug ich aus. Es ginge eben nervlich einfach nicht mehr.

Ich hatte längst andere Pläne. Der öffentliche Dienst konnte mir den Buckel herunterrutschen. Ich war endlich frei und Herr meiner selbst. Robert, Jonas und mein Vater halfen mir nach Kräften bei meinem kleinen Projekt des wirtschaftlich selbständigen Neustarts. Ewald schoss mir einen beachtlichen Geldbetrag vor, der mir mit eigenen Ersparnissen für den Anfang ein wenig Spielraum verschaffte. Einzig meine Mutter verweigerte sich meiner Zukunftsvision standhaft. Nachdem ihr Sohn erst eine akademische Karriere und nun auch noch den Staatsdienst in den Wind geschlagen hatte, benötigte sie Raum dafür, sich mit dem Gedanken anzufreunden, dass der Spross der Familie als Inhaber einer „Werkstatt für Fahrradwartung und -reparatur“ enden

würde. Ein Los, welches aus ihrer Sicht dem eines Tagelöhners gleichkam. Ich hegte Zuversicht, dass sie sich mit der Zeit an die Vorstellung gewöhnen würde und überließ sie vorerst ihren Jammerorgien.
Die kühlen Windböen des hereinbrechenden Herbstes zerzausten zunächst die Bäume und schließlich die Haare des Teils der in unseren stürmischen Breiten ansässigen Bevölkerung, die über selbige noch verfügte. Der Sommer verabschiedete sich schneller als erwartet und die Zeit unbeschwerter Ausfahrten mit dem Motorrad, das einzige Vergnügen in meiner knapp bemessenen Freizeit, das ich mir gönnte, neigte sich unerbittlich ihrem Ende entgegen.
Die etwas geräumigere Garage, die ich als Gewerberaum angemietet hatte, verfügte im hinteren Teil über einen schmalen abgetrennten Bereich, der ein 1,30 Meter breites Schlafsofa, das Jonas gesponsert hatte, einen von Erik organisierten wackeligen alten Schrank sowie eine Waschgelegenheit mit Toilette aufnahm. Eine Art nicht ganz legaler Zweitwohnung, deren Vorhandensein ich in der heizungsfreien Zeit weidlich auszunutzen gedachte. Die Renovierungsarbeiten waren insbesondere dank Jonas‘ handwerklichem Geschick in dauerhaftem Feierabendeinsatz nach sechs Wochen weitgehend abgeschlossen. Zeit für eine zünftige Eröffnungsfeier, mit der ich dem Erfolg meines kleinen Unternehmens Starthilfe verschaffen und zudem ein paar alte Freunde wiedertreffen wollte, die von mir – zum Zwecke der Untermauerung der Geschichte meiner erdachten Traumatisierung – eine Zeitlang auf Abstand gehalten worden waren.
Ohne allzu große Hoffnung hatte ich Natascha eingeladen und zeigte mich umso überraschter, als etwa eine halbe

Stunde nach meiner Nachricht ihre Rückantwort auf dem Display meines Telefons erschien. „Okay. Ich komme gerne (Strahle-Smiley mit roten Wangen). Soll ich etwas mitbringen? Ich könnte einen Kuchen backen (Torten-Emoji).". Ich löschte mein voreilig getipptes „Lass mal, ist alles geregelt.", und ersetzte es durch ein „Kuchen wäre toll. Ich freue mich.". In den letzten Wochen hatte ich kaum Zeit gefunden, an Natascha zu denken. Wichtig war nur, dass sie da sein würde.

Ich hatte gehofft, dass möglichst viele kommen würden. Dass es tatsächlich alle hierher ziehen würde, die ich eingeladen hatte, bis auf Ewald, der einen dienstlichen Termin im Süden der Republik wahrnehmen musste, verschlug mir beinahe die Sprache.
Irgendwie war es meinem Vater gelungen, meine Mutter zum Kommen zu überreden. Welche Karte er dazu hatte ziehen müssen, wollte ich gar nicht wissen. Ich hätte auf meine Eltern in jedem Fall ungern verzichtet. Sie blieben nicht sehr lange, um – wie mein Vater betonte – „den jungen Leuten das Feld zu überlassen". Ich vermutete, dass meine Mutter die Grenzen ihrer Toleranz erreicht sah und zum Aufbruch drängte.
Bei Paul hatte ich lange nachgedacht, mich aber schlussendlich durchgerungen, ihn einzubeziehen. Wir begrüßten uns wie flüchtige Bekannte mit distanzierter Höflichkeit. Jedoch – so schien es – ohne jenen Groll und das Misstrauen, die unsere gemeinsame Zeit im Büro des Gerichts, das in meiner Erinnerung nach und nach an Kontur verlor, stets begleitet hatten.

Jonas brachte Gesine mit, die Zwillinge hatte man Dietmar zur Obhut überlassen. Ich schätzte, dieser würde der Versuchung kaum widerstehen können, die kleinen Quälgeister mit Bier ruhig zu stellen. Oder er würde mit ihnen abwechselnd eine Runde auf der Suzuki ums Haus drehen, in der Hoffnung, ihr Gezeter mit Motorenlärm wirksam zu übertönen. Über Jonas Eröffnungsgeschenk freute ich mich am meisten. Das große Metallschild mit dem eingravierten Firmennamen wirkte edel und würde meinem kleinen Geschäft zweifellos einen würdigen und gediegenen Anstrich verleihen.
Robert tauchte ohne Jeanette, die getrennt erschien, dafür in Begleitung seiner Tochter auf. Ich wusste nicht genau, was ich erwartet hatte. Jedenfalls nicht das grünhaarige Riesenbaby mit blassem Teint, einem merkwürdigen Second-Hand-Sack über einer Jeans, die mehr Risse aufwies, als die Panzerfolie meines Mobiltelefons nach seinem Absturz aus der Motorradhalterung, haarfarbenen Boots in Geigenkastengröße und gefühlten zwei Kilogramm Silberschmuck im Gesicht, gleichmäßig auf Stirn, Nase, Lippen und Ohren verteilt. Zumindest deutete das gemeinsame Erscheinen der beiden darauf hin, dass zwischen Robert und seiner Tochter eine Art Aussöhnung stattgefunden hatte. Eine beruhigende Vorstellung, denn Robert hatte unter ihrem Zerwürfnis mehr gelitten, als er zuzugeben vermochte.
Melinda ließ sich von einem rothaarigen Scheitelkopf absetzen. Ein geschniegelter Typ mit hervorstehenden Wangenknochen und leicht frostigem Blick, adrett gekleidet in kariertes Hemd und feine Stoffhose. Die einzige Auffälligkeit war ein großer Wundverband auf der Stirn, der zusammen

mit weiteren älteren Blessuren im Kopfbereich - offenkundig verheilte Schnittverletzungen - den Verdacht aufkommen ließ, es handelte sich bei dem betont höflich auftretenden Begleiter Melindas um einen Burschi aus einer schlagenden Verbindung. Irgendwie kam er mir bekannt vor, ohne dass es mir gelang, ihn zuzuordnen. Er blieb nur wenige Minuten, dann verabschiedete er sich. Die Art des Kusses, mit der er sich von Melinda löste, ließ ein Verwandtschaftsverhältnis zwischen den beiden recht unwahrscheinlich erscheinen. Melinda selbst schien irgendwie optisch und auch sonst verändert. Allein die blaue Strähne, die sich aus ihrem schwarzen Schopf schlängelte, bezeugte die Verwandlung nicht. Sie wirkte gelöster und viel weniger scheu, als ich ein Kompliment wagte. „Süße Strähne. Gefällt mir gut.“, tat ich charmant kund und Melinda ließ ein zuckersüßes „Dankeschön. Wie lieb von dir.“, zusammen mit einem ungewohnten Lächeln durch die Lippen gleiten. Für ein paar Momente sann ich ernsthaft darüber nach, ob ich hinsichtlich ihrer Offerte zu einem gemeinsamen Badevergnügen tatsächlich die richtige Entscheidung getroffen hatte.
Meine Überlegungen fanden ihr jähes Ende mit dem Eintreffen Isabells, deren BMW schneidig auf den einzigen Parkplatz meiner Werkstatt einbog und diesen wie selbstverständlich für sich belegte. Isabells Auftritt war wie immer gekonnt. Der phänomenale Eindruck ihres blonden Schopfes, der ihr ebenmäßiges Gesicht umrahmte, und der blauen Augen, die sogar bei Tageslicht zu leuchten schienen, verblassten allerdings auf der Stelle angesichts der Person, die sich – ein Kuchenblech in der Hand jonglierend – aus der Beifahrerseite schlängelte. Ich hatte Natascha seit vielen

Wochen nicht gesehen. Der Kloß in meinem Hals musste auf Tennisballgröße geschwollen sein, denn ich war außerstande, ein Wort zur Begrüßung herauszubringen. „Na, du.", begrüßte sie mich, aber über den Tennisball gelangte lediglich ein undefinierbares Krächzen. Isabell entschärfte die Situation. „Nun nimm ihr doch mal das Blech ab, du Kavalier.". Mit dieser Aufgabe konnte ich etwas anfangen und nach einer mit der Übergabe verbundenen etwas hölzernen Umarmung Nataschas, stapfte ich mit dem Kuchen in den Händen neben Isabell her. Die schleppte ein riesiges Tablett mit belegten Brötchen zu meiner Werkstatt, wo wir die Sachen auf einem für diese Zwecke von Jonas bereitgestellten Klapptisch abluden. „Na Romeo, da verschlägts dir wohl die Sprache, wen ich da mitgebracht habe?". Ich war immer noch nicht in der Lage zu antworten und nickte daher nur. „Woher kennt ihr euch überhaupt?", erlangte ich irgendwann meine Stimme zurück, während Isabell Kuchen und Brötchen professionell auf dem Tisch arrangierte. „Du unterschätzt mich immer noch, oder? Vorname und Studienjahr reichen mir aus, um jemanden an der Fachhochschule aus dem Fachbereich Polizei ausfindig zu machen. Recherche ist kein Zauberwerk.", spöttelte Isabell, während sie bereits Kaffee in eine Filtertüte für die Kaffeemaschine füllte. „Ich hatte den Eindruck, dass ihr beide in eurer Beziehung etwas auf der Bremse steht und einen kleinen Anschubser vertragen könnt. Ihr habt doch an Servietten gedacht, oder?", erkundigte sie sich. Ich zuckte mit den Schultern. „Männer.", konstatierte Isabell trocken und warf mir den Autoschlüssel für den BMW zu, den ich geistesgegenwärtig auffing. „Kofferraum, in dem Korb auf der linken Seite. Oder soll ich hier alles alleine regeln?". Ich sputete mich, der Weisung nachzukommen. Irgendwie war der pflichtschuldige Beamte immer noch stark in mir.

Während ich für die Beschaffung alkoholfreier Getränke zuständig gewesen war, hatte Robert Bier und Wein gesponsert. Erik war sich dessen wohl ungewiss gewesen und trug bei seinem Eintreffen eine Kiste Bier auf den Schultern. „Nur zur Sicherheit.", wie er zwinkernd anmerkte. „Null Problemo. Was nicht leer gemacht wird, lasse ich dir einfach da. Hebt garantiert die Betriebsstimmung, du gehörst ja jetzt quasi zur arbeitenden Bevölkerung. Wohin damit?". Ich schluckte meine Gegenfrage, welchem Bevölkerungsteil er sich als öffentlich Bediensteter zurechne, herunter und wies ihn mit seiner Last in Richtung Werkstatt. Die in Eriks Begleitung befindliche Lotti fiel mir direkt um den Hals, dass sich fast die Servietten über den Parkplatz verteilt hätten, die ich gerade aus dem Kofferraum von Isabells BMW befreit hatte. „Ach min Jung', nun bist du schon wieder weg. Wo du doch gerade erst bei uns angefangen hast.". Ich hielt Lotti lange im Arm, weil ich nicht mit ansehen wollte, wie sie mit Mühe ein Tränchen meinetwegen wegdrückte. Außerdem wusste ich, dass ihre gute Freundin Annegret vor wenigen Wochen plötzlich und unerwartet aus dem Leben geschieden war.
Wir standen zusammen, tranken, aßen, schwatzten von vergangenen und zukünftigen Zeiten. Natascha saß neben Robert auf der Fensterbank, eine geöffnete Bierflasche in der Hand. Ohne Zigarette, wie ich anerkennend zur Kenntnis

nahm. Auch sie schien ihre Entwöhnung offenbar durchgezogen zu haben. Robert hatte erkennbar zu einem seiner gefürchteten längeren Vorträge angehoben, dessen Inhalt vermutlich zu fesseln geeignet war, denn Natascha hing an seinen Lippen, wie an denen ihres Lieblings-Strafrechtsprofessors.
Inzwischen waren auch Carolin und Hans eingetrudelt, getrennt zu meiner Verwunderung, ein Status, wie Hans ihn mir später bestätigte. Ich hegte allerdings den Verdacht, dass diese Trennung nicht von langer Dauer sein würde. Wie beide sich aus der Entfernung anschmachteten, deutete alles darauf hin, dass noch im Verlaufe des Abends eine heftige Versöhnungsaussprache bevorstand, bei der Reden nur eine nachgeordnete Rolle spielen könnte.
Irgendwann wurde mir der Trubel zu viel. Ich beschloss, mich einen Moment auf mein Bett in dem hinter der Werkstatt befindlichen Raum zurückzuziehen. Ein kurzer Luxus, den ich mir als Gastgeber gestatten durfte, da ich alle versorgt und mit Isabell die Lage vollständig im Griff wusste.
Ich lauschte einen Moment auf die Stimmen draußen, bevor ich mir die Hörer in die Ohren stopfte und die Musik aufdrehte. Meine Gedanken drifteten ab zu jenem Tag vor ein paar Wochen, an dem sich alles änderte.

Ich hatte auf dem Stammtisch der Freigeister bei Thomas Kaufbold ein paar interessante Typen kennengelernt. Mit den meisten verstand ich mich auf Anhieb, es waren jedoch auch einige schräge Vögel darunter. Dieser seltsame aktivistische Trieb, den manche wie eine Fahne vor sich herschleppten, dieses Handeln um jeden Preis und ohne groß

Nachzudenken, war verbreiteteter, als man glauben sollte. Ellenlange Internetrecherchen mit den aberwitzigsten Theorien empfahl man mir. Ich hätte niemals alles nachlesen können, Monate wären ins Land gegangen. Einen Link zu einer Gruppe in einem mir vorher nicht bekannten sozialen Netzwerk öffnete ich später zu Hause unbedacht und wollte meinen Beitritt gerade rückgängig machen, als ich auf einen seinerzeit zwei Tage zurückliegenden Aufruf eines Administrators namens „Kennedy89“ mit folgendem Inhalt stieß:

„Macht SCHLUSS mit der Zwei-Klassen-Justiz!
Wir sagen laut und deutlich NEIN zu befangenen Gerichten!
Die Justiz missachtet seit Jahren sträflich ihren Auftrag als dritte Gewalt, die neutral und unabhängig Recht sprechen soll.
Stattdessen macht sie sich zum Erfüllungsgehilfen eines Unrechtsstaates, indem sie aus fadenscheinigen Gründen Oppositionelle verfolgt und wirkliche Straftäter unbehelligt lässt.
Die sich der Freigeistbewegung zurechnenden „Unabhängigen Hüter der Verfassung“, die sich die Wiederherstellung der Souveränität des Landes zur edelsten Pflicht gemacht haben, rufen daher auf, das Justizgebäude am Freitag, dem 13. August um 13 Uhr zu stürmen und alle Justizangehörigen, die sich gegen die Freiheit dieses Volkes versündigt und damit schuldig gemacht haben, zu verhaften und zur Rechenschaft zu ziehen.
Für ein freies Land und eine gerechte Justiz!
Teilt diesen Aufruf und folgt ihm zahlreich!“

Was hätte ich schon tun können? Zur Polizei gehen? Die hätte mich tage- und nächtelang verhört, zu meinen Kontakten, wen ich wann und wo über welche Person kennengelernt hätte. Jonas, Robert, Isabell, Melinda, meine Eltern, sie alle wären hineingezogen und ebenfalls nervigen Befragungen und Verdächtigungen unterworfen worden. Nein, ich musste dafür sorgen, dass das Gebäude spätestens 13 Uhr an dem besagten Tag komplett geräumt sein würde. Mit großem Tamtam und riesigem Polizeiaufgebot auf dem Platz. Etwas Beeindruckendes musste es sein. Etwas, das einem Pulk aktivistisch aufgeladener Boomer mit hinreichend Wut im Bauch, so berechtigt sie sich für sie darstellen mochte, mit Sicherheit die Lust nahm, auch nur im Ansatz so etwas wie einen „Sturm" auf das Justizgebäude zu verüben und gegen meine Freunde und Kollegen übergriffig zu werden. Und gut genug musste es sein, um die Profis der Polizei eine Weile tüfteln zu lassen, womit genau sie es zu tun hatten, damit sie nicht vorzeitig abrückten und das Gebäude wieder zur Benutzung freigaben.
Ein nervöses Kichern entfuhr mir, als ich an die dummen Gesichter der Experten des Bombenräumkommandos dachte, die diese gemacht haben mussten, als sie feststellten, dass die Bombe nicht echt war. Ich meine, sie war schon echt, also wäre nahezu voll funktionsfähig gewesen. Sie war derart genial konstruiert, dass man sie vielleicht sogar in der Fachhochschule den Kommissarsanwärtern als Anschauungsstück würde präsentieren können. Vielleicht würde Natascha, die inzwischen in ihrem letzten Studienjahr war, sie noch zu Gesicht bekommen und denken, welch ein heller Kopf ein solches Kunstwerk wohl ersonnen haben mochte.

Allerdings bestand der Sprengstoff aus herkömmlichem Plastiksprengstoff täuschend ähnelnden Komponentendichtmittel, das vermutlich hervorragend geeignet gewesen wäre, ein Loch im Dach regensicher zu stopfen aber keinesfalls zur Explosion gebracht werden konnte.
Mein Plan hatte funktioniert. Keiner war gefährdet und alle waren gerettet worden. Einschließlich derer, die es gar nicht verdient hatten, gerettet zu werden. Niemand auf der Welt würde jemals von diesem – meinem größten – Coup erfahren.
Ich bin der Wurm, den ihr niemals löschen könnt. Ich bin der Virus.

Ich musste kurz vor dem Einnicken gewesen sein, als ich spürte, wie die Tür sich öffnete. Sofort wusste ich, dass es Natascha war, die den Raum betrat. Ihre Aura war unverwechselbar, selbst mit geschlossenen Augen konnte ich sie deutlich wahrnehmen. Ich rührte mich nicht, als sie sich neben mich auf das Bett legte. Als sie sich mir zuwandte, konnte ich fühlen, wie ihr Haar meinen Hals kitzelte. Ich schlug die Augen auf und zog die Ohrhörer heraus. „Was hörst du?", fragte Natascha leise und ich reichte ihr einen der Hörer. Seit einer Weile ließ ich in Dauerwiederholungsschleife „We're In This Together" von den *Nine Inch Nails* laufen, ohne das Bedürfnis verspürt zu haben, den nächsten Titel anzuwählen. Das kreischende Sägen der Gitarren versetze mich in einen milden Rausch, den ich einfach nicht abschalten mochte. „Gar nicht schlecht. Ich mag den Text.", wisperte Natascha mir in das freie Ohr. Wir lagen eine Weile nebeneinander, um der Musik zu lauschen. Als die letzten

Takte verhallt waren, stoppte ich die Wiedergabe. Natascha beugte sich wieder zu mir herüber. „Ich hatte einfach Angst.“, flüsterte sie. „Verstehst du das?“. Es klang fast wie ein Flehen. Ich nickte zaghaft. „Und jetzt, hast du jetzt keine Angst?“, wollte ich wissen. „Nein.“, antwortete Natascha ernst und sah mich fest an, so als wollte sie die Aussage damit endgültiger machen. „Nein, jetzt habe ich keine Angst mehr.“. Das war alles, was gesagt werden musste. Ich blickte in Nataschas faszinierend kluge Augen. Die kleine rotgerandete Brille, die ihr dieses leicht verschmitzte Aussehen gab, war ein wenig verrutscht, was sie in diesem Moment unfassbar verletzlich wirken ließ. Ich bewunderte die überwältigende Strähne ihres samtweichen dunkelbraunen Haares, die ihre widerspenstige Neigung, hinter dem Ohr hervorzukriechen, wohl nie aufgeben würde. Als unsere Finger sich schließlich über der Decke trafen, war sie plötzlich wieder da. Diese besondere Verbindung zwischen uns, die sich weder rational erklären, noch wissenschaftlich herleiten ließ. Ein Band, das unsere beiden Seelen zu einer verband. Unsere Melodie spielte wieder, als sei sie niemals verklungen. Mir schien, als fügten sich die Dinge mit einem Mal in seine natürliche Ordnung. Schlagartig verschmolzen wir mit der sanften Ruhe des uns umgebenden winzigen Raumes hinter meiner Werkstatt. Von draußen drang das gedämpfte Lachen der Gäste hinein. Irgendwann würden wir zurück in die Wirklichkeit treten müssen. Aber für den Moment fühlte es sich genau so richtig an, wie es gerade war.
Die Fast-Kommissarin und der Beinahe-Anarchist. Zusammen.
Nichts anderes hatte je irgendetwas bedeutet.

Nachwort

Dies ist kein Tatsachenroman, sondern eine frei erfundene Geschichte. Derzeit findet bei der Justiz keine „Politische Bildung“ statt; sie verfügt meines Wissens auch (noch) nicht über muslimische Gebetsräume. Ebenso gibt es keine normierte Impfpflicht für Justizbedienstete. Diese und andere dystopisch erscheinenden Zustände (denn in einer *möglichen* nahen Zukunft spielt die Handlung des vorliegenden Buchs) entspringen ausschließlich der überschäumenden Phantasie des Autors. Ähnlichkeiten mit lebenden Personen und namentlich genannten Institutionen sind ebenso rein zufällig.
Ich hoffe, die „Faktenfüchse“ sind damit hinreichend zufriedengestellt.

Was bleibt übrig zu sagen?
Ob ich mir einen weniger versöhnlichen Ausgang der Geschichte hätte vorstellen können? Ein Misslingen von Antons Plan? Seine Inhaftierung? Dass er und Natascha sich für immer verlieren?
Ich habe ernsthaft darüber nachgedacht und es verworfen. Ganz ehrlich: Hätte ein solches Ende dem Buch einen „höheren Anspruch” verliehen? Braucht die Welt einen weiteren scheiternden Helden, der an ihr und sich selbst verzweifelt?
Oder haben wir uns alle und so auch diese Geschichte ein wenig Glück verdient?

Danksagungen

Ich danke zuvörderst (welch ein famoses und fast vergessenes Wörtchen!) dir, liebe Silke, für deinen geduldigen Einsatz als erste Kritikerin des vorliegenden Werkes. Aus der Anfangsphase seiner Entstehung stammt dein wohl schönstes Kompliment: "Du schreibst gerade die *Feuerzangenbowle* der Justiz.". Wie ließe sich ein derartiger Ritterschlag jemals übertreffen?

Stellvertretend für meine Freunde, die mich auf meinem Weg des Schreibens ermunternd und ermahnend begleiteten, danke ich euch, Heiko und Detlef, für eure Begeisterung ebenso wie eure Mühen, mich auf Kurs zu halten, wenn ich bisweilen ins Trudeln geriet.

Danke für deine Inspiration Steffi, die diese Geschichte zu einer *besonderen* macht.

Lieber Klaus D. Koch: Ich danke dir für dein Lektorat und eine Reihe wertvoller Hinweise. Kauft seine Bücher!

ISBN 978-3-7584-7724-9
9 783758 477249 00001
www.epubli.com